eye

守望者

——

到灯塔去

Green Grass, Running Water

〔加〕托马斯·金 著

姚媛 译

THOMAS KING

草仍然绿，水仍在流

南京大学出版社

图书在版编目（CIP）数据

草仍然绿，水仍在流 ／（加）托马斯·金
（Thomas King）著；姚媛译. —南京：南京大学出版
社，2020.3
书名原文：Green Grass，Running Water
ISBN 978－7－305－18028－6

Ⅰ.①草… Ⅱ.①托… ②姚… Ⅲ.①长篇小说—加
拿大—现代 Ⅳ.①I711.45

中国版本图书馆 CIP 数据核字(2019)第 258296 号

江苏省版权局著作权合同登记　图字：10－2018－308 号

出版发行　南京大学出版社
社　　址　南京市汉口路 22 号　　　　　邮　编 210093
出 版 人　金鑫荣

书　　名　草仍然绿，水仍在流
作　　者　〔加〕托马斯·金
译　　者　姚　媛
责任编辑　章昕颖　陈蕴敏

照　　排　南京紫藤制版印务中心
印　　刷　徐州绪权印刷有限公司
开　　本　880×1230　1/32　印张 15.5　字数 280 千
版　　次　2020 年 3 月第 1 版　2020 年 3 月第 1 次印刷
ISBN　978－7－305－18028－6
定　　价　69.00 元

网　　址　http://www.njupco.com
官方微博　http://weibo.com/njupco
官方微信　njupress
销售咨询　(025)83594756

＊ 版权所有，侵权必究
＊ 凡购买南大版图书，如有印装质量问题，请与所购
　图书销售部门联系调换

献给海伦。

她不会因为我写了这本书，

而看轻我。

译者序

2006年，我在温哥华访学，听说不列颠哥伦比亚大学有一座人类学博物馆。我记得第一次走进那座博物馆的下午，灿烂的阳光从巨幅玻璃墙倾泻进来，图腾柱上的夸张造型、器物上的变形图案，以及反复出现的意象和色彩，对我产生了强烈的视觉冲击，让我感觉走进了"另一个世界"。那是我第一次接触北美原住民文化。

后来，我又多次去那座博物馆参观，还去了维多利亚的皇家不列颠哥伦比亚博物馆和加蒂诺的加拿大历史博物馆。在每一件历史文物和艺术品前驻足，读展品介绍，听馆员讲解，我渐渐勾勒出原住民的生活图景，了解了他们对世界的看法——具有神力的动物或某个女性始祖借动物之力创造了世界和人类，人类与动物、植物共生共存，甚至相互转化。他们的世界里没有上帝，没有拓荒者，没有对自然的征服，也没有为了追逐权力和美女而进行的厮杀。他们生活在一个"不同"的世界。

再后来，我在西蒙·弗雷泽大学旁听了一门加拿大文学课，课程阅读书目中有托马斯·金的小说《草仍然绿，水仍在流》。

托马斯·金是重要的北美原住民作家。他不仅因其跨界的种族和文化身份（拥有切罗基、德国、希腊血统，和美国、加拿大国籍），也因其对北美文化，特别是白人文化与原住民文化之间冲突的思考和批评而受到学者、读者的关注。他的作品曾获麦克纳利·罗宾逊年度最佳原住民图书奖（McNally Robinson Aboriginal Book of the Year Award）、希拉里·韦斯顿作家信托非虚构作品奖（Hilary Weston Writers' Trust Prize for Nonfiction）、伯特第一民族奖（Burt Award for First Nations）、梅蒂和因纽特文学奖（Metis and Inuit Literature）、加拿大总督奖等，他本人因其对加拿大文化的杰出贡献而于2014年被授予"加拿大勋章"。

《草仍然绿，水仍在流》（以下简称《草》）于1993出版。这部小说编织了两条故事线索：现实故事讲述20世纪几个原住民青年在白人社会和保留地的生活，神话故事讲述四个"印第安"老人在一百多年前被关押后的多次神秘出逃。两条线索在小说结尾交织。小说出版当年即获加拿大总督奖提名，2004年入选CBC评选的"加拿大必读书目"，关于这部小说的论文在一流加拿大文学研究期刊上多有刊载，在研究北美文化（特别是原住民文化）、历史、性别、生态等文章作品中，这部小说也必被提及。

一

我以为，《草》的重要价值之一，在于其迫使读者重新审视西方殖民文化对原住民的"虚构"，重新"发现"原住民的历史、文化和他们鲜活的存在。但是，《草》并不是一部充满了悲惨遭遇的描述和声泪俱下的控诉的沉重作品。相反，这部作品将北美原住民创世故事和西方经典叙事并置，营造出滑稽幽默的效果。正如加拿大研究学者玛加丽·菲和简·弗里克所说："金的小说的显著特点，在于它能够激起读者在轻松的笑话中发现作者提出的并不轻松的问题。"

欧洲殖民者来到北美大陆后，原住民受到毁灭性打击。殖民者对原住民进行了一次又一次的血腥屠杀，在"送"给他们的毛毯里故意夹带天花病毒，使他们损失了大量人口。他们被赶进保留地，他们和殖民者订立的"条约"不被遵守，大片土地被强占或骗取。殖民者不仅要在肉体上，而且要在精神上和文化上消灭原住民。他们强行把原住民的孩子送进寄宿学校（residential school），禁止他们说本民族语言、穿本民族服饰、与父母亲人团聚，迫使他们"融入"殖民者文化。

在此情境下，一方面，原住民的语言和历史难以得到传承，口口相传的"故事"越来越少有人讲，而没有了这些"故事"，他们的后代就不知道自己是谁。《草》中的黑脚族人伊莱·独立"曾经想成为一个白人"，几十年不回保留地；拉蒂莎不喜欢原住民男青年，嫁给了看上去浪漫迷人的白人丈夫，遭到家暴和遗弃；莱昂内尔·红狗从小希望自己长大后成为西部片中的约翰·韦恩，"那个保护驿站马车和马车队免受印第安人袭击的约翰·韦恩"。小说中的其他原住民在文化和身份认同方面也都或多或少存在困惑或者问题。

另一方面，殖民者在文学和影视作品等叙事中对原住民的形象进行扭曲和刻板化，以此将他们消灭原住民的行为合法化。在殖民者的叙事中，原住民的唯一命运就是灭亡。这种灭亡可能是肉体上的，例如在西部片中，原住民或是凶狠野蛮的杀人狂徒，或是爱上白人女子的浪漫酋长，但他们最终都会被牛仔打败；这种灭亡也可能是精神上的，例如美国作家詹姆斯·费尼莫尔·库柏的作品《皮袜子故事集》里的钦加哥就是一个"高贵的野蛮人"，最终皈依了基督教。在这些叙事中，原住民不再是有着自己的历史、文化、语言和家园的一个个鲜活的人，而成为殖民者出于自己的需要而建构的或者说虚构的"印第安人"这一刻板形象（实际上，"印第安人"这一称谓本来就源于哥伦布的一个错误）。

当原住民不符合叙事中的刻板印象时，白人就会质疑他们的身份，或者干脆将他们硬塞进刻板形象之中。当《白鲸》的主人公以实玛利在《草》中遇见原住民女神变化女时，他问女神叫什么名字。"变化女。"女神回答他。可是他认为这个名字不对。"他用拇指飞快地翻着书。找到了，他说，一边用手指戳着其中一页。魁魁格。我就叫你魁魁格。这本书里面有一个魁魁格，这个故事里面应该有一个魁魁格。"变化女是谁并不重要，重要的是她必须符合"书"里——西方文学作品中——描绘的形象，即那个"令人慰藉的野人""印第安伙伴"的变异。负责修水坝的克利福德•西夫顿对伊莱•独立说："你们又不是真正的印第安人。我的意思是，你们开车，看电视，看冰球赛。看看你。你是个大学教授。"换句话说，闭塞、落后、无知就是界定原住民身份的特征，这些特征永远不会改变，当他们不符合这些特征时，就"不是真正的印第安人"。

二

在这种认知的背后，是西方二元对立的哲学观。这种观点在自我/他者、男性/女性、白人/有色人种、人类/自然等之间划出界线，界线两边的群体各有其不变的本质特征；同时，划分界线的过程也提供了在两者之间进行比较并区分高与下、优与劣的可能。

二元对立的观点可以追溯到《圣经》。在《旧约·创世记》中，上帝创造了日月星辰、山川河流、飞禽走兽、亚当夏娃，并将光明与黑暗、天空与水面、陆地与海洋分离开来。这一过程即二元对立局面形成的过程。上帝还赋予人管理海里的鱼、空中的鸟、地上的牲畜和爬行的一切昆虫的权利，从而确立了人在世间万物的中心地位。《圣经》及由其延续而来的基督教传统为欧洲殖民者认识自己与原住民的关系提供了一个框架，《白鲸》《皮袜子故事集》《鲁滨逊漂流记》等文学经典中白人与当地原住民的关系都可以纳入这个框架之中——既有"文明"的白人，必与之相对的应该被其消灭或需要其教化的"野蛮"人。

托马斯·金却在《草》中指出，二元对立指导下的殖民者的叙事是荒谬的。他将塞内卡、切罗基、纳瓦霍、黑脚等民族的创世故事融合在一起，用四个神话故事重复叙述了世界的起源，以及人与世界的关系。每一个故事里都有一位原住民创世故事中的女性人物，她们每个人都与一位《圣经》人物和一位西方文学经典中的人物相遇。《圣经》和西方文学经典被"改写"，或者说，在陌生的视角下，读者熟知的西方叙事中被忽视的一面显露出来，叙事的合理性被打上问号。

当第一女遇见上帝时，她已经创造了一座花园，正带着"阿蛋"（谐音"亚当"）和动物们一起分享园里树上的各种美食。这让刚刚跳进花园的上帝十分恼怒，因为他坚信世界、花园和苹果都是他的，按照他的规矩，他们不能吃他的东西，但更让他恼怒的是，第一女决定离开花园，不和这个爱发牢骚的上帝做邻居。

"'你不能离开,'上帝对第一女说,'因为是我把你踢走的。'"
这句看似荒唐可笑的话恰恰说明了殖民者的"逻辑"。如果《圣
经》是唯一的准则,上帝创造了一切,制定了规矩,那么,任何与
此相背的情况都是不可思议的,违反常理的,需要被纠正的。上
帝对第一女创造花园的事实视而不见,却要将她纳入"基督教的
规矩"之中,这像极了殖民者对原住民的认识和做法。

但是,在原住民的传统文化中,世界虽由动物和女性始祖创
造,却并不属于谁,而是由所有生命共同分享,他们之间也没有
高/下、优/劣、管理/服从的关系。从原住民的视角来看,上帝的
想法和做法是不可思议的、违反常理的。不过,上帝和第一女的
区别在于:前者固守"规矩",拒绝对话;而后者却尝试沟通,即
使沟通无效,也并没有"踢走"上帝,而是选择宽容和共存。

殖民者和原住民价值观的不同还普遍体现在双方对男性/女
性、人类/动物、人类/自然的关系的认识上。在二元对立的西方
传统中,男性与女性、人类与动物、人类与自然各自有其固定的
角色,相互之间界线分明,但是固定的角色和分明的界线在原住
民传统文化中并不存在。在《草》中,诺亚听说变化女是从天上
掉下来的,就认定她是上帝送给他的老婆,而老婆要遵守的第一
条规矩就是"汝须有大胸"。A. A.加百列无视思想女的抗议,坚
持让她躺下,开始"产程"。在诺亚和天使长的眼里,女性无非就
是用身体愉悦男性或为男性繁衍后代。在"基督徒的船"诺亚方
舟上,"动物不说话",思想女和它们说话是违反了"基督教的规
矩"——动物受人类管理,低人类一等,人类不必与它们交流。同
样,行走水上的年轻人(耶稣)认为,年长女对海浪唱歌是违反
了基督教规矩,要让海浪平息就要命令它们如此,自然是人类征

服的对象。

原住民创世故事中的女神与《白鲸》中的亚哈、《鲁滨逊漂流记》中的鲁滨逊·克鲁索和《皮袜子故事集》中的纳撒尼尔·邦坡的相遇，和她们与《圣经》人物的相遇一样，看似荒唐、滑稽、搞笑，却通过将原住民创世故事和西方文学经典并置，引发两种哲学观、世界观、文化价值观的冲突，让读者从不同的视角看两种叙事所体现的对世界的不同理解。

三

作为一部文学作品，《草》的价值还在于其独特的叙事结构和方式。西方殖民者据以征服、统治、消灭原住民的手段之一是利用叙事文本。长期以来，面对殖民者文学叙事对原住民形象的扭曲、刻板化，甚至丑化，原住民文学的反抗是无力的。加拿大文学研究学者赫布·怀利指出："在欧洲中心的人种学视角下，原住民故事被误认为不够连贯也不够复杂。"托马斯·金在《草》中同时采用了西方传统的线性叙事和原住民文学的循环叙事，两者相互交替并最终重叠汇合，构成了一部看似破碎混乱实则连贯复杂的作品。

《草》中的现实故事采用的是西方文学中传统的线性叙事结构。故事沿着一条时间的直线展开，虽然偶尔插叙回忆，但是回忆部分也有明确的时间点。这样的叙事结构使得故事的时间脉络相对清晰，情节发展有始有终。线性叙事也意味着时间只能朝着一个方向伸展，因此故事结束之后不可能从头再来一遍。换句话说，任何故事都是唯一的故事。

《草》中的神话故事采用的则是原住民传统文学中的循环叙事结构。每个故事似乎即将结束时，都会从头再来一遍，于是故事有了新的版本，这个新的版本由一个不同的叙述者讲述。这时，终点又回到起点，但是新的起点略有不同，情节也有所变化。没有任何故事是唯一的故事；任何事件都可以因为叙述者视角的不同而有不同的呈现。

两种叙事结构截然不同，却又相互关联。从小说的每一个片段来看，现实故事和神话故事各自展开，分别进行。从整部小说来看，循环叙事为线性叙事提供了一个框架，现实故事是在神话故事的框架之内讲述的。在小说的高潮，现实故事和神话故事汇合，神话故事中的人物改变了现实故事中的情节，西部片中总是打败"印第安人"的约翰·韦恩"带着……难以置信的表情"看着"印第安人"回击；破坏了保留地生态的水坝在地震中垮塌。

线性叙事的唯一性使得《皮袜子故事集》等西方文学经典和西部片等影视作品看起来似乎是讲述原住民故事的唯一版本，但是，循环叙事让读者看到，它们只是殖民者视角下的一个版本。由于殖民者并不了解，或者拒绝了解，甚至故意曲解原住民的历史文化，他们的版本更不应该是唯一版本。循环叙事的包容性则使关于同一事件的不同版本得以共存，不仅原住民的形象可以得到多元呈现，而且殖民者的叙事也可以重新解读。

这部小说还采取了开放的叙事方式，讲故事的人和听故事的人都参与叙述过程，在此过程中故事可能被改写。这是对原住民口述文学传统的尊重，也是对殖民者叙事权威性的反抗。

小说由"俺"复述给原住民口头文学中著名的捣蛋鬼郊狼卡

犹蒂听。卡犹蒂并不是被动地听故事，而是时常打断"俺"，或者问清某个细节，或者对人物情节进行评论。讲故事的人和听故事的人形成了互动的对话关系，这种互动不断提醒读者，叙事不是单向的，而是由双方共同参与完成。

"俺"复述的是四个神秘的原住民人物讲的故事。这四个人物轮流讲述，当其中一个人开始讲故事时，其他人提醒、提问、纠正，直到故事被"讲对了"。在小说第一部分，独行侠以"从前"作为故事的开头，受到质疑，他改以"很久以前，在一个遥远的地方"和"起初，神创造天地"开头，也被听故事的人否决。前两种开头常常出现在西方传统的故事之中，第三种则是《旧约·创世记》的开头。最后，他以切罗基人在占卜仪式上讲故事时用的礼仪性开场白"Gha! Higayvːligéːi："开头，终于获得一致首肯。在殖民者通过叙事虚构原住民形象的情境下，原住民不应该讲殖民者的故事，而应该以自己的方式讲述自己的故事。

托马斯·金使用线性叙事和循环叙事结构同样娴熟，使用书面叙事和口头叙事也同样得心应手。《草》中的现实故事采用西方传统的书面叙事，遣词造句符合英语规范，长句和短句、简单句和复杂句错落使用，安排得当，整体行文流畅，是英语写作的典范。《草》的神话故事使用口头叙事，传承了原住民文学的口述传统。

由于大多数原住民民族没有书面语言，他们的历史、文化、传说等都依靠口头叙事而代代相传。口述故事没有形成文字，没有经过几易其稿的增删润色，因而语言没有书面叙事规范，也没有书面叙事复杂，多使用短句，时常出现重复和离题等情况。托马斯·金充分利用口头叙事的这些特点，创作了生动活泼的故事。

《草》的神话故事由大量对话组成，故事大量使用短句、不完整的句子，甚至是语法不够规范的句子，再现了口头对话的特色。故事中有很多重复之处，例如变化女掉到独木舟上的细节在一页里重复了很多次，这对西方读者而言是多余的，但是在口头叙事中，这是强调重点。故事中还有很多离题之处，特别在一个故事快要开始的时候，众人七嘴八舌，纷纷插话，谈论的是似乎与故事无关的话题，例如独行侠开始讲故事之前，听众有的要穿衣服，有的要开灯，有的想知道究竟该轮到谁讲了。这个混乱的场景营造了身临其境的现场感，清楚地展示了讲故事的人和听故事的人之间的互动。仔细阅读，会发现这些话题并非与小说毫不相干——鲁滨逊·克鲁索给鹰眼穿的是自己那件"上面有棕榈树的红衬衫"，暗示了他在孤岛的经历；灯发出的光与上帝的出现有某种关联；关于轮到谁讲故事的讨论为后文关于民主的讨论开了个头。

原住民口述传统与西方书写传统的完美融合让读者看到，口头叙事和书面叙事各有特点，都可以有效地传递信息，阐述思想，表达情感。

四

《草》这部小说还有很多其他看点，其中俯拾皆是的典故和随处可见的幽默最具魅力。

托马斯·金对《圣经》、西方文学经典、北美殖民历史、原住民文学文化等非常熟悉，在整部小说中大量引用《圣经》典故和西方文学作品中的情节，大量影射历史事件和人物。最为独特之处是金给小说中的很多人物起了历史真实人物的名字，用历史人物的事迹暗示小说人物的品性特点。水牛·比尔·伯萨姆（Buffalo Bill Bursum）这个名字就是一个很有趣的例子。这个名字由水牛·比尔和比尔·伯萨姆两部分组成。历史上的水牛·比尔（Buffalo Bill，真名威廉·F. 科迪）于1883年首创《水牛·比尔·科迪西部秀》，在美国巡回演出，将原住民塑造成刻板化的影响文明进程的野蛮种族。比尔·伯萨姆则指霍尔姆·O. 伯萨姆。此人于1921年起草了臭名昭著的《伯萨姆法案》（Bursum Bill），该法案使得印第安人丧失了大片土地，让白人获得了土地所有权和水源使用权。了解了这两个历史人物的事迹，就能明白为什么名字由这两个人名组成的水牛·比尔·伯萨姆会开一家家庭娱乐电器商店，喜欢看西部片——特别是喜欢看片中"印第安人"被打败的场景，雇用原住民莱昂内尔·红狗为他工作，还让莱昂内尔穿上滑稽的金色外套。

发现小说中的幽默和领悟其中的典故一样，是阅读这部小说的乐趣之一。托马斯·金有时描写原住民的幽默，有时展现自己的幽默。无论哪一种幽默，都是通过轻松的笑声揭露事件或逻辑背后的荒唐。

贯穿小说的一个重要事件是在保留地修建名为"巨鲸"的水坝。白人为了说服原住民修水坝是为了他们的利益，在报纸上刊登文章，"用各种曲线图、坐标图，以及灌溉、电力领域的各种专家的话令人信服地表明，水坝全面运转一年之后，部落就会赚到两百万加元"。文章发表后，原住民议事会紧急开会，"讨论如何使用这笔钱"。在会上，"霍默想要大声朗读那篇文章，却根本读不下去，因为他笑得太厉害了。有人建议他们把水坝重新命名为大鹅水坝或者金鹅水坝"。在抗议修建水坝的过程中，原住民始终处于劣势。他们通过召开紧急会议来假装严肃，揭露白人的谎言——白人以为原住民幼稚好骗，其实早就被原住民看穿；他们也通过重新命名水坝为"大鹅"，指出白人的做法其实很傻，因为水坝虽然能带来一时的利益，但最终会破坏生态环境，建水坝的做法是杀鹅取卵。

小说中的捣蛋鬼卡犹蒂也不时给读者带来笑声。例如，当听到邋遢泥·邦坡说印第安人的嗅觉很灵敏时，卡犹蒂立即说："我的嗅觉很灵敏，我一定是印第安人。"邋遢泥又说白人有慈悲心。"'等一下，'卡犹蒂说，'我也有慈悲心。我一定是白人。'"这时"俺"提醒卡犹蒂："你是郊狼。"邋遢泥用二元对立观在"印第安人"和"白人"之间划的界线因为卡犹蒂的两句插话而瞬间瓦解。

这部小说主题严肃，结构独特，书中出现大量历史人物和事件，以及大量经典文学作品中的情节和人物，但是，作者用口语化的叙述和幽默诙谐的语言让整部作品自然流畅，一气呵成。每一次读这部小说，我都会因为读到幽默的细节而笑出声来，我也会因为作品对一些严肃话题的探索而掩卷深思。

五

2008年6月，小说出版15年后，时任加拿大总理史蒂芬·哈珀向寄宿学校受害者正式道歉。很多原住民将这份道歉看作开启新时代的象征，但同时也看到哈珀回避了殖民者摧毁原住民文化的问题，而只有文化复兴才可以让原住民从漫长岁月中遭受的诸多苦难中渐渐走出来。文化复兴的进程漫长而艰难，其中一个重要的部分是重新"发现"、搜集、整理世代相传的故事并创作新的故事。这些故事纠正了殖民者文学中关于原住民的片面、虚假、错误的刻画，让原住民与本民族的历史重新联结，知道自己是谁、来自哪里、身在何处、与世界的关系怎样，从而让身体和精神的伤痛痊愈，带着对民族文化的自信去探索未来。在破除西方中心、提倡多元文化平等对话的当今时代，托马斯·金的小说更是别具意义。

本书的翻译得到加拿大艾伯塔省班芙艺术中心国际文学翻译项目的慷慨资助。班芙是北美原住民世代生活的家园，她的美自然而纯净，能让人的灵魂得到升华。感谢班芙艺术中心，让我在这个美丽的地方对《草仍然绿，水仍在流》的译文做最后的修改润色。

我要特别感谢作者托马斯·金，因为他倾力相助，我才实现了翻译这部作品的愿望。

姚　媛
2019年6月于班芙

就这样。

起初，什么也没有。只有水。

郊狼[1]卡犹蒂在那儿，但是卡犹蒂睡着了。卡犹蒂睡着了，卡犹蒂在做梦。卡犹蒂做梦的时候，什么都可能发生。

俺可以告诉你。

就这样，卡犹蒂在做梦，很快，其中一个梦逃脱了，四处乱跑。吵吵嚷嚷。

万岁，那个傻梦——卡犹蒂的梦——这么说。世界在我的掌握之中。然后那个梦看见了那些水。

噢，噢，那个吵吵嚷嚷的梦说。这不对啊。我们看到的那是

---

1 郊狼（Coyote），第一民族/美洲土著故事中为人熟知的捣蛋鬼，北美土著口头神话故事中尤为重要的角色；第一民族的最初成员之一，"在人类出现之前就存在的神话原型。他们有超强的能力；他们创造了我们如今了解的这个世界；他们开创了人类的生活和文化——但是他们也可能英勇无畏或胆小怯懦，谨慎保守或敢于创新，聪明睿智或糊涂愚蠢"（Bright xi）。参见布赖特（Bright）的《郊狼读本》（*A Coyote Reader*），了解有关郊狼的故事和读物；参见哈里·罗宾逊（Harry Robinson）《写在心上的故事》（*Write It on Your Heart*）和希施费尔德（Hirschfelder）的《美洲土著宗教百科全书》（*Encyclopedia of Native American Religion*）。本书注释若无特殊说明者，皆出自 Jane Flick，"Reading Notes for Thomas King's *Green Grass*，*Running Water*"，*Canadian Literature*，vol.161-162，1999。

水吗？那个傻梦对那些梦之眼[1]说。

是水，没错。那些梦之眼说。

那个卡犹蒂的梦发出很多伤心的声音，声音很大，吵醒了卡犹蒂。

"谁那么吵，把我吵醒了？"卡犹蒂说。

"是你那个吵吵嚷嚷的梦，"俺说，"它以为自己掌管了世界。"

≈≈≈

我确实是在掌管世界。那个傻梦说。

"你能不能小点儿声，"卡犹蒂说，"我正想要睡觉呢。"

你是谁？那个梦说。你是个大人物吗？

"我是郊狼卡犹蒂，"卡犹蒂说，"我很聪明。"

我也很聪明，那个梦说，我一定是郊狼卡犹蒂。

"不对，"卡犹蒂说，"你不可能是郊狼卡犹蒂，但你可能是一只小狗。"

小狗聪明吗？那个梦说。

"当然啦，"卡犹蒂说，"小狗很棒。差不多和郊狼一样棒。"

好吧，那个梦说，我可以是小狗。

1 　梦、卡犹蒂的梦、梦之眼（Dream，Coyote Dream，Dream Eyes），在第一民族文化里，梦有着十分重要的意义。参见希施费尔德的著作，了解关于梦的知识以及梦中所见在决定日常事情（例如去哪里打猎）和特殊事情（例如命运将会怎样）的过程中起的作用。

但是卡犹蒂的梦，想着自己是一只小狗的时候，把一切都弄混了。把一切都弄反了。[1]

"这看上去可有点麻烦啊。"俺说。

"嗯，"卡犹蒂说，"你可能说得对。"

"那家伙看上去根本就不像小狗。"俺对卡犹蒂说。

"嗯，"卡犹蒂说，"你可能说得对。"

我是上帝，那个小狗梦说。[2]

"真行，"卡犹蒂说，"那个小狗梦是反过来的。它把一切都弄反过来了。"

但为什么我是一只小上帝呢？那个上帝叫道。

"别这么大声，"卡犹蒂说，"你把我的耳朵都吵疼了。"

我不想做小上帝，上帝说，我想做大上帝！

"真吵啊，"卡犹蒂说，"这只小狗可真没教养。"

大上帝！

"可以，可以，"卡犹蒂说，"别叫了！"

好啦，大上帝说，这样好多了。

1　在大平原印第安文化中，有人会以相反的方式做事。例如，他们"倒过来"做事——甚至骑马上了战场后反过来与自己人作战，向自己人射箭，而不是向敌人射箭。参见《美国土著宗教百科全书》。

2　上帝/小狗（GOD/dog），狗（Canis familiaris）比郊狼（Canis latranis）弱小，上帝（god）与狗（dog）的英文拼写顺序相反。按照罗宾·赖丁顿（Robin Ridington）的看法，上帝在狗的眼里是相反事物。故事里的上帝（GOD）也就是《旧约》里吵吵嚷嚷的上帝（God）。

"你做了蠢事了。"俺说。

"一切都在掌握之中，"卡犹蒂说，"不要惊慌。"

≈≈≈

那些水是从哪儿来的？上帝叫道。

"别紧张，"卡犹蒂说，"坐下。放松。看看电视。"

但是到处都是水。上帝说。

"嗯，"卡犹蒂说，"是有水。"

"的确，"俺说，"故事是这样的。"

TAROT

小说每一卷的卷名均以切罗基音节文字（即以音节为单位的表音文字）所写。

　　此卷，"ᏠᎬᎢ"意为"东方"，"ᏯᏍᏉ"意为"红色"。

　　以下也许有助于对卷名的理解："在梅迪辛洛奇（美国堪萨斯州中南部的一座城镇，原是19世纪时基奥瓦人为一年一度的太阳舞仪式搭建的居所——译者注），每一个方向都有象征意义。东方代表了新生一代，仍然青涩，刚刚开始成长。南方代表进一步的成长。西方代表成熟。最后，北方代表老年——人或生物的完整一代。"（Powell 2：852）

"你觉得呢，莱昂内尔？也许挑块蓝色的？"诺尔玛开始从包里扯出一块块地毯面料，放在腿上。她把大些的面料放在仪表板上。"我也喜欢绿色。"

莱昂内尔能感到自己的眼皮开始变沉。收音机原本可以帮他保持清醒，但是几个月前就坏了。

"你觉得你妈妈会选什么颜色？"

"别指望她。"

"社议事会[1]已经投票赞成花钱。"

"他们以前也这么干过。"莱昂内尔说。他抬起手来，掐了掐自己的脸颊。

"好吧，我就订蓝色的吧。蓝色让我想起天空。再弄些钱来把房子也刷一刷。"

"别指望这个。"

"议事会甚至还在商量要铺租借路[2]。铺上沥青，整条路都铺。当时我也参加会议了。"

"怎么回事？议事会没有土和沙砾了吗？"

诺尔玛摇了摇头。"莱昂内尔，要不是你是我妹妹的儿子，要不是我亲眼看见你出生，有时候我会以为你是白人。你听上去和

1　社议事会（Band council），加拿大土著的地方政府。——译注

2　租借路，私人所有的道路，租借给他人使用，不受政府维护保养。——译注

埃德蒙顿的那些政客一个样儿。总是告诉我们不能做什么。”

　　莱昂内尔压低了遮阳板。还是挡不住阳光。“蓝色可能是最好的选择，姨妈。”

　　“我不知道，”诺尔玛说，“绿色也很漂亮。我可不想选错了，知道吗。”她抚摸着地毯。“选错了地毯，就得忍受很长时间。”

　　“每个人都会犯错，姨妈。”

　　“选地毯的时候最好别犯错。”

这是独行侠[1]讲的故事：

"好了，"独行侠说，"大家都准备好了吗？"
"鹰眼[2]没有漂亮衬衫。"以实玛利[3]说。

1　独行侠（Lone Ranger），头戴面罩的人物，他有一个印第安伙伴，名叫汤托。独行侠出现在西部故事、1933年由弗兰·斯特赖克（Fran Striker）创作的广播剧、20世纪50年代的电视连续剧和很多电影当中，包括《独行侠》（1938）、《独行侠东山再起》（1939）和《独行侠传奇》（1981）。这些故事主要讲述得州骑兵和突袭的唯一幸存者。他是个帮倒忙的人。在得州骑兵故事里，一个游侠可以整肃一座城镇。这个人物后来演变为克林特·伊斯特伍德（Clint Eastwood）的《荒野浪子》（1973）和《荒野大镖客》（1964）中的独行者。托马斯·金也在他的摄影中也表现出对独行侠的兴趣。他在摄影作品《"摄"中独行侠》中拍摄了头戴独行侠面罩的著名美洲土著。

2　鹰眼（Hawkeye），仿照印第安人名取的名字。在西进运动之前，美国边疆仍在东部阿巴拉契亚山脉，当时美国文学中最有名的边疆英雄之一就是鹰眼。鹰眼是美国作家詹姆斯·费尼莫尔·库柏（James Fenimore Cooper）小说中的人物纳撒尼尔·邦坡的绰号之一。邦坡是个向导，住在林中，熟悉印第安人的生活方式。在《皮袜子故事集》（1826—1841，包括《杀鹿者》《最后的莫希干人》《探路人》《拓荒者》）中，鹰眼是主要人物。他还有一些其他绰号，比如纳蒂、杀鹿者、皮袜子、长枪和探路人。他有一个忠实的印第安伙伴，名叫钦加哥。鹰眼穿的是有特色的无袖皮外套。他广受大众青睐，经常出现在美国和其他地方的文艺作品中。他作为主要角色出现在已有五个版本的好莱坞影片《最后的莫希干人》（1922、1932、1936、1977、1992），两部德国拍摄的西部片《最后的莫希干人》（1965）和《大蛇钦加哥》（1967），两部电视连续剧——英国广播公司电视连续剧《最后的莫希干人》（1971）和美国电视连续剧《鹰眼》（1993—1994）。鹰眼也是美国著名导演罗伯特·奥特曼导演的影片《陆军野战医院》和20世纪70年代拍摄的久演不衰的电视连续剧《陆军野战医院》中不惧权威的主角的名字。

3　以实玛利（Ishmael），美国作家赫尔曼·梅尔维尔（1819—1891）（见下页）

"他可以穿我的。"鲁滨逊·克鲁索[1]说。

"那件红色的吗？"

"是的。"

"上面有棕榈树的红衬衫吗？"

"是的。"

"别忘了夹克。"以实玛利说。

"不会忘的。"

"上次你就忘了。"

"是吗？"

"灯怎么办？"鲁滨逊·克鲁索说。

"我们过会儿开灯。"以实玛利说。

"还有道歉呢？"鹰眼说。

"卡犹蒂可以道歉，"独行侠说，"好了，现在准备好了吗？"

"轮到谁了？"以实玛利说。

"轮到我了。"独行侠说。

"你确定？"鲁滨逊·克鲁索说，"也许轮到鹰眼了。"

（接上页）的小说《白鲸》（1851）中的人物。他在小说开头说的一句话是美国小说中最有名的开场白之一："叫我以实玛利。"他是"魁魁格"的好朋友，"佩科特"号被白鲸撞翻后，他爬上魁魁格的棺材而得以生还。以实玛利这个名字来源于《圣经·创世记》（15：15）。

1　鲁滨逊·克鲁索（Robinson Crusoe），英国作家丹尼尔·笛福（1660—1731）的小说《鲁滨逊漂流记》（1719）中的主角。这部关于水手乘船失事的小说取材于真实人物亚历山大·塞尔柯克的经历，是所有荒岛叙事（或鲁滨逊式叙事）中最有名的一部。鲁滨逊依靠心灵手巧在荒岛生存了下来，并在逆境中找到了精神力量。他得到了忠仆星期五的帮助，星期五是他从"食人生番"手中救出的野人，后来皈依了基督教。小说里有很多关于生存的特别细致的细节。

"不对，"独行侠说，"鹰眼已经轮过了。"

"也许轮到以实玛利了。"

"好了，"独行侠说，"开始。"

"从前……"

"你在干什么？"鹰眼说。

"好吧，我重新开始。"独行侠说。

"好吧。"以实玛利说。

"好吧。"鲁滨逊·克鲁索说。

"好吧。"鹰眼说。

"很久以前，在一个遥远的地方……"

"怎么又是这个。"以实玛利说。

"好吧，我重新开始。"独行侠说，"准备好了吗？"

"好了。我们都准备好了。"

"好了？"

"好了。"

"很多个月来了又啊哈……哈哈哈哈哈哈哈哈哈哈哈。"

"也许应该让鹰眼来讲这个故事。"

　　"也许应该让以实玛利来讲这个故事。"

　　"也许应该让鲁滨逊·克鲁索来讲这个故事。"

　　"现在我可以讲了。"独行侠说。

　　"你记得怎么开始吗?"

　　"记得,我记得。"

　　"可以开始了吗?"

　　"可以。应该开始了。"

"起初，神创造天地。地是空虚混沌；渊面黑暗——"

"等一下。"鲁滨逊·克鲁索说。

"什么？"

"不是这个故事，"以实玛利说，"这个是后来的故事。"

"但是现在轮到我讲故事。"独行侠说。

"但是你得讲对了。"鹰眼说。

"而且，"鲁滨逊·克鲁索说，"故事不能让你一个人都讲了。"

"对啊，"以实玛利说。"还记得上次发生了什么吗？"

"每个人都会犯错。"独行侠说。

"但是讲故事的时候最好不要犯错。"

"哦，好吧。"独行侠说。

"Gha！"独行侠说。"Higayv：ligé：i。"¹

"这样好多了，"鹰眼说，"Tsane：hlanv́：hi。"²

"听着，"鲁滨逊·克鲁索说，"Hade：lohó：sgi。"³

"这是开头，"以实玛利说，"Dagvyá：dhv：dv：hní。"⁴

"开头很好，"独行侠说，"Tsada：hnó：nedíniga：v duyughodv：o：-sdv。"⁵

"好了？"

"好了。"

1　Gha！Higayv：ligé：i，切罗基语，是切罗基人在占卜仪式（占卜降水，在某种意义上也是占卜未来）上讲故事时用的礼仪性开场白。

2　Tsane：hlanv：hi，切罗基语，意为"你是供应者"。这是鹰眼对独行侠故事开头的肯定。

3　Hade：lohó：sgi，切罗基语，意为"预言者"。这是鲁滨逊·克鲁索对独行侠故事开头的肯定。

4　Dagvyá：dhv：dv：hní，切罗基语，意为"我会问你问题"。以实玛利可能是对不专心听故事的卡犹蒂说。

5　Tsada：hnó：nediniga：v duyughodv：o：sdv，切罗基语，意为"讲好全部事实"。

约瑟夫·霍华医生坐在办公桌边，脚趾在厚厚的柔软的地毯里揉搓着。桌子很大，典型的殖民地时期的做工，十分罕见，是他太太在拍卖会上发现的。她请人刮去桌子的涂层，修理好，漆成浅黄色，搬进他的办公室，想给他一个惊喜。他表示欣喜，夸她很有眼光，发现了这么大一块木头。这让他想到一棵被砍得只剩树桩的树。

最近他习惯坐在办公桌后面，盯着窗外医院的庭院。这是他整理思绪的一种方式，也是为一周的工作做准备的一种方式。每一天，他坐在那里的时间都更长一些。这没什么坏处。他累了，老了，变得喜欢沉思。

医院前面是长长的白色灰泥墙，明亮而温暖。墙后面，柳树开始绽出新叶，樱桃树开满了粉红色和白色的花，紧挨着石头的常青树颜色深暗，有着天鹅绒般的质感。花床前面种着一排黄水仙，凉亭四周的紫藤和丁香正渐渐变成怡人的绿色。霍华医生坐在桌子后面的椅子里，看着外面花园里的墙和树和花和蓝绿色的池塘里的天鹅，感到称心如意。

突然传来急促的敲门声，霍华医生还没来得及转身面对着门，玛丽就走了进来。

"早上好，玛丽。今天有什么事？"

"警察在楼下。"

"警察？"

"是的，先生……那几个印第安人。"

"印第安人？"

"是的，先生。"

"又是他们？"

霍华医生转回身，面对着窗户。他伸出双手，按在桌上，仿佛想要把桌子推开。

"你看，玛丽。又到春天了。花园看上去很美，不是吗？到处绿意盎然。到处生机勃勃。你知道吗，我想也许我应该养一对孔雀。你觉得呢？"

玛丽站在房间中央，不知所措。霍华似乎在办公桌后面缩小了，仿佛桌子正在变大，正慢慢地不知不觉地将他包裹起来。

"那几个印第安人。"他说。

"他们走了，"玛丽说，"就像以前一样。他们会回来的。"

霍华医生转身背对着窗户。也许他应该把这张桌子搬出去，换一张看上去不那么根深蒂固的桌子。

"我可能会需要约翰过来，玛丽。"霍华医生倚在桌上，一个字一个字地慢慢说，仿佛在努力回想自己究竟想要说什么，"把约翰找来。"

艾尔伯塔 · 弗兰克靠在讲台上，看着亨利·道斯[1]进入梦乡。

"一八七四年，美国军队开始了毁灭行动，目的是用武力将南部平原印第安人赶进保留地。军队有计划地进入一个又一个村庄，烧毁房屋，杀死马匹，破坏食物供应。他们无情地驱赶夏延人、基奥瓦人、科曼切人和阿拉帕霍人，让他们度过了十年来最严酷的冬天。饥饿和严寒最终让这些部落不得不屈服。"

"弗兰克教授，那是哪一年？"

"一八七四年。"

"请再说一遍有哪些部落？"

"夏延、基奥瓦、科曼切和阿拉帕霍。"

"阿拉帕霍怎么写？"

"去看书。在这些部落进入保留地时，军队将他们认为的危险分子隔离开来。有些人在军队看来是惹是生非的家伙。有些人被认为参与了突袭。还有一些人就是反对保留地体制的领袖。

军队一共挑出了七十二个人。其他人被送到了保留地，这些人被锁链锁在马车上，送到位于今天的俄克拉荷马州的锡尔堡。

1　历史上的亨利·道斯（Henry Dawes，1816—1903）是1887年《道斯法案》的起草人。该法案将原本部落所有的印第安土地私有化，使大约超过9 000万英亩的美国印第安人的土地就此支离破碎（Hoxie 154）。法案颁布后出现了大量的偷窃、诈取和立契转让土地的行为。

他们在那里上了火车，被送往佛罗里达。"

"佛罗里达？"约翰·科利尔[1]说，"听起来不算太糟嘛。"

"他们被囚禁在马里恩堡，那是圣奥古斯丁的一座古老的西班牙堡垒。"

"噢，可恶。"

"负责在马里恩堡看管他们的是一名中尉，名叫理查德·普拉特。为了帮这些囚徒打发无聊的时光，普拉特给了他们一些绘画用具、账簿和彩色铅笔。有些囚徒开始画画，描绘他们与军队，以及其他部落之间的战斗。他们还画了平原上的生活，有些人甚至画了他们的狱中生活。这些绘画被称为大平原印第安人账簿美术。"

艾尔伯塔按了一下按钮，第一张幻灯片出现在屏幕上。"这幅画的作者叫小酋长，他是夏延人。画名是《追赶两个奥色治人》。"

"这幅画的作者叫斜眼，也是夏延人。画里描绘的是夏延人和美国军队的一场战斗。

这是一幅基奥瓦艺术家创作的绘画，他的名字叫埃塔勒。这幅画不需要解释。"

艾尔伯塔一张张地放着幻灯片。亨利·道斯坐在教室后面，头

---

1 历史上的约翰·科利尔（John Collier, 1884—1968）是20世纪30年代罗斯福"新政"政府印第安事务专员。他推翻了道斯的同化政策。1923年，他组织了"美国印第安防卫协会"，反抗《伯萨姆法案》。参见第49页脚注1。他提出了以印第安人的意见和建议为基础的《印第安人重组法》。

埋在胳膊里，睡得很香。玛丽·罗兰森[1]和伊莱恩·古德尔[2]弯着身子，头靠着头。汉娜·达斯顿[3]和约翰·科利尔又把他们的课桌拖到了一起，现在几乎是坐在对方怀里。海伦·穆尼[4]坐在前排，正记着艾尔伯塔说的每一个字。

"这幅画的名字是《在战争路上》。作者是一个名叫制药的夏延人。"艾尔伯塔突然提高了嗓音，"有些画可能会考到。"

亨利·道斯的脑袋从胳膊上滑了下来。玛丽和伊莱恩停止说话，抬起眼睛。

"道斯先生，你有没有在这些画里看到不同寻常之处？"

亨利眨了眨眼睛，好像猫头鹰突然看到了光。"嗯……我不知道你究竟问的是什么……那些幻灯片，是吗？嗯，画得不太好。"

"怎么不好，道斯先生？"

"嗯，我是说，这些画像是线条画。你知道，就像小孩子画的。"

"谢谢你，道斯先生。"

1　历史上的玛丽·罗兰森（Mary Rowlandson，1635—1678）在菲利普国王之战（1675—1676）中被印第安人囚房。创作了充满暴力和血腥的反印第安作品《遇劫记》。有关叙述囚房经历的作品，参见 Namias。

2　历史上的伊莱恩·古德尔（Elaine Goodale，1863—1953）是年轻的改革者（达科他地区印第安教育主管），后来成为苏族医生查尔斯·伊斯特曼（又名奥希耶萨）的妻子。伊斯特曼是伤膝河大屠杀（1890）之后第一个赶到现场的医生。他们在大屠杀发生后几周相识，并很快结婚。参见 Hoxie。

3　历史上的汉娜·达斯顿（Hannah Duston，1657—1737?）在18世纪中期被印第安人囚房，后与其他人一起用印第安人的战斧杀死捉获她的人并剥其头皮，为死去的孩子报仇。科顿·马瑟（Cotton Mather）、亨利·梭罗（《在康科德河上的一周》，1849）和纳撒尼尔·霍桑在作品中都提及此事，后者在写给儿童看的书中复述了这个故事。

4　海伦·穆尼（Helen Mooney），也是本书作者的家人的名字。

"不客气。而且颜色也有些不同寻常。"

"颜色？"

"我指的是深浅不同的棕色。好像每个人都喜欢用大量的棕色和红色。我是说两种颜色一起用。总是这样。可能是传统什么的。"

艾尔伯塔叹了口气。星期五下午。她放了最后两张幻灯片，一张是一个叫白马的人画的，另一张是一个叫沃霍的基奥瓦人画的印第安和白人文化的相遇。

"我们可以从这些画里做出什么推断？这些画有没有告诉我们它们的作者是什么样的人，他们生活的世界是怎样的？"

一片奇妙的意味深长的沉默。艾尔伯塔看了看手表。"那么，你们有什么问题吗？"

"这些印第安人。有人逃跑吗？"

"从马里恩堡逃跑？"

"是啊。有人跑掉了吗？"

"没有。"[1]

"他们就坐在那儿画画？"

"不是所有人都画了。据我们所知，没有一个科曼切人画过一幅画。七十一个囚徒中，只有二十六个人画了画。"

海伦·穆尼举起手来，她的头几乎贴在了笔记本上。"我想你刚才说的是七十二个囚徒？"

"没错，"艾尔伯塔说，"刚开始是七十二个。但是，在去马里

1　影射美国西部片《阿帕切人》（1954）。影片中的勇士马萨伊于1885年和杰罗尼莫（阿帕切部落的杰出首领和巫医）一起被送往马里恩堡，他们从火车上逃跑，步行回到祖先的土地。但是，正如艾尔伯塔所指出的那样，当时没有人逃跑。（Brown 412）

恩堡的途中，一个叫灰胡子的夏延人被开枪打死了。"

亨利·道斯仍然醒着。"他是不是企图杀死看守什么的？"

"不是，他从火车车窗跳了出去。"

"那么，有一个人确实试图逃跑。"

"不完全准确。"

"但是他从车窗跳出去了。"

"他的双手和双腿都被锁链锁住了。"

"他们开枪打死了他？"

"是的。"

"噢，可恶。"

"我还应该说明，"艾尔伯塔说，"有一个囚徒是位女性。但是她没有画画。"

"她做了什么？"伊莱恩·古德尔说，"我是说，他们为什么把她关起来？"

"她是其中一个囚徒的妻子。还有问题吗？"

玛丽·罗兰森噘起嘴唇，把一支铅笔放在鼻子下面。"我们要记住所有这些人的名字吗？我是说，考试会考到吗？"

"有可能考到，罗兰森女士。"

"如果我们知道他们是谁，但是名字拼不对，怎么办？"

"那就可能拿不到满分。"

艾尔伯塔合上文件夹，打开灯。"星期三我们把这部分内容讲完。别忘了，下星期我们会回到加拿大部分，讲曼尼托巴省和萨斯喀彻温省的梅蒂人[1]。我想我不必提醒你们，星期一是假日。周

1　梅蒂人（Métis），加拿大原住民的一个族群，是原住民和早期法裔加拿大人的混血儿。

末愉快。"

　　海伦·穆尼举起手。其他学生全都朝门口跑去。"弗兰克教授,"海伦说,"那七十一个印第安人。马里恩堡的那些人。我想知道。"

　　"想知道什么?"

　　"嗯,比如,他们后来怎样了?"

"那些树后来怎样了？"鹰眼说。

"嗯，这并不是我真正考虑的事。"独行侠说。

"但是并没有树啊。"鹰眼说。

"轮到我了。"

"我们可以继续吗？"以实玛利说。

"我一定会想念那些树的。"鹰眼说。

"但是天空很美。"鲁滨逊·克鲁索说。

"是啊，天空很美。"以实玛利说。

"我们是在墨西哥吗？"鹰眼说。

"不是，"独行侠说，"我想我们是在加拿大。"

"加拿大，"以实玛利说，"真是个好主意。"

"是的，"鲁滨逊·克鲁索说，"上次我们在这儿的时候真的非常开心。"

巴布·琼斯[1]坐在员工室里，看着窗外。她能看见医院西翼后面的那只绿色大垃圾箱，还有员工通道门口一排小一些的绿色塑料垃圾桶，这些垃圾桶看上去好像正在排着队等着进来。巴布也能看见她的车，那辆她从妹夫手里买的红色斑马[2]，她能看见消音器耷拉着，像一只熟了的棕色水果。一只黄狗正在嗅闻后轮胎。撒吧，巴布想，在轮胎上撒尿吧。没什么大不了。

"吉米[3]，"塞莱诺[4]警司对站在门口的穿制服的警察打了个手

1　巴布·琼斯（Babo Jones），见美国作家赫尔曼·梅尔维尔的短篇故事集《广场故事》（*Piazza Tales*）中的《贝尼托·塞莱诺》，巴布是这个故事中的主要人物之一。他是一名黑奴，是"圣多米尼克"号船上的理发师和奴隶起义的首领。他误导船长阿马萨·德拉诺，让其以为"船上一切如常"，其实船已经被巴布控制，正在驶向非洲，奴隶们在那里将得到自由。

2　斑马（Pinto），福特公司20世纪70年代出产的一种小型车。北美大平原上的一种马。哥伦布航行前往美洲时乘坐的三艘船中有一艘名为"平塔"号（Pinta）。

3　吉米·德拉诺（Jimmy Delano），可能与赫尔曼·梅尔维尔的短篇故事《贝尼托·塞莱诺》中的德拉诺船长有关联，也更可能与哥伦布·德拉诺有关联，后者是尤利西斯·S. 格兰特任美国总统期间印第安事务局的负责人。1875年哥伦布·德拉诺在南达科他州红云办事处虐待印第安人事件的指控中为印第安事务局辩护，尽管著名古生物学家奥思尔·查尔斯·马什提供的证据表明该办事处提供给印第安人的食物和烟草都是腐烂变质的。关于这一事件的负面报道导致哥伦布·德拉诺辞职。

4　塞莱诺警司，全名贝尼托·塞莱诺（Benito Cereno）。贝尼托·塞莱诺也是赫尔曼·梅尔维尔的短篇故事《贝尼托·塞莱诺》中的人物。船上发生了叛乱，领头人是黑人理发师和奴隶首领巴布。这里借此暗示文中塞莱诺警司与巴布·琼斯之间的关联。

势，"给这台分机找个插座。"

巴布舔了舔咖啡杯口。塞莱诺警司按下了录音机的几个按键。"好了，吉米，现在可以录了。"塞莱诺双手交叉，身体前倾。"那么，琼斯太太。早上很忙啊。你在这里工作很久了吗？"

"女士。"

"什么？"

"琼斯女士。我没结婚。"

塞莱诺警司微微一笑，双手指尖互相敲着。"好。你在这里工作多久了，琼斯小姐？"

"女士。我有四个孩子。"

"好。你在这里工作多久了？"

"十六年。"

"塞莱诺警司。"

"什么？"

"十六年，塞莱诺警司。"

"开玩笑吧。"

"这是件严肃的事情，琼斯女士。"

"你可以叫我巴布。"

塞莱诺警司靠在椅背上，双手按在鼻子下面，好像在闻自己的指尖。"那么，你在这里工作十六年了。"

"有些人以为巴布是个男人的名字。"

"在这里工作有时候会很无聊吧。"

"不是的。这是传统。"

"我的意思是，每天早晨起来，吃早饭，开车穿过城市，打卡上班。"

"老大都取名叫巴布。"

"但你一定有办法让一天快乐起来。"

"你在录音吗？"

"是的，琼斯女士。"

"你花很多时间看电视吗？"

"让我来问问题好吗。"

巴布端起咖啡，看向窗外。斑马停在一个水坑里。后轮半没在水中。黄狗不见了。

"当然。我会告诉你我对斯科蒂说的话。他就是那个给你打电话的人。也许你应该找他谈谈。他花很多时间看电视，他也有一台和你那个一样的录音机。"

"现在我们更愿意和你谈，琼斯女士。"

"没问题。你想知道什么？"

"所有一切。"塞莱诺警司说。

巴布想知道水是从哪儿来的。她记得自己没有把车停在水坑里。巴布朝塞莱诺警司笑了笑，他也朝她笑了笑。没有露出牙齿。只是嘴角微微上扬。

"当时是六点钟，"巴布开始说道。"和我每次当班一样，我每周当班六天。要是他们让我上七天班，我也会愿意的。孩子让你精力充沛。你有孩子吗？"

巴布停顿片刻，看着塞莱诺警司把两根食指伸进鼻孔里。"我敢打赌你们每周只工作五天。对吗？"

"你六点钟来这里上班，琼斯女士。"

"我有三个女儿一个儿子。"

"你六点钟来上班时发生了什么？"

"阿莉森是老大。她长得像我。我有照片。"

"你是开车来的。"

"是的。我开车上班。我开进停车位，看着这座华丽建筑的背面，决定今天开始戒烟。"

"你开进停车位。"

"没错。把烟扔在仪表板上。现在那些烟还在那儿呢。你几乎可以看得见。你们是从前门进来的。对吧？前门是白色的，很漂亮。唉，后面很脏。我每天早晨都看得到。就像艾略特医生在办公室墙上贴的那些照片。是抽烟给弄的。把肺给弄成那样的，我是说。把肺弄得脏兮兮皱巴巴，就像葡萄干或者李子干。"

"你开进了停车位。"

"我不知道是什么把医院后面给弄成了那样。你抽烟吗，塞莱诺先生？"

"塞莱诺警司。"

"那是意大利姓，还是西班牙姓，还是什么？"

"后来发生了什么？"

斑马车的后轮没有沉进水坑里。巴布现在可以看清了。她被水的反光误导了。是轮胎瘪了。

"所以今天就是戒烟日。本来也该是。我感到很强壮。真的强壮。我有四卷救生牌硬糖。戒烟的时候你得有这个。冷火鸡肉可以。我妹夫试过。真的很难，这个事儿。你得有东西来填补。"

"这很有意思，琼斯女士。"

"你能相信我有三十多年的烟龄吗？我仍然感觉很好。咳得不厉害。是孩子们让我戒烟的。"

"这很有意思。"

"那位警察抽烟吗？"

"不抽。"

"见鬼。"

水是从哪儿来的？散热器是新的——至少马丁是这么告诉她的。现在消音器已经没到了水下。

"嗯，当时还早，"巴布又开始说道，"我总是早早地就来了。为了占那边那个停车位。你要是晚来半个小时，就得从另一个停车场走过来。我应该明天戒烟，你知道。这件事让我心烦。也许我应该去拿一包。"

"也许你应该过会儿再去拿，琼斯女士。"

"我不会抽的。是为了抵抗诱惑。马丁说你随身带一包烟，但是不抽。这样做会让你变得坚强。"

"我相信你一定非常坚强，琼斯女士。"

"我一个人带大了四个孩子。你叫什么名字？我来猜猜。是不是本？那是我儿子的名字。"

"琼斯女士……说说医院？"

"他没挺过来。"

"什么？"

"不是你的错。马丁就是不坚强。佐拉跟他结婚的时候我就告诉过她。'他不会戒烟的。'我说。我总是尽力帮忙。"

"琼斯女士——"

"从他手里买了那辆车。总是尽力帮忙。"

"说说医院？"

水坑变大了，变得更宽也更深。远远看去，斑马车有点像一艘船。巴布挤了挤眼睛，又看了一次。"后门是锁着的，和平常一样，我打开了锁。就像平常一样。"

"那是什么时候？"

"六点钟。"

"六点整吗？"

"也许六点还差几分钟。"

"你在六点钟开了门？"

"也许六点过了几分钟。"

"然后呢？"

"那里死气沉沉。你在早晨去过医院吗？不是那些常规医院。我在总医院工作过。忙，忙，忙。急诊病房总是挤满了人，有人流血，有人尖叫。疯子医院是适合工作的地方。没有多少人来看疯子，九点后他们也不大四处走动。吃了药。药起了作用。"

"我打开后门，走到我的房间，把外套挂起来，看看多米尼克是不是又把湿拖把留在桶里了。一切正常，于是我朝咖啡机走去。他们六点半之后才开始算我工作，所以我喝点儿咖啡，四处看看。"

"看什么？"

"什么意思？"

"你找什么？"

"没什么。我四处走走。有时候读会儿杂志。然后检查我需要清理的乱糟糟的东西。你知道，把这个地方察看一遍。看看从哪儿开始。"

不，巴布想，并不是一艘船。车门上的红漆开始起泡。轮舱四周都是棕色斑点。天线弯向一边。根本不是一艘船。

"这就是我正在做的事。喝咖啡，走走看看。你知道，这是一份重要的工作，今天我对自己说，巴布，你不应该抽烟，因为现如今如果你抽烟的话，没人会把你当回事儿。"

巴布喝完了咖啡。塞莱诺警司脸上仍然挂着亲切的微笑。他把手指放在了嘴唇上。现在斑马车开始移动，朝着更远的那个停车场漂去。

"所以，就像我告诉斯科蒂的那样，"巴布说，"我到这儿的时候，她们已经不见了。"

独行侠、以实玛利、鲁滨逊·克鲁索和鹰眼站在高速路边，环顾四周。

"好啦，"鹰眼说，"我们到了。"

"是的，"独行侠说，"我们到了。"

大地一马平川，沿着弧线向远方无限伸展。几个印第安老人可以从他们站的地方看见各个方向的世界边缘。

"太阳太美了。"以实玛利说。

"是啊，太美了。"

"草的颜色真漂亮。"

"是啊，真漂亮。"

"风吹在脸上的感觉真好。"

几个印第安老人绕着一个圆圈走着，看着天空和草地，感受着吹在脸上的风。

"所以，"以实玛利说，"我们又迷路了吗？我们又犯错了吗？"

莱昂内尔一生只犯过三个错误，那些错误当时看起来无关紧要，却不知怎么地失去了控制。那种很久以来一直伴随着你的错误。他可以说出每一个。

　　莱昂内尔犯的第一个错误是想要切掉扁桃体。那是他八岁时发生的事，从很多方面来看那都是一个简单的判断失误。学校里的几个孩子喉咙疼，最后洛伊丝·詹姆斯的扁桃体被切除了。洛伊丝切除扁桃体这件事让莱昂内尔注意最多的是她在家休息了两个多星期没上学，而且你根本看不出来她做了手术，但后来老师们对待她的态度就好像她是个皇室成员。格罗夫太太给她买了一根棒棒糖，外面是硬糖，里面是耐嚼的软糖。是绿色的，莱昂内尔最喜欢的颜色。所以当莱昂内尔喉咙疼的时候，他开始想到洛伊丝和她的扁桃体。他的情况没有好转，妈妈带他去社办公室看卢米斯医生。

"你知道，"诺尔玛说，"自从房子盖好后我们就没有换过新地毯。我记得这件事，因为那年冬天你去了卡尔加里切喉咙。"

　　"是扁桃体，姨妈。"

　　"真不能相信我的亲妹妹让他们对你做那样的事。没头脑。"

　　"他们什么也没做。"

　　"让他们在你身上动刀子。"

卢米斯医生是个瘦削的老人，头上顶着一大蓬白发，眼睛好像要从脑袋里蹦出来似的。他的舌头特别长，说话的时候舌头会在脸上绕来绕去，舔到嘴角和下巴。他每周到保留地来一次，给病人看病。他没有正式的诊所，也难得有病人。保留地的大多数人都去看玛莎·老鸦或耶西·多枪。他们才是首选医生。卢米斯医生通常在社办公室的餐厅打发时间，喝喝咖啡，聊聊世纪初他接受培训的那家多伦多的医院。

莱昂内尔的妈妈先带他去看了玛莎，玛莎摸了摸他的耳朵和肩膀，看了看他的眼睛，然后说："这事儿简单。也许应该带这孩子去看青蛙医生。上星期没有人去找他看病。那家伙的感情也许受到了伤害。"

于是，星期三，莱昂内尔的妈妈拖着莱昂内尔去了社办公室。卢米斯医生和莱昂内尔的妈妈握了手，用舌头舔了舔鼻尖，对她说，她儿子遇到了最好的医生。"我是在多伦多学的医，你知道。"他说。

莱昂内尔告诉他，他的喉咙疼得厉害，咽东西和动动头都困难，而且经常做错数学作业。卢米斯医生噘起嘴，严肃地点着头。他捏了捏莱昂内尔的脖子和脸和肩膀，还让他迅速地大声地吸气。

小吃部的莉莉拿起了电话。卢米斯医生开始捶打莱昂内尔的胸口和摸他的腋下的时候，餐厅里已经聚集了大约二十个人。

"这里疼吗？"

"很疼。"

"这里疼吗？"

"也疼。"

"这里疼吗？"

"噢……"

查理·望熊比莱昂内尔大两岁，因为一次二婚成了他的亲戚。他抓住裤裆，大声说："这儿疼吗？"但是卢米斯医生没理睬查理，继续用瘦骨嶙峋的手指在莱昂内尔身上戳来戳去。最后，他从外套口袋里拿出一根扁扁的小棍子，伸进莱昂内尔的喉咙里。"说'啊……'。"

莱昂内尔差点儿窒息。

"好了，"卢米斯医生说，"这孩子喉咙疼，而且很严重。没什么办法。最好把阿司匹林碾碎了和蜂蜜柠檬一起服下。让他多喝水。也许让他在床上躺几天。"

"真的很疼啊！"莱昂内尔说。

"当然，扁桃体发炎了，看上去不健康。今后可以把扁桃体切除了。它们会不停地发炎。趁孩子小的时候切除更好。"

莱昂内尔能看到妈妈脸上的痛苦表情。"我不觉得需要去医院，"她说，"我们应该等等看。"

"我连饭都不能吃！"莱昂内尔说。

"手术很简单。"卢米斯医生说。

"瞧！"

莱昂内尔的妈妈摇了摇头。"他的成绩不太好。如果做手术，他会缺多少课啊？"

莱昂内尔记得，就是在这个时候这个主意开始土崩瓦解。

"实际上，"卢米斯医生说，"根本不需要缺课。我们可以夏天做手术。"

"夏天？"莱昂内尔说，"我才不想在夏天做手术。"

查理咧着嘴笑。"约翰·韦恩[1]会怎么做？"他轻声说，一边抓住自己的头发，把脑袋转到一边，用手在脖子上比画着用刀割的动作。

"我们不想让你再缺课了，宝贝儿。"

"我不在乎缺课。洛伊丝切了扁桃体，缺了课，但她还是考了好成绩。"

卢米斯医生哈哈大笑，两只眼睛凸出得更多了，舌头伸到了下巴上。"你们考虑一下，然后告诉我。看看喉咙的情况。他得去卡尔加里做手术。"

回家的路上，车里，莱昂内尔闷闷不乐地坐在前面，盯着车窗外面。"我的喉咙这个样子，我做不了作业。"

这周剩下来的几天里，还有下一周，莱昂内尔拖着脚在家里走来走去，咳嗽着，抱怨着，直到最后妈妈给卢米斯医生打电话，请他尽快安排手术。

诺尔玛迎着光亮举起那块绿色地毯。"玛莎让你妈妈别去管扁桃体。但是，噢，那可不行，卡默洛是开明人士，你知道。印第安医生是不够好的。"

"那是很久以前了，姨妈。"

"拉蒂莎去看玛莎。应该听你姐姐的。"

1　约翰·韦恩（John Wayne，1907—1979），著名西部片演员。韦恩因为出演约翰·福特导演的《关山飞渡》而成名；曾与玛琳·奥哈拉在《一将功成万骨枯》等影片中搭档。虽然他曾扮演过一两个同情印第安人的角色，却渐渐成为"银幕上痛恨印第安人的牛仔典型"，尤其在出演《搜索者》（1956）之后。在他的演员生涯后期，北美印第安人曾对他的影片进行抗议。

"过去没法改变。"

"你姐姐是家里的聪明人，毫无疑问。"

"那乔治・晨星[1]呢？真是个聪明的选择。"

"当时以为你肯定要死了。"

"那乔治・晨星呢？"

"让他们在你身上动刀子。"

于是，二月初，莱昂内尔和妈妈驱车二百一十公里到卡尔加里去。莱昂内尔的一个姨妈住在卡尔加里。"我住在吉恩那儿，"妈妈对他说，"这样我就可以每天来看你了。"

儿童病房没有床位，医院安排莱昂内尔住在另一栋翼楼。"你只在这里住一晚，"护士说，"手术后我们会把你和其他孩子挪到一起。"

莱昂内尔高兴地发现护士都太忙了，没时间来烦他，于是他可以自由自在地在医院四处闲逛。餐厅是他最喜欢去的地方。妈妈给了他三块钱，用于紧急开销。莱昂内尔考虑之后，认定这里面包括买甜甜圈的钱。傍晚，一个高个子金发妇人来到房间。

"你好，"她说，"你一定是那个得到了免费乘飞机机会的幸运小伙子吧。"

1　乔治・晨星（George Morningstar），美国印第安战争中的白人骑兵指挥官乔治・阿姆斯特朗・卡斯特（George Armstrong Custer，1839—1876）被达科他地区的印第安人称为"晨星之子"或"群星之子"。当时为白人军队服务的克罗族侦察兵"白人所驱"，又名"晨星之子"，此人可能将自己的名字给了卡斯特。"无论名字来历如何，他喜欢被称作'晨星'。骑兵们还给他起了其他名字……但是显然他最喜欢这个名字"（Connell 184）。同时可参见第70页脚注2。

莱昂内尔喜欢这类游戏。"就是我，"他说，"我们什么时候走？"

　　"嗯，"金发妇女说，"我们就快准备好了。你乘过飞机吗？"

　　"没有！"

　　"啊，你真的很幸运。"

　　一小时后，一位护士推着一辆轮椅进来，莱昂内尔被推上一辆红色和白色相间的救护车，开到机场，送上飞机。

　　"我妈妈也会来乘飞机吗？"

　　"别担心，小伙子，"救护车司机说，"护士说她会在多伦多等我们。"

　　"多伦多！"莱昂内尔说，"我从来没去过多伦多！"

　　"很让人激动啊，是不是？"

　　"就是。"

　　莱昂内尔到了病童医院，每个人都很友好。一位让他想起路易丝姨妈的年长的护士把他带到房间，告诉他即将给他做手术的医生的所有情况。这位医生自己有三个孩子，而且这个年代心脏手术是非常常见的手术，护士说。

　　"我的心脏没有问题，"莱昂内尔说，"我的扁桃体疼。"

　　"不用担心，"护士说，"像你这样的心脏手术真的非常简单。"

　　"我的心脏很好。"

　　"明天会更好。"

　　莱昂内尔以为护士在开玩笑，于是大笑起来，然后看着她的脸。"我妈妈在哪儿？"

　　"她明天就来，小甜心。你醒来的时候她会就在你身边。你最好现在就上床，好好睡一觉。"

就在那一瞬间，莱昂内尔知道发生了一个可怕的错误，他独自一人在多伦多，妈妈在卡尔加里，早晨，一个有三个孩子的医生就会来切开他的心脏。于是他哭了起来。

"我的心脏好好的。什么毛病都没有。我的扁桃体坏了，就是这样。"

护士试图让他平静下来，告诉他她会去看看医院能不能联系到他妈妈，同时他可以在休息室看看电视，休息室就在过道那头的左手边。在最后一刻，护士一定意识到自己犯了错误，因为她在他走到门口时叫住了他。"等一下，亲爱的，"她说，"我和你一起去。"

但是她说迟了。莱昂内尔向右转，飞快地沿着过道跑了。他看到一段楼梯，于是沿着楼梯跑下去，跌跌撞撞地跑进大厅，还没有人来得及做出任何反应，他已经跑出前门，跑进夜色之中。他一直跑到央街的一家电子游戏厅，正准备给家里打电话，游戏厅经理发现有一个光着脚的印第安小孩，穿着像是病号服的衣服，于是叫了警察。

莱昂内尔被拽回了医院，一路上他一直在说他的心脏没问题。到了医院，住院医师明智地给卡尔加里那边打了电话，发现他们在等的是一个叫蒂莫西的十岁白人孩子，而不是一个叫莱昂内尔的八岁印第安孩子。

第二天，他带着完好无损的心脏和扁桃体被送上了飞机。回到保留地时，莱昂内尔的喉咙感觉好了。

但事情还没完。十四年后，他申请购买保险时，发现虽然他已经几乎忘记了这件事情，当初那个错误却不知怎么被留在了档案里。保险公司希望他进行体检，并对心脏状况进行单独评估。

"你知道你让我想起谁了吗？"诺尔玛说。

"伊莱舅舅。"莱昂内尔说。

"你让我想起你伊莱舅舅。"

诺尔玛把那块绿色地毯放在仪表盘上的蓝色地毯旁边。

"他也不相信印第安医生。"

莱昂内尔能感到眼睛在慢慢闭上。他把方向盘握得更紧，轻轻地前后晃动身体。

"伊莱也上了大学，和你一样。但是他毕业了，拿了博士学位。"诺尔玛说"士"这个字的时候好像在清嗓子。"他以前会精心打扮，就像你一样。你知道吗，伊莱把鞋子擦得那么亮，你低头看他的鞋的时候能在上面看到天空。"

莱昂内尔活动了一下脸部，想用这个办法努力不让眼睛闭上。

"你舅舅想成为白人。就像你一样。"

莱昂内尔能看见太阳、道路和方向盘。诺尔玛正在和什么人说话。他能听见她的声音，听上去温暖而遥远。

一年后，莱昂内尔申请了汽车贷款。他去和贷款经理核实情况时，经理让他坐下，面带微笑，问他后来心脏有没有出过问题。

在那之后六个月，他申请了一份开校车的兼职工作，却因为健康问题而被拒。很多年来，心脏病基金会一直给他寄关于可免税捐款的信函。

三年前，一位女士从卡尔加里打来电话，说他们正在组织一个团体，宗旨是帮助像布洛瑟姆这样的偏僻城镇的心脏病人，她问莱昂内尔是否愿意参加三月份的第一次集会，分享他的经历。

"白人，"诺尔玛摇着头说，"好像他们有什么特别似的。好像这个世界上的白人还不够多似的。"

这些水都是从哪儿来的？上帝说。

"我敢打赌你会喜欢一小块干燥的土地。"卡犹蒂说。

我的混沌的地怎么了？上帝说。

"我知道我肯定会喜欢的。"卡犹蒂说。

我的空虚怎么了？上帝说。我的黑暗在哪里？

"嗯，"卡犹蒂说，"也许我最好现在就道歉。"

"你可以过会儿再道歉，"俺说，"注意听。"

好吧。其实有两个世界，你知道。一个是天世界。一个是水世界。

"郊狼都住在哪儿？"卡犹蒂说。

"别管郊狼了。"俺说。

天世界里应有尽有。都是些天上的东西。有天驼鹿。有天熊。有天麋鹿。天野牛。

"还有天郊狼？"卡犹蒂说。

这全都错了。上帝说。每个人都知道只有一个世界。

"听俺说，"俺说，"俺只说一遍。"

≈≈≈

在水世界里，有各种水里的东西。水乌龟。水鸭。水鱼。诸如此类。

天世界里有一个女人。高大的女人。强壮的女人。

第一女[1]。

第一女走过来走过去，说，打起精神，她说，别做孤家寡人。她在那个世界里走过来走过去，脑袋伸在树丛间，眼睛看着远方，寻找变形的需要修理的东西。然后她走出了世界的边缘。

她开始往下坠落。

噢，噢，第一女说，这好像一次新的探险啊。她说对了。

在下面的那个水世界里，水动物们抬起头，看见那个高大强壮的女人正从天下掉下来。鸭子们叫道，小心，小心。它们飞起来，接住那个女人，把她带到水上。

那是什么声音？乌龟奶奶说。她游上来看看这一阵忙乱是怎么回事儿，那些鸭子就把第一女放在了她的背上。

嗬。乌龟奶奶看到自己背上的女人时说。你在我背上。

没错。第一女说。我想我们最好造些土地。于是她们就造了土地。第一女和乌龟奶奶一起。她们弄了些泥，把泥放在乌龟奶奶背上，很快，泥就开始长起来。

这真是个不错的戏法。卡犹蒂躺在充气床垫上漂过来说。我

1　第一女（First Woman），北美印第安神话中的人物。第一女从天下掉下来和乌龟背上造土地是塞内卡族较为常见的故事。切罗基族也有类似的故事，但人物是星星女。

能帮忙吗。

打起精神。第一女说。

别做孤家寡人。乌龟奶奶说。

那些泥变得很大很美。

真美啊,老卡犹蒂说,但是我们真正需要的是一个花园。

的确如此。那个颠倒的上帝说。

"看,看,"卡犹蒂说,"这是老卡犹蒂。"

"别激动,"俺说,"俺们有很多事要做呢。"

我们最不需要的就是花园,乌龟奶奶说。

不,不,不。老卡犹蒂说。花园是个好东西,相信我。

噢,噢。第一女说。好像又是一次探险呢。

"故事就是这样开始的,"俺说,"这就是开始。"

不,不。上帝说。根本就不是这样开始的。开始是一片空虚。
开始有一座花园。

"等着,"俺说,"很快就讲到花园了。"

哈利路亚。上帝说。

"老卡犹蒂会造出漂亮花园吗?"卡犹蒂说。

"不太可能,"俺说,"俺们能继续了吗?"

第一女的花园。第一女造了一座花园,和阿蛋住在里面。俺不知
道他是从哪儿来的。这样的事情是会发生的,你知道。

所以,有了花园。还有第一女和阿蛋。一切都很完美。一切

都很美丽。一切都很无聊。

第一女走过来走过去，脑袋伸在云端，在天上寻找变形的需要修理的东西。她没有看见那棵树。那棵树也没有看见她。他们撞到了一起。

对不起，树说，也许你想要吃点儿东西。

那很好啊，第一女说，于是各种好吃的东西从树上掉了下来。苹果掉了下来。甜瓜掉了下来。香蕉掉了下来。热狗。炸面包、玉米、土豆。比萨。特别脆的炸鸡。

谢谢。第一女说。她捡起所有吃的，带回去给阿蛋。

会说话的树！会说话的树！上帝说。这是个什么世界啊？

"有人说了吃的东西吗？"卡犹蒂说。

"坐下，"俺说，"天啊，这个故事得花很长时间才能讲完啊。"

第一女把所有吃的都带回去给阿蛋。阿蛋很忙。他正在给所有东西起名字。

你是微波炉。阿蛋对麋鹿说。

不对，麋鹿说，再试一次。

你是车库拍卖。阿蛋对熊说。

我们得给你找副眼镜戴上。熊说。

你是电话簿。阿蛋对雪松说。

差不离了。雪松说。

你是芝士堡。阿蛋对老卡犹蒂说。

肯定是午饭时间到了。老卡犹蒂说。

别管这个，第一女对阿蛋说，这里有吃的。

等一下，上帝说。那是我的花园。那是我的东西。
"别跟俺说，"俺说，"最好跟第一女说。"
我会的，上帝说。

就这样。有了花园。有第一女和阿蛋。有所有的动物、植物和与他们相关的一切。有所有的食物。

"老天，"卡犹蒂说，"食物闻起来真香啊。"
他们不能吃我的东西，上帝说。他跳进了花园里。

噢，噢。第一女看见上帝跳进花园里时说。那正是我们把事情整理好的时候。

艾尔伯塔回到办公室时，看见门上贴了一张字条，说一位叫望熊的先生给她打过电话，他会在4点钟再打过来。艾尔伯塔站在窗边，看着窗外深山沟两边的沙枣林。她能感到吹在楼房上的风，能看见大草原上黄色的草在风中沿着陡岸向下翻卷。在西边，拱状云朵高高耸起，像一只猫拱着背。

艾尔伯塔等电话响了四声才拿起听筒。

"嘿，艾尔伯塔。我是查理。我们总是错过对方。"

"你好，查理。"

"那么，这个周末你会过来。"

"查理，你知道我得回家。"

"你可以下个周末回家。这个周末是长周末。乘飞机到埃德蒙顿来。把这当作一次探险。晚餐、表演、购物，你知道的。"

艾尔伯塔知道。"查理，这听上去很好，但莱昂内尔要过生日，我跟他说过我会去的。"

"莱昂内尔？你开玩笑吧。我的意思是，他是个好人，但你对他不是认真的，是吗？"

"不是。"艾尔伯塔说。她坐在椅子边缘，看着草上变换的光。"我对你也不是认真的。"

"嘿，我完全赞同。所以赶飞机来吧。告诉莱昂内尔你改主意了。他会理解的。"

"也许下个月吧，查理。"

"好吧，那我过来。"

"我跟莱昂内尔说过要和他一起吃晚饭。"

"我飞过来，我们一起和莱昂内尔吃晚饭。我们唱'生日快乐'，然后你和我开车回卡尔加里。"

艾尔伯塔大笑起来。"查理，有时候你真是个混蛋。如果我来埃德蒙顿的时候带着莱昂内尔，你会有什么感觉？"

"你几乎从来不来。"

"我一直很忙。我要工作，记得吗？"

"嘿，我不是针对你，但你不是在和约翰·韦恩上床吧，是不是？"

"上帝啊，查理。"

"真的，艾尔伯塔。我知道莱昂内尔是朋友。见鬼，他也是我的朋友。他不仅是朋友，还是家人。但你不可能对他是认真的。我是说，他在水牛·比尔·伯萨姆[1]店里卖立体声音响和电视机，而且他多大了……四十六？"

"三十九。明天四十。"

"真的？"

"查理！"

1　水牛·比尔·伯萨姆（Buffalo Bill Bursum），这个名字由水牛·比尔和比尔·伯萨姆两部分组成。水牛·比尔可能暗指威廉·F. 科迪（William F. Cody）。他首创了《水牛·比尔·科迪西部秀》（*Buffalo Bill Cody's Wild West*），在美国巡回演出，其中有对印第安人形象的耸人听闻的塑造。比尔·伯萨姆可能暗指霍姆·O. 伯萨姆（Holm O. Bursum）。他是美国新墨西哥州议员，主张勘探和开发新墨西哥州的矿产资源。1921年，他起草了臭名昭著的《伯萨姆法案》（Bursum Bill），该法案使得印第安人丧失了大片土地，让白人获得了土地所有权和水源使用权。参见 Washburn。

"好吧，好人挺好，莱昂内尔是个好人。他只是一直没能成功。"

"你也在伯萨姆店里卖过电视机和立体声音响。"

"是的，但是有区别。我卖过那些垃圾。但是现在我不卖了。我从那个地方走了出来，获得了成功。莱昂内尔永远不会出来。见鬼，再过几年他就会回到保留地去竞选社议员了。再说，你知道我对你的感觉。"

"这就是我去布洛瑟姆的原因之一。"

"得了，艾尔伯塔。"

"这个电话让你破费了，查理。我们看看下个月能做点儿什么吧。"

电话那头停顿了很久。艾尔伯塔拿起一支笔，记下来要在走之前把大衣送到干洗店去。

"好吧。如果你想看一个四十五岁的卖电视机的家伙吹灭生日蜡烛，那就去吧。"

"我很高兴得到了你的批准。"

"我真的很喜欢你。"

"真浪漫。"

天空渐渐变暗，透出瓦灰色和珊瑚色。艾尔伯塔最不愿意做的事情就是开三个小时的车。现在，她其次不愿意做的事情就是和莱昂内尔或其他人一起度过三天的周末。她真正想要的是一大碗奶油蘑菇汤，一个热水澡，两片烤肉桂面包，以及一部好看的推理剧。

艾尔伯塔喜欢自己的生活里有两个男人，特别是他们俩都在两百多公里以外。他们到卡尔加里来的时候，她非常开心。她的城市，她的房子，她的规矩。她不喜欢追着他们，忍受沾了头发和沙砾的浴缸，还有放着汉堡、冷冻玉米、白面包、香草曲奇和啤酒的冰箱。很久以前买的蔬菜都快在塑料袋里变成了石油。

她尤其讨厌莱昂内尔和查理为制造浪漫的夜晚而挑选的录像，录像里的每个人都开着车互相射击。有一次，她提议想看没有枪也没有车、没有爆炸的机器或者发狂的机器人的录像，于是莱昂内尔从店里带回来了《洛奇3》。

她最恨的是冷冰冰的抛光棉床单。她认识的男人里面没有一个人用绒布床单，要不是虚伪的自尊，她会在去看他们的时候自己带一套的。查理有缎子床单。要说有什么区别的话，缎子床单比棉床单更冷，上面滴了什么或是有什么污渍都看得清清楚楚。

但是同时有莱昂内尔和查理两个男人，这让她不必承受只和一个男人交往所带来的焦虑。如果只和一个男人交往，这段关系就应该经过几个明确的阶段，轰隆隆地沉稳地向前进，一路经过最初的约会、长时间的交谈、单纯的激情、搂抱、亲吻、抚摸、做爱、严肃谈话、相互承诺这几个通向婚姻以及婚后生活的小站点。艾尔伯塔刚刚和两个男人都经过了做爱这个站点，就让社交的火车头脱了轨，翻倒在令人愉快的伙伴关系和定期做爱这个长满了草的路肩上。有些女人会认为同时有两个男人是有钱人才会有的尴尬，但是艾尔伯塔知道，没有男人最安全，其次是有两个。

当查理开始谈到承诺的时候，艾尔伯塔就给莱昂内尔打电话。当莱昂内尔开始暗示两人应该花更多时间在一起的时候，艾尔伯塔就接连两三个周末飞到埃德蒙顿去。男人想要结婚。艾尔伯塔确信，男人渴望性，但更渴望婚姻。到目前为止，她一直在两个人之间保持着平衡。距离起了作用。

　　但这也导致了一些并发症，这些并发症需要她做出决定。艾尔伯塔不想做决定。

"你知道我不能独自做出那样的决定。"约翰·艾略特[1]医生透过眼镜框的上方露出了笑意。阳光从霍华医生背后的窗户照进来,约翰要眯起眼睛才能看清桌子后面那个人的身影。"况且,他们会回来的。他们每次都回来。还记得他们上次失踪的情形吗?"

"黄石公园。"霍华医生说。

"乔……乔,我们谈过这个。"

"书里写着呢,"霍华医生说,"不是我编的。那几个印第安人是1988年7月18日失踪的。"

"是的,"艾略特说,"但是那也不能证明什么。"

"那个月底,黄石公园就烧起来了。"

"巧合。"

"圣海伦斯火山。他们在1980年5月15日失踪,18日火山爆发。"

"乔,"艾略特说,"你必须停止这么做。"

霍华医生一页页地翻着书。"1929年10月26日。[2]他们在1929年10月失踪的。你看这到底是怎么回事?"

"没有怎么回事。"艾略特说。

1　约翰·艾略特(John Eliot),可能暗指美国传教士约翰·艾略特(1604—1690)。他被称作"印第安使徒",反对奴役印第安俘虏。
2　当天发生纽约证券交易所股灾。

"这让人不得不想，1883年8月他们在哪里。"

"1883年？"

"喀拉喀托火山，"霍华医生说，"1883年8月27日。"

约翰看不见霍华医生的脸，但是他希望乔的脸上挂着微笑。"有点儿强迫症啊，你不觉得吗？"约翰为了朋友好而咯咯地笑了。

"什么？"

"那些日期。知道那些日期。我的意思是，知道那些确切日期。"

"都在书里呢。事件、概率、趋势、偏差。你可以自己看。"

约翰滑坐到椅子前面，试图在明亮的光圈里找到自己的朋友。"我不能签署证明。"

"他们死了，约翰。"

"我要看到尸体。"

"签署证明吧，约翰。很多年来你一直希望他们死掉。你自己说过他们不会活多长的。这不是你告诉我的吗？"

约翰跷起二郎腿。"我是说他们老了。见鬼，乔，我们俩都知道。他们应该死了……早就该死了。"

"如果你相信那些故事。"

"如果你相信那些故事。但是他们没有死，在他们死之前，我不能签死亡证明。"

"他们死了，"霍华医生说，"我能感觉得到。四个人都死了。我们只需要那份证明。心脏病突发，癌症，衰老。什么都行。有点儿创意。"

约翰把腿放下来。"乔，要是他们回来怎么办？这不是第一次了。甚至不是第二次。"

"37次，"霍华医生举起书，"据我们所知是37次。"

约翰推了推眼镜。"抱歉，乔。让我看到四个死了的印第安人，我就签证明。"

霍华医生能感到桌子在膨胀，变得越来越大。"看在基督的分上，约翰。要是我有四个死了的印第安人，我会交给你的。"

让艾略特吃了一惊的是那个声音，有力而迅疾，像冰在开裂。霍华医生举起手，好像还想说些什么。两人都静静地等待着。

"瞧，乔……那儿个印第安人不是在1969年和1952年也失踪了吗？"

"没错，"霍华医生说，"还有1971年，1973年，1932年……"

"好，好，"艾略特说，"这些年份都发生了哪些灾难？"

"这是一个模式，约翰。"

"也许没有什么模式，"艾略特说，"明白我的意思吗？也许那些年什么也没发生，或者那些年发生了一些好事。你想过吗？"

霍华医生在桌子那头看着约翰，仔细地看着他。艾略特在说话，在说有关印第安人的什么事情，但是霍华医生听不太清。他们就那么失踪了，令人难以理解。约翰不理解。就是这样。他一定认为这是个游戏。躲猫猫游戏。牛仔和印第安人游戏。

"这就是一个谜，乔。"艾略特站了起来，"我最好去看看警察有没有发现什么。你会没事的吧？"

所以那些印第安人又一次离开了。霍华医生看着约翰做手势、微笑。他嫉妒这个人面对灾难时如此从容。

艾略特在门口停顿片刻："我不能理解的是，他们是怎么逃走的。他们去哪儿？你想过这个吗，乔？还有，他们究竟为什么想离开？"

独行侠再次朝道路远处看去。这条路像一条笔直的线向前延伸，消失在远方。

"我们在等什么吗？"以实玛利说。

"等搭车。"独行侠说。

"我们得等多久？"鲁滨逊·克鲁索说。

"不用等多久。"独行侠说。

"你又无所不知了吗？"鹰眼问。

"我想是的。"独行侠说。

"我就怕这个。"鲁滨逊·克鲁索说。

"你还想知道什么？"独行侠说。

"你还想知道什么？"巴布说。录音机发出吱吱的声音，好像机械深处的什么东西正在滑脱。

塞莱诺警司叹了一口气，用手指按着两侧鼻翼。"这事以前也发生过，是不是？"

巴布看着塞莱诺。"你得去问霍华医生。他有这些事情的记录。"

"但是你也知道很多事情。"

巴布晃了晃咖啡杯。"你们要再来些咖啡吗？"

"不用，谢谢。"

"真的不用？"

"真的。"

"你喝咖啡吗？"

"也许你可以告诉我们一些你知道的事情。"

巴布晃着杯子里剩下的油腻的棕色咖啡。"我知道的不多。"

塞莱诺警司闭上眼睛，对吉米做了个手势。"给琼斯女士倒杯咖啡。你喜欢不加糖不加奶吗，琼斯女士？"

巴布笑了。"你把钱放进去，咖啡机开始工作之后，一定要让杯子直着掉下来。有时候杯子掉歪了。弄得一团糟。"

"你要不加糖不加奶吗，琼斯女士？"

"少加奶油，一块糖。当心那个杯子！你知道是谁清理这个地方。别像我那个儿子似的。"

塞莱诺警司向后靠在椅子上，慢慢地左右摇晃着椅子。"好吧，琼斯女士。这四个印第安人……他们长什么样？"

"我说过。她们是印第安人。老人。"

"你觉得他们有多大年纪？"

"我不知道……四百岁，五百岁……"

塞莱诺警司把手指从鼻孔里拿出来，发出长长的空洞的声音，像马在喷气。

"当然我不能确定，"巴布说，"而且一个人过了七十岁或八十岁以后，就很难看出年纪。"

"那些印第安人告诉你的？"

"不是，"巴布说，"我听到了艾略特医生和霍华医生之间的谈话。"

"没有人那么老。"

"我估计她们还要更老，"巴布噘起嘴唇，"猜猜看……你们觉得我有多大年纪？"

"告诉我那几个印第安人的事情。"

"不，猜猜看。你们不会伤害我的感情的。"

"你四十六岁，琼斯女士。"

"嗯，快要四十六了！"

"年龄在你的个人档案里。"

巴布抓了抓头，看着窗外。斑马不见了。"我敢打赌你有……四十二岁。"她笑着看着塞莱诺警司说。

塞莱诺警司又把手指放回鼻子下面。"说说印第安人。"

"你也有她们的档案吧？"

"是的，我有。"

"我说得对吗？"

"我三十六岁，琼斯女士。"

"不，我说的是印第安人。"

塞莱诺警司用手指摸过鼻子，摸了摸额头，理了理头发。"琼斯女士，应该让我来问问题。"

"三十六岁！警察的工作一定很辛苦。"

吉米端着两杯咖啡进来了。"咖啡机挺不错的，"他说。"杯子没问题。我洒了一点儿在地板上，但我擦掉了。口味行吗？"

巴布呷了一口咖啡。"恰到好处。你冲的咖啡很好。"

"印第安人，琼斯女士？"

"嗯，她们很老。都很老。"

"你跟他们说过话吗？"

"当然。经常说话。"

"他们住在有保安的翼楼，是吗？"

"是的。但不知道为什么。她们都是特别好的人。"

吉米靠在墙上，呷着咖啡。"以前我的祖父就像那样，"他说，"疯疯癫癫的，但是特别好，至少对我特别好。"

"在我看来她们肯定不疯，"巴布说。

"但是他们的确逃走了，"塞莱诺警司说，"不是吗？你可以看出来我们很担心。"

"是啊，你们把我叫了过来。"巴布看见停车场尽头的丁香丛里有红色闪了一下。

"你能想出他们是怎么出去的吗？"塞莱诺警司接着问。

"不能。"

"完全不知道吗？有人可能忘了锁门。"

"她们就是那么出去的吗？"

"有人可能帮助他们逃了出去。"

是斑马。挂在灌木丛上，危险地向一边倾斜着。

塞莱诺警司清了清嗓子，打开面前的档案。"你是不是……"，他斜着眼看着档案，把档案举起来对着光，"红先生、白先生、黑先生和蓝先生的朋友？"

"谁？"巴布说。

"那些逃跑的人。"

巴布皱起眉头，喝了几口咖啡。

"怎么了，琼斯女士？"

"没什么，我想，"巴布说，"从来没听说过这些名字。我们还在说印第安人的事吗？"

"我们在说从医院里逃出去的那四个印第安人，时间是……吉米？"

"是，长官，"吉米说，一边放下咖啡，打开本子，"时间是今天早晨4点到6点之间。"

"F翼的印第安人吗？"

"吉米？"

"是，长官。F翼。"

"再说一遍那几个名字？"

"红先生、白先生、黑先生和蓝先生。"

巴布大笑起来，摇了摇头。塞莱诺警司收敛微笑。"我从没有听说过这些人，"她说，"F翼的那些印第安人不叫这些名字。不是红啊白啊黑啊蓝啊，或者任何其他颜色。"

"这样啊。"

"嘿，我敢说你看警探故事，对吗？"

"琼斯女士，我相信你明白这是一件严肃的事情。关于那几个逃跑的人，你能告诉我们什么？"

"嗯，她们很老。这不犯法。她们没有伤害任何人。而且她们是女人，不是男人。"

"女人？"

"没错。我们曾经聊过天，你知道，关于生活、孩子、修理世界。诸如此类。我们，我和那些印第安人，也讲故事给对方听。你知道，我可以做的是，告诉你其中一个人跟我讲的故事。"

"你能确定吗？"

"当然，有一个特别好听的故事，说的是一切是怎么开始的，这个世界是怎么造出来的……"

"不是。你能确定他们都是女人吗？你肯定弄错了。"

"这件事很难弄错。那个故事还要讲吗？"

"档案里说那些印第安人都是男人。"

"随你怎么想。"巴布说。

塞莱诺警司转向吉米，吉米正咬着泡沫杯子。"那个医生来了吗？"

"是的，长官。秘书说半个小时以后他可以见你。"

塞莱诺又转身面向巴布。"好了，琼斯女士。跟我们说说那几个印第安人都告诉你什么了。"

巴布喝完了剩下的咖啡。"你得记住，这是她们讲的故事。我是为了帮你才复述给你听的。明白吗？"

塞莱诺警司闭上眼睛，点点头："说吧，琼斯女士。"

"没问题，"巴布说，"就是得想想故事是怎么开始的。"

"从头开始。"

"不是，你不明白。有一种方式……"

录音机发出吱吱的旋转声，接着是一声响亮的咔嗒声。塞莱诺警司看过去，举起一只手："等一下，琼斯女士。"

塞莱诺站起来，走到门口。"吉米，"他大声说，"放一盒新磁带进去，在旧的那盒上做个记号。好好照顾琼斯女士。"然后他倾身向前，背对着巴布，凑近吉米的脸颊。"盛大表演到此为止，"他轻声说，"我去见医生。"塞莱诺的声音低沉有力。"你接着和这位黑大婶聊。"

"别着急，"巴布说，"反正我也不记得故事是怎么开始的了。"

"你醒着吗？"诺尔玛伸出手，推了推莱昂内尔的腰，"也许该让我来开车了。"

"我醒着呢。不过是在思考。"

"闭着眼睛思考会把我们开到沟里去的。"

"我不过是在思考。"

"我以为你在睡觉呢。"

"有些人在睡觉的时候想问题，"莱昂内尔说，"我在开车的时候想问题。"

"只要你知道两者的区别就好。"诺尔玛说。

莱昂内尔犯的第二个错误是去盐湖城。当时他上大学二年级，同时在印第安事务部工作。他的上司邓肯·斯科特[1]应该出席一个关于印第安人教育的会议并宣读文章，但是他有事不能前往，于是问莱昂内尔能不能代他宣读。

"发言稿已经写好了，莱昂内尔。你只要读就行了。"

"没问题。"

1　邓肯·斯科特（Duncan Scott），可能暗指邓肯·坎贝尔·斯科特（Duncan Campbell Scott, 1862—1947），加拿大"联邦诗人"之一，印第安事务部公务员。他曾创作过一些关于印第安人的浪漫诗歌，但是这些诗往往将印第安人描写为濒临灭绝的种族。斯科特曾参与与印第安人签订条约的谈判，并负责指控参加印第安部族宴会或冬节的印第安人。

"我们会支付各项花销，外加出差津贴。"

"没问题。"

当时"占领伤膝谷"[1]运动已经进入第二个月，当莱昂内尔走进犹他旅馆的会议室准备就"加拿大寄宿学校的文化多元主义历史"发言时，发现会议室里不像他们跟他说的那样坐了二十五个或者三十个教师、官僚，而是挤满了穿牛仔裤和装饰着缎带的衬衫的印第安人。所有的椅子都坐满了，还有一半的人站着或是靠在墙上或是蹲在地上。几乎每个人都戴着钉珠皮束发带。

莱昂内尔穿着三件套的正装，在这里感到格格不入，但是他提了提裤子，颇有权威地挥了一下胳膊，大踏步走上讲台，开始谈寄宿学校的历史。他还没讲完开场白里的笑话，房间后面一个让他很奇怪地想到姐姐拉蒂莎的妇女就站起来，大声问："这些废话和我们伤膝谷的兄弟姐妹有什么关系？"莱昂内尔还没想好该怎么回答，几个人就冲上讲台，把他从麦克风前挤到了旁边。他站在讲台左边，手里拿着发言稿，尴尬极了。他没有地方坐，也无法轻松地穿过坐在地上的人群走到门口。

诺尔玛把几块地毯放回包里。"你需要一份工作。"

"我有工作。"

"卖电视不是一个成年人该做的工作。那份政府的工作太可惜了。"

1　伤膝谷（Wounded Knee），位于美国南达科他州，是印第安战争中最后一次重要战役的战场。两百名苏族人——包括男人、妇女和儿童——死于1890年12月的伤膝谷大屠杀。1973年，美国印第安人运动（American Indian Movement，简称 AIM）的两百多名成员占领伤膝谷69天，以此抗议美国原住民的处境。

"那不是我的错，姨妈。"

"在政府工作，工资不错，还能免费四处旅行。"

"不过是运气不好。"

"看看你姐姐。她自己创造运气。"

"那乔治·晨星呢？"

"她那家餐馆会让她成为有钱人。"

"那乔治·晨星呢？他以前把她揍得那么凶。"

"城里有家纯正的印第安餐馆真好。"

"她卖汉堡。"

"世界各地的人都到死狗咖啡馆来吃饭。"

"她卖汉堡，跟人说那里面是狗肉。"

"德国，日本，俄国，意大利，巴西，英国，法国，多伦多。每个人都到死狗咖啡馆来。"

"黑脚族人不吃狗肉。"

"这是为了吸引游客。"

"过去，狗是用来守护营地的。他们保护我们的安全。"

"拉蒂莎也有时间到保留地来看我们。总是帮忙准备太阳舞仪式需要的食物。也帮忙做其他事情。"

"传统黑脚族人只吃麋鹿、驼鹿和野牛。他们甚至不吃鱼。"

"真喜欢听你说传统，侄子。"

"他们肯定不吃狗肉。"

"如果你有一份真正的工作，也许就会来看我们，就像拉蒂莎和艾尔伯塔一样。"

"死狗咖啡馆。老人们会觉得这是一种侮辱。"

"也许那样你就不会因为我们感到羞愧了。"

他站在那儿，听着每个发言人谈论伤膝谷、联邦调查局和北美原住民的处境，感到自己很脆弱。不时有人提醒众人，这是他们为自己人站起来的机会。莱昂内尔在那儿站了两个小时，偶尔点点头，把重心从一条腿换到另一条腿，把双手背到身后，把双手放到身前，把嘴唇噘起来，把嘴唇吸回去。

发言结束后，讲台上一个和莱昂内尔差不多年纪的人转过身来，和莱昂内尔握手，感谢他的发言，感谢他慷慨地和大家分享讲台。他邀请莱昂内尔参加稍后在这个州的首府举行的一个集会。

"地点就在首府靠近马萨索伊特[1]雕像的地方。"

"很好。"

"马萨索伊特是在普利茅斯镇迎接欧洲人的印第安人。"

"我是加拿大人。"

"盐湖城的每个印第安人都会去。我们需要你的支持。"

"我从艾伯塔省的布洛瑟姆来。"

"你还有其他衣服吗？"

"我不知道能不能去。我得飞回去。已经订了位子了。"

那个人晃着他的肩膀，盯着他，说："我们当中有些人没有位子。"

莱昂内尔到的时候，雕像下面已经聚集了六十多人。在旅馆

1　马萨索伊特（Massasoit, 1580—1661），万帕诺亚格酋长。（万帕诺亚格是16世纪由几个部落组成的松散的印第安人联盟。——译注）传说1620年第一批欧洲殖民者在普利茅斯岩石（Plymouth Rock）登陆时，欢迎他们的人就是马萨索伊特。1621年，他与移民美洲的清教徒签订了和平条约。

感谢他的那个人正站在雕像脚下，手里拿着一个手提式扩音器。一个穿钉珠牛仔外套的女人刚刚唱完一首歌，正在大声说着关于捐钱的事情。莱昂内尔能看见另四个女人拿着一条毯子从人群中走过。人们把纸钞和硬币扔在毯子上。那块毯子朝莱昂内尔站的地方靠近，他将手伸进口袋，却发现他之前把钱包放在西装口袋里，而西装放在宾馆房间里了。那几个女人和那块毯子经过的时候，莱昂内尔把手更深地插进口袋，微笑着，前后摇晃着身体。他那双黑色翼尖鞋上沾满了灰尘，匆忙在购物中心买的新牛仔裤僵硬得让人尴尬。

又有更多的人唱歌，有些人手牵着手。拿着手提式扩音器的人和另外四个男人一起穿过人群，问谁有车。

"你有车吗，兄弟？"

"没有，"莱昂内尔说，"我是从外地来的。"

"你可以搭塞西尔的车。"

"我从加拿大来。"

"塞西尔就是那个拿着喇叭的人。你看到他了吗？那边那辆绿色货车就是他的。"

莱昂内尔一直没太弄明白他究竟是怎么上了塞西尔的货车，坐在后排的一个大枕头上，挤在食品罐头、步枪和几箱弹药之间。

"把 30-30 扔在垫子上吧，"塞西尔对他说，"我可不想碰坏了瞄准器。"

莱昂内尔一定知道那辆货车和紧随其后的六辆小车是开往伤膝谷的，但是他不记得自己知道了。所有细节仍然历历在目。塞西尔开车。埃迪坐在副驾。比利和丽塔伸展着身体躺在后面的垫子上，而身为加拿大公民、政府雇员和印第安黑脚族人的莱昂内尔·红狗，则交叉双腿坐在杂货和枪支之间。车里有一箱保险杠贴纸，上面写着"美国印第安运动"，还有一只人造奶油盒子，装了半盒红色徽章，上面写着"AIM"[1]。

"戴上一个，"埃迪说，"为红皮肤骄傲！"

警察在格林河边截住了卡车。莱昂内尔记得警灯闪烁，扬声器里的声音要他们下车，把手放在头上。塞西尔让他们都待在原地别动，等电视车来，那辆车要不了五分钟就到了。每个人都下了车，但是当莱昂内尔从车上下来，走进怀俄明州耀眼的阳光下时，他的一只鞋尖勾住了一支步枪的背带，他冲着一个女警察一头栽了过去。女警察大叫"他有枪"，一边敏捷地跳向一边，用一个又长又重的东西打在莱昂内尔的头上。

伤口缝了十一针。莱昂内尔在医院待了一天，在监狱待了四天，直到警察核实了他的身份。尽管他提出申诉，仍然因为扰乱治安在监狱里又待了五天。他给邓肯打电话，告诉他发生了什么，告诉他这一切只是一个可笑的错误。

邓肯表示同情，让莱昂内尔什么也不用担心。和邓肯通话之后他感觉好多了，但是挂了电话之后他才想起来自己在怀俄明州的格林河，身无分文。他又回到电话机旁边，给印第安事务部在布洛瑟姆的办事处打电话。

"这是对方付费电话。"

"请问你的姓名？"

接线员对接电话的秘书说有一个莱昂内尔·红狗打给邓肯·斯

1　AIM，"美国印第安人运动"的缩写。——译注

科特的对方付费电话，他是否愿意付费。秘书让接线员别挂，一分钟后回来说斯科特先生已经离开办公室，下周三之前都不会回来。莱昂内尔又试了三个名字，但是秘书说他们也不在办公室。接线员问他是否过后再打。莱昂内尔还没挂电话就知道办公室里没有人会跟他说话了。今天没有。明天也没有。

莱昂内尔在炎热的天气里走了很长的路才从城里走上高速公路。他伸着拇指在路边站了三个多小时才搭到车。司机人不错，但是他只到小美洲。第二辆车把他载到了莱曼。再下一辆车把他带到了埃文斯顿市中心。第二天他才离开怀俄明，又经过很多的出发和到达之后，第三天的凌晨两点，他到了盐湖城。莱昂内尔从高速公路边上的加油站步行了四英里，回到犹他旅馆。

前台工作人员是个金发小伙子，莱昂内尔向他解释了两遍发生的事情。

"我住在246房间。"

"你要退房吗？"

"不完全是。我需要拿到衣服和箱子，好付房费。"

"衣服和箱子在哪里？"

"在房间里。"

年轻人微笑着看着电脑。"246房间没有叫莱昂内尔·红狗的客人。"

"没错。我九天前就应该退房了。"

"但是你决定继续住。"

"不是，我去了格林河。"

"你退了房，留下了衣服和箱子？"

"不是，"莱昂内尔说，尽量让自己精神振作起来，"我没有退房。我只想拿回自己的衣服和箱子，然后再办理入住。"

"原来是这样，"金发小伙子说，"给我点儿时间查一下。"

旅馆大堂挤满了窗帘、柱子、绘画、挂毯和吊灯。莱昂内尔坐在高背椅上，身边都是金发职员，穿着装饰着金色穗带的蓝色制服，轻松自如地在大堂里来回穿梭，送饮料，擦烟灰缸，搬行李。

大堂尽头装饰性的壁柱、檐口和拱顶下面挂着一幅油画，画的是小大角战役[1]。乔治·阿姆斯特朗·卡斯特[2]站在中间，身着流苏的皮外套，戴着和衣服配套的手套，脚蹬黑色马靴，看上去神采飞扬。他头戴一顶阔边骑兵帽，双手握着闪闪发亮的枪，即使从莱昂内尔坐的地方，也能看到卡斯特的蓝眼睛在闪烁，而他四周的印第安人和士兵们在一片色彩和动作的旋涡中打着转。

莱昂内尔看着那幅画细想了一会儿，想起了突然袭击货车的那队警车。这一段经历仍然让他感到震惊和尴尬。也许卡斯特发现自己的错误时就是这样的感觉。尴尬。

莱昂内尔坐在那儿，意识到自己饿了。他决定，一回到房间，就打电话叫客房服务，给自己点一大块牛排配烤土豆、一些蔬菜、一保温瓶咖啡，再点一份有巧克力的甜点。吃过之后，再

1　小大角战役（Battle of the Little Bighorn），1876—1877年，拉科塔苏族人、北部夏延人与美国军队交战的黑山战争（又称大苏族战争）中的著名战役（1876年6月25—26日）。在这次战役中，印第安人全歼乔治·卡斯特将军率领的骑兵团。这次战役导致美国政府加大镇压力度。几年后，苏族人投降。

2　乔治·阿姆斯特朗·卡斯特（George Armstrong Custer，1839—1876），美国内战期间北方联邦军将领，美国印第安人战争中的著名将领。他在密歇根州和俄亥俄州长大，23岁即得到荣誉晋升，成为准将，是联邦军中最年轻的将军。他留着齐肩的黄褐色头发，衣着讲究，在沃希托战役和小大角战役中都穿着他那件有名的鹿皮夹克。现在密歇根州有一尊卡斯特骑着马的雕像。

好好洗一个热水澡。

"也许你应该竞选议事会议员，"诺尔玛说，"尽力做些好事。"

"我不想竞选议事会议员。"

"查理的爸爸竞选了，他出了名。"

"查理的爸爸拍过几部电影。他没有出名。"

"如果你竞选，就会待在保留地，就可以在你父母去世之前看见他们。"

"我经常看见他们。"

"他们活不了几年了。你爸爸刚刚在举行太阳舞仪式的地方搭起了帐篷。说他希望今年能在那儿看见你。"

"我经常看见他们。"

"当然我不确定会不会投你的票。"诺尔玛清了清嗓子，看着莱昂内尔。"你知道你让我想起谁吗？"

"又来了。"

"你舅舅伊莱。他去了多伦多。在那儿的大学里教书。我告诉过你吗？"

"至少一百遍了。"

"和一个白人结了婚。有一年带她去参加太阳舞仪式。你应该见过他。"

"白衬衫，宽松长裤，漂亮鞋子。"

"白衬衫，宽松长裤，漂亮鞋子。"

"现在他成了英雄。"

"现在他成了英雄。"诺尔玛说。

莱昂内尔打了个哈欠："他不可能永远阻止建水坝的。"

"十年了，外甥，"诺尔玛说，"他还在那儿。参加太阳舞仪式改变了他。让他想明白了，回家了。"

"他回到了多伦多。参加太阳舞仪式之后，他回到了多伦多。外婆去世之后，他才回家来的。事情是这样的。他那个时候回来，是因为他退休了。"

"他回家了，外甥。这才是重要的。他回家了。"

莱昂内尔正坐在椅子上感到特别舒服，两个身材高大的穿着紧身西装的人走过来，做自我介绍。

"我是汤姆，这是格里。"

"我们是旅馆工作人员。"

莱昂内尔把发生的事情对汤姆和格里说了一遍，又对开车把他送进盐湖城监狱的两个警察说了一遍。

"那就是一次探险。"莱昂内尔说。

"不用担心，"奇普说，"到了早晨一切都会弄清楚的。"

"这样的事情经常发生。"戴尔说。

传讯时，莱昂内尔又把整件事情说了一遍。法官命令旅馆把衣服还给莱昂内尔，莱昂内尔用外套口袋里的旅行支票付了没有结清的账单。旅馆经理抱歉给他带来不便，希望他今后再次光临。法官因为莱昂内尔没有付款就离开旅馆判他入狱三十天。

"因为你是加拿大人，我会把刑期减到十天，"法官对他说，"如果这是初犯，我可以判你缓刑，让你出去。"

"我的确是初犯。"

"怀俄明那边可不是这么说的。"

来到盐湖城一个月差一天之后，莱昂内尔回到了布洛瑟姆，失了业，有了犯罪前科。他向邓肯解释了一切。

"这是一个巨大的错误。"

"我无能为力，莱昂内尔。"

"如果你在那儿，你会嘲笑这件事的。"

"也许你是对的。"

购物中心新开的伍德沃德商店在雇人。莱昂内尔没有提怀俄明的事，得到了一份店员的兼职工作。三个星期后，警察来问他美国印第安运动计划的下周集会的事。

"我一无所知。"

"你在格林河就是这么告诉他们的吗？"

"那是一个错误。"

"被抓住总是一个错误。"

"我对美国印第安运动一无所知。"

"我们看见的报告说你是领袖之一。"

警察和他谈了一个多小时。他们离开时，莱昂内尔再次失业了。

"你看上去是个聪明人，"一个警官对他说，"处理好自己的生活。有了犯罪记录，你没什么选择。"

有一个关于孩子的问题。艾尔伯塔想要至少一个孩子，也许两个。在她看来，她有几种选择。

第一种选择是忽视自己的焦虑和判断力，吞下自己的恐惧，和莱昂内尔或者查理结婚。

第一种选择令人厌恶。

第二种选择是和莱昂内尔和/或查理坐下来，向他们解释她想要孩子的愿望，看看他们当中的哪一个会不会愿意帮忙，却不把自己看作一个替人着想的捐精者。当然，她对自己说，她不必通过痛苦的坦白也能采用第二种选择。她可以忘了子宫帽。或者她忘了放进去。第二种选择很诱人，却充满了陷阱。两个男人都会想知道谁是孩子的父亲，这就像某种男性炫耀武力的竞赛。她很了解自己，知道自己很难在这件事情上撒谎。一旦她说出了名字，那个胜利者就会坚持立即和她结婚，而失败者就会消失不见。这样她就会只和一个男人在一起，而不是两个，于是回到了第一种选择。

第三种选择是把自己打扮起来，去城里一家比较好的酒吧，挑一个看上去体面的男人，把他作为那个心甘情愿却毫不知情的父亲。艾尔伯塔推断，第三种选择应该是解决她的两难问题的答案。但是即使把染病的问题放在一边，她觉得仅仅是和一个陌生人上床这个想法就让她不能动弹。他们去哪里呢？当然不能去她家。他会希望她做什么？他会仅仅满足于床单下的动作，还是指望更加复杂激烈的运动？完事之后她对他说什么呢？他会想要她的电话号码吗？他会想要再见到她吗？

如果他提出用避孕套怎么办？

最糟糕的是，她得做多少次？她知道一些结了婚的朋友为了要孩子已经试了好多年了。

尽管如此，如果要几害相较取其轻，第三种选择仍然是最好的那一个。她思来想去，这种选择似乎利大于弊。于是，五个月前，在周期的第十四天，她打扮起来，叫了辆出租车，去了香格纳皮，那是金融区的一家高档酒吧。她穿上了漂亮的绿色丝绸长裙。高跟鞋，尼龙袜，香水，口红，金手镯，眼影。出租车停在了街对面。透过一排窗户，她能看见里面的人穿着漂亮的衣服俯身在桌前，她想象自己在蕨类植物和黄铜装置之间轻盈地走过，微笑，大笑，触摸。

街上很冷，艾尔伯塔却感觉身体仿佛在燃烧。在等红灯的时候，她瞥见了身后玻璃建筑里自己的影子。她那么漂亮，让她也吃了一惊。丝滑浓密的黑发，纤细的脚踝，漂亮的腿，迷人的笑。一定会顺利的。

夜晚的天空是深蓝色的，是黑色的。城市的灯光是温暖的琥珀色。她转身面向街角，等待着，红灯变成了绿灯。绿灯变成了黄灯，然后是红灯，然后又变成了绿灯。当绿灯第三次亮起时，艾尔伯塔走到街对面，叫了一辆出租车。

那天夜里，她躺在床上哭了很长时间。第二天早晨，在费心费力之后，她回到了第一种选择。

"老天，"卡犹蒂说，"那个傻梦把什么都混到一块儿了。"

"如果你不注意自己在做什么，就会发生这样的事情。"俺说。

"这不是我的错，"卡犹蒂说，"我以为自己在多伦多。"

那个上帝跳进花园里，边跑边叫。不像话！不像话！他就是这么叫喊的。

你得把所有那些东西都放回去，上帝对第一女说。

你是谁呀？第一女说。

我是上帝，上帝说，我和卡犹蒂差不多一样棒。

有意思，第一女说，你让我想到一条狗。

我们把事情弄清楚了，上帝说，这是我的世界，这是我的花园。

你的花园，第一女说，你是在做梦吧。她咬了一大口香喷喷的红苹果。

不要吃我的香喷喷的红苹果，上帝说。

我只要吃点儿鸡，如果可以的话，老卡犹蒂说。

你的苹果！第一女说，她给了阿蛋一个香喷喷的红苹果。

是的，上帝说，一边挥舞着双手，所有这些东西都是我的。是我造的。

新鲜事儿,第一女说,但是这儿有很多好东西。我们可以分享。你想要炸鸡吗?

"炸鸡!"卡犹蒂说,"看上去真的很好吃。"

"别管炸鸡啦,"俺说,"俺们得看看会发生什么。"

真没教养。第一女说。你那个样子好像你是孤家寡人。来,吃点儿比萨。

第一女和阿蛋吃了苹果、比萨和炸面包。老卡犹蒂吃了热狗、甜瓜和玉米。上帝那个家伙什么也不吃。他站在花园里,双手叉腰,每个人都能看出他生气了。

凡是吃我的东西的人都会后悔的,上帝说,有规矩的,你们知道。

我什么也没吃。老卡犹蒂说。

基督教的规矩。

我只是四处看看。

你嘴上叼的那个是不是鸡?上帝说。

不是,不是。老卡犹蒂说。一定是我的舌头。有时候我的舌头看上去像一只鸡。

真是个小气鬼。第一女说。她收拾好了包。有好多好地方可以生活。她对阿蛋说。没必要跟一个发牢骚的上帝做邻居。

于是,第一女和阿蛋离开了花园。

所有动物都离开了花园。

也许我过一会儿再离开。老卡犹蒂说。

你不能离开我的花园。上帝对第一女说。你不能离开,因为是我把你踢走的。

　　但是第一女没听见他说话。她和阿蛋向西去了。他们去找一个新家。

"也许我应该和老卡犹蒂一起待在花园里，"卡犹蒂说，"有人应该陪着上帝和老卡犹蒂和那些吃的。"

　　"俺们可以过会儿再吃，"俺说，"现在，俺们得追上第一女和阿蛋。"

第一女和阿蛋来到西方，环顾四周，很快就发现一座非常漂亮的峡谷，峡谷谷底有很多死去的游侠[1]。

　　噢，噢，第一女对阿蛋说，又来了。

　　她是对的。那座峡谷。那些死去的游侠。

　　我们该拿那些死去的游侠怎么办呢？阿蛋说。

　　不如说，第一女说，我们该拿那些活着的游侠怎么办呢？

　　什么活着的游侠？阿蛋说。

　　第一女是对的。很快，一大群活着的游侠骑马进了峡谷。他们所有人都有枪。

　　是的，那些活着的游侠说。我们是活着的游侠，我们有枪。

　　现在我们怎么办？阿蛋说。也许我们应该待在花园里。

　　于是，那些游侠骑马上来，环顾四周。他们看着峡谷。他们看着死去的游侠。他们看着第一女。他们看着阿蛋。

1　"死去的游侠"与下文"活着的游侠"，都来自独行侠故事中的情节——一群游侠在峡谷遭到伏击，除独行侠外，全部身亡，独行侠被印第安朋友所救，后来戴上面具，在西部为法律和秩序而战。

喂，他们说，谁杀了那些死去的游侠？谁杀了我们的朋友？

问倒我了，第一女说，也许是卡犹蒂。

"啊，抱歉，"卡犹蒂说，"当时我在睡觉。"

"那是什么时候？"俺说。

"那些游侠是什么时候被杀的？"卡犹蒂说。

看上去像是印第安人干的，那些活着的游侠说。是的，他们异口同声地说。看上去就像是印第安人干的。那些游侠看着第一女和阿蛋。

肯定是印第安人，其中一个游侠说，于是那些活着的游侠用枪指着第一女和阿蛋。

等一下，第一女说，她从包里拿出几块黑布。她在那些黑布上剪了几个洞。她把黑布裹在头上。

瞧，瞧，所有活着的游侠都说，一边指着第一女。那是独行侠。是的，他们说，是独行侠。

就是我。第一女说。

万岁，那些游侠说，你还活着。

就是我。第一女说。

老天，其中一个活着的游侠说，这真是个好消息，我为你打死这个印第安人吧。

不，不。第一女说。那是我的印第安朋友。他帮忙把我从游侠手里救了出来。

你是说从印第安人手里，是吗？那些游侠说。

没错，戴着面罩的第一女说，他的名字叫汤托[1]。

这个名字可真蠢，那些游侠说，也许我们应该叫他小河狸[2]或者钦加哥[3]或者蓝鸭子。

不，第一女说，他的名字叫汤托。

是的，阿蛋说，他正抓住膝盖，不让它们撞到一起，我的名字叫汤托。

好吧，那些游侠说，别说我们没试过帮你。于是他们骑着马飞奔而去，去寻找印第安人和野牛和穷人和其他可以杀掉的好东西。

"那个上帝怎么样了？"卡犹蒂说。

"他还在花园里呢。"俺说。

"他错过了所有有趣的事情。"卡犹蒂说。

"的确如此。"俺说。

1　汤托（Tonto），独行侠的忠实印第安伙伴，20世纪50年代美国广播公司和哥伦比亚广播公司电视剧以及电影中为人们所熟知的角色。该角色曾由不少演员出演，其中最令人难忘的是加拿大莫霍克演员杰伊·银脚跟（Jay Silverheels，原名哈罗德·杰伊·史密斯）在《独行侠》（1956）和《独行侠和失落的黄金城》（1957）所扮演的。"汤托"这个名字在西班牙语里是"笨蛋""傻瓜"或"蠢货"的意思。

2　小河狸（Little Beaver），20世纪30年代西部片《红河》中的一个儿童角色，由汤米·库克和波比·布莱克扮演。

3　钦加哥（Chingachgook），詹姆斯·费尼莫尔·库柏的作品《皮袜子故事集》（1826—1841）里鹰眼（第一次出现时叫纳撒尼尔·邦坡）的忠实印第安伙伴。又名大蛇、印第安约翰、约翰·莫希干和昂卡斯。钦加哥是一个"高贵的野蛮人"，是莫希干部落的最后幸存者。他和鹰眼/邦坡一起冒险：在《最后的莫希干人》（1826）里帮助邦坡与马瓜拼杀；在《探路人》（1840）里帮助邦坡带领梅布尔·邓纳姆找到父亲；在《杀鹿者》（1841）里帮助拯救华塔华。他皈依了基督教，在《拓荒者》中死于一场大火。有意思的是，杰伊·银脚跟也在电影《探路人》（1953）中饰演了钦加哥。

老天，第一女说，真险啊。她摘下了面罩。

是啊，阿蛋说，但是谁是汤托？

就在那时，一些士兵过来了，第一女还没来得及戴上游侠面罩，那些士兵就抓住了第一女和阿蛋。

你被捕了。那些士兵说。

罪名是什么。第一女说。

你是印第安人。那些士兵说。

不会又来一次冒险吧。阿蛋说。

是啊，第一女说，今天天真好，看上去很适合冒险。

麻烦是从七年前的春天开始的。花园里的树染上了枯萎病，所有榆树都死了。甚至花园中央高大的橡树也受到了影响。几根粗大的树枝变成了灰色，虽然树还活着，但是叶子变得稀疏，颜色黯淡。

霍华医生看着身穿黄色制服的工人用银色和紫色链锯把每棵榆树锯成短短的圆圆的几块，再用车将它们运走，心里感到悲伤。树枝被放进一台方形的叶绿色的机器，磨成了锯木屑。机器发出可怕的哀号般的声音。树根被拔了出来，两天后你就看不出那里曾经种过榆树的任何痕迹。又细又弱的新树被种进花园，更加彻底地抹去了榆树的痕迹，但是那几棵几乎和花园同龄的老树的死去让霍华医生强烈地感到一种莫名的悔恨和愧疚。

"霍华医生，塞莱诺警司来见你了。"

霍华医生按下对讲机上的按钮，在桌子后面正襟危坐，把脚放在横档下面。"好的，玛丽。"他交叉双手，放在桌上，有意识地沉下肩膀。"请他进来。"

塞莱诺警司穿着一件绿色聚酯纤维西装。这是霍华医生首先注意到的。霍华医生想不起来见过什么衣服的颜色这么绿。这让他想起户外的地毯。

"霍华医生，我是塞莱诺警司。"塞莱诺警司打开放警徽的皮匣子，放在桌上。"我负责进行调查。"

霍华医生示意塞莱诺在椅子上坐下，他看了看警徽，点了点头，把它推回给塞莱诺。他推得太远了，匣子从桌边滑了下去。但是塞莱诺警司的反应敏捷得令人惊讶。他分开交叉的双腿，身体晃动着向前冲过去，在警徽掉到地上之前接住了它。

"非常抱歉。"

"没关系。"塞莱诺警司说。他合上匣子。"我知道你很忙。"

霍华医生伸出双手，手心向上。"我能怎么帮你呢？"

塞莱诺警司拉开外套，从口袋里拿出一支笔。这时，霍华医生看见了枪柄。"我看见你带着枪，警司。"

"我们必须带枪，"塞莱诺说，"这是规定。别担心。我自己也不喜欢枪，但还是得带。"

"我猜你的工作有一定的危险性。"

"这是一支史密斯-韦森，"塞莱诺警司说，"38毫米口径。不是你们的标配。"塞莱诺把枪从枪套里拔出来，对着亮光举起来。

"这一定是支好枪。"

"只是工具而已。我自己装子弹。可得特别小心。"

"当然，我们在医院里见不到什么枪。我父亲曾经有一支枪。是一支步枪。是黑色的，我想。你的很亮。"

"是不锈钢的。"

塞莱诺警司还在看着枪。枪柄很大，更像是一根棍子，霍华医生想，前面的瞄准器上还有一个亮亮的红点。他很想知道把这么一个东西塞在胳膊下面是什么感觉。他很想知道塞莱诺会怎么描述这种感觉。

塞莱诺警司把枪放回枪套。"她们危险吗？"

"那几个印第安人吗？我不这么认为。"

"但是也许有某种危险性？"

"这几个男人的年纪都很大了，巡警先生。"

"她们是女人，"塞莱诺警司说，"我是警司。"

"对不起，"霍华医生说，"女人是怎么回事？"

"琼斯女士说那几个印第安人是女人。"

"谁？"

"印第安人。"

"不，不……琼……？"

塞莱诺警司翘起左腿，翻了一页笔记。"琼斯女士。"

"啊……是的……"霍华医生说，"那个秘书？"

"看门人。"

"啊……是的……看门人。"

塞莱诺警司放下左腿，翘起右腿。"她们不是女人？"

"我们几乎从来不犯这样的错误。"

塞莱诺警司把两条腿都放了下来。休闲装轻轻作响，微微闪亮。"她们为什么接受治疗？"

霍华医生皱起眉头。"这个，嗯，这有点复杂。"

"她们年纪很大，无法自理了吗？"

"很难用非专业术语谈论这个具体的预后问题。我想我们可以说刚开始——"

"她们是女人吗？"

"……我们面对的很多问题都是医学和社会科学之间的区分所造成的，特别是在——"

"她们有危险吗？"

"……老年医学和文化人类学领域，以及缺乏——"

"她们就这样从医院走了？"

"任何重要的跨学科研究……"

塞莱诺警司从笔记本上抬起头来。医生的脸上有一抹淡淡的湿润的光泽。塞莱诺警司在笔记本里草草写了些什么。"那么，她们究竟是因为什么要接受治疗？"

"抑郁。"霍华医生说。

"她们反社会吗？"

"老天啊，不是。"

"但是你刚才说她们可能具有危险性。"

"我说了吗？"

塞莱诺翻到笔记本前面几页。"问题：她们危险吗？回答：那几个印第安人吗？"

霍华医生按住桌子。"明白了。"

"那么，她们可能具有危险性。"

"一切皆有可能。"霍华医生让椅子前后转动着。"逃跑的事的确是个谜。门总是锁着的，窗户上也装着厚重的网。"

"门总是锁着的？"

"是的……嗯，大多数时候是的。"

"但是夜里总是锁着的？"

"噢，是的，"霍华医生说，"夜里总是锁着的。"

塞莱诺警司身体前倾，眼睛一眨不眨地盯着霍华医生。他就这么一直盯着，直到霍华医生转过头去。"你们为什么锁门？"他终于开口。

"什么意思？"

"如果这些印第安人并不危险，你们为什么要锁门？"

桌子微微胀大了些。霍华医生双手双脚并用,更重地往下按。他的眼睛很沉重,真是奇怪。"警司先生,这一点恐怕你得去问政府。"

"州政府还是联邦政府?"

"联邦政府。我想你一定知道,印第安人在他们的司法管辖范围内。我们不过是提供他们需要的服务。"

"政府需要的?"

"印第安人需要的。"

"啊。"

"锁门是他们的主意。"

"政府的主意?"

霍华先生闭了一会儿眼睛,感到身体开始放松。他能想象他想要的桌子是什么样的——黑石板和黄铜材质,薄而光滑。桌子有抽屉,无论什么天气都能开关自如。

"是的,"霍华医生说,一边试图想出还有什么可说的,"是的。"

"什么？"独行侠说。

"我想知道，"以实玛利说，"我们什么时候吃饭。"

"是啊，"鲁滨逊·克鲁索说，"我饿死了。"

"要是能吃一顿热饭再打个盹就好了。"鹰眼说。

"噢，是的，"以实玛利说，"打盹真是个好主意。"

独行侠点点头，双膝跪下。他把耳朵贴在沥青路面上，仔细地听。"别睡着，"他说，"我们的冒险就要开始了。"

"莱昂内尔！莱昂内尔！别睡着！你要是思考得再使劲点儿，就要打呼噜啦。你最好让我来开。"

莱昂内尔眨了眨眼睛。车正行驶在黄线上。"我没事，"他说，"风太大。把握方向不容易。"

诺尔玛哼了一声。"我怎么样离开保留地，还想怎么样回去。除了你，我还有其他的外甥和外甥女呢。"

莱昂内尔睁大眼睛，眨了几下。"老天，要不是有云，"他说，"你可以一眼望到那些山。"

"要是你偶尔回到保留地，就可以清清楚楚地看到那些山。"

"我在布洛瑟姆能看到山。"

"也能看到你父母。"

"我经常见到他们。"

诺尔玛交叉双臂，放在胸前。"儿子以父母为耻，真让人伤心。"

"两三个星期前我还在那儿的呢。"

"父母知道这些事情，莱昂内尔。撒谎也白搭。艾尔伯塔就经常回来。"

"她在大学工作。她的时间更自由。"

"拉蒂莎也经常回来。这和时间没关系，外甥。这和自尊有关。"

"那查理呢？你在保留地根本见不到查理。"

"听着，外甥，也许你应该和伊莱或者你父亲谈一谈，弄清自己的想法。"

"你应该到店里去，看看比尔和我设计的陈列。"

"艾尔伯塔不会永远等下去的，你知道。她也不会嫁给一个住在城里的卖电器的印第安人。"

"占满了整面墙。"

"伊莱曾经想成为一个白人，但是他不再这么想了。"

莱昂内尔犯的第三个错误是接受了比尔·伯萨姆开的家庭娱乐电器商店里的工作。伯萨姆拥有布洛瑟姆最大的电视机、音响商店，也有这个地区最好的电影录像。莱昂内尔去还录像带，比尔叫住了他。

"嘿，莱昂内尔。你好吗？我听说工作的事了。运气不好。政府毫无幽默感。"

"事情就是这样吧，我猜。"

"嘿，你怎么会知道那辆货车是偷来的呢。"

"车不是偷来的。"

"有些人的运气不该那么糟糕。有什么计划吗？"

"回去上学吧，我想。"

"学费很贵。你有存款吗？"

"社里可能会帮我。"

"没错，你们有那些闲钱。嘿，你认识查理·望熊，是吗？"

"望熊。是的，查理是我表哥。"

"没错。你们都是亲戚。"

"查理不是给你打工的吗？"

"以前是。好人啊。从保留地带来了好多生意。但是他走了。去了埃德蒙顿。我正找人接替他。"

"我很可能会回去上学。"

比尔解开金色夹克的纽扣，靠在柜台上。"你知道，年头好的时候，查理能挣三万五到四万块钱。下次见到他的时候你问他。对一个合适的印第安人来说，真是个好机会。"

"真是。"

"我想我有一件金色夹克你穿正合适。"

"很可能回去上学。"

"嘿，上学是应该的，没错。"

那天晚上，莱昂内尔去了保留地。妈妈正在尝试做意大利烹饪书里的一个新菜式，那本烹饪书是他父亲在圣诞节时候送给她的。"这是菜肉馅煎蛋饼和面包炖菜汤。"他从门外进来时，妈妈对他说。

"那是什么菜？"

"就是蔬菜汤和洋蓟煎蛋饼。"

"你从哪儿弄来的洋蓟？"

"我得用别的菜代替。"

"什么菜？"

"麋鹿肉。"

即使莱昂内尔也不得不承认菜很好吃。不完全是意大利风味，但是很好吃。

"我在考虑回大学学习。"

"好主意，"父亲说，"也许这个周末你可以帮我搭把手。"

"你知道社里有钱资助上学吗？"

"要去山里砍些树来做新柱子。"

"比尔·伯萨姆请我去他的店里工作。"

"旧柱子都太破了。"

"电视机和音响。很好卖。"

"太阳舞仪式就要开始了。得在那之前把柱子准备好。"

"查理以前为他打过工。去年挣了四五万块钱。"

"要不了一天。"

"我跟比尔说我很可能会回去上学。"

莱昂内尔的父亲坐靠在椅子上，喝完了咖啡。"我听说，我们有些年轻人拿了大学学位，找到了工作。艾尔伯塔刚刚在卡尔加里找到了一个教书的工作。"

"但是我想先工作一段时间也不是坏事儿。"

"当然，艾弗里特·詹姆斯、玛吉·普卢姆、贾森·怀特曼也有大学学位。但是他们没有工作。"

"你知道，先挣些钱。"

"贾森说不管你受过什么样的教育，白人都不愿意雇印第安人，除非政府要求他们这么做。"

"制订一些实实在在的计划。"

"但是这听上去不像是政府做的事，是不是？要白人雇印第安人。"

"你和妈妈应该来看看商店。"

"当然，儿子，"哈利说，"但是我和你妈现在不需要新电视。"

第二天早晨，莱昂内尔给社办公室打了电话，莫里斯告诉他本年度的所有的钱都给出去了。

"很多孩子都去上学，莱昂内尔。和过去不一样啦。"

那天下午，他给比尔打了电话。钱没有比尔说的那么多，但是足够让莱昂内尔买几件新衣服，办几张信用卡。第二年开始了又结束了。往后一年也是一样。每一年，莱昂内尔都发誓要回去上学；每一年，他都推迟申请，直到太晚。

"如果你要去，"他父亲说，"也许最好现在就去。"

"没那么急。先把几张账单付了。"

"也许那些大学有年龄限制。"

"我才32岁。我可不打算这一辈子都卖电视机。"

"你爷爷32岁的时候，"他父亲说，"已经死了。"

莱昂内尔已经几乎不再向自己保证第二年就回学校。这时，查理·望熊在某一天晚上走进了店里。比尔从办公室出来，用一只胳膊搂住查理。"莱昂内尔，"他叫道，"瞧瞧谁来了。"

"嘿，表弟，"查理说，"你好吗？水牛比尔对你好吗？"

"还不错。很久没见你了。"

"刚刚和迪普莱西国际合伙人机构签了约。他们给了我一间办公室，从里面可以看到下面的河。"

"查理挣大钱了，"比尔说，"你应该把那台新的28英寸电视卖给他，放在他的顶层豪华公寓里。"

"表弟，下次你去埃德蒙顿的时候，我请你吃午饭。"

"嘿，我敢打赌那些好做的印第安人的生意都让你做了，"比尔说，"听着，你们叙叙旧。给他看看那台带遥控的新音响系统。"

查理环顾商店。"这个地方没怎么变。你在这儿多久了？"

"没多久。"

"我以为你要回去上学呢。"

"明年吧。"

"嘿，如果我能做到，你也能。看看我。你能相信吗？到外面来。我给你看样东西。"

那是一辆红色保时捷。车牌上写着"L Bear"[1]。

"你觉得怎么样？"

"保时捷是好车。"

"最好的车。在高速公路上就像飞一样。你知道吗？他们在车里装了雷达探测器。"查理坐到方向盘后面，用钥匙点火。"听听这个。"

"听上去很棒。"莱昂内尔蹲在车旁边。

查理摇摇头。"比尔是个白痴，这个工作就是垃圾。你可以做得更好。"

"这只是临时的，付清账单我就不做了。"

"干得漂亮，约翰•韦恩。"查理戴上驾驶手套，打开前灯。"注意油漆。"

莱昂内尔看着查理让车飞速地转了个圈，轰鸣着开走了。莱昂内尔看着他离开，看着车的尾灯闪烁着，消失在黑夜里。星空让夜晚充满生机，莱昂内尔向西边看去，想象自己能够看到落基山脉在大海般的天空映衬下的轮廓。

莱昂内尔叹了口气。

1　L Bear，即望熊。

透过厚厚的玻璃窗，越过录像海报和清仓甩卖的横幅广告，他能看到店里的比尔穿着金色夹克，微笑着，一边和一对年轻人说话，一边拍着新的松下。

外面，夜晚的空气冷冷的，但是莱昂内尔站在那儿，回头看着商店，感到兴奋、陶醉。他久久地站在黑暗中，微笑着，摇摆着，直到耳朵边发热，身体发抖。当从黑暗中回到亮光下的时候，他瞥见了自己在玻璃上的影子。

艾尔伯塔喜欢开车。她喜欢开自己的车，喜欢独自开车。她不喜欢旅行这个想法，但是一旦出发，一旦城市的灯光退到了身后，道路变窄，延伸进夜色之中，她总是感到一片宁静，车外面的世界消失了。她很少乘飞机，实际上，她讨厌飞机。在飞机上，她感到无助，只能和完全陌生的人说些空洞的话，或者读读书，同时留神听发动机的轰鸣中说明问题的震动声，或者机翼脱离机身的第一声嘎吱声。与此同时，那个她看不见脸也不知道名字的人一直坐在驾驶舱里，微笑着，喝着咖啡，讲着故事，对于正在逼近的灾难毫无察觉。婚姻也是如此。

艾尔伯塔年纪轻轻就结了婚，这是她犯的一个错误。她知道。但是强烈的期待将她包围，将她驱赶到悬崖边，她的母亲、兄弟、姐妹、表亲和朋友就是从那个悬崖摔了下去，消失不见。

当然鲍勃也是一个原因。帅气，聪明。他们是在大学认识的。刚开始她是抗拒的，她喜欢被人关注，但是即使在那个时候，她也害怕因为别人而失去自己。鲍勃逗她，说他们的关系发展缓慢，就像点燃一只桃子。艾尔伯塔相信这肯定不是鲍勃想出来的，但是她喜欢。这个比喻很聪明，一只桃子，长满了茸毛，软软的、水嫩的、闪亮的桃肉在火焰中燃烧，这让人大脑兴奋。

他们在认识的那年结了婚。他们有过爱情、美好的时光、令人忘乎一切的奇妙的激情，而她也隐隐听见发动机声响的细微变化、火焰的嘶嘶燃烧声中几乎难以察觉的轻微的撕裂声。

鲍勃想让她完成学业。他想跟她解释为什么她不必马上完成学业的时候，这是他用的开场白。为什么她不能等一等呢，先帮助他完成学业？社会学是个很好的专业，值得投资。以后，等孩子们都大了，鲍勃在政府部门找到一份好工作，站稳脚跟，那时她可以再回到学校。

在艾尔伯塔看来，这是一个荒唐的要求。鲍勃看待这个问题的方式不对。于是，她说了不。鲍勃继续笑着，说着。他们应该搬进更大的公寓，他说。他们还应该买一辆车。

"我们没有钱做这些事情。"

"我们当中的某个人可以找一份工作。"

"但是我们不需要这些。"

"没有人需要。但是每个人都想要。你想要。我想要。你不想下半辈子都住在帐篷里吧，是不是？"

鲍勃在开玩笑，艾尔伯塔试图笑一笑。

"我不想辍学。为什么你不去找一份工作，帮助我完成学业呢？然后你再回学校去完成学业。"

"谁生孩子呢？"

"生孩子的事可以等一等。"

第二年他们离了婚，唯一的损失是艾尔伯塔一个学期没上学，那个学期她一直试图让鲍勃相信不存在别的男人。

一切结束之后，艾尔伯塔试图记起结婚前他们之间长时间的亲密的交谈，关于梦想和期望的交谈。但是她想不起来自己曾经说过或者甚至暗示过她想要待在家里，她也不认为自己曾经提过愿意帮助他完成大学学业。还有，二十一岁就生孩子？他这个荒唐的想法究竟是从哪儿来的？

每次艾尔伯塔独自长途开车的时候，她首先想的都是那场婚姻、婚姻的失败和后果。每一次，她得出的都是相同的结论。鲍勃想要一个妻子；他不想要一个女人。她毕业那年，这个想法得到了证实——鲍勃和一个历史系二年级学生结了婚，那个女孩很快退了学，去一家大石油公司工作。

就在研究生毕业之前，艾尔伯塔和鲍勃一起喝了杯咖啡。他们谈到过去的美好时光，他们做过的开心的事情，他和南希（她是叫这个名字吗？）的计划。他喋喋不休地说他们的新公寓，说南希多么渴望生孩子。这样的谈话让她伤心，但是当她坐在那儿和鲍勃说话的时候，她感到前所未有的自由。

艾尔伯塔撕开旁边座位上的一袋薯条。卡尔加里已经消失在她身后，前面的道路朝着大草原绵延伸展。繁星满天，再次让她想起父亲最后一次回家的那个晚上。

那天晚上没有月亮，阿摩斯开着那辆皮卡从保留地的路上回来，车开进了房子外面的厕所里。艾尔伯塔记得，她听见撞击的声音、木板折断的声音、车轮在泥雪里打转的声音。母亲走到门口，站在门廊上，向外面看去，但是天太黑了，她看不太清。艾尔伯塔和其他几个孩子聚在窗边和门口。房子里的灯光照在母亲的背上，艾尔伯塔看见她收紧肩膀，握紧拳头。

接着咒骂开始了，伴随着摔打声和笑声，声音尖利而疯狂。

"这段时间他过得不顺，"母亲说，"孩子们，你们回去睡觉吧。"

　　但是没有人回屋。艾尔伯塔站在门口，在母亲身后，听着阿摩斯在黑暗中冲着他们叫嚷。

　　"亲爱滴，"他叫道，"我踩到屎了，埃达。上帝啊，我陷到屎堆里去了。"又是笑声，摔打声。"他们就在我背后，埃达。要是你想拉屎的话最好快点出来。你最好快点，因为那东西马上就来了。见鬼，真的，马上就来。"

　　艾尔伯塔的母亲没有动。她站在门廊的黄色的灯光下，挡住了房门口。

　　"我能看见你，埃达。我能看见你那张丑陋的母牛脸。到外面来帮帮我！"

　　摔打声停止了，什么声音都没有。

　　"去睡觉吧，孩子们。这儿没什么可看的。不过是你们的父亲喝多了。他就是在胡来。去睡吧。他不想让你们看见他这个样子。"

　　就在那时，阿摩斯从黑暗中走出来，走到灯光刚刚能照到的地方。他手里提着一只酒瓶，腰部以下赤裸着，衬衫下摆垂在光腿上，外套滑下了肩膀，内裤和长裤堆在脚踝处。他在雪地里拖着裤子，像一匹瘸了的马似的向前走。

　　"埃达，"他大声叫道，"你还在生我的气吗，亲爱滴？我又有麻烦了吗？"他大笑起来。"因为再没有什么茅房啦。只有一个坑。茅坑。听见我说什么了吗？"

　　现在他完全站在了灯光下面，摇摆着，挣扎着，好像裤子被勾住了。"你能听见它们吗？你能听见它们吗，埃达？"

　　阿摩斯停下来，想要遮住眼睛，不让眼睛被灯光刺到。"你听见我在叫吗？你听见我叫你了吗？”

"我听见了。"艾尔伯塔的母亲叫道。

"我醉了，埃达。"

"全世界都知道了。"

"我撒不出尿来。我试了，但就是撒不出来。"

"你就是醉了。"

"不是。不行。我也走不了路。"

"把裤子提起来。"

阿摩斯低头看着地面。"我的裤子里全都是屎！"他大声说，"出来帮帮我，你这头老母牛。帮帮我。我们亲一个，亲爱滴！"

艾尔伯塔的母亲退回到门口，站稳了脚。

"见鬼的母牛！过来！过来帮帮我！"

艾尔伯塔看见父亲跌跌撞撞地往前走，酒瓶从黑暗中飞出来，摔碎在房子侧墙上。他一定是在那个时候看见了窗户旁边的孩子们，因为艾尔伯塔记得他停住脚步，更加大声地叫嚷，嗓音开始变得嘶哑。

"他们就在我后面，埃达。"他在雪地上坐了下来。外套从肩膀上滑下去更多，让手臂在体侧动弹不得。"我没办法让他们停下来。"他想要站起来，却猛地向前摔倒，脸朝下躺在那儿，一动不动，好像被打了一枪。

艾尔伯塔的母亲看着他，然后回到屋里，关上门，插上门闩。"现在去睡觉，"她说，"你们全都去睡觉。什么事也没有。"

"爸爸怎么办？他在外面会冻坏的。"

艾尔伯塔的母亲解下披肩，在沙发上坐下。她一言未发。她就那么坐在那儿，双手放在腿上，眼睛盯着柴火炉。终于，她站起来，穿上厚厚的羊毛衫。"艾尔伯塔，"她说，"你和格蕾丝、桑尼帮我把他弄进来。其他人去睡觉。"

阿摩斯躺在雪地里，失去了知觉。艾尔伯塔的母亲把他翻过来，把他的裤子提起来。她架起他的一只胳膊，艾尔伯塔和格蕾丝架起另一只胳膊。桑尼抓住他的两只脚。他们把他拖到了门廊上。

"就把他放在这儿，"他们的母亲说，"给他盖上那条旧毯子，就让他躺在这儿。"

第二天早晨，日出之前，艾尔伯塔来到外面。毯子已经叠起来，放在木桌上。原先搭厕所的地方现在变成了水洼，好像一小片湖泊，皮卡就停在这片湖里，车轮和车门都没在了水里。空气清澈，艾尔伯塔可以看见远处的山，还有一望无际的大草原尽头。

艾尔伯塔到克莱尔斯霍姆的时候，停下来给车加油。她的背很疼，她应该待在卡尔加里的。男人。到头来，查理和莱昂内尔，与鲍勃和阿摩斯并没有什么不同。他们都有所求，都坚持享受特殊的待遇，特别的关怀。

阿摩斯再也没有回来。那辆皮卡在水里停了好几年，慢慢生锈，沉进水里。母亲从来没有说过任何关于卡车或者湖泊的话，似乎从来没有想过他究竟去了哪里，或者水是从哪里来的。

"当初只有水，"巴布边说边在手里转动着空咖啡杯，"她们就是这么说的……只有水。还有一些动物，但是它们不住在水上。它们住在天上。"

"天堂吗？"吉米·德拉诺说。

"我觉得不是。不是，那只是另一个地方。就像月球或者火星。不管是哪儿，这另一个地方变得越来越拥挤，于是动物们召开了一个会议，决定看看它们能不能在水上做点儿什么。"

"也许那是金星。"

"当然。嗯，不管怎么样，它们开了个会，有四只鸭子自愿下去看看有什么可以做的。于是它们四处游了一段时间……我不知道，游了几个月，也许一年……就这么四处游一游，看一看。但是过了一段时间，它们就厌倦了。你游泳吗，吉米？"

"是的，长官。"巡警说。

"游来回，"巴布说，"我曾经游来回。你游来回吗？"

"当然。我以前经常游，但是他们在游泳池里面放的东西让我长皮疹，头发也变得怪怪的。"

巴布的眼睛亮了起来。"没错，"她说，"我奶奶以前会在头发上抹些东西，保护头发。他们是理发师。你知道，我们一家人都是。祖祖辈辈都是。他们很了解头发。"

"不是开玩笑吧。"

"我的高曾祖父曾经在一艘船上做理发师。四处航行，给人理发，修面。"

"哇！"

"另一个警察，那个年纪大的家伙……我敢打赌他太太给他理发。"

"你怎么知道？"

"你可以从耳朵周围看出来。还有脖子上的疹子。我敢打赌他用的是便宜的电动剃须刀。"

"没错。那种无绳剃须刀。"

"折叠式剃须刀，"巴布说，"只能用这个。好刀片，好皮带，能给你全世界最好的修面。我的高曾祖父知道怎么用刀片。我是不是有故事——"

"那些东西很危险，是不是？"

巴布摇了摇手。"没什么难的。只要多练。鼻子下面和脖子要小心。"

"我用安全剃须刀，"吉米说，"那些鸭子怎么样了？"

"什么鸭子？"

"你知道，故事里的鸭子。"

"哦，是啊……差点儿忘了。嗯，那些鸭子到处游啊游啊，就像游来回一样，最后，它们游够了，其中一只鸭子说，'我们造些陆地吧'……不对，等一下，我弄错了。有一个女人。"

"她长得好看吗？"

"肯定好看。这个女人从天下掉下来的。"

"从那些动物住的地方吗？"

"我猜是的。故事是怎么说的来着。这个女人和四只鸭子，这个女人坐在一只巨大的乌龟的背上——"

"老天，琼斯女士，"吉米说，"你真会讲故事。"

"你听懂了吗，吉米？"

"听懂了，女士。"

"这个女人说她们可以造些陆地，厌倦了游来回的鸭子们说，'当然可以，我们开始吧'。不管怎样，一只鸭子潜到了水底，在那里待了很久。但是很快它又浮了上来，看起来一副半死不活的样子，其他的鸭子都围着它，问它有没有找到土地。"

巴布朝外面的停车场看去。斑马不见了踪迹。"这也不对。我总是弄错。我最好从头开始。"

"当然可以，"吉米说，"磁带多着呢。"

"好吧，"巴布说，她向后靠在椅子上，闭上眼睛，"起初，什么也没有。只有水。"

塞莱诺警司坐在白色高背椅里，穿着绿色衣服，容光焕发。霍华医生向前俯身，清了清嗓子。塞莱诺的眼睛是闭着的。"警司……警司……？"

塞莱诺睁开了眼睛。"刚才我只是在认真想问题。"

"关于印第安人的问题吗？"

"不是，就是想问题。"塞莱诺再次打开笔记本，在里面写了些什么。"你能描述一下那几个印第安人吗？"

"档案里不都有吗？"

塞莱诺举起档案，点了点头。"是的，都有。但是很不清楚。"

"不清楚？"

"是的，医生。你知道……身高、体重、有特点的标记。诸如此类。"

"啊，他们的身高全都在五英尺三英寸到五英尺五英寸之间，我猜……"

塞莱诺停下笔，举起手。"不，不……这个档案里有。我更感兴趣的是你的印象，你的观察。比如，其中一个人是不是类似带头人的角色？她们喜欢怎么样穿衣服？她们喜欢吃什么？谁是她们的朋友？有人来看过她们吗？她们吸毒吗？喝酒吗？"

"哦。"

"她们谈论过逃跑的事吗？她们不开心吗？"

"明白了。"

"医院工作人员中有人是她们的朋友吗？有没有可能有人为她们开了门？"

"为什么有人要那么做？"

"谁，霍华医生？"

霍华医生的两只手紧紧地握在一起。"也许你想喝杯茶，塞莱诺侦探。"

"警司。"

"当然。"

塞莱诺警司在椅子里调整了一下姿势，外套滑了下来，左轮手枪的球根状枪柄从腋下露了出来。"霍华医生，也许你可以告诉我这几个印第安人究竟为什么会在医院里。"

"啊，"霍华医生说，"这事说来话长，而且很枯燥。"

"多长？"

"这个，我得从头开始，我想，从我的曾祖父和他的愿景开始。这座医院就是这样开始的，你知道，是从一个愿景开始的。"

"但是这和印第安人有关系吗？"

"噢，是的。"

"你介意我把你的话录下来吗？"

"完全不介意。"

塞莱诺警司把录音机放在桌边。他按下按键，坐回椅子上。"好了，你可以开始了。"

霍华医生向后靠在椅子上。现在他感觉好些了。疲劳，但是好些了。"嗯……让我想想。我总是不知道从哪儿开始。我想我可以这么开始，起初这里是一片土地。荒芜的土地。我的曾祖父从旧大陆来到这里。也许你可以称他是福音传教士。他不是靠这个挣钱。那个时候福音传道可没什么钱。和现在完全不同。他是靠做房地产挣钱。他从印第安人手里买下了这块土地。"

"我们的印第安人吗？"

"不是，不是。他是从一个当地的部落手里买下了这块土地。这个部落现在已经灭绝了，我想。"

"那是什么时候？"

"1876年。"

"那些印第安人呢？"

"我想他们全都因为某种疾病死掉了。"

"不是那些印第安人，我们的印第安人。"

"当然。嗯，根据过去的记录，那几个印第安人是1891年1月来到这里的。"

塞莱诺警司举起一只手，看着天花板。"那就是说她们至少已经101岁了。"

"并不是，警司。他们来的时候已经是老人了。"

"有多老？"

"不知道。"

"你能猜一猜吗？"

"医生不喜欢做猜测。"

"你说她们当时就是老人了。"

"是的，可以肯定。"

"也许你最好从头开始，霍华医生。"

霍华医生向窗外看去。墙边的草看上去特别干，新种的一棵榆树叶子发黄，卷了起来。高大的橡树也没有任何好转的迹象。

"好吧，"他说，一边双手交扣，向后靠在椅子上，"起初，什么也没有。只有水。"

诺尔玛开始哼一首圆舞歌。车里很温暖，莱昂内尔又闭上了眼睛。他很想知道卢米斯医生是不是还健在。也许塞西尔最终去了伤膝谷。他记得在停车场的那个晚上，他站在那儿，看着窗户里的自己。

"醒醒，外甥，"诺尔玛说，"前面有人。"

莱昂内尔睁开眼睛，刚好看到路边站着四个印第安人。

"最好捎他们一段，"诺尔玛边说，边缓缓把车开下公路，"他们看上去就像你一样迷了路。"

诺尔玛把车停稳，莱昂内尔打开车门，走下车去，这时他才注意到两件事。第一件是他正站在齐踝深的水里。第二件是其中一个印第安人戴着黑面罩。

"水是哪儿来的？"艾尔伯塔说。

"水是哪儿来的？"德拉诺巡警问。

"水是哪儿来的？"塞莱诺警司问。

"水是哪儿来的？"莱昂内尔说。

"别管水了，"卡犹蒂说，"第一女和阿蛋怎么样了？"

"他们去了佛罗里达。"俺说。

"佛罗里达，"卡犹蒂说，"我也可以去吗？"

于是那些士兵把第一女和阿蛋带到火车站。然后把他们带上火车。然后火车把他们带到佛罗里达。

"我一直想去迈阿密。"卡犹蒂说。

"俺们不去迈阿密。"俺说。

"罗德代尔堡也行。"卡犹蒂说。

"俺们也不去那儿。"俺说。

于是第一女和阿蛋上了那列火车，车上有一群印第安人，腿上拴着锁链。第一女和阿蛋的腿上也拴着锁链。每个人都是去佛罗里达的。我们去佛罗里达，那些印第安人告诉第一女。是的，第一女说，我能看出来。

他们到了佛罗里达，第一女和阿蛋和所有印第安人都坐在那儿画画。

老天，阿蛋说，这真好玩儿，然后他画了一头野牛。我玩得很开心，阿蛋说。然后他画了一匹马。看看我，阿蛋说，然后画了一台冰箱。

　　阿蛋成了巨星。人们从纽约、多伦多、芝加哥、埃德蒙顿到佛罗里达来看阿蛋画画。

　　我出名了，阿蛋对第一女说。

　　我们最好离开这儿，第一女说，还有好多事儿要做呢。

　　但是我出名了。阿蛋又说。

　　这个世界变形了，第一女说，我们得去修好它。

　　以后有的是时间去修。阿蛋说。

　　好吧。第一女说。她戴上黑面罩，朝前门走去。

　　是独行侠。卫兵们叫道。是独行侠。他们又叫道，然后打开大门。于是独行侠从监狱里走了出去，独行侠和以实玛利和鲁宾逊·克鲁索和鹰眼一起向西去了。

　　"等一下，等一下，等一下，"卡犹蒂说，"和独行侠一起从大门出去的其他几个人是谁？"

　　"以后俺们会遇到她们。"

　　"但是阿蛋怎么样了？"

　　"管他呢。"

　　"但是第一女怎么样了？"

　　"噢，老天，"俺说，"你肯定是坐在自己的耳朵上了吧。难怪这个世界出问题呢。"

　　"这是个谜题吗？"卡犹蒂说，"有线索吗？"

　　"俺们得从头再来一遍。俺们得弄对了。"

　　"好吧，"卡犹蒂说，"我可以。"

　　"好吧，"俺说，"注意听。起初，什么都没有。只有水。"

dSθ6T

OЛE

此卷，"$\mathit{JS\Theta6T}$" 意为 "南方"，"$\mathit{O\Lambda E}$" 意为 "白色"。

这是独行侠讲的故事。

"等一下，等一下，"鹰眼说，"你刚刚讲过了。"

　　"没错，"鲁滨逊·克鲁索说，"现在轮到谁了？"

　　"我不累，"独行侠说，"我可以接着讲。"

　　"轮到以实玛利了，"鹰眼说，"我记得。"

　　"好吧，"鲁滨逊·克鲁索说，"但是我们继续吧。"

　　"好吗？"

　　"好吧。"

这是以实玛利讲的故事。

就这样。

　　起初什么都没有。只有水。无论你看向哪里，都是水。很美的水。

"是不是像加利福尼亚的奇妙雾气笼罩的水一样，"卡犹蒂说，"有友好的泡泡，还有有趣的东西掉进你的杯底？"

　　"不是，"俺说，"这里的水是清澈的。"

　　"是不是像俄克拉荷马州的可爱的红色的水一样，"卡犹蒂说，"有友好的泡泡，还有有趣的东西浮在你的杯子上面？"

　　"不是，"俺说，"这里的水是蓝色的。"

　　"是不是像多伦多的水……"

　　"注意听，"俺说，"不然俺们又要从头开始了。"

就这样。

　　到处都是水，当变化女[1]朝天世界的边缘以外看去的时候，能

1　变化女（Changing Woman），纳瓦霍神话中的人物。"纳瓦霍神话描述了人类通过四个地下世界来到地表世界'第五世界'的过程。在第五世界，纳瓦霍人受到变化女的护佑，变化女是一个出生神奇的圣人。"（Hinnells 229）

看见自己在那个美丽的水世界里的倒影。

　　嗯，她说，不错。

　　每天，变化女走到世界的边缘，向下看着水，这时她看见了
自己。

　　你好。她说。

　　每天，变化女向外探出更多些，好更清楚地看见自己。

　　"要是她探得再多一点，"卡犹蒂说，"就要掉下去了。"

　　"当然她要掉下去，"俺对卡犹蒂说，"坐下。看着天。看着
水。很快你就会看见她掉下来了。"

　　"变化女会受伤吗？"

　　"不会，"俺对卡犹蒂说，"她落在了软软的东西上面。"

　　"水是软的。她像第一女一样掉在水里了吗？"

　　"不是，"俺对卡犹蒂说，"她掉进了一只独木舟。"

　　"独木舟！"卡犹蒂说，"哪儿来的独木舟？"

　　"发挥你的想象力。"俺说。

　　"是不是绿色的热塑性塑料做的奥德城单人独木舟，"卡犹蒂
说，"有橡木舷边和藤编座椅？"

　　"不是，"俺说，"不是那种。"

　　"是不是红色的木头和帆布做的河狸牌游览独木舟，有雪松肋
拱和内置式搬运支架？"

　　"也不是那种，"俺说，"这只独木舟很大。是白色的。里面装
满了动物。"

　　"哇！"卡犹蒂说。

于是变化女从天上掉了下来。她掉进了那只独木舟。她掉到了软软的东西上面。她掉到了老卡犹蒂身上。

"噢，不！"卡犹蒂说。

"噢，是的，"俺说，"别走开。故事是这样的。"

"那是我们要搭的车吗？"鹰眼说。

"是的，我想是的。"独行侠说。

"那么，现在做什么呢？"以实玛利说。

"搭那辆车？"鲁滨逊·克鲁索说。

"新车的空间不够大。"独行侠说。

"我们站着更好。"鲁滨逊·克鲁索说。

独行侠和以实玛利和鲁滨逊·克鲁索和鹰眼站在路边，看着一个人从车上下来，打开后门。

"是他吗？"以实玛利说。

"我想是的。"独行侠说。

"我们站着更好。"鲁滨逊·克鲁索说。

鹰眼把手搭在眼睛上方，看着这个人和这辆车。"他为什么站在一摊水里？"

"马桶又堵了！"

拉蒂莎整理好菜单，看着汽车撞到一个坑，摇摇晃晃地开进停车场。"车来了，"她对后面的比利叫道，"堵得多严重？"

比利开始吹口哨，吹的是《退潮》。拉蒂莎听见拖把在水里滑过的声音。

"这儿的水多得能让旱地的农民眉开眼笑。"

汽车挂着蒙大拿州的车牌。游客。丽塔从厨房伸出头来。"你觉得要多少只小狗？"

拉蒂莎感到耳朵后面痒了起来。"先说十五只吧。"

"什么口味？"比利在卫生间里大声喊。

"美国口味。"

"我们的菜单和明信片够吗？"

"水怎么样？"

"水够多了。"比利叫道。

美国游客最好。他们几乎从来不点特价菜，而且几乎每次都买菜单和明信片。

辛西娅从后面房间走了出来。"有个人给你打过电话。"

"是谁？"

"没说。"

"莱昂内尔？伊莱？"

"我觉得不是。说他周末会进城来。说他也许会在太阳舞仪式上看见你。他听上去挺迷人的。"

拉蒂莎点点头，擦了黑板。"今天的特价菜菜名是什么？"

"昨天的菜名是什么？"辛西娅说。

"我忘了。"

"丽塔，"拉蒂莎叫道，"昨天的特价菜名是什么？"

"这有什么区别？"

"叫老办事处¹炖狗崽怎么样？"辛西娅说。

"丽塔，"拉蒂莎叫道，"还是老办事处炖狗崽。"

经营餐馆的成功秘诀之一就是让事情简单化。每天丽塔都烧同样的炖牛肉，但是每天，丽塔或者比利，或者拉蒂莎或者辛西娅都为这道菜想一个名字。这不是欺骗。在城里和保留地，每个到死狗咖啡馆来吃饭的人都知道特价菜很少变化，而游客却从不知道。

"马桶修好了。"比利让门在他身后关上。"你要我把自动饮水机的气罐换了吗？"

"不用，把衣服穿好。前面可能需要帮忙。"

"大平原，西南部，还是混合？"

耳朵后面更加一个劲儿地痒。"昨天是什么？"

"大平原。"

"西南部吧。"有什么事要发生。拉蒂莎能感觉得到。

---

1 19世纪与20世纪的大部分时候，根据《印第安法案》，加拿大的印第安人无权决定其自身事务，须由印第安事务部决定。该事务部为此雇用了一批代理。在加拿大西部，印第安保留地被分成区，又称"办事处"，这些代理被派往"办事处"，对当地印第安人进行管理。——译注

死狗咖啡馆的饭菜很好，但是吸引游客前来的是那里的气氛和多年来的名气。死狗咖啡馆原先只是一个不错的本地餐馆，顾客很忠实，但是人数很少，现在，这家咖啡馆不仅如此，还成了一个吸引游客的地方。拉蒂莎希望自己能够因此居功，但其实这是她姨妈的主意。

"告诉他们这是狗肉，"诺尔玛说，"游客就喜欢这种事儿。"

这给了拉蒂莎启发。她印了菜单，上面的特色菜有每日狗肉菜、猎狗堡、狗崽杂烩、热狗、圣伯纳德瑞士奶酪三明治，开胃菜是狗便便和炸狗崽等。

她请梅迪辛河的威尔·霍斯摄影社的人来拍了很多照片，就是狩猎或垂钓杂志上的那种照片：几个白人站在一头大象旁边；或者举着一只狮子的脑袋；或者挑着一长串鱼；或者一只手提着两只鸭子。但是这次，摄影社的人拍的是印第安人和狗。拉蒂莎最喜欢的一张照片是，四个印第安人骑着追野牛的马追赶一群丹麦种大猎犬。

拉蒂莎请人将比较好的照片做成明信片，和菜单一起卖。

"你想要什么？"辛西娅举着几盒磁带。"酋长山歌手，还是来自布罗克特的组合？"

游客在餐馆前面乱转。拉蒂莎站在窗边，看他们指着炖锅里的狗的霓虹灯牌，互相拍照。

"酋长山，我想。但是把音量调低些。"

麻烦，拉蒂莎边挠耳朵边想。这就是即将发生的事情。麻烦。

伊莱·独立站在小木屋的窗边，看着水从门廊前滑过。水面更高了，但是他们以前也这么干过，把闸门打开一点点，让溪流漫过水道两岸，冲刷着原木。白忙活半天。

他把咖啡端到门廊上，在安乐椅上坐下，回头看着西方。他能看见小木屋后面四百码处的那道水坝，像一堵巨大的瓷墙，在上午的阳光下闪耀着白光。

伊莱也能看见克利福德·西夫顿[1]正沿着小溪河床走过来，他朝西夫顿挥挥手，西夫顿也朝他挥挥手。

"要喝咖啡吗？"伊莱大声说，尽管他知道在湍急的水声中西夫顿听不见。西夫顿举起手杖，大声回了句什么，但伊莱也听不见。

伊莱把咖啡壶拿出来，放在桌上。水还在涨，冲刷着乱石堆，西夫顿在灰绿色的齐大腿深的水里艰难地蹚过来。

"我猜他们被新的禁令气坏了。"伊莱说。

"我猜你是对的。"西夫顿说。他来到门廊上，看着咖啡壶。"煮的，还是速溶的？"

1　历史上的克利福德·西夫顿（Clifford Sifton, 1861—1929）积极倡导通过草原西进运动在西部殖民，拥护取代了当地原住民的欧洲移民。1896年11月后，他在威尔弗里德·劳里埃（Wilfrid Laurier）政府担任内政部长和印第安事务主管。1915年被封为爵士。

"每次都是煮的。你知道的。你每次都问，每次都是煮的。"

"有一次是速溶的。"

"你们让水困了我两个星期。你能指望什么呢？况且，那是七年前了。"

"问一下总是有好处的。"西夫顿从背包里拿出一个包裹。"给你，"他说，"你想放在哪儿？"

他倒了一杯咖啡，把手杖靠在门廊栏杆上。"你觉得今年的渔业会怎么样？"

"应该不错。要不是你们把水坝建在这儿，还会更好。"

"这不是我的水坝，伊莱。你知道这一点。"

"你是这么说的。"

西夫顿坐在栏杆上，眯着眼睛看着太阳。"水坝的美就在于此。它们没有个性特点，也没有政治主张。它们蓄水，发电。如此而已。"

"那为什么那么多的水坝都建在印第安人的土地上？"

"可以造水坝的地方只有那么多。"

"省里的报告建议了三处可以建水坝的地址。"

"地理学。水坝建在哪里取决于地理学。"

"这里并不是那三处之一。"

西夫顿用嘴唇抿住杯沿。"还有其他因素需要考虑。"

"三个建议地址中没有一个在印第安人的土地上。"

西夫顿晃着杯子，咖啡溅了出来。"我只管建，伊莱。我只管建。"

"你是这么说的。"伊莱陷进椅子里。"你觉得怎么样？现在，还是过会儿？"

"现在吧，也许，"西夫顿说，"不应该浪费美味咖啡和美好一天。你知道，差不多一个星期没有刮风了。"

"天气模式，"伊莱说，"会变的。"

"我知道会变的。我只是想再享受不刮该死的风的一天。"

伊莱靠在椅子扶手上，看着水。"好像水正在退下去。"

"我走之前叫他们让水退下去的。"

"这次水面很近了。"

"我们很专业。"

"我猜他们还会再次把灯打开。"伊莱说。

"我们很专业。"西夫顿说。

"那就问问题吧。"

西夫顿放下咖啡杯，从外套口袋里拿出一张白色卡片。他俯瞰着溪流，清了清嗓子，开始读起来。

伊莱的母亲在他住在多伦多的时候去世了。在妹妹给他打电话之前，没有人告诉他她的死讯。

"妈妈去世了。"诺尔玛说。

"什么时候？"

"几个星期前。"

"什么？为什么你没给我打电话？"

"我们上次见到你还是二三十年前。"

"诺尔玛——"

"你也有四五年没给我们写信了。"

"没那么长时间。"

"我们以为你可能死了。"

"我本来可以帮忙的。"

"不需要。卡默洛和我料理了一切。我本来想给你打电话的，但是后来忘了。今天我想起来了，所以就打给你了。"

"我本来可以帮忙的。"伊莱说。

"你现在也可以帮忙。"诺尔玛说。

诺尔玛告诉他，母亲的房子需要处理。没有人能住在里面，因为房子坐落在计划建造的巨鲸水坝[1]的泄洪道正中央，但是诺尔玛想，在他们把房子淹没，或者推倒，或者做出什么他们对任何阻挡进步的事物所做的事情之前，伊莱也许想看看房子或者拍张照片。房子里还有些家具，伊莱如果想要，可以拿走。

"你离开这里变成白人之前，是在房子里出生的，"诺尔玛对他说，"所以我想也许这房子具有某种情感价值。我听说如果你是白人，名气够大，政府就会把房子买下来，变成旅游景点。"

诺尔玛还没开始滔滔不绝地说下去，伊莱就挂了电话。第二天，他赶上去布洛瑟姆的航班，在机场租了一辆车，一刻不停地开到了保留地。

他走出树林，穿过草地，朝母亲的房子走去时，正是清晨。他能看见西边不远处的推土机、半拖车和几间移动办公室。其中一间办公室冒着烟。

他母亲盖了这座房子。一根原木一根原木地盖起来的。从房

1　巨鲸水坝（Grand Baleen Dam），加拿大詹姆斯湾水电工程的一部分。在水电工程施工期间，伊斯特梅恩河和其他河流改道，河水冲毁了克里族传统狩猎场。艾伯塔省南部的老人河距离小说中的布洛瑟姆不远。水坝于1991年竣工，但在建造时并没有征询印第安人的意见。印第安人的神圣土地、考古遗址和渔猎场地都被淹没。印第安人为了阻止水坝的运行而进行了长达八年的抗争，1996年加拿大最高法院判他们败诉。

子后面的一小片用材林里把原木一根一根地拖出来，剥去树皮，砍成段，码好。他和诺尔玛太小了，帮不上忙，卡默洛那时还只是个婴儿。母亲处理那些树的时候，他们照看小妹妹。

那天，西夫顿从坝址过来，眼睛里映着清晨的阳光。他穿过整块草地，手杖在地上敲打着。他站在门廊底下，仰头看着伊莱。"早上好，"他用手遮在眼睛上方说，"我看见你开车过来了。"

"早上好。"伊莱重复他的话。

"你一定是伊莱·独立吧。"

"没错。"

"你妹妹说你在多伦多教书。在大学里吗？"

"没错。"

"你教什么？"

"文学。"

"你没有咖啡吧？"

伊莱说不出为什么，但是他不喜欢西夫顿。他不想给他冲咖啡。也不想让这个人站在母亲的门廊上。

"看起来你在考虑建一座水坝。"

"没错，"西夫顿说，"她会是个大美人。"

"这是我母亲的房子。"

"你妹妹说，你可能想在我们把房子推倒之前从里面拿一些东西。"

"她自己盖了这座房子，一根原木一根原木盖起来的。"

"如果有什么大件东西，叫一声，我会派几个小伙子来给你帮忙。"

伊莱双手抚摸着栏杆，摸索着他和诺尔玛在上面刻的雕刻。他能听见远处柴油发动机翻转的声音。

"我不想让任何人把这座房子推倒。"

"一个月后开工。"

"也许吧，"伊莱说，"也许还得再等一等。"

西夫顿看着伊莱，又回头看着推土机、半拖车和移动办公室。"这不是针对你个人。"他说，一边微笑着伸出手。

伊莱只用指尖握了一会儿西夫顿的手，好像握住一件脆弱的或者危险的东西。"好吧，"他说，"不是针对个人。"

查理·望熊和艾尔伯塔通过电话后，给自己做了个三明治，在阳台上坐了下来。在西边的某个地方，在郊区乱糟糟的公寓、房屋、汽车旅馆、餐厅、教堂和停车场之间，是西埃德蒙顿购物中心[1]。更远处，地平线上堆满大腹便便的蓝灰色的云朵的地方，是贾斯珀[2]和落基山脉。

那么，艾尔伯塔是在和莱昂内尔上床。电视先生。音响先生。录像先生。这个想法让他出乎意外地恼火。莱昂内尔的生日。绝不是什么重要节日。可怜的艾尔伯塔。她会开那么远的路到布洛瑟姆去，好好地、仔细地看看莱昂内尔被牢牢地捆在比尔·伯萨姆让他的销售员穿的破烂金色上衣里，以确定自己犯了一个可怕的错误。

查理嚼着三明治，回放了一遍他们的对话。

"嘿，我不是针对你，但你不是在和莱昂内尔上床吧，是吗？"

"上帝啊，查理。"

"我真的喜欢你。"

"真浪漫。"

好吧，他不浪漫。而且他也不信奉一夫一妻制。但是他也不是个卖电视的。他爱艾尔伯塔。他相当确定这一点。而且她也爱

1　西埃德蒙顿购物中心（West Edmonton Mall），北美最大购物中心。
2　贾斯珀（Jasper），加拿大的一座国家公园，位于艾伯塔省。——译注

他。莱昂内尔只不过是个消遣。就像以前的苏珊。或者卡萝尔。或者劳拉。

查理尊重艾尔伯塔。她聪明。受过教育。最棒的是，她有工作，尽管并不是查理会为她选择的工作。

"你应该从事法律工作，"查理对她说过，"这个领域有大事发生。"

"你的意思是能挣大钱。"

"一回事。"

"我喜欢教书。"

"钱更好。"

"有些学生可能比较笨，但是他们不油滑。"

"基督啊，艾尔伯塔，律师并不油滑。他们娴熟。这两者有很大的区别。"

总是同样的争论。总是同样的话题。独立诉迪普莱西国际合伙人。这个官司已经打了十年了，在查理进法学院之前就开始了。照目前的情形，这个官司还得再打十年。

他刚毕业，迪普莱西就雇佣了他。独立诉迪普莱西是他的第一个案子。是他唯一的案子。当然，这个决定不是他做的。是多伦多或伦敦或苏黎世的那些大牌的公司律师做的。他只不过是个幌子，他知道。毕竟，他们不是因为他的成绩在班上名列前茅才雇用他的。他并不名列前茅。他们雇用他，因为他是黑脚族人，而伊莱也是黑脚族人，这种组合在报纸上看，很不错。

"查理，你怎么能为迪普莱西工作呢？你知道部落不会因为水坝得到一分钱。新的湖边的那些房子怎么办——"

"议会湖。"

"议会湖。部落本来应该得到的那些地会怎么样？"

"政府做了一些调整。"

"这是描述贪婪的一种新方式。你知道在整个交易里部落不会拿到任何钱。"

"那么我们有些人应该拿到，你不觉得吗？"

"上帝啊，查理。"

"瞧，有什么害处呢？很可能案子在我们死后很久才会上法庭。我的意思是，水坝就在那儿。湖就在那儿。你不可能就这么让它们消失。"

水坝就在那儿没错。任何人，只要愿意，都可以沿着河边开车到小小的休闲区，在水坝的阴影里吃午餐。或者你可以沿着湖边散步，欣赏湖水和天空的全景。或者你可以从水坝上面开过去，俯瞰延伸进水泥通道的泄洪道，通道里堵塞着湿软的苔藓和小植物。

水坝就在那儿。它只不过没有运转。湖就在那儿。但是没有人能够用它。

伊莱从一开始就和迪普莱西对抗，引来了源源不断的禁令，这些禁令都是迪普莱西反对的。第四年之后，公司请了多伦多一家名为克罗斯比·约翰斯父子公司[1]的娴熟的公关公司开展宣传活动，说服印第安人：水坝是为了他们的最大利益而修建的。这场活动的高潮是在《今日艾伯塔》刊登一篇故事，用各种曲线图、坐标图，以及灌溉、电力领域的各种专家的话令人信服地表明，水坝全面运转一年之后，部落就会赚到两百万加元。文章承认说，白人

---

[1] 约翰·克罗斯比（John Crosbie）在布赖恩·马尔罗尼任加拿大总理期间被任命为司法部部长，1985年6月卷入一起赞助丑闻。

农场主和企业也会从中得益，但是印第安人才是最大的赢家。

文章发表两天之后，霍默·小熊召开了一次紧急议事会会议，讨论如何使用这笔钱。在会上，霍默想要大声朗读那篇文章，却根本读不去，因为他笑得太厉害了。有人建议他们把水坝重新命名为大鹅水坝或者金鹅水坝，因为他们被许以财富，而且，正如山姆·鼓腹所说的那样，这就是印第安人从政府那里得到的——一只鹅。

"看到那样的公司损失金钱，很让人高兴。"

"迪普莱西并没有损失金钱，艾尔伯塔。"

"水坝杵在那儿。他们不能用它。在结案之前，没有人能使用湖泊或者在此地段上建什么。"

"大部分钱都是省里支付的。公司可以在税款中注销损失。"

"这真恶心。"

"我不是决策人。"

查理思忖着，讽刺的是一旦迪普莱西开始建造水坝，任何事情都不能让建造工作停止。环境问题被抛在一边。没有人理会水坝下面可能存在断层线的问题。已经提交法庭五十多年的原住民土地要求被束之高阁。

"一旦你开始了这样的事情，"迪普莱西总工程师对一个调查委员会说，"就停不下来了。太危险了。"

于是迪普莱西建了水坝。竣工第二天，在开了香槟、发表了演讲、拍了照片之后，总工程师、省长、联邦自然资源部长被安排扳动开关，第一次打开闸门，让哗哗的水沿着通道奔流到农场主、商人和印第安人等待的地方，就在这个时候，伊莱·独立终于申请到了禁令，让事情卡了壳。

水坝并不是他的错。艾尔伯塔知道。查理对自己说，她在心里知道他是在做自己的工作。但是"正确"这件事本身似乎并没有什么说服力。也许，查理想，他应该试试父亲的办法。

"如果你想让一个女人对你有兴趣，"查理的父亲曾经对他说，"那就表现出无助的样子。"

"你就是这样让妈妈对你有兴趣的吗？"

"一点没错。"

查理的母亲活着的时候，会大笑着对父亲说，他根本就不需要表现出那个样子。

查理拿出地址簿。长周末。艾尔伯塔真的要去布洛瑟姆。他从 A 开始。

"你好，詹妮弗。"

"詹妮弗不在。"

"她过会儿会回来吗？"

"你是泰德吗？"

天气真好。在打电话的间隙，查理看着太阳渐渐西沉。他打完了名字以 J 和 K 开头的人的电话，开始给第一个名字以 L 开头的人打电话，这时，他意识到自己失去了热情。丽塔·卢瑟在家，但是这时查理已经不感兴趣了。

"你好，丽塔。"

"查理？"

"是的。想给你打个电话，问个好。"

"查理·望熊？"

"我本来想着下星期给你打电话。也许我们可以一起吃午饭。或者做点其他事情。"

"你没事吧？"

查理合上地址簿。除了你其实看不见的群山，天空是最美的风景。他在法学院的一位老师曾经说过，艾伯塔的天空让她想起海洋。

"深邃的、清澈的海洋，"那位老师说，"你朝海里看，可以看见宇宙的灵魂。"

"再看看。"查理压着嗓子，但是声音仍然可以让全班的人都听得见。

甚至老师也大笑起来。

查理抬起头来看到的是……天空，而不是什么清澈的隐喻。天空和云朵。淡淡的颜色。角度变幻的光。如此而已。物理学和折射。

在西方，高耸的云爬到了山顶上，在太阳前面移动，瞬间捕捉到了阳光，柱状的明亮光束和扇形的柔和光线从笼罩在大草原上空的云层边缘与云朵之间迸射而下。

查理向后靠在椅子上，伸了个懒腰。在北边更远的地方，一簇簇更暗一些的云飘进了山丘。查理能听到远处轻轻的隆隆的雷声，能看见低矮的堆积的薄雾和突如其来的雨斜斜地打在平原上。这让他想到电影画面。

艾尔伯塔和莱昂内尔。她不可能是认真的。查理拿起电话。

"时代航空公司。乘时代航空，与时代同行。我能为您做些什么吗？"

查理看着外面的云和光。是的，他能明白，人们会认为这是多么瑰丽而壮观的景象。"是的，"他说，思绪回到手头的事情上来，"去布洛瑟姆的下一个航班是什么时候？"

莱昂内尔离开水坑，把水从鞋里晃出去。那几个印第安老人看着他。

"水坑不错。"戴面罩的印第安人说。

"是啊，"穿印着红色棕榈树的夏威夷衬衫的印第安人说，"你踩得不错。"

"莱昂内尔，"诺尔玛从车里对他说，"注意举止。"

莱昂内尔把身体的重量放在那只湿鞋上。鞋子发出轻轻的黏黏的声音，并不令人不快。"晚上好，"他看着那四个印第安人说，"你们去保留地吗？我们可以把你们捎到布洛瑟姆。"

"那正是我们要去的地方，"独行侠说，"布洛瑟姆就是我们想去的地方。"

"那就来吧，"诺尔玛说，"上车来。"

莱昂内尔为那几个印第安人打开后门，自己坐在前门座位边上，脱下鞋子。袜子已经湿透了。他把鞋子斜着放，让水都流到鞋跟。莱昂内尔想起来在什么地方读到过，如果皮鞋湿了，就会缩水，正确的做法是在鞋里塞上报纸。

莱昂内尔把袜子拧干，放在仪表板上蓝色地毯旁边。

"有报纸吗？"

"报纸？"诺尔玛说，"你要报纸干什么？你知道在车里阅读会让你不舒服的。"

"是放在鞋里的。为了让鞋不缩水。"

诺尔玛挂了档，看了看后视镜，把胳膊伸出车窗外，上下挥舞。"把脚穿回鞋子里，现在，"她边半转向那几个印第安人，边说，"我们来相互认识一下吧。"

当莱昂内尔发现艾尔伯塔在和查理交往的时候，他感到困惑。这说不通。查理这个人还不错。他长相英俊，有一份好工作和一辆好车，但是他，嗯，油滑。他还是个孩子的时候就油滑，现在仍然油滑。有些女人也许喜欢油滑，但艾尔伯塔不喜欢。她为人可靠，有责任心。她受过良好的教育，有一份好工作。

"查理？查理·望熊？"

"我在和你交往。"

"你为什么和查理交往？"

"关于你，我也在问自己同样的问题。"

莱昂内尔不喜欢他们的交谈方式，于是改变了话题。"我一直在想我们的事。"

"然后呢？"

"只是在想。"

"想什么？"

"我们。"

结果证明这个话题更糟。自那之后，莱昂内尔有一个月没有见到艾尔伯塔。

诺尔玛朝莱昂内尔偏过头去。"这是我外甥莱昂内尔。我是诺尔玛。"

"是的，"独行侠说，"我是独行侠。"

莱昂内尔用鼻子哼了一声。诺尔玛用她没有握方向盘的那只胳膊狠狠打了他的腰一下。"很高兴看到我们的长者出来度假。"她说。

"噢，我们不是在度假。"以实玛利说。

"不是。"鲁滨逊·克鲁索说。

"我们在工作。"鹰眼说。

"工作，是吧？"莱昂内尔边说，边放下胳膊，护着腰。

"没错，"独行侠说，"我们在试图修理这个世界。"

诺尔玛狠狠地瞪着莱昂内尔。"这肯定是需要的。刚才我还在对外甥说这个世界确实需要帮助。"

"确实如此。"鹰眼说。

"但是这些年轻人根本不听我们的。"

"是啊，"以实玛利说，"这也确实如此。"

莱昂内尔试图用手遮住脸上的笑。"那么，你们搭便车去布洛瑟姆，到了那儿，就要开始修理世界？"

"噢，不，孩子，"独行侠说，"一次修理好整个世界，这个工作量太大了。即使我们所有人共同努力也无法完成。"

"是的，"鲁滨逊·克鲁索说，"我们已经试过了。"

"事情太糟了。"以实玛利说。

"我们任其发展的时间太长了。"

莱昂内尔转过身来，好看着那几个印第安人。"所以你们要从布洛瑟姆开始，然后再继续？"

"嗯，你总得从某个地方开始。"诺尔玛边说，边瞥了一眼莱昂内尔，看能不能够得着他的腰。

独行侠摇了摇头。"不是，"他说，"那个工作量也太大了。"

"我们不像以前那么年轻了。"鹰眼说。

"即使在我们更年轻的时候，"以实玛利说，"也无法完成。"

"我们更年轻的时候，"鲁滨逊·克鲁索说，"我们试过。这就是我们当初陷入一团糟的原因。"

莱昂内尔看着那四个印第安人。因为此时能够清楚地看见他们，他惊讶地发现他们那么老，也许有八十岁或者九十岁。也许更老。他们身上有某种东西让莱昂内尔的耳朵发痒。

是诺尔玛告诉了莱昂内尔：了解艾尔伯塔的关键。艾尔伯塔消失一个月之后，姨妈把他叫到一边，给了他一次训话。"孩子，"她说，"你只需要知道这个。"

"什么？"

"你聋了吗？艾尔伯塔想要孩子。"

"所有女人都想要孩子。"

"男人都喜欢这么想。这让他们感到被需要。没什么别的好处，我可以告诉你。"

"她从来没对我提过。"

"当然她从来没对你提过。她不想忍受男人。一个女人结了婚，有了一个孩子，就会很快有两个孩子。你明白这个情景意味着什么吗？"

莱昂内尔说他明白，只是为了不让诺尔玛兴奋起来。

"你根本就不明白，外甥。"

诺尔玛抓住莱昂内尔的胳膊，让他在沙发上坐下。她把一把椅子拖到他的面前，伸出双手，捧住他的脸，好看着他的眼睛。

"你准备好了吗？"

莱昂内尔点点头，表示准备好了。

"首先，"诺尔玛说，"艾尔伯塔想要孩子。大多数女人都想要孩子。你觉得世界上为什么会有这么多人？你以为女人对男人就那么着迷吗？你以为女人对性就那么着迷吗？以后我们找到了受孕的其他方式，你们男人就会像放了一个星期的炸面包一样迷人了。"

莱昂内尔微笑着，又点了几下头。他能感到耳边诺尔玛的指甲。

"第二，别再谈论车、其他男人和性，开始谈论孩子。也许借一个孩子。让自己的身边有足够多的孩子。告诉她你不能出去，因为你在为一个朋友照看孩子。请她过来。让她抱着孩子。诸如此类的事情。"

莱昂内尔的脖子开始变得僵硬。他舔了舔嘴唇，眨了眨眼睛。

"别在我说话的时候睡着了，外甥。就快说完了。"

诺尔玛放开莱昂内尔的脸，在衬衫上擦了擦手。"最后，"她说，"不要向她求婚。不要盛装打扮，带她去吃豪华的晚餐。不要给她买戒指，不要用膝盖在地上爬。绝不要谈论婚姻。她会自己做出决定，如果她有兴趣，会让你知道的。"

诺尔玛向后靠坐着，吮着嘴唇。"你都明白了吗？"

"明白。"

诺尔玛看着莱昂内尔，摇摇头。"你是我外甥，我爱你，"她说，"但是我觉得这帮不上忙。"

"那么，"莱昂内尔说，"你们认为要怎么帮忙呢？"

独行侠看着鲁滨逊·克鲁索，鲁滨逊·克鲁索看着以实玛利，以实玛利看着鹰眼，他们都看着莱昂内尔。

"我的意思是，这个世界很大。即使你们把布洛瑟姆分成四部分，还是有很多工作要做，我猜。"莱昂内尔能感觉到诺尔玛在估测她的手到他的腰的距离。"我的意思是，也许你们需要一些帮助。"

"那太好了，孩子，"独行侠说，"但是我们把事情弄得一团糟，我们得收拾清理。"

"但是我们要从小事做起。"以实玛利说。

"很小的事。"鲁滨逊·克鲁索说。

"一旦我们摸到窍门，"鹰眼说，"就开始做更大的事情。"

"听上去很聪明，"诺尔玛说，"从小事做起，慢慢前进。"

"那么，"莱昂内尔说，一边自己咯咯笑着，看着后视镜里消失的大草原，"你们要从哪里开始呢？"

比尔·伯萨姆站在商店那一头，回头看着墙壁。太出色了，太壮观了，真是天才。哦，伊顿购物中心和哈得孙湾百货公司有类似的陈列，但是没有这么大规模，而规模，比尔提醒自己，就是一切。

"你觉得怎么样，明妮？"

明妮·史密斯正在整理夜里送来的录像带，她从那堆录像带里抬起头来。

"史密斯女士。"明妮纠正说。

"什么都行。"伯萨姆说。

"史密斯女士。"明妮说。

伯萨姆站在"幻想"部分前面，张开双臂。"完成了。你觉得怎么样？"

远处的墙上全是电视机。从一个角落到另一个角落，从地板到天花板，全是各种形状和尺寸的电视机。

"是不是有些歪？"明妮说。

"不歪。"伯萨姆说。

但是也不那么正。几台12英寸电视机像一根尾巴一样在右下角垂下来。整个左边凹凸不平，从下到上有时凹进去，有时凸出来。甚至最上面一排也时而凹下去，时而升起来。

"是不是不够正？"明妮说。

"本来就不该是正的。"伯萨姆说。

明妮耸了耸肩。"这是干什么用的？"

伯萨姆大步走过商店，边走边甩着胳膊，仿佛在游行队伍里示威。"看着。"他拿起一个遥控器。有一瞬间什么也没有发生，但是随后每一台电视机都闪了一下，一个灰色的柔和光点慢慢变大，充满了屏幕。

两百个屏幕都闪着银光，在商店尽头营造出宽敞的特别空阔的感觉。伯萨姆回头朝明妮笑了笑。

"现在看这个。"伯萨姆把一盒录像推进陈列角落里的一台录像机，然后等着，机器转动着，发出哐当声和嗡嗡声。突然，屏幕上出现了明亮的颜色，变得鲜活起来。

"好了！"伯萨姆大声叫道，然后回头看明妮是不是被震住了。

"太棒了，伯萨姆先生。"明妮说。

"非常吸人眼球。"

"是不是所有电视机都要放同样的电影？"

莱昂内尔帮助他完成了这个陈列，协助他设计布置、搭起框架，但是伯萨姆花了更长的时间完成最后的连接并让一切都运转起来。既然运转起来了，伯萨姆急于知道莱昂内尔如何看待这个成品，不是因为他特别相信莱昂内尔的看法，而是因为在某种程度上，莱昂内尔了解这件事的组织起来多么困难，布线多么复杂，构思整个计划时需要考虑怎样的空间安排。

"你看到了吗？"

"当然，"明妮说，"不可能看不到。"

"不是，"伯萨姆说，"你看到了吗？"

伯萨姆微笑着，在电视机前动来动去。他分开双腿，伸出双臂。"这是一幅地图!"

明妮把头歪向一边。

"加拿大和美国地图。"

明妮把头歪向另一边。

"这里是佛罗里达,"伯萨姆指着尾巴说,"这里是温哥华岛,这里是哈得孙湾。"

"布洛瑟姆在哪儿?"明妮问。她的头仍然歪向一边。

"就在这儿的某个地方。"伯萨姆指着墙上面一台13英寸的索尼数字显示器说。

明妮把头歪回另一边。

伯萨姆把双臂举过头顶,伸出手指。"我把这叫作……地图!"

"这只是为了陈列吗?"明妮问。

伯萨姆怀疑:甚至莱昂内尔也不明白统一的隐喻或是地图会对顾客产生的文化影响,但是这没关系。莱昂内尔至少可以欣赏表面的美学和地图在视觉上的细微差别。

地图。伯萨姆喜欢这个词的发音。这个词有某种庄严的感觉。他后退几步,看着自己的创造。令人惊叹。比他以为的更加有力量。这就好像把整个宇宙都放在那面墙上,可以看到一切,掌控一切。是的,莱昂内尔也许只会欣赏。

也许他不会。

"那是广告,"伯萨姆说,同时整理了一下自己的金色上装,"你知道像这样的东西值多少吗?"

明妮点点头,笑一笑。

"这是无价的,"伯萨姆说,"这不能用价值来衡量。你读过马基雅维利的《君主论》吗？"

明妮点点头，笑一笑。

"全部是说广告。如果你要在这个行业里成功，最好读一读。"

莱昂内尔在伯萨姆的坚持下读了《君主论》，查理·望熊也读了，但是伯萨姆肯定他们都不明白其中的主要原则。很多年前伯萨姆就确定，权力和控制——有效广告的实质——是印第安人无法想象的，尽管查理在努力掌握这个基本的文化原则方面已经取得了长足的进步。

明妮倚在柜台上。"我想它的广告价值弥补了不够微妙的缺憾。"

"没错，"伯萨姆边说边完全转过身来，"这就像在教堂里。或是在影院。"

"我被选为这一桌的发言人，"那个女人边说，边把地图折起来放回包里，"我叫珍妮特，这是我的朋友纳尔逊。这是罗斯-玛丽·德·弗洛尔，这是她丈夫布鲁斯。"[1]

拉蒂莎点点头，希望她可以早点结束聊天。游客喜欢聊天。拉蒂莎猜想这是旅游的诱惑之一——跟不认识你的人讲所有认识你的人都听厌了的故事。

"别让她骗了你，"罗斯玛丽边叉起一个炸狗崽，边说，"没人选她做什么，她就是喜欢指挥人。"

"够直率。"纳尔逊说。他和布鲁斯端着咖啡杯咯咯地笑起来。

"作为发言人，"珍妮特没有理睬罗斯玛丽和那两个男人，接着说，"我会问别人因为尴尬而不愿意问的问题。"珍妮特等了一会儿，看有没有人表示反对。拉蒂莎调节了一下重心，叹了口气。珍妮特看起来只是在热身，下面会发表长篇大论。

"现在，"珍妮特说，"我们可不可以认为你是印第安人？"

"耶稣啊，珍妮特，"纳尔逊一边说，一边伸出手，拍了拍拉

1　珍妮特·麦克唐纳（Jeannette McDonald）和纳尔逊·艾迪（Nelson Eddy）曾主演关于加拿大生活的好莱坞浪漫音乐剧《罗斯-玛丽》（*Rose-Marie*，1936）。前者饰演女高音歌手罗斯-玛丽·德·弗洛尔，后者饰演加拿大皇家骑警布鲁斯警官。

蒂莎的胳膊，"傻瓜都能看得出来。"

"问问总没坏处。"

"我是黑脚族人。"拉蒂莎说。

"特别好的部落。"纳尔逊说。他的手还放在拉蒂莎的胳膊上，现在正试图用拇指去摸她的屁股。

"啊，"珍妮特说，"你是餐馆主人？"

"没错。"

珍妮特瞪着纳尔逊。"在这个你拥有的餐馆里，"她提高了一度嗓音说，"你卖狗肉？"

"没错。"

纳尔逊把手从拉蒂莎的胳膊上拿开，看着自己面前的圣伯纳德瑞士奶酪三明治。"耶稣啊！你开玩笑吧。这不是真的狗肉吧？"

"她当然是在开玩笑，"布鲁斯说，"我曾经为皇家骑警工作——"

"我们都知道，亲爱的。"罗斯玛丽说。

"我在皇家骑警做了25年的警官，如果我们听说有人把狗做成了菜在餐馆里卖，会把他们抓起来的。这是牛肉，对吧？"

"你结婚了吗？"珍妮特说。

"没有。"

"非常明智。"珍妮特边说，边把头朝纳尔逊的方向靠过去。

话说回来，拉蒂莎仔细想想，确切地说她也并不是单身。但是她肯定没有结婚。

纳尔逊把三明治上面的一片面包拿了下来，正用叉子检查那块肉。"看上去像是牛肉。"他伸出手去，想要拍拉蒂莎的屁股。

"你是在开玩笑，对吧？"

"黑拉布拉多犬，"拉蒂莎说，一边躲开纳尔逊的手，"黑拉布拉多的肉比较多。"

"耶稣啊！"

"但是你结过婚，"珍妮特说，"每个女人都会犯至少一次这样的错误。"

乔治·晨星。拉蒂莎甚至喜欢过他的名字。听上去有点像印第安人的名字，尽管乔治是美国人，来自密歇根的一座小镇。用他自己的话说，他到西部来是想看看这些忙活都是怎么回事儿。他个子高高的，留着齐肩的软软的淡棕色的头发。最棒的是，他看上去不像牛仔或者印第安人。虽然拉蒂莎当时只有18岁，却已经厌倦了瘦骨嶙峋的男人，他们穿着看不出屁股的牛仔裤、钉着珍珠纽扣的衬衫、磨破了脚后跟的牛仔靴，戴着有汗渍的草帽，开着皮卡，或者一堆堆地站在房子的阴影里，像一根根原木。

"我们得把狗肉这件事弄清楚了。"纳尔逊说，他的胳膊还伸在那儿。

"这是我们根据条约拥有的权力，"拉蒂莎解释说，"这么做没什么错。狗肉是我们的传统食品。"

"我也从来没听说过，"布鲁斯说，"我还在皇家骑警做了二十五年的警官呢。"

"我们在保留地用健康的方式养狗，"拉蒂莎解释说，"只喂它们马肉和全谷物。没有荷尔蒙，也没有防腐剂。"

"耶稣啊，"纳尔逊说，"我小时候养过一只黑色拉布拉多。他是条好狗。"

乔治到保留地来是为了参加印第安日活动。拉蒂莎仍然记得他当时的穿着——棕褐色棉布长裤，风格夸张的白色棉布衬衫，身上宽松，袖口收紧，脚上是没有光泽的深红色平底便鞋和印有图案的袜子。他站在呆呆看热闹的人群后面，留意观看着。一天结束时，他仍然在那儿，像全世界最有学问的人一样看着，听着，寻找着整个世界。

"他的名字叫特库姆塞[1]，"纳尔逊说，"是根据一个印第安酋长的名字起名的。你知道吗？"纳尔逊做手势让拉蒂莎走近些。"他会唱歌。"

"你吃的不是特库姆塞，"罗斯玛丽说，"我跟你们说过我演过歌剧吗？"

"说过，"珍妮特说，"我们都知道你演过歌剧。"

纳尔逊向后仰起头，嘴唇对着天花板。"我呼唤你的时候，哦哦——哦哦——哦哦，哦哦——哦哦——哦哦！"[2]

比利从厨房伸出头来，看着纳尔逊。拉蒂莎挥手让他回去，然后把重心调整到另一条腿上。

"他活到了十四岁。"纳尔逊说。

"过了两三岁之后，"拉蒂莎严肃地说，"肉就老了，不能

1　特库姆塞（Tecumseh），肖尼族酋长，因勇敢精明而闻名。1812年战争期间为英国人作战。

2　"我呼唤你的时候，哦哦——哦哦——哦哦，哦哦——哦哦——哦哦"，出自影片《罗斯-玛丽》中的插曲《印第安爱的呼唤》。

吃了。"

"那条狗不是在唱歌，纳尔逊，"罗斯玛丽说，"他只是在嗥叫。我会唱歌，是不是，珍妮特？"

"还有，"珍妮特说，她试图重新掌控谈话局面，"你是在保留地出生的吗？"

这是第一个晚上乔治问她的问题之一。他说他很高兴她是一个真正的印第安人。他多么温存啊。这是他了不起的品质之一。他让你相信他在倾听，让你相信你说的话很重要，让你相信他感兴趣。

"你知道，妞儿，"他们第三次约会时乔治告诉她，"和你说话比做爱或享受美食都更美妙。"

拉蒂莎说啊说啊，毫无保留地说出她一生的故事，滔滔不绝地说出她的梦想和热忱，而乔治就坐在那儿，等着，听着，嘴上带着令人愉快的微笑，蓝眼睛一眨不眨。

珍妮特把餐巾放在桌上。"非常有趣的照片，"她指着两个印第安人扛起一根串着达克斯狗的棍子的照片说，"服务员说你们卖狗肉菜食谱。"

"是的，没错。"

"你们很聪明。我想我们得给纳尔逊买一份。"

拉蒂莎开始喜欢这个老妇人了。纳尔逊又开始啃他的三明治。珍妮特把椅子往后拖，挣扎着站了起来。

"你能帮帮我吗，亲爱的，"她说，"现在我站起来有点困难。"

拉蒂莎扶住她的胳膊。"去哪里？"

"她要去洗手间，"纳尔逊说，"她老是去洗手间。膀胱有问题。"

珍妮特回头对纳尔逊、罗斯玛丽和布鲁斯笑了笑。拉蒂莎感觉到老妇人抓紧了她的胳膊，她意识到她很强壮，很可能有力气弄断纳尔逊的脖子。

"他会死在我前面的，"珍妮特在拉蒂莎扶着她走过过道时压低声音说，"这让我感到安慰。"

乔治把双手放在口袋里。赶跑了当地的牛仔和印第安人之后，她很高兴和一个不认为她的肩膀或腰部或屁股是公共领域的人在一起。第一个月，他根本就没有碰她。他们散步，聊天，吃便宜却美味的晚餐，看电影。一天晚上，乔治带她去了布洛瑟姆图书馆。拉蒂莎从来没有走进图书馆大楼。他领着她来到录音区，那天晚上他们戴着耳机听了经典音乐。

那时他看上去很脆弱，有些女孩子气，总是看着远处，目光茫然。为了纪念他们在一起三个月，他把他那本纪伯伦的《先知》送给了她。

她在他们交往之初就感到了那种痒痒的感觉，她以为那是爱情。6个月后，他们结了婚，婚后不到一年，拉蒂莎就意识到乔治对这个世界感到如此惊奇，是因为他对生活一无所知。但是等到她弄明白那种痒痒的感觉，其实意味着麻烦而不是爱情，已经太迟了。她怀孕了。

珍妮特在门口停顿了片刻。"好了，亲爱的。下面我可以自己走了。"她松开拉蒂莎的胳膊，靠在门把手上。"你的婚姻维持了多久？"

"九年。"

"有孩子吗？"

"三个。"

珍妮特摇了摇头。"你杀了那个混蛋吗？"

拉蒂莎大笑起来。"没有，他还活着。我把他甩了。"

"太好了，"珍妮特边开门边说，"我喜欢结局幸福的故事。"

"当心马桶，"拉蒂莎在她身后叫道，"有时候水会溢出来。"

"他们不都这样吗，"珍妮特大声回答道，声音听上去很遥远，"他们不都一样吗？"

伊莱坐在门廊上，想象自己可以看见靠近水坝底部的地方正出现裂纹。他们把这些裂纹叫作应力断裂，这在任何水坝中都很常见，但是很麻烦，特别是在水泥龄期较早的情况下。更让人担心的是突然下沉。

"它真是个美人，是不是？"西夫顿边说，边晃着杯子里剩下的咖啡。"你知道，如果你的木屋朝西，你就能从前面的窗户看见水坝的壮丽景象。"

"现在风景就不错。"

"早晨很美。泛着白色。像一只贝壳。"

"让我想到马桶。"伊莱说。

"但是傍晚最美。太阳沉到水坝后面，整个正面都变成了紫色。有时候，我沿着河床散步，就是为了在傍晚的阳光下看看它。"

"听说他们在水坝里发现了更多的裂纹。"

"你知道，"西夫顿说，"我可以在魁北克建设这个大工程[1]。"

1　指的是詹姆斯湾水电站工程。巨鲸水坝是该项工程的其中一期。1971年，在没有征求当地克里族意见的情况下，该工程宣布开建，后遭到克里族反对。1975年，加拿大政府与克里族人以及因纽特人签订了《詹姆斯湾和北魁北克协议》，这是继19、20世纪加拿大政府和第一民族签订一系列协议之后的第一份重要协议。克里族人接受和解，获得两亿五千万加元赔偿，保留渔猎权利。

"听说他们认为水坝下面的地面正在下沉。"

"但是我说不。我想要在艾伯塔做这个工程。我就是这么说的。"

西北边的云朵堆满了天空。整整一天，这些云一直慢慢地组合，聚集。伊莱转过脸去，朝着风的方向。朝着雨。

西夫顿把咖啡杯放在栏杆上。"你知道，我一直认为印第安人是优雅的演说家。"

"暴风雨要来了。"

"但是你只会说不。我每天过来，读律师想出来的那份关于自动终结这座房子及其所在土地的权力的文件，而你总是说不。"

"今天夜里就会来。"

"我的意思是，'不'并不是个优雅的词，是不是？"

"也许还会下点冰雹。"

"每天走到这里来，这不是件轻松的事，如果你能告诉我为什么，那真是帮了忙了。"

伊莱还是孩子的时候，七月初，母亲会把木屋关上，带着全家去参加太阳舞仪式。伊莱会帮其他男人搭圆锥帐篷，然后他、诺尔玛、卡默洛会和其他孩子一起在营地跑来跑去。他们会骑马，在大草原上相互追逐，只有仪式才能打断他们的自由。

最好的是，伊莱喜欢男人的舞蹈。女人会跳四天，然后休息一天，男人则开始跳。每天下午，快到傍晚的时候，男人都会跳舞，然后，太阳快要落山的时候，其中一个舞者会拿起步枪，带领其他人来到营地边上，孩子们就在那里等着。伊莱和其他孩子们会聚成一群，站在那儿，朝舞蹈者挥舞纸片，而男人们则攻击，后退，向前冲，向后撤，最后，在几次这样的模拟突袭之后，领舞者会攻破孩子们组成的堡垒并开枪，所有的孩子都倒下去，倒成一堆，哈哈大笑，心里充满了恐惧和快感，碎纸片洒了一地。

然后，舞者会收拾起堆在旗杆旁边的食物——面包、通心面、罐装汤、沙丁鱼、咖啡——分给众人。营地安扎好后，伊莱和诺尔玛和卡默洛会仰面躺着，透过圆锥帐篷顶部的开口看帐篷杆之间的星星。

每天早晨，因为太阳重新升起，人们能够记起，于是仪式再次开始。

"瞧，这不是我的主意。"西夫顿举起双臂，做出投降的姿势。"都是那些律师、禁令和一大堆关于原住民权利的胡扯。"

"是条约权利，克利夫。"

"几乎和法国权利一样糟糕。我真他妈的希望政府给我一些权利。"

"政府没有给我们任何东西，克利夫。我们付出了代价。我们付了两三倍的代价。"

"所以就因为政府在上一个冰河期慷慨大方，做了从没想过要兑现的承诺，我就要每天早晨过来，问同样的愚蠢问题。"

"而我说不。"

"你知道你会说不，我也知道你会说不。见鬼，整个该死的世界都知道你会说不。不如在电视上播出吧。"

"那你为什么来呢？"

西夫顿看着伊莱，两个人都咯咯笑起来。"因为你煮的咖啡是最好的。因为我喜欢散步。"

"明天的回答还是一样。"

每年，大约都会有一个游客闲逛到营地来。有时候他们受到了邀请。有时候他们在路上看到了营地，感到好奇。大多数时候，他们很友好，似乎没有人在意他们。偶尔会有些麻烦。

伊莱十四岁的时候，一辆密歇根牌照的旅行车开下马路，来到营地，这时男人们刚刚跳完第二天的舞蹈。谁都没来得及注意到怎么回事，那个人已经爬到车顶，开始拍照。

伊莱看到那个人了，于是告诉了舅舅奥维尔，他迅速叫上自己的两个兄弟和侄子，朝那辆车走去。那个人一定看到他们来了，因为他从车顶滑下来，爬进驾驶座，摇上所有的车窗，锁上了车门。

他们围住了那辆旅行车。奥维尔打手势让车里的人摇下车窗。副驾驶座上坐着一个女人，车后座上有一个女孩和一个婴儿。奥维尔敲了敲车窗，那个人只是笑了笑，点点头。

有好一会儿，他们就这样僵持着。男人们跳完了舞。人们开始听说这件事，营地的大多数人都朝车子走来。车里的婴儿开始哭起来。最后，那个人收起笑容，开始朝奥维尔挥手，示意他和其他人都让开。

"摇下车窗。"奥维尔说，他的声音低沉而克制。

那个人没有摇下车窗，而是发动了车子，开始加速，仿佛要从人群中间开过去。那个人刚发动车子，奥维尔的弟弟勒罗伊就朝自己的卡车走去，从架子上拿起步枪。他走到旅行车前面，把枪举过头顶。车里的人朝勒罗伊看了一会儿，朝太太大声说了句什么，并把引擎关了。

然后他把车窗摇下一道缝。"怎么回事？"

"这是我们的太阳舞仪式，你知道的。"

"不知道，"那个人说，"我刚才不知道。我以为是帕瓦节什么的。"

"不是，"奥维尔说，"不是帕瓦节。是太阳舞。"

"哦，我不知道。"

"你不能在太阳舞仪式上拍照。"

"哦，我不知道。"

"现在你知道了。我必须要求你把刚才拍的照片交出来。"

那个人看了看自己的太太，她轻轻点了点头。"嗯，"他说，"我没有拍照。"

"你有相机。"奥维尔说。

"我们在度假，"那个人说，"我刚才正准备拍一些你们的帕瓦节的照片，但是我没有拍。"

奥维尔看着勒罗伊，他还站在旅行车前面，怀抱着枪。"是吗？"

"是的，"那个人说，"事实如此。随你信不信。"

奥维尔把手放在伊莱的肩膀上。"我外甥说他看见你拍照了。"

那个人的太太突然靠过来，抓住丈夫的胳膊。"把照片给他们，比尔！看在上帝的分上，把照片给他们吧！"

那个人转过身，甩开她的胳膊，把她朝车门推过去。他坐了一会儿，看着仪表板，双手紧握着方向盘。"胶卷上有我家人的照片，"他对奥维尔说，"这样吧。洗照片的时候，如果发现有你们的照片，我会把照片和底片一起寄给你们。"

奥维尔拿出手帕，擤了擤鼻子。"不行，"他慢慢地说，"这样不行。你最好把胶卷给我们，我弟弟会去洗照片。我们会把你们的照片寄给你们。"

"胶卷上有一些非常重要的照片。"

"是的，是有。"奥维尔说。

伊莱从没有见过谁这么愤怒。车里很热，那个人在出汗，但不是因为热。伊莱能看到那个人脖子上的肌肉，能听到他用剧烈的夸张的动作卸下胶卷，从车窗里递给奥维尔。

西夫顿从栏杆边走开，突然全神贯注，压低嗓音，听上去像是低吼。"根据法律要求，我恭敬地请求你放弃对这座房屋及其土地的主张，并将该处地产的产权适当地授予艾伯塔省。"

西夫顿迅速在伊莱旁边的椅子上坐下，仰头朝着自己刚刚创造的那个人物笑了笑。

"不。"西夫顿极力模仿伊莱柔和的嗓音。

伊莱大笑起来，摇了摇头。"不错啊，克利夫。很快你就可以一个人完成了。你根本就不需要我了。"

西夫顿仍然坐在椅子上。"你知道问题在哪里吗？这个国家没有印第安人政策。没有人知道其他人究竟在做什么。"

"我们有条约。"

"见鬼，伊莱，那些条约一文不值。政府不过是为了方便才订那些条约的。谁会想到20世纪还会有印第安人四处游荡呢。"

"生活的一个小小尴尬。"

"再说，你们又不是真正的印第安人。我的意思是，你们开车，看电视，看冰球赛。看看你。你是个大学教授。"

"那是我的职业。印第安人不是职业。"

"而且你的英语和我一样好。"

"比你更好，"伊莱说，"我还会说黑脚族的语言。我的两个妹妹也说黑脚族的语言。还有我的外甥女和外甥。"

"我就是那个意思。拉蒂莎开餐馆，莱昂内尔卖电视。他们并不因循传统，是不是？"

"现在也并不是19世纪。"

"见鬼。这就是我要说的要点。你不能活在过去。我的水坝是20世纪的一部分。你的房子是19世纪的一部分。"

"也许我应该研究怎么把这座房子登记在史迹名录上。"

西夫顿在裤子上擦了擦手。"你知道，我上高中的时候，读过一个故事，故事里的那个人就像你一样，不愿意做任何事情来改善自己的生活。他就坐在黑乎乎的房间里的凳子上，说'我不愿意'。他就是这么说的。"

"抄写员巴特尔比。"

"什么？"

"《抄写员巴特尔比》。赫尔曼·麦尔维尔的一个短篇故事。"

"我猜是吧。关键是这个家伙失去了和现实的联系。你知道故事结尾他怎么样了吗？"

"这是虚构的，克利夫。"

"他死了。这就是发生的事情。对你有什么启示吗？"

"我们都会死的，克利夫。"

奥维尔记下了那个人的姓名和地址。人群散开，让旅行车离开。

开出营地一半的时候，那个人加大了油门，车轮飞转起来，掀起一阵令人窒息的灰尘，从营地飘过。勒罗伊朝卡车走去，但是奥维尔制止了他。

"得了，伊莱。你是大城市里的人。像我一样。这里没有你要的东西。你很可能可以拿到一大笔赔偿，你可以回到多伦多，过奢华的生活。"

"那里没有我要的东西。"

"这里也没有你要的东西，"西夫顿说，"总有一天，我们会打开水闸，水会从通道倾泻而下，发电机会开始发电，这座房子会变成方舟。"

"这是我的家。"

"见鬼，这是泄洪道中间的一堆原木。就是这样。"

胶卷是空白的。照相馆的人告诉勒罗伊说胶卷根本没有用过。奥维尔给那个人写信，但是一个月后信被退了回来，上面写着"地址不详"。

勒罗伊记下了那个人的车牌号。他给皇家骑警打电话，说明了发生的事情，但是他们说他们无能为力。那个人并没有犯法。

伊莱伸了个懒腰，重新戴上眼镜。"我想清楚了，会告诉你的。"

西夫顿站起来，从栏杆上探出身子。水已经退回了通道。"我该回去了。你需要什么吗？"

"不需要。说不定明后天会进城去。"伊莱和西夫顿一起走到水边。"如果塌了怎么办？"

"水坝吗？"

"塌了怎么办？你不可能永远阻挡住水。"

西夫顿用力把手杖戳进灰绿色的水里。"不会塌的，伊莱。哦，它会裂，会漏。但是不会塌。把水坝想象成自然景色的一部分吧。"

"只不过觉得我应该问问。"

伊莱看着西夫顿费力地走到溪边。他从对岸爬出来时，把手杖举过头顶。伊莱能看见他的嘴巴张开又闭上，叫了声什么，但是声音被风攫住，淹没在了奔流的水中。

"哦，不！"卡犹蒂说，"变化女掉在了老卡犹蒂的身上。"

"是的，是的，"俺说。"现在每个人都知道了。这就是发生的故事。"

变化女从天上掉了下来。她掉下来的地方很高很高，所以能看见整个水面。她看见到处都是水，她看见一只独木舟。

喂，她说，我能看见一只独木舟。她的确能看见。一只大独木舟。一只白色的大独木舟，里面有很多动物。独木舟里有大象和野牛和兔子和短吻鳄。独木舟里还有青蛙和蚊子和鹰隼和猴子和蜘蛛和蠕虫。那只白色大独木舟里还有蛇和猪和狗和蜜蜂和很多其他有趣的东西。

这肯定是派对，变化女从天上掉下来的时候说。但是当她靠近的时候，看到的却是大便。到处都是大便。独木舟船侧有大便。独木舟船底有大便。独木舟上到处都是大便。独木舟也不都是白的，俺可以告诉你。

噢，天啊，变化女说。我不知道我是不是想掉在大便上。

≈≈≈

"嗯，我知道我可不想掉在大便上。"卡犹蒂说。

"嗯，俺也不想。"俺说。

就这样。故事里有从天下掉下来的变化女。有那些动物。还有堆满大便的独木舟。小心大便，所有的动物都叫道。

但是就在变化女朝独木舟掉下来的时候，老卡犹蒂醒了，翻了个身，伸了个懒腰。变化女掉在了老卡犹蒂的身上。

嘶——，老卡犹蒂说。他发出那种声音，好像什么东西漏气了。

那是什么？一只猪说。

像是放屁，一只浣熊说。

好吧，一只驼鹿说，是谁放的？

没有人放屁，变化女说。是我。我掉在了老卡犹蒂身上。但是变化女还没来得及向老卡犹蒂道歉，还没来得及给他一些烟草或者香草，一个留着肮脏胡须的小个子男人就从独木舟前面的大便堆里跳了出来。

你是谁？小个子说。

我是变化女。变化女说。

和夏娃有关系吗？小个子说，她犯了罪，你知道的。所以我才在一只挤满了动物的独木舟上。所以我才在一只堆满了大便的独木舟上。

你没事吧？变化女问老卡犹蒂。

嘶。老卡犹蒂说。

你为什么和动物说话？小个子说。这是一只基督徒的船。动物不说话。我们有规矩。

我从天上掉下来了，变化女说，我很抱歉掉在了老卡犹蒂身上。

天上！小个子叫道。哈利路亚！天上掉下来的礼物。我叫诺亚，你一定是我的新老婆。

我怀疑这一点。变化女说。

让我看看你的胸，诺亚说，我喜欢胸大的女人，我希望上帝记得这一点。

别让他看，一直乌龟说。他会兴奋起来，摇晃独木舟。

我根本不想让他看我的胸，变化女说。

又跟动物说话。诺亚叫道。这和兽奸差不多，这是违反规矩的。

什么规矩？

基督教规矩。

"什么是兽奸？"卡犹蒂说。

"和动物上床。"俺说。

"那有什么错？"卡犹蒂说。

"那是违反规矩的。"俺说。

"但他说的不是郊狼。"卡犹蒂说。

第二个月，诺亚在独木舟上追着变化女到处跑。诺亚想在栏杆边保持平衡，却摔在了大便堆里。诺亚想从动物的背上跳过去，却摔在了大便堆里。

他想从大便堆里趟过去，抓住变化女。但是每次他艰难地走到船头的时候，她却轻快地跳到了船尾。每次他艰难地走到船尾的时候，她却轻快地跳到了船头。

哈哈哈哈哈哈哈哈哈哈哈哈。

后来，一天早晨，他们发现了一座岛屿。

生育时间到了，诺亚叫道，然后从船上跳出去，在沙滩上来来回回地追着变化女。所有动物都在沙滩上排着队，看着变化女和诺亚跑过来跑过去。

押变化女五块钱。那些袋鼠说。

谁还有好用的诺亚钱？那些熊说。

赔率，那些鳟鱼说，谁会告诉我们赔率？

过了一会儿，诺亚累了，不得不坐下来。嗯，这毫无疑问是个谜，他说，我最好祈祷一下。

$$\approx \approx \approx$$

"老天，他可真要大吃一惊了。"卡犹蒂说。

"俺们得坐在你那张嘴上了。"俺说。

"我什么也没说。"卡犹蒂说。

嗯，很快，老卡犹蒂就来到了变化女休息的地方。老卡犹蒂仍然有些瘪。他瘪瘪地走路。他瘪瘪地说话。他瘪瘪地思考。老天，老卡犹蒂说，我感到有些瘪。

你好，老卡犹蒂，变化女说，你干吗要开始这趟旅行？

这是水面上升时开始的，老卡犹蒂说，水面上升了，我们不得不上了诺亚的独木舟。

他真是个好人。变化女说。

噢，不。他本来想丢下我们不管的。老卡犹蒂说。后来他试图把我们扔进水里。但是他老婆和孩子说不，不，不。不要把我们所有的朋友都扔进水里。

老婆？变化女说。孩子？

诺亚把他们扔进了水里，老卡犹蒂说，这是规矩。

规矩，变化女说，什么规矩？

嗯，老卡犹蒂说，诺亚有些规矩，第一条规矩就是汝须有大胸。

诺亚的老婆胸小吗？变化女说。

不是，老卡犹蒂说，她的胸很大。

啊。变化女说。

你想一想，这是有道理的。老卡犹蒂说。

我们必须废掉这些规矩。变化女说。

"规矩？"卡犹蒂说。"规矩？"卡犹蒂又说一遍。"这是不是那个花园故事里的反梦？"

"当然是的，"俺说，"都是同一个故事。"

"有道理。"卡犹蒂说。

休息时间过了。傻诺亚叫道，然后跳了起来。生育时间到了！

于是诺亚和变化女在沙滩上跑过来跑过去。他们跑过来跑过去地跑了一个月。然后诺亚大汗淋漓，愤怒不已，不再跑过来跑过去。

要是有人不遵守规矩，那要规矩还有什么意义呢。诺亚说。他把所有动物重新装回独木舟上，开走了。

这是基督徒的船。他大声说。我是基督徒。这是基督徒的旅行。如果你不能遵守基督教的规矩，我们就不要你一起旅行。

"噢，噢，"卡犹蒂说，"变化女一个人困在岛上了。故事结束了吗？"

　　"傻卡犹蒂，"俺说，"故事刚刚开始。"

"在这里签姓名缩写，说明你已经阅读了规定，再在这里签，说明你不想要特别的无免赔保险，然后在底下签名。"

查理在签租车表格的时候，柜台后面的职员欢快地说着布洛瑟姆及其周边的景点。镇子北边有古老的印第安废墟和恐龙遗骸，西边有一个真正的印第安保留地。她在一只袋子里塞满了餐馆指南、地图、买一送一优惠券、几支笔、一份当地报纸和一只"欢迎来到布洛瑟姆"的垃圾袋。她每放进一样东西，就大声说出它的名称，仿佛这个东西有超过其价格的内在价值，一个东西消失在包里之后，另一个东西就会神奇地出现在她的指尖。

时间已经晚了，不该那么兴高采烈。查理等着多伦多或者温哥华的某台电脑核实他的信用的时候，感到自己受到了侵犯。他只想拿到车，开到旅馆，睡觉。他会在第二天早晨去找艾尔伯塔。

在等着女职员做完这一切的时候，他决定——这已经不是他第一次决定——飞到布洛瑟姆去追艾尔伯塔是一件非常愚蠢的事，可以与看电视和抽烟相提并论。他要说什么呢？

"嘿。我正好在这附近。"

"嘿。我来这里出差。"

"嘿。我要去沃特顿过周末，从这里经过。"

"嘿。我不想错过莱昂内尔的生日。"

装出无助的样子。从埃德蒙顿飞过去时，查理又仔细考虑了一遍父亲的建议。说起来容易做起来难。

"你不是个电影明星吧，是不是？"

刚开始查理没有听见那个女人的话。

"我的意思是，你看上去……你知道，有些面熟。"

"不是，"查理说，同时想挤出一个微笑，"我父亲可能是。"

"噢，哇！"女人说，然后递给他车钥匙、租车协议和塞满了广告宣传单垃圾的黄白相间的袋子。"祝你在布洛瑟姆愉快。"

波特兰•望熊曾经是个电影明星。莉莲因为生病而卧床不起后，查理放学后会坐在她身边，听她说当年她怎么和波特兰私奔，他们怎么借了她父亲的皮卡，一直开到米苏拉，在一家汽车旅馆的停车场上，车坏了，从那以后他们艰难地走过蒙大拿和爱达荷，华盛顿和俄勒冈，一直走到洛杉矶。有过艰难日子，也有过快乐时光。

"这是你父亲把名字改成铁眼•尖叫鹰之前很久的事情了。"

"你开玩笑吧。"

"噢，是的。铁眼•尖叫鹰。多好的想象力啊！"

好莱坞甚至没有注意到他们来了，但是波特兰坚持不懈，刚开始当过几次群众演员，后来演过一些小角色。两年后，波特兰就几乎出演了制片厂拍摄的每一部二流西部片。

"他演过主角吗？你知道的，英雄之类的角色。"

"他本来可以演的，"查理的母亲对他说，"但是那个时候没有印第安英雄。"

"我的意思是，他有没有演过律师或者警察或者牛仔？"

"牛仔，"他母亲大笑起来，"查理，你父亲演印第安人非常棒。"

演了四年配角以后，C. B. 科洛涅[1]——他是个红头发印第安人，演过印第安主角，也给三四家制片厂当群众演员——告诉波特兰他应该考虑把名字改得更有戏剧效果。一天晚上，波特兰和莉莲与 C. B. 科洛涅和他的太太伊莎贝拉坐在一起，一边喝酒一边努力地想他们所能想象得出的最荒唐的名字。

"铁眼·尖叫鹰。直到今天这个名字仍然让我发笑。"

但是不到一年，波特兰就演酋长了。他在《苏族渡口二重奏》里演了快狐，在《奔向荣誉》中演了跳獭酋长，在《夏延族的日出》里演了懒狗酋长。他演过十八次苏族人，十次夏延人，一次基奥瓦人，五次阿帕奇人，以及一次纳瓦霍人。

"那时，我们幸福至极。我们住在一套有一个粉红色游泳池的公寓里。你能想象吗？如果你站在马桶上，就能看见大海。"

"你们认识大牌电影明星吗？"

"所有明星都认识，"查理的母亲告诉他，"我们认识所有明星。"

"发生了什么呢？你们为什么离开好莱坞？"

查理第一次问这个问题的时候，母亲说她累了，应该休息了。在那之后的几个星期里，她继续给查理讲让他开心的好莱坞的故事，却没有提起他们离开洛杉矶回到保留地的话题。

---

1 C. B. 科洛涅（C. B. Cologne），在这本小说中，C. B. 是水晶球（Crystal Ball）的缩写，而 Crystal Ball 又涉及另一组双关，它又是一种古龙香水。另外，克里斯托弗·哥伦布的名字在西班牙语里是 Cristóbal Colón；在赫尔曼·梅尔维尔的中篇小说《贝尼托·塞莱诺》中，船上的艏饰像名叫 Cristobal Colon。

陷入昏迷的前几天，莉莲让查理紧挨着自己坐着，用查理几乎听不见的声音轻声说："是因为他的鼻子，查理。"她笑了起来，这一笑让她瘦弱的身体抽搐起来。"我们是因为你父亲的鼻子才回家的。"

≈≈≈

查理拖着袋子走到停车场。服务台后面的那个女人说车在停车场尽头，他不会看不见的。在查理目光所及之处，停车场尽头什么也没有。但是，当他远离灯光和航站楼的时候，开始辨认出在黑暗的角落里，紧挨着灌木丛的地方，有一个幽灵般的形状。

走近一些后，查理注意到的第一件事就是车是红色的，是他讨厌的颜色。第二件事是车很旧；事实上，当他走到车旁边时才注意到，有些红色其实是锈。查理再次环顾停车场。什么也没有。他试了试车门钥匙。门开了。

走回航站楼的路，比查理记得的更长。这就是一个错误。没有人会租那样的车，甚至旧货公司也不会。查理走到一半的时候，航站楼的灯灭了。他走到门口时，门锁上了。他凑近玻璃，想看看是否能看到那个租车服务台后面的女人，但是服务台在阴影里。他站在门边，感到又起风了，就在他盘算着不同选择的时候，开始下雨了。

波特兰的鼻子的形状不对。只要他在背景里，在一群看不清脸的印第安人当中，在河中央从马背上摔下来或者躲在箱形峡谷里或者在要塞的墙外奄奄一息，一切都没什么问题。但是现在他站在舞台中间，扮演酋长，偶尔扮演叛徒，鼻子就成了问题。

波特兰为约翰·韦恩、约翰·奇文顿[1]和理查德·维德马克主演的《沙溪大屠杀》[2]里的印第安主角试镜时，这件事变得紧要起来。导演身材瘦弱，金色胡须稀稀疏疏，让他的上嘴唇看起来好像鼻涕在上面结了块。他对波特兰说，他可以得到这个角色，但是得戴一个橡胶鼻子。波特兰以为这个人在开玩笑，对他说他所知道的戴橡胶鼻子的专业人士只有小丑。

第二天，制片厂宣布 C. B. 科洛涅签约在影片中饰演长矛酋长[3]。还有两部西部片在挑演员，波特兰去试了镜。

"他把鼻子带回了家。"查理的母亲告诉他。

"他拿鼻子怎么办了？"

"那是你所见过的最傻里傻气的东西。波特兰戴上鼻子，在家里追着我跑。要不是我笑得太厉害，他根本逮不住我。"

"他拿鼻子怎么办了？"

"他把鼻子钉在了卫生间的墙上。"

布洛瑟姆旅馆的前台服务员是一个身材瘦削的年纪较长的人。他穿着一件深蓝色上衣，别着金色的名牌，上面写着"N.贝茨，助

1　美国历史上的约翰·奇文顿（1821—1894）原是卫理公会牧师，内战期间成为志愿兵上校。他因沙溪大屠杀而臭名昭著。

2　沙溪大屠杀，美国印第安人战争期间，1864年11月29日，675名志愿骑兵在上校约翰·奇文顿的带领下袭击并摧毁了科罗拉多州东南部一个夏延人和阿拉帕霍人的村庄，屠杀了村里的居民，其中三分之二是妇女和儿童。美国军人割下印第安人的头皮和身体器官，取出腹中胎儿，作为战利品。——译注

3　长矛酋长（Chief Long Lance），美国作家和演员，原名西尔维斯特。他假称自己有白人、黑人和切罗基人血统，后成为血族荣誉酋长，被给予"水牛之子"这个名字，因而也被称为"水牛之子·长矛酋长"。他出版了一本自传，叙述自己在大平原的成长经历。

理经理"。

"我订了房间。查理·望熊。"查理把信用卡递给那个人。

"是一个词还是两个词?"

"两个词。望和熊。"

"啊,是的,对的。先生和太太吗?"

"就我自己。"

"当然,"服务员说,他的眼睛一直盯着电脑,"先生有信用卡吗?"

"刚才给你了。"

"啊,是的,你给我了。在这儿。先生有车吗?"

查理向窗外看去。那辆斑马正靠在一边。"那辆红色的。"

服务员从前台探出身子。"那辆斑马吗?"

"是租的。"

后来波特兰再也没有角色可演。他坚持了六个月。后来,一天早晨,莉莲去卫生间刷牙的时候,发现鼻子不见了。

每个人都喜欢那只鼻子。C.B.和伊莎贝拉发誓那只鼻子让他看起来更像印第安人了。他又开始有角色可演了。但是鼻子造成了新的问题。波特兰戴上鼻子就无法呼吸,必须用嘴巴呼吸,这让他的声音发生了改变。他的声音原本是浑厚、低沉、带气息音的男中音,现在说起话来好像捏着鼻子,虚弱空洞。鼻子戴在脸上很有戏剧感,但是在电影里显得很怪异。在灯光下,镜头前,鼻子似乎变大了,占据了波特兰的脸。波特兰发现喝咖啡的时候鼻子不停地碰到杯子,或者勾住杯子。最糟糕的是,鼻子臭烘烘的,像烂土豆。人们开始和他保持距离。他又没有角色可演了。

查理把包丢在化妆台上，走到窗户旁边。他看见雨落在窗外停车场上。他该对艾尔伯塔说什么呢？他想对她说什么呢？

斑马正停在一个浅水洼里，水洼正在迅速变成水坑。第二天早晨他会打电话问问能不能换一辆车。在此期间，也许车就漂走了。

快到下午五点的时候，第二拨游客到了。拉蒂莎从凳子上站起来，深吸一口气。晚餐是最艰难的时候。中午，每个人仍然精力充沛，盼着接下来的活动。五点以后，游客们往往萎靡不振，好发牢骚。饭菜总是不大对。服务总是太慢。白天的探险飘走了，下面等着他们的只有陌生汽车旅馆里的陌生的床。

"巴士来了。"拉蒂莎对着厨房叫道。

"什么口味？"比利大声回道。

巴士下半部分覆盖着一层灰，仿佛上午有一段时间是在烂泥潭里颠簸的。拉蒂莎看不见车牌。

比利靠在门口。"希望不是加拿大人。"

游客下车时，拉蒂莎能看见他们的胸前都端正地贴着名牌。他们整齐有序地排成一行，鱼贯下车，站在餐馆前面等着，直到所有人都下了车。然后，他们两人一排，一起朝前门走去，每一对都和前面一对步调一致。

"加拿大人。"拉蒂莎叫道。

≈≈≈

刚结婚的时候，乔治开始指出他所认为的加拿大人和美国人之间的区别。

172

"美国人独立自主，"有一天乔治对她说，"加拿大人依赖他人。"

拉蒂莎对他说：她觉得不能一概而论，那样的以偏概全几乎总是错的。

"这都是观察，妞儿，"乔治接着说，"是实践经验。用社会学术语来说，美国是一个独立的主权国家，而加拿大是一个国内依附国家。把五十个加拿大人和一个美国人放在一个房间里，美国人很快就会控制一切。"

乔治并没有用特别骄傲的语气说这些话。对他而言，这是对事实的陈述，是无可辩驳的真理，与遗传或本能类似。

"美国人有冒险精神，"乔治宣布说，"加拿大人保守。看看西部扩张和边疆经历吧。刘易斯和克拉克[1]都是美国人。"

萨缪尔·德·尚普兰和雅克·卡蒂埃[2]呢？拉蒂莎问。

"欧洲人。"乔治大笑着说，然后给了她一个拥抱。"不是针对你的，妞儿。"

近处那张桌上的女人举起手，等着。她的名牌上写着"P.

1　指梅里韦瑟·刘易斯（Merriwether Lewis，1774—1809）和威廉·克拉克（William Clark，1770—1838）。他们是美国探险家、军人，共同率领了刘易斯与克拉克远征（1804—1806）。这是美国首次横跨大陆抵达太平洋沿岸活动。刘易斯后来担任了印第安事务部主管和密苏里地区总督，克拉克成为路易斯安那地区总督。

2　萨缪尔·德·尚普兰（Samuel de Champlain，1567—1635），法国探险家，魁北克省创始人；雅克·卡蒂埃（Jacques Cartier，1491—1559），法国航海家和探险家，1535年发现了圣劳伦斯河。

约翰逊"[1]。

拉蒂莎拿了四份菜单。"晚上好。"

"嗯，"那个女人说，"你叫什么？"

"拉蒂莎。"

"这个名字真好听。"另一个女人说，她的名牌上写着"S. 穆迪"[2]。"我叫苏，这是我的好朋友波莉。"

拉蒂莎把菜单递给两个男人时，他们点了点头。他们微笑着挺起胸膛，好让拉蒂莎看到名牌上的名字——"A. 布兰尼"[3] 和 "J. 理查森"[4]。

"你能告诉我们今天的特价菜是什么吗？"波莉问。

"每样菜闻上去都特别香。"苏说。

"老办事处炖狗崽。"

"价格是多少？"

"六块九毛五。"

波莉看着苏和那两个男人。"阿奇？约翰？"两个男人都点点

---

1 保利娜·约翰逊（Pauline Johnson, 1861—1913），加拿大作家、演员，作品
   包括《温哥华传奇》（1911）、《燧石和羽毛》（1912）、《香格纳皮》（1912）
   和《莫卡辛鞋匠》。她的父亲是莫霍克部落酋长，母亲是白人。
2 苏珊娜·穆迪（Susanna Moodie, 1803—1885），加拿大作家，著有《丛林中
   的艰苦岁月》（1852）。
3 阿奇·布兰尼（Archie Belaney, 1889—1938），英国人，因为在孩童时观看
   水牛比尔的西部秀巡回演出而深受吸引，移民加拿大后自称有克里和奥吉布
   瓦血统的印第安人，为自己取名"灰猫头鹰"，喜欢穿鹿皮衣，喜欢戴着印
   第安头饰拍照。他后来成为作家，创作了《荒野朝圣者》（1934）、《萨荷与
   河狸》（1935）和《空木屋的故事》（1936）等关于大自然的作品。他也是生
   态环境保护者。
4 约翰·理查森（John Richardson, 1796—1852），加拿大作家，著有小说《瓦
   库斯塔》（1832），讲述一个英国人变为野蛮人的故事。

头。"太好了。我们都点特价菜。"

"四份特价菜。"

"特价菜配蔬菜吗?"阿奇问。

"炖菜里有蔬菜。"拉蒂莎说。

"配面包吗?"约翰问。

"配面包。"

"我想是不包括甜点的吧。"苏说。

"冰激凌或者狗崽甜点。咖啡也含了。"

"太好了,"波莉说,"我们就点特价菜。"

"四份特价菜。"拉蒂莎咬着舌头说。

刚开始拉蒂莎没有觉得不安。但是乔治把这些比较变成了他谈话的标志,拉蒂莎先是感到烦恼,后来感到沮丧,再后来感到愤怒。过了一段时间,她开始埋伏着等他。

"北美所有了不起的军人,"乔治开始说道,"都是美国人。看看乔治·华盛顿、安德鲁·杰克逊、乔治·阿姆斯特朗·卡斯特、德怀特·D. 艾森豪威尔。"[1]

"蒙卡尔姆[2]呢?"

1　这些人物都与反印第安活动有关。乔治·华盛顿(1732—1799)在18世纪的印第安人战争中十分活跃;安德鲁·杰克逊(1767—1845)在1836—1837年的克里克战役中领导军队,并于一次战役中杀死900多个印第安人;乔治·阿姆斯特朗·卡斯特(1839—1876)是联盟军将领,曾与印第安人作战并将他们赶出自己的土地;德怀特·D. 艾森豪威尔(Dwight D. Eisenhower, 1890—1969)担任美国总统期间,印第安事务局制定了一项政策,终止了联邦政府与很多印第安部落的信任关系。

2　路易斯·约瑟夫·德·蒙卡尔姆(Louis Joseph de Montcalm, 1712—1759),法国名将,因在北美指挥七年战争而闻名。

"他是法国人，而且被美国人打败了。"

"沃尔夫[1]是英国人。"

"情况差不多。"

"路易·里尔[2]呢？红河叛乱[3]和巴托什[4]呢？"

"他们不是把他绞死了吗？"

"比利·毕肖普[5]！"拉蒂莎几乎是叫着说出这个名字。

乔治搂住她，亲吻她的额头。"你是对的，妞儿，"他说，"总有例外。"

≈≈≈

"除了阿奇，"苏说，"我们都是加拿大人。大多数都是多伦多人。阿奇是英国人，但是他在这里待得太久了，也把自己当成了加拿大人。"

"很高兴认识你们。"

1　詹姆斯·沃尔夫（James Wolfe，1727—1759），英国军官，因在魁北克的亚伯拉罕平原战役中击败法国人而闻名。

2　路易·里尔（Louis Riel，1844—1885），加拿大政治家，曼尼托巴省创建者，加拿大大平原地区梅蒂人的政治领袖，曾两次领导反抗加拿大政府的起义，极力保护梅蒂人的权利和文化。

3　红河叛乱，1869—1870年红河聚居区（现曼尼托巴省）梅蒂人进行民族自觉的努力被否决后，发动一系列起义，并于1869年成立以路易·里尔为首的临时政府。

4　巴托什，1885年，梅蒂人因认为加拿大政府未能保护他们的土地和权利，在路易·里尔的领导下进行了起义，即"西北起义"。其他原住民也和梅蒂人一起参加了起义。他们在萨斯喀彻温省的巴托什与皇家骑警和加拿大自治领的军队发生了冲突。后来起义失败。

5　比利·毕肖普（Billy Bishop，1894—1956），第一次世界大战期间加拿大王牌飞行员。——译注

"没有一个人，"波莉说，她看上去很高兴，"是美国人。"

"我们在探险。"苏说。

"我们在体验艰苦岁月[1]。"阿奇说。

"我们刚住过的那家汽车旅馆就和我想要的一样艰苦。"约翰说，波莉和阿奇和苏都大笑起来，但是笑声还不至于打扰其他桌的客人。

"这里有很多可看的东西。"

"我们真正想要看的，"阿奇说，"是印第安人。"

"这里大多是黑脚族人，"拉蒂莎说，"克里人住在更北边。"

苏探过身子，把手放在波莉的胳膊上。"波莉有印第安血统。她还是个作家。也许你读过她写的书？"

拉蒂莎摇摇头。"不好意思，我不知道她的书。"

"没关系，亲爱的，"波莉说，"知道我的书的人不多。"

这是个愚蠢的游戏，但是拉蒂莎必须用意志力控制自己不去玩这个游戏。孩子帮了忙。克里斯汀出生后，拉蒂莎几乎没有时间去管乔治的废话。这只是一个阶段，她对自己说。但是乔治的比较变得更加荒唐了。美国比加拿大有更多的医生，更多的律师，更多的作家，更多的汽车旅馆，更多的高速公路，更多的大学，更多的大城市，参与的战争比加拿大更多。

美国人摩登现代，随时准备利用未来，向前迈进。加拿大人是传统主义者，因循守旧，不愿冒险。美国人喜欢探险和挑战。加拿大人喜欢秩序和保障。

---

1 指苏珊娜·穆迪的作品《从林中的艰苦岁月》。参见第174页脚注2。——译注

"如果一个加拿大人在没有任何其他车辆的空旷道路上超速，警察让他靠边停车，这个人会很高兴。我甚至见过他们感谢警察如此警惕。我还能说什么呢？"

最后，避而远之被证明是最简单的办法，只要乔治开始准备说话，拉蒂莎就把克里斯汀抱到卧室去喂奶。在温暖的黑暗中，她抚摸着儿子的脑袋，一遍又一遍地充满感情地低语，低语变成吟咏，变成念咒："你是加拿大人。你是加拿大人。你是加拿大人。"

拉蒂莎在波莉和苏和阿奇和约翰离开餐馆时和他们握了握手。他们都没有买菜单。拉蒂莎从厨房推出推车，开始清理桌上的盘子。

"感谢上帝，他们不都是加拿大人。"比利说。

"你听上去像乔治。"拉蒂莎说。

"我们卖了多少份特价菜？"

拉蒂莎大笑起来。"好吧，他们都点了特价菜。"

"26份特价菜。咩——"比利说，"这就像喂一群抠门的羊。哦，辛西娅说那个家伙又打电话了。"

"他留言了吗？"

"没有。"

拉蒂莎开始清理桌子。就在快清理完的时候，她看见了。放在椅子上面的一块餐巾下面。刚开始她以为是有人忘在那儿的，于是试图回忆起，谁坐在那个座位上。

《香格纳皮》。

书下面压着20块钱小费。

伊莱还没有打开西夫顿带来的包裹，就知道里面是书。西夫顿总是带书过来。他的姐夫亚瑟在卡尔加里开了一家书店。有时候，亚瑟会弄到一份校样，或是一本赠阅本，或是一本免费促销书。有些他会自己留着，另一些会给克利夫，克利夫就转送给伊莱。

"现在超过四页的东西，我都不读了，"西夫顿对伊莱说，"给你，你教过文学之类的。"

这些年来，伊莱厨房的几个书架上已经放满了西夫顿拿来的书，书架上放不下的都放在了床下面的盒子里。

这次一共有三本书。伊莱掂了掂每一本，选了那本西部小说。小说封面印着：一个美丽的金发女郎，她举起双手投降，惊恐地看着一个拿着长矛的可怕的印第安人，他骑着马追她。横条广告上写着："根据获奖影片改编。"

他把另两本书放在地板上，然后在沙发上坐下。他停顿片刻，环顾四周，确定自己是独自一人，然后把书打开。时间已经过去了这么久，伊莱仍然能够感觉到卡伦从他的肩膀后面看过来。

他在多伦多大学上二年级时认识了卡伦。他们经常打打招呼，随意聊聊天，在默里咖啡厅一起喝咖啡，在皇后公园轻快地散过几次步。几个星期后，卡伦问他最近有没有读过什么好书。伊莱对这个问题毫无准备。那是第一次一个女人问他这样的问题。他想不出有把握的回答，于是问她在读什么书。卡伦立即从背包里拿出一本辛克莱·罗斯的《至于我和我的房子》。

"这本小说非常棒，"她压低了声音说，"写的是一个在大草原上几乎无聊死掉的女人。"

伊莱掂了掂书，把书翻过来，笑了笑，点点头。

"那，"卡伦说，"你在读什么？"

那一刻，伊莱只能看到他选的维多利亚时代小说课的阅读书目。

"刚刚读完威尔基·柯林斯的《荒凉山庄》。"

"你是说狄更斯。"

"是的。"

"还有呢？"

"啊……《白衣女人》，作者是……"

"威尔基·柯林斯。"

"是的。"

"是选课要读的吗？"

后来，卡伦开始借书给他。有些书很有趣。他很喜欢关于哈利法克斯大爆炸的那本书。

"佩妮是个新女性，"他读了一半的时候，卡伦对他说，"别担心。孩子会回到她身边的。"

还有些书没那么有趣。"这些书是写印第安人的，伊莱。你应该读读。"

"好的。"

"这本书写的是一个来自地下的神话人物。他和一只熊搏斗。你会喜欢的。这本书是温哥华或者维多利亚的那个画家的，他是画图腾柱的。你知道，上面有很多动物的。"

"我想他是温哥华的。"

"这本书是一个土著作家写的印第安传说。我父亲曾经听过她的演讲。说她非常棒。"

伊莱在一家二手书店找到一本斯蒂芬·李科克的《阔佬历险记》。"你应该读读这本书，"他对卡伦说，"好笑死了。"

"有点太轻松了，"卡伦对他说，"这儿有本书，"她递给他一个叫多萝西什么的人写的一本薄薄的书。"意象派诗歌。刚开始读有点难，但是值得一试。"

卡伦拿过来的大多数书都是关于印第安人的。历史、自传、去了西部或是曾经和某个部落一起生活过的作家的回忆录、某种爱情故事。伊莱试图暗示他不反对读西部小说或者再读一本新女性小说，于是卡伦大笑，又从包里拿出一本书。就像变戏法一样。

"你一定要读读这本书，伊莱。这是关于黑脚族的。"

让伊莱感到惊奇的是有那么多书。

伊莱陷进沙发，打开小说。情节很简单。东部的一位女士，过着备受呵护的生活，她到西部来找未婚夫，却发现他被印第安人杀了。她心神错乱，扑倒在他的坟墓上大哭一场，然后收拾行李，踏上返回东部的旅程。驿车刚刚走出小镇，就在道路蜿蜒穿过一处狭窄山口的地方，遭到了印第安人的袭击。领头的是那个地区最臭名昭著的印第安人，名叫神秘勇士[1]。印第安人杀了车夫、卫

1　神秘勇士，暗指影片《神秘勇士》（1984）。影片根据小说露丝·毕比·希尔（Ruth Beebe Hill）的《汉塔·约》（1979）改编。小说因其对印第安人的失实描写而引发强烈抗议。

兵和一名乘客,那名乘客是一位年纪稍长的男士,他看到年轻的女士处境危险,于是拔出枪来保护她。这位名叫安娜贝尔的女士浑身颤抖,孤独一人,在地上蜷作一团,等候死亡的来临。但是,她并没有像她猜想的那样被剥掉头皮。神秘勇士把她拎起来,放在马背上,飞奔而去。

伊莱站起来,烧上一壶水。天开始变暗。这是胡编乱造,他知道,但是他喜欢西部小说。这就像……吃薯片。薯片没好处,但也没人说它对人有好处。伊莱的目光越过小河,穿过树林,能看见大草原。他咯咯地笑了,因为在那一刻他想象自己骑着一匹毛色油亮的黑马在高高的草丛间飞奔,马鞍上驮着卡伦。刚开始,她仰面躺在那儿,用疑惑的眼神看着他,后来她开始大笑,边把书朝空中扔去,边大声喊道:"读这本,读这本。"

后来,马绊了一下。

伊莱泡了一包茶包,回到沙发上。他脱了鞋,伸展身体躺下,在肩膀后面垫了一只大枕头,然后打开书。

第四章。

卡伦喜欢伊莱是印第安人,她说她原谅他平庸的阅读趣味。夏天结束的时候,卡伦结束了和家人在法国度过的漫长假期,和伊莱搬到一起住。

实际上,是伊莱搬到了卡伦那里。有一件事一直都显而易见,那就是卡伦有钱。从没有电梯的四楼单间公寓搬到卡伦那套位于阿维奴路附近的赤褐色砂石公寓里,这让他想到他俩跨过的距离。公寓很朴素,并没有惹人注目的炫富,但即便是伊莱也能够看出来地上铺的是波斯地毯,墙上挂的油画和版画不是大学书店里卖的便宜复制品。

"那幅是 A. Y. 杰克逊的作品。另一幅是汤姆·汤姆逊[1]的作品。你觉得怎么样？"

"太棒了。"

"是光线。光线让大地看起来……有神秘感。"

"太棒了。"

那天晚上，在床上，在地毯、绘画和书籍的包围之中，卡伦在伊莱身上摇晃，骑坐在他身上，抓着他的手腕，按住他的胳膊。"你知道你是谁吗？"她一边缓缓地动作，一边说，"你是我的神秘勇士。"然后她用力往下压去。

那个印第安人叫铁眼，他的家人都被白人杀害了。他发誓要阻止白人向西扩张到印第安人的土地。他饶了安娜贝尔的命，因为他想让她看到印第安人也是人。

"铁眼不会伤害你。你会得到自由。告诉看日落的酋长们，铁眼希望和平地生活。"

但是在被释放之前，安娜贝尔必须在营地住一段时间。刚开始，她认为那是世界上最肮脏的地方。帐篷气味难闻，人们身上气味难闻，食物气味难闻，狗也气味难闻。印第安妇女恨她，印第安男人总是用好色的眼神打量她。在营地住了几个星期之后，她的裙子变成了破布，她优雅精致的盘发打了结，一绺绺地垂

1　A. Y. 杰克逊（A. Y. Jackson，1882—1974）和汤姆·汤姆逊（Tom Thompson，1877—1917），加拿大著名画家，七人画派成员，因在作品中用当时非传统的方式描绘加拿大风景而闻名。他们代表了一批努力表现典型加拿大特色的画家。

下，遮住了脸。更糟糕的是，她也开始发出难闻的气味。

最后，铁眼的妹妹，一个叫希丝特的漂亮姑娘，开始关心照顾她，带她去河里洗澡，给了她几件鹿皮衣服穿，为她梳头发、编辫子。那天傍晚，安娜贝尔和希丝特回到营地时，铁眼正在和几个手下练习肉搏战，他停止练习，走到安娜贝尔和希丝特站着的地方，握住了她的手。

伊莱闭了一会儿眼睛，揉了揉肚子。他要睡着了。这不是个好信号。他从沙发上翻身下来，回到厨房。水还是热的，他又泡了一杯茶。走回客厅时，他瞥见了镜子里的自己。个子很高，皮肤黝黑，身体超重，头发灰白。他朝镜中的自己笑了笑，绷紧了胸部的肌肉。没什么改变。

伊莱调整了一下枕头，呷了几口热茶，打开了书。

第八章。

他们同居了两年后，伊莱见到了卡伦的父母。卡伦向他保证，她的妈妈和爸爸会像她一样爱他，而伊莱认为她一定弄错了。

"妈妈和赫布要去我们在劳伦琴山里的度假小屋。你会喜欢那儿的。"

伊莱知道他不会喜欢那儿的，但是他微笑着，假装盼望这次旅行。

度假小屋根本就不是小屋，而是一座建在湖上的有四间卧室的大房子。伊莱和卡伦到那里的时候，卡伦的父亲正站在梯子上油漆一扇百叶窗。

"快进来，"他大声说，"玛丽安娜在等着你们呢。我是赫布。你一定是伊莱。很高兴见到你。"

卡伦的母亲像迎接失散已久的儿子一样欢迎他，卡伦在厨房给妈妈帮忙的时候，伊莱闲逛到外面，看着赫布给百叶窗的几个角落补漆。

"看上去不错。"他大声说。

"我觉得你们印第安人目光敏锐。"赫布大笑，把油漆桶挂在梯子上，爬下梯子。

卡伦对伊莱说过，他们可能要住在不同的房间里。她父母知道他们在同居，但是在小屋里他们也许得做出妥协。

那是另一个惊喜。不仅卡伦的父亲似乎是个普通人，而且当伊莱把行李拿上楼的时候，发现卡伦在一个能看见水景的通风的大房间里，坐在床中间。

"漂亮。我睡在哪里？"

卡伦拍了拍床。"这里。"

"你爸妈会怎么想？"

"他们很开明。妈妈说现在是二十世纪了。"

伊莱放下行李，爬到床上，把卡伦推倒。

"但是我们什么也不能做。"

"什么？"

"上帝啊，伊莱。我爸妈。他们听见怎么办？"

赫布酷爱阅读。度假屋里到处都是书，大多是推理小说和西部小说。

"玛丽安娜迁就我。我的意思是，这些东西都是垃圾，但是，嘿，见鬼，我就喜欢。你读西部小说吗？"

"当然。"

"油滑的小牛仔和印第安枪战？"

"是的，"伊莱承认，"就是这些。"

赫布走到一个书架前，拿下一本书。"这本。我敢打赌你没读过这本。"

那天晚上，伊莱紧紧抱着卡伦，把手伸进她的睡衣。"我很喜欢你爸妈，"他边说边寻找着她的乳头，"他们不会听见的。"

"你太坏了。"她说，然后一把扯下了伊莱的内裤。

后来，伊莱快要睡着时，卡伦吻了吻他的胸口，紧紧依偎着他。"那么，"她带着睡意轻声地说，声音仿佛从几英里外传来，"我什么时候去见你的父母？"

莱昂内尔付了汽油钱，坐回方向盘后面。"我有很多选择。"他说。

"很多年前你就没有选择了，"诺尔玛说，"你可以利用能够得到的所有帮助。"

"开玩笑吧。"莱昂内尔说。

"不，我不是开玩笑。"

"我不需要任何帮助。"

"你应该看看自己犯的那些错。会让你的牙都掉下来的。"

莱昂内尔挥了挥手，不想理睬诺尔玛。"我过得挺好。"

莱昂内尔从后视镜里看到那几个印第安人在互相交谈，但是听不见他们在说什么。

"好吧，"独行侠说，"我们可以做那件事。"

"瞧，"莱昂内尔说，"也许你可以拯救鲸鱼或者什么的。"

"鲸鱼不需要帮助。"以实玛利说。

"不需要，"鲁滨逊·克鲁索说，"需要帮助的是人类。"

"因此我们要帮助一个人类。"鹰眼说。

"没错，孩子，"独行侠说，"我们要帮助你。"

莱昂内尔刚刚张开嘴，独行侠向前探过身体，拍了拍他的肩膀。"不需要感谢我们，孩子，"他说，"我们从哪里开始呢？"

"嗯，"诺尔玛说，"可以从他的夹克开始。他上班穿的那件夹克真的很难看。"

"噢，老天，"独行侠说，"那的确是个很好的开始。"

"是的，"以实玛利说，"而且我们正好有你需要的东西。"

实际上，三个错误并不算太糟。莱昂内尔也做过很多明智的选择。他选了艾尔伯塔。这个选择没有错。甚至诺尔玛也喜欢她。莱昂内尔甚至能记得他确认艾尔伯塔就是适合他的那个女人的晚上。

那是四年前的六月一个星期二的晚上。他下班后回到家，给母亲打电话，告诉她伯萨姆的立体声音响大促销。

"我们不需要立体声，亲爱的，"卡默洛说，"圣诞节的时候，你送给我们的 RCA 还很好用呢。"

莱昂内尔不记得送过父母一台 RCA。"是爷爷家地下室的那台吗？"

"噢，"母亲说，"可能是吧。"

"那个东西很老啦。"

"我们也老啦，"卡默洛说，"拉蒂莎这个周末不在家。她说她已经很久没有见到你了。"

"你知道卖电视机的生意是什么样的。"

"这个星期五我要做夏威夷惊喜糊。你在城里吃不到这样的东西。"

"那是什么？"

"是个惊喜。你父亲迫不及待地想要尝尝呢。"

"艾尔伯塔这个周末会来。我们可能会去沃特顿[1]。嗯，也许

1　沃特顿（Waterton），艾伯塔省西南部的沃特顿国家公园。——译注

去班芙[1]。"

"带她到家里来。她是个好姑娘。我愿意让她做儿媳妇。你父亲也喜欢她。"

"我想我们会去班芙。"

"如果你对艾尔伯塔是认真的,就应该带她来家里,让我们见见她。"

"你们从她小时候起就认识她了。"

"那不一样。"

实际上,莱昂内尔考虑了一会儿之后,觉得这主意不错。他们可以去父母家吃饭。晚上在大草原上散步。第二天他们可以开车去班芙,也许去泡温泉。在恰当的时刻,莱昂内尔可以把话题转到恋爱和结婚。他思忖着要不要买戒指,但最后决定不必匆忙。毕竟,艾尔伯塔也许想要自己挑选。她是个独立女性。也许她甚至会坚持分担费用。但是不管发生什么,在母亲家吃饭会让事情有个好的开始。

"夹克是个很好的开始。"以实玛利说。

莱昂内尔能看见前方布洛瑟姆的标识。他会让那几个印第安人在小旅馆下车,把诺尔玛送回家,回到自己的公寓,看一会儿电视。艾尔伯塔可能打过电话了。她也许甚至已经在城里了。明天他就四十岁了,到了明天晚上,如果一切都按照计划进行,他的生活就会重回正轨。

"他卖电视机,"诺尔玛告诉那几个印第安人说,"明天是他的

1　班芙(Banff),艾伯塔省西南部的国家公园,著名度假胜地。——译注

生日。他就要四十岁了，还在卖电视机。"

"生日？"独行侠说，"我想我们得唱那首歌了。"

"没必要，"莱昂内尔说，"明天才是生日呢。"

"不行，"独行侠说，"我们最好现在就开始。谁知道明天会发生什么呢。"

通向布洛瑟姆的匝道就在前方。莱昂内尔狠踩油门。

≈≈≈

事情开始得不顺利。艾尔伯塔很高兴去他父母家吃饭，但是莱昂内尔刚进门，父亲就开始了。

"你还在那家电子鸡商店工作？"

"电视机商店。"

"不怎么见到你啊。"

"工作时间很长，但是报酬不错。"

"不怎么见到你啊。"

夏威夷惊喜糊太让人吃惊了。莱昂内尔不知道里面究竟有些什么，但是能看出菠萝和鱼。

"很好吃。"艾尔伯塔对他母亲说。

"我从哈利圣诞节送给我的那本烹饪书里找到的夏威夷菜食谱。高汤应该用章鱼熬，但是这里哪儿能找到章鱼呢？"

"真的很好吃。"

莱昂内尔在菜里找来找去，找到另一块菠萝。"比利鱼市场可能有章鱼。"

"驼鹿肉也不错。"母亲说。

吃完晚饭的时候，起风了。莱昂内尔能听见泥土打在窗户上和房子两侧的声音。

"我和哈利去散步，"母亲看着丈夫说，"你们俩在这里休息。"

"散步？"父亲说。

"我们每天晚饭后都去散步。"

"刮这么大的风也去？"

"没事的，妈。"莱昂内尔说。

"不，"艾尔伯塔说，"听起来是个好主意。我们都去吧。"

"刮这么大的风也去？"

莱昂内尔到小旅馆的时候，诺尔玛和那几个印第安人已经合唱了四遍"生日快乐"。莱昂内尔把车开得尽可能地快，闯黄灯，抄近路，在只有两条车道的路上超车。不管那几个印第安人擅长什么，他们绝对不擅长唱歌。一路上，他们的歌声拐来拐去，不管怎么听都像是几只猫想要从金属罐头里出来。

"老天，"独行侠说，"唱得真痛快。这是一个好的开始。这让我感到浑身舒畅。"

"你们唱得真好，"诺尔玛说，"你们修理好世界之后，也许想来看看我们。"

"那太好了。"独行侠说。

"明天我会支起帐篷。"

"好主意，"以实玛利说，"我们应该去。"

"我们的孩子会在那儿吗？"鹰眼说。

"怎么样，莱昂内尔？"诺尔玛又在戳他的腰。

"旅馆到了。"莱昂内尔说。他把车停在前门的天篷下面，跳下车去，打开后门。"很高兴认识你们。"

"你有最喜欢的颜色吗？"以实玛利说。

"让你感觉愉快的颜色？"鲁滨逊·克鲁索说。

"我本人喜欢红色。"鹰眼说。

莱昂内尔为那几个印第安人打开旅馆的前门。"祝你们旅途安全。我们也许以后还会遇到。"

"明天。"独行侠说。那几个印第安人排成一行，从莱昂内尔身边走过，走进旅馆大堂。

"明天，"他们散步回来，父母都去睡了之后，莱昂内尔说，"我想我们可以到班芙去。"莱昂内尔的头发和鼻子里都有沙砾。他边说话，边试图把沙砾从耳朵里掏出来。"我们可以去温泉或者四处走走。你想做什么都行。"莱昂内尔把手放在沙发背上，手指几乎碰到了艾尔伯塔的肩膀。

"你父母很好。"

"没有谁比妈妈做菜更好吃了。"

"这么说有点刻薄。你妈妈是在大胆尝试。"

"不，我是说真的。她很会做菜。"

莱昂内尔把手挪了挪，用一根手指揉搓着艾尔伯塔的肩膀。"那么，明天我们就开车去班芙。在那里过一夜。"莱昂内尔好像伸懒腰似的向前探过身体，坐得离艾尔伯塔更近了。"这样我们就有机会聊一聊。"

第二天早晨莱昂内尔起来时，他父母正坐在厨房桌边喝咖啡。

"以为你们会想要早点出发呢。"母亲说。

"不着急。"

"告诉艾尔伯塔，冲澡的时候要注意热水开关。哈利还没把它修好呢。"

"她喜欢华夫饼吗？"莱昂内尔的父亲说。"今天我做华夫饼。比利时华夫饼。卡默洛从拉蒂莎那儿弄来了这个特别好的食谱。"

"她得回卡尔加里。"

"艾尔伯塔？"

"她忘了有个会要开。"

"今天是星期六，儿子。"

卡默洛朝丈夫皱了皱眉。"你们吵架了？"

"没有。"

"太糟了，亲爱的。这个季节班芙最美了。也很浪漫。"

莱昂内尔的父亲把华夫饼烤模拿下来，插上插头。"你想吃华夫饼吗？"

"当然。"

"你可以在家里帮帮忙。"

"也许我应该回去，"莱昂内尔边切下一大块黄油，边说。"今天伯萨姆有一大批货要到。我可以挣些钱。"

"没多少事。就是修修管道，在前面门廊上搭把手。"

"有枫糖吗？"

≈≈≈

莱昂内尔打开公寓房门。房间里空气清凉，光线昏暗。

那几个印第安老人。

莱昂内尔仍然能在脑海里听见他们单调的声音。生日快乐。生日快乐，好像什么东西要土崩瓦解了似的，好像他不知不觉又犯了一个错误。

　　莱昂内尔完全不用开灯，就从丽光板桌子旁边挤过去，摸索着坐到安乐椅上，找到遥控器。

艾尔伯塔到布洛瑟姆的时候已经太晚了，不能继续开到保留地了。在黑暗中沿着两条车道的道路再开一个小时的车，艾尔伯塔不想以这样的方式结束这个夜晚。沿着匝道开下高速公路时，艾尔伯塔能看见很大的四方形的布洛瑟姆旅馆标识。唯一的停车位旁边停着一辆红色旧车，车以一个古怪的角度斜向一边。她下车时，看见那辆车的一只轮胎瘪了。更讨厌的是，车四周有一片水，像一小片湖，艾尔伯塔不得不一直走到路边，才能回到大堂。

"我想要个房间。"

"先生和太太吗？"

"不，一个人。"

服务员从眼镜上方打量着艾尔伯塔。

"我记得，你们给大学老师打折。"她接着说。

"女士在大学工作吗？"

艾尔伯塔拿出学校证件和驾照。

服务员笑了笑，把证件和驾照还给她。"只看外表不一定能看出来。"他说。

"太对了，"艾尔伯塔说，"我可能是公司主管。"

≈≈≈

诊所的前台几乎同样假惺惺。

第四种选择。

人工授精。

艾尔伯塔小时候见过奶牛接受人工授精。她想，这对奶牛来说没什么问题，即便如此这样也似乎……太机械了。她要爬到手术台上，把屁股露在外面，让医生摆弄一根管子，这个想法让她愤怒。她甚至不能确定他们是不是对人也这样，她推断不是这样的。她仍然心存疑虑，即使她找到的那些关于这个话题的文章也不能让她信服，那些文章讨论的是成功和失败案例，而不是过程本身。但是，那天晚上站在香格纳皮酒吧街对面看着交通灯变换之后，一切都变了。

做了决定之后，艾尔伯塔却不知道该如何进行。她可以事先通过电话搜集一些初步信息，这一点让她感到安慰，于是，在某个星期六，她拿了一本电话黄页，坐下来，开始找人工授精。

奶牛。奶牛。

马。

奶牛。马。

奶牛。奶牛。

"女士有信用卡吗？"

艾尔伯塔把信用卡放在服务台上。

"女士有车吗？"

"蓝色尼桑，就停在那辆红车旁边。"

"女士需要帮忙提行李吗？"

艾尔伯塔微笑，靠在服务台上，身体前倾。

进了房间后，艾尔伯塔很后悔自己刚才表现粗鲁。至少房间是舒适合意的。艾尔伯塔重重地倒在大床上，把枕头堆在头下面，甩掉鞋，拿起遥控器，对准空白屏幕。然后她站起来，到卫生间去用牙线清洁牙齿。

接下来艾尔伯塔做的事就是拨打卡尔加里医院的总机。

"问讯处。"

"是的。你能帮我转人工授精科吗？"

电话那头的人沉默了一会儿。艾尔伯塔希望她正在电话簿里A那一栏寻找号码。

"请别挂电话。"那个人说。

"妇科。"

在那之后，艾尔伯塔的电话被转到了产科，后来被转到了儿科。再后来，又回到了总机。

"问讯处。"

"啊……人工授精？"

"请别挂电话。"

"妇科。"

但是这次打电话并不完全是浪费时间。挂上电话时，艾尔伯塔意识到也许最好从她自己的妇科医生开始。玛丽·高井医生是个小个子日本女人，她们并不能算是朋友，但是，多年以来，她们之间形成了一种专业的关系，更重要的是，艾尔伯塔感到和她说话很自在。

"情况就是这样。"艾尔伯塔对玛丽说明了自己的两难处境之后说。

"啊。"高井医生说。

"考虑到各种情况，我认为人工授精是最佳选择。"

"我来打几个电话。"

艾尔伯塔读着报纸，等着玛丽给埃德蒙顿和卡尔加里的几家诊所打电话。"好了，"她说，"我有好消息也有坏消息。"

"坏消息是？"

"大多数诊所都不接受单身女病人。我觉得这是道德问题。"

"道德？"

"有一家诊所接受单身女病人。但是你得从我这里拿到一封信，证明身体健康、心理健康和你的道德状况。"

"道德？"

"在第一种情况下，他们认为如果你没有结婚，你就没在尝试。在第二种情况下，他们认为如果你没有结婚，但是已经尽力尝试，那么你就不是他们想要与之联系的人。"

"我只想要个孩子。我不想要丈夫。"

"埃德蒙顿的贝内特诊所。"玛丽写下了地址和电话号码。

"埃德蒙顿？卡尔加里没有吗？"

"福特希尔不再接收新病人。今天我就写信，大约六到八个月后他们会给你消息。"

"六到八个月？"

玛丽笑笑，跷起腿。"大多数夫妇要花比那更长的时间才能怀孕。"

艾尔伯塔躺在床上，按了一下遥控器。一部老西部片。艾尔伯塔换到下一个频道。没有节目。下一个频道。没有节目。再下一个。很快，她又回到了西部片。

　　她不能理解男人在这些片子里看到了什么。这部影片讲的是一个被印第安人俘虏的白人妇女。艾尔伯塔看着屏幕，想着要给莱昂内尔买什么生日礼物。书是一个显而易见的答案，但是，据她所知，莱昂内尔不读书。他需要一件新夹克。比利·伯萨姆让他在商店里穿的那件难看的金色夹克已经够丑的了，他在约会时却还穿着它。她可以早上给拉蒂莎打电话，也许甚至去她那里吃早饭，看看她有什么主意。

九个月后艾尔伯塔才从贝内特诊所收到一封信，而这不过是一封格式化的信函，内容是欢迎她对贝内特诊所的服务感兴趣，信里还有一份二十四页的表格需要她填写，以及一张图表，她要用来记录接下来四个月的体温和经期。

　　接电话的女人非常友好。

　　"你好，"艾尔伯塔说，"我刚刚收到诊所的一封信——"

　　"你想知道为什么还要再等四个月才能开始。"

　　"啊……嗯，是的。"

　　"每个人都想知道为什么。这真的很令人心烦，是不是。"

　　"嗯，也不方便，我想。"

　　"我完全了解你的感受。可能你的经期就像钟表一样准，是不是？"

　　"嗯，是的，是这样。但是我想我并不介意填写表格。"

"如果我收到这样的东西，我会想要把它扔出去，忘了这件事。"

"不，不。我完全不介意填表。"

艾尔伯塔挂电话的时候，汗水从乳房两侧流了下来。那天晚上，她填了所有问题的答案。

你经常性交吗？

你痛经吗？

你吸过毒吗？

你有家族精神病史吗？

后半个月，艾尔伯塔开始在图表上画点的时候，她把那张表贴在墙上，在床头放了一支体温表。

影片自顾自地往前播放着。现在，那个白人妇女爱上了印第安酋长，而士兵们正赶来救她。就是莱昂内尔和查理会喜欢的那种故事。就在艾尔伯塔看着的时候，那个长着肌肉发达的胸部和大鼻子的高个子酋长把那个女人送回要塞，准备在河边伏击士兵。

艾尔伯塔把调查问卷和图表寄回去之后两个月，诊所另一个女人打电话告诉她，她是拥有蓝色优先权的病人，他们一有空缺就会打电话给她预约面试。

"面试？"

"是的。所有病人都必须来见我们诊所的心理学家。这是规定。"

"蓝色优先权？"

"这是由年龄决定的。年轻女性拥有更高的优先权。你知道为什么。"

"我不太确定——"

"面试的时候，请一定让你的丈夫一起来。只有在夫妻双方都到场的情况下我们才能开始面试程序。"

"我没有结婚。"

"很多人都会犯这样的错误。"

"肯定是的。"

"妻子来了，丈夫却待在家里。"

"我没有丈夫。"

"那么我们得重新开始。"

艾尔伯塔又调整一下枕头，拉过毯子，盖住肩膀。莱昂内尔的生日。艾尔伯塔在毯子下面摆弄遥控器的时候得出结论，莱昂内尔真正需要的是对他的生活的帮助。生活似乎已经离他而去。莱昂内尔不像查理那样固执己见，华而不实。他真诚却无趣。艾尔伯塔考虑这个问题的时候，不确定这两者之间还有什么。也许所有男人都一样，都像查理和莱昂内尔。或者更糟。也许，最终，他们都会变成阿摩斯，站在黑暗中，怒气冲冲，裤子滑落在脚踝边。

查理睡不着。他在床上翻来覆去了一个小时，一会儿调整枕头，一会儿调整毯子。最后，他坐了起来，开亮台灯。第二、第四和第十一频道有彩色条纹讯号，第二十八频道有静音干扰，第二十六频道在放一部西部片。

查理把所有枕头都垫在背后，这样他不用坐起来就能看到电视屏幕了。西部片。长途飞行来从艾尔伯塔自己手中拯救她。弄错了车。失眠。现在是西部片。

莉莲怀孕三个月的时候，波特兰把所有东西都装上一辆皮卡，他们从好莱坞回了家。他们住在莉莲的母亲那里，一直到查理出生，波特兰去了社议事会工作。那是一段美好的日子。查理和表兄弟们统治了大草原，也许波特兰想念好莱坞富有魅力的生活，但是他没有说。他一直忙着组织观光，做幻灯片，为旅游杂志写文章，周末就教儿子和其他孩子如何骑上没有马鞍的马背，如何徒手抓着马鬃骑马，如何吊在马侧，让别人看不见你。如何下马。

母亲生病时，查理十五岁。他能记得她生病的情形。一趟又一趟地去医院，一罐又一罐的药片，母亲病床边的机器听上去像在呼吸。但是当他意识到她病得有多严重时，她去世了。

埋葬莉莲之后的一个星期，波特兰不再去上班。

刚开始，他只是待在家里修东西——水泵、栅栏、谷仓的门。后来，他不再修东西，开始看电视。他坐在椅子上，很快地换频道，从不长时间地看任何节目。除了西部片。

"那部片子上星期放过了，爸爸。"

"我在里面演了一个小角色，但是他们把那一段剪了。"

"还有什么片子？"

"那是 C. B. 科洛涅，查理。我跟你说过的意大利朋友。那个时候他拿到了大多数很好的印第安角色。"

"还有什么片子？"

"你知道 C. B. 是什么词的缩写吗？你会笑的。水晶球。那是他妈妈特别喜欢的一种香水。"

一天下午，查理回到家里，发现父亲正在把东西装上皮卡。查理站在门口，看着父亲把一只大箱子装上露营车。

"如果你可以去世界上的任何地方，"父亲仰望着天空说，"你想去哪里？"

"如果我猜对了会怎么样？"

"猜吧。"波特兰站在皮卡旁边，双手插在牛仔裤的后面口袋里。他穿着那双好靴子。他梳了头发，刮了胡子。"你想去哪里？"

查理不知道自己是否想去哪里，但是他看见父亲站在那里，变换着重心，微笑着，他知道父亲想要听见什么样的答案了。

"这个世界上的任何地方。"父亲说。

"好莱坞？"查理说。

查理调整了一下一只枕头。他确定自己以前看过这部西部片。但是和父亲一起看过那么多西部片之后，它们全都混在了一起。这部片子里有一个白人妇女、一个印第安酋长和一些士兵，他们四处奔跑，互相射击。查理认出了约翰·韦恩，还有一个演员是父亲以前认识的人。情节乏味，表演单调，查理还像刚才一样睡不着。

莱昂内尔和艾尔伯塔。莱昂内尔是他表弟，但是即便他们是亲戚，就算承认女人能在男人身上看到其他男人看不到的东西，查理仍然不明白为什么艾尔伯塔会想要别人看见她和莱昂内尔在一起。

查理更加英俊。他们根本无法相提并论。查理有一份更好的工作，受过更好的教育。他赚的钱更多。开的车更好。更好的衣服。更好，更好，更好。查理翻了个身，侧身躺着，关了声音。见鬼。见鬼，见鬼，见鬼。

他们穿过蒙大拿、爱达荷、俄勒冈和北加利福尼亚，一路上波特兰重说了一遍他和莉莲如何历经艰辛，来到洛杉矶，进入电影界。萨莉·乔·魏哈[1]、弗朗基·德雷克[2]、波莉·洪塔斯[3]、萨米·

---

[1] 萨莉·乔·魏哈（Sally Jo Weyha，1784—1812或1884），又名"鸟女"或"船女"，肖肖尼族人，卒年不详。她是刘易斯和克拉克探索密苏里河上游时的唯一女向导。

[2] 弗朗基·德雷克（Frankie Drake，1540—1596），暗指弗朗西斯·德雷克爵士，英国探险家。

[3] 波莉·洪塔斯（Polly Hantos），暗指波卡洪塔斯（Pocahontas，1595—1617），波瓦坦酋长的女儿。她皈依了基督教，嫁给了英国人约翰·罗尔夫。后来，她死在英国。

赫恩[1]、约翰尼·卡伯特[2]、亨利·科尔特斯[3]、C. B. 科洛涅、巴里·扎诺斯[4]，朋友和对手，墨西哥人、意大利人、希腊人组成的关系紧密的团体，还有几个印第安人，一些亚洲人和白人，所有人都在大电影公司的阴影下等着，做临时演员，争抢西部片里的次要角色，一遍一遍又一遍地饰演印第安人。

快到洛杉矶时，他们在一家加油站停了下来。波特兰悄悄走进电话亭，在投币口投进一角钱，拨了一个号码。查理从没有见过这么多车，这么大的车流。他们越往南，车流量越大，现在车辆川流不息，像一条溪流或者一条大河。

"查理，"父亲叫道，"你有25分硬币吗？"波特兰就站在电话亭外面，电话从他的手上挂下来，晃荡着。"现在电话费是25分了。你能相信吗？我和你妈妈在这儿的时候，电话费是一角钱。"

"有好多车啊。"

"你会喜欢这儿的，查理。你很英俊，也许会成为比我更有名的明星。"

查理能听见大卡车在黑暗中嘶嘶地从高架桥上开过。远处有一个绿色的高速公路标志，但是太远了，看不清上面的字。在高

1　萨米·赫恩（Sammy Hearne），暗指塞缪尔·赫恩（Samuel Hearne，1745—1792），为哈得孙湾公司探索加拿大北部的探险家。

2　约翰尼·卡伯特（Johnny Cabot），历史上的约翰·卡伯特（John Cabot，1451—1500），又称乔瓦尼·卡博托，意大利航海家，1497年航行到达今天的加拿大。

3　亨利·科尔特斯（Henry Cortez），埃尔南·科尔特斯（Hernán Cortés，1485—1547），西班牙人，1519年率领船舰和军队入侵墨西哥，囚禁了皇帝蒙特祖马。

4　巴里·扎诺斯（Barry Zannos），乔瓦尼·达·韦拉扎诺（Giovanni da Verrazano，1485—1528），意大利航海家、探险家，发现纽约港的欧洲人。曾将一些印第安人带回欧洲。在西印度群岛被印第安人所杀。

速公路的灯光和向南奔涌而去的车前灯灯光之上，天空泛着黄色和紫色。

"天空有点奇怪，爸爸。"

"刚开始会艰难，但是一旦开始，任何事都不能让我们停止脚步。"

波特兰眨了眨眼睛，关上门，电话亭的灯亮了起来。查理靠在卡车上，看着父亲拨号码。这里的天空和家乡的天空不一样，天上没有星星。查理猜想这是因为天上有高高的云。波特兰正在和某个人说话，打着手势，微笑着，大笑着，前后晃动着肩膀。

波特兰打完电话的时候，查理已经决定他想回家了。他把这个想法告诉了父亲。

"我们什么时候回家？"

"我们刚到这儿。你现在有点想家，但是会好的。"

"但是如果我想回家，我们能回家吗？"

"当然，"父亲说，"只要你说句话。"然后波特兰发动卡车，开上高速公路，向南开去。

就是这样了。

查理在床上坐了起来。父亲一直都是对的。莱昂内尔很无助。这就是艾尔伯塔在他身上看到的东西。无助。查理承认，在这一点上莱昂内尔击败了他。查理很自立。更好在突然之间变成了更糟。

莱昂内尔体重超重，艾尔伯塔同情他。莱昂内尔工作糟糕，艾尔伯塔同情他。莱昂内尔只接受过普通的教育，勉强挣到最低工资，开着一辆开了十二年的旧车，不得不穿一件金色夹克。艾尔伯塔同情他。见鬼。见鬼，见鬼，见鬼。

C. B. 科洛涅和太太伊莎贝拉坚持让查理和波特兰住在他们家的地下室。

"租金贵得离谱，"C. B. 科洛涅告诉波特兰。"一切都变了。这整个地方都糟透了。还记得以前吗？"

"那是最棒的时候。"

"谁说不是呢。记得弗朗基·德雷克吗？"

"当然记得。"

"他死了。"

"妈的！"

"记得亨利·科尔特斯吗？他在那个谁导演的那部小经典里演的蒙特祖马。"

"我和亨利就像那样。"

"也死了。"

两点时伊莎贝拉去睡了。查理蜷缩在沙发上，听父亲和 C. B. 叙旧。

"我听了莉莲的事，太难过了。我和伊莎贝拉都喜欢她，你知道。老天啊，你应该打电话给我们的。如果我知道，我们会去参加葬礼的。"

"我得找份工作，C. B.。重新进入状态。现在谁在拍西部片？"

"老天啊，波特兰，一切都变啦。和以前不一样了。工会，规定，更多的马屁要拍。谁能料到呢。和过去完全不一样了。见鬼，你甚至不用再表演了。"

表现出无助的样子。莱昂内尔却不用表现。查理不知道自己能不能表现出像莱昂内尔看上去的那样无助。当然，他有那辆斑马。

那确实挺无助的。看到查理开着那样一辆破车，这应该就足以让艾尔伯塔为他倾倒了。

查理因为这个想法而大笑起来。过去，男人会骑上骏马或做出壮举来打动他爱的女人的芳心，现在却沦落为开着破车和表现无能才能向女人求爱。

第二天早晨，波特兰和查理和 C. B. 挤进 C. B. 的那辆普利茅斯，开到电影公司。波特兰一整天都在见人，握手，谈论过去。C. B. 带查理参观了正在拍电影的不同摄影场。

"嘿，你知道你父亲是最棒的。说真的。比萨米·赫恩还棒。"

"他们在那儿干什么？"

"没有人演印第安人能像波特兰演得那么好。我是说，他就是印第安人，但那不一样。你是印第安人，但这并不意味着你能在电影里演得像印第安人。"

"那是杰夫·钱德勒[1]吗？"

"这儿的生活费用太高了。明白我的意思吗？我和伊莎贝拉过得还行。但是，嘿，现在一杯咖啡要一块钱了。谁能想得到呢？你他妈的能怎么办呢？"

C. B. 和波特兰第二天晚上又把第一天晚上说过的事说了

1　杰夫·钱德勒（Jeff Chandler），以饰演印第安人角色闻名的白人演员。

一遍。

"你干过招募临时演员的活儿。后来怎么了？"

"嘿，我能说什么呢。他们雇了一个会计。一个为了一点点钱算计个没完的人。他是大人物的侄子。现在他们有电脑了。"

"我需要工作，C. B. 。再过几个月，查理就要开学了。我们得找个住的地方。"

"嘿，说不定雷明顿在招人。"

"噢，上帝啊！"

"嘿，嘿，嘿。比四角要好。"

第二天，他们又去了电影公司。第三天也一样。每个人都记得波特兰。每个人都很高兴见到波特兰，大家都在微笑，大笑。查理从小到大没有见过这么多快乐的人。

比尔·伯萨姆从包装箱旁边挤过去，打开灯，锁上后门，让明妮出去。

"晚安，伯萨姆先生。"

"晚安，明妮。"伯萨姆说。

"史密斯女士，比尔。"明妮说。

"随便，"伯萨姆笑着说，"妈妈教育我的。"

"再来一遍。"明妮说。

"晚安。"伯萨姆说。

"晚安。"明妮说。

太太，小姐，女士。伯萨姆在她出去后锁上了门。他就是搞不清。刚开始挺有意思。女士。看在上帝的份上，这个词听上去就像电锯在预热。他尽力跟上变化，但是过了一段时间就烦了。

印第安人也一样。那个老东西已经让水坝工程延迟了多少年了？某个法律方面的技术细则。还有那个湖。一块非常好的湖滨地产就要浪费了。

而且你不能叫他们印第安人。你得记住他们的部落名称，好像这有什么不一样似的，某个聪明的教授想出来一个"美洲印第安人"这样特别好的名字，印第安人却不喜欢。甚至莱昂内尔和查理也经常会变得急躁，而他们根本就不是真正的印第安人。

世界不停变化，你也得随之改变。否则你也会像蒙特利尔的那个疯子一样发疯的。桶里面有一个烂苹果，很快每个人都尖叫着说整个桶里都是虫子。

挣钱。在一个不断变化的世界不发疯的唯一有效方法就是挣钱。

伯萨姆走回办公室，算了一下总数。今天不算坏。也不算好。他打开抽屉，拿出一张商品目录。要是一开始他就进入录像市场，那该多好啊。他原本可以预见到老电影会流行的。十年前，他店里的都是新电影。现在一半以上都是老电影，在录像发明之前拍的。一座金矿。

更好的是，比起新录像，伯萨姆更喜欢旧电影。新录像里的大多数动作都围绕着奇怪的机器和拿着步枪的机器人，缺的是浪漫传奇，而最好的浪漫传奇就是西部片。

伯萨姆在电视机、立体声音响、录像机和扬声器之间漫步。每一样东西都象征着金钱。这是一种奇妙的感觉。伯萨姆把录像带放进录像机，按下一个按键。他拖过一把椅子，在地图前面坐了下来。

屏幕发出微光，闪耀着银色。一个接一个地变成了彩色。伯萨姆在椅子上前后摇晃着，看看一个屏幕，再看看另一个屏幕。然后欣赏全景。

神秘勇士。最好的西部片。约翰·韦恩，理查德·威德马克，玛琳·奥哈拉。全是大牌明星。这部电影他已经看了二十遍，对情节烂熟于心。甚至知道部分台词。

"真棒！"电影以一个扫过纪念碑谷的镜头开始时[1]，伯萨姆轻声低语道。他握紧双手，放在大腿上，仿佛在祈祷。

1　暗指约翰·福特导演的电影《关山飞渡》。

拉蒂莎回到家时，克里斯汀正在炉子上烧着什么。本杰明和伊丽莎白在看着他。

"在做什么？"

"嘘！"本杰明轻声地说。他紧握双手，放在大腿上。"要是说话声音太大，菜会烧煳的。"

"是的！"伊丽莎白说。

克里斯汀扬起一边嘴角，看着本杰明。"他们一直说个不停。你去哪儿了？"

"工作晚了。"

"那是你的餐馆。"

"所以我才要工作到很晚。"

克里斯汀用黄色锅铲搅了搅锅里的东西。"也许我们应该到餐馆去吃饭。"

"你在做什么，亲爱的？"

"意大利面。"

"昨天晚上你做的也是意大利面。"

"这个星期我每天做的都是意大利面。"

"也许你应该用木头勺子来搅拌。"

"木头勺子太脏了。"

"啊，你可以把勺子洗一洗。"

克里斯汀仍然站在锅边，背对着母亲。"我已经什么都做了。"

拉蒂莎叹了口气。今天晚上就会是这个样子。

"没关系，妈妈，"本杰明靠在椅子上边摇边说，"伊丽莎白喜欢意大利面。"

"是的。"伊丽莎白说。

她和乔治在一起九年。她花了九年时间才在心里对这件事做出决定。开始他们只有克里斯汀一个孩子，过了好多年他们才决定再要一个孩子，这对克里斯汀有好处，还可能挽救他们的婚姻。本杰明和伊丽莎白相差两岁。伊丽莎白是一次意外。离婚不是。

刚开始，拉蒂莎不能相信。知道乔治一无是处是一回事，按照这个想法去行动完全是另一回事。并不是乔治没有工作。他有过很多工作。每年换四五份工作。每一份工作都是他要做下去的那一份。

"你得与时俱进，妞儿。"乔治对她说。

"有一份稳定的工作不是什么坏事。我弟弟就做得不错。"

"任何东西一成不变就会死亡。"

也不是那些婚外情，或者用乔治的话说，"判断失误"。实际上，她已经厌烦了听乔治说"失误"，厌烦了原谅乔治。

到此为止。最后，拉蒂莎就是厌倦了。乔治无趣，愚蠢，无可救药地愚蠢，拉蒂莎从不曾想到白人能有这么愚蠢。

"很多男人都像那样，亲爱的，"卡默洛对女儿说，"你应该读读《时尚》杂志。"

在拉蒂莎看来，乔治闪亮的眼睛、迷人的微笑和雪白的牙齿都是画在气球上的。

"对不起我回来晚了，亲爱的。"拉蒂莎抱了一下克里斯汀，"你知道餐馆的情况。"

"我想要抱抱，"本杰明说。

"我也要。"伊丽莎白说。

克里斯汀把意大利面舀到三只盘子上。鲜红的面条颤动着，迅速从锅里滑了出来。"你要吃点儿吗，妈妈？"

拉蒂莎看着盘子上的那团面。一根根绞在一起的面条和油腻的酱汁下面是一块块棕色的东西。"意大利面里放了什么，亲爱的？"

"热狗。"克里斯汀说。

"噢天。"

"我靠。"伊丽莎白说。

"那不是好话，"本杰明说，"你得打住。"

"不要打住。"伊丽莎白叫道。

"怎么说？"克里斯汀说，"我可不想整晚上都站在这儿。"

"不，"拉蒂莎说，"我不太饿。"

伊丽莎白吸着杯子里的东西。"糖水，妈妈，糖水。"她举着杯子说。杯子里的液体是棕色的。

"克里斯汀，伊丽莎白在喝什么？"

"可乐和牛奶。"

"什么？"

克里斯汀把锅铲扔进水槽里。锅铲掉进一碗水里，几滴意大利面酱汁飞溅到窗户上。"这和奶昔是一样的。"

"瞧，孩子们，"拉蒂莎揉着额头说，"我需要有人在家里帮我，你们知道吗。"

克里斯汀用叉子叉起面条。"你觉得我是在做什么？"

有一天，乔治穿着一件带流苏的皮夹克走进餐馆。"你觉得怎么样？"

拉蒂莎看了一眼，点了点头，然后继续工作。乔治站在餐馆中央，仿佛有人让他丧失了兴趣。

"还有和衣服配套的帽子和手套，"他说，"是我一个亲戚的。现在是我的了。"

"夹克不错。"比利对他说。

"妈的真是不错。"乔治说。

"我以为你只喜欢新东西呢。"拉蒂莎边擦桌子，边说。

"这是历史，"乔治边转动着肩膀，边说，"大多数旧东西都没有价值。这是历史。"

"我想你得明白两者的区别。"

"还有和衣服配套的帽子和手套。"

那天晚上，拉蒂莎回家的时候，乔治正坐在电视机前，克里斯汀在他腿上蜷成一团。他还穿着那件夹克。拉蒂莎甚至没有看见他冲着她来了。乔治关了电视，从椅子上站起来，好像只是去拿一杯咖啡。他一把抓住拉蒂莎的裙子，猛地把她推到墙上。她还没反应过来，他已经在拼命地打她，直到她被打趴下。

"永远别再那么干，"他不停地叫喊，喊一下打一下，"永远别再那么干。"

他在拉蒂莎身边站了很久，气喘吁吁，两脚分开，双膝紧绷。然后，他在椅子上坐下，重新把电视打开。

拉蒂莎能感到血从鼻子里流出来，但是她趴在地上没有动。她能听见克里斯汀在抽泣，能看见儿子瘦小的身体在颤抖，乔治把他抱在怀里安慰他。

本杰明和伊丽莎白在沙发上睡着了，蜷着身体，靠在一起。克里斯汀无精打采地靠在枕头上，双脚靠在墙上。

"妈妈，这是那部骑兵翻过山头杀了印第安人的电影吗？"

"可能吧。"

"为什么印第安人总是被杀？"

"这不过是一部电影。"

"但是如果他们打赢了会怎么样？"

"嗯，"拉蒂莎边说，边看着儿子在墙上来回蹭着脏袜子，"如果印第安人赢了，可能这就不是西部片了。"

屏幕上，酋长和他的手下飞奔着跨过河流，大声叫喊着。河对岸，约翰·韦恩站了起来，在头顶挥舞着手枪。他穿着一件带流苏的皮夹克，戴着一顶阔边帽。他双脚稳稳地站在沙滩上，露出挑衅的神情，做好了战斗准备。他的手套塞在枪带里。印第安人背后的山脊上出现了一队骑兵。

克里斯汀脱下一只袜子，闻了闻，把它扔到了角落里。"那就不用看了。"

"哦，哦，"卡狄蒂说，"我不想看。变化女一个人困在岛上了。故事结束了吗？"

"老天啊，没有，"俺说，"故事刚刚开始。俺们刚刚开始。"

变化女一个人在那座美丽的岛上待了很久。

就这样。

有一天，她正看着大海，突然看见一只船。那只船径直开到了变化女站着的地方。

你好，一个声音叫道，你看见过一条白鲸吗？

刚才这儿有一只白色独木舟。变化女大声回答。

独木舟？那个声音叫道。喂，你是身强力壮的水手吗？

不完全是，变化女说。

差不多，那个声音说，到船上来。

好吧。变化女说。她游到了船上。

我是亚哈[1]，一个装着一条木腿的又矮又瘦的男人说，这是我的船"佩科特"号。

给你。一个长得挺好看却有一张令人厌恶的嘴巴的男人说。他递给变化女一条毛巾。你叫什么名字？

————————

1　亚哈（Ahab），《白鲸》中"佩科特"号的船长。

变化女。变化女说。

叫我以实玛利，那个年轻人说，你最喜欢几月？

每个月都很好。变化女说。

噢天啊，年轻人说，翻着一本书。重来一遍。你叫什么名字？

变化女。

这个名字也不对，年轻人说。他用拇指飞快地翻着书。找到了，他说，一边用手指戳着其中一页。魁魁格[1]。我就叫你魁魁格。这本书里面有一个魁魁格，这个故事里面应该有一个魁魁格，但是我在船上到处都找过了，就是没有魁魁格。希望你不要介意。

以实玛利这个名字很好。变化女说。

但是我们已经有以实玛利了。以实玛利说。我们真的需要一个魁魁格。

哦，好吧。变化女说。

"我最喜欢四月。"卡犹蒂说。

"真好。"俺说。

"我还喜欢七月。"卡犹蒂说。

"要是你不停地说话俺们就听不到发生什么了。"俺说。

"我不太喜欢十一月。"卡犹蒂说。

"别管十一月了，"俺说。"注意听。"

注意，亚哈说，注意白鲸。

1　魁魁格（Queequeg），《白鲸》里以实玛利的好朋友。他也是"印第安"伙伴的变异。食人生番魁魁格是亚哈那艘捕鲸船上"令人慰藉的野人"捕鲸者。

为什么他想要一条白鲸？变化女说。

这是一条捕鲸船。以实玛利说。

鲸鱼啊鲸鱼啊鲸鱼啊鲸鱼拉拉鲸鱼拉拉鲸鱼鲸鱼！亚哈大叫，每个人都抓起长矛和刀和榨汁机和链锯和斧子，他们全都跳进小木船去追鲸鱼。

然后。

他们抓到鲸鱼之后。

就杀了它们。

这真是疯了，变化女说。你们为什么要杀了这些鲸鱼？

鱼油。还有香料。狗粮的市场很大。亚哈说。这是基督教的世界，你知道。我们只杀有用的或者我们不喜欢的东西。

"他说的不是郊狼吧？"卡犹蒂说。

"俺怀疑他说的是郊狼。"俺说。

"但是郊狼很有用。"卡犹蒂说。

"也许你应该向他解释。"俺说。

"他的眼睛四周，"卡犹蒂说，"看上去像上帝那个家伙。"

我们在寻找白鲸。亚哈对他的手下说。不停地找。

于是亚哈的手下看着大海，他们看见了什么东西，那是一条鲸鱼。

黑鲸鱼啊黑鲸鱼啊黑鲸鱼拉拉黑鲸鱼拉拉黑鲸鱼，他们全都叫道。

黑鲸鱼？亚哈大叫。你们是说白鲸，是不是？莫比-迪克，那条雄性大白鲸？

那不是白鲸。变化女说。那是一条雌性鲸鱼，而且是黑色的。

胡说，亚哈说。那是莫比-迪克，大白鲸。

你弄错了，变化女说，我相信那是莫比-珍妮，大黑鲸。

"她想说的是莫比-迪克，"卡犹蒂说，"我读过那本书。那是莫比-迪克，弄毁了'佩科特'号的大白鲸。"

"你没读历史，"俺对卡犹蒂说，"毁了佩科特人[1]的是英国殖民者。"

"但是根本就没有莫比-珍妮。"

"当然有，"俺说，"朝那边看。你看见什么了？"

"啊……真是见了鬼了。"卡犹蒂说。

≈≈≈

那是莫比-迪克，亚哈告诉他的船员，那条大白鲸。

对不起，一个船员说，但是那条鲸鱼不是黑色的吗？

把那个人扔下船去。亚哈说。

对不起，另一个船员说，但是那条鲸鱼不是雌性的吗？

把那个人也扔下船去。亚哈说。

"当心！当心！"卡犹蒂叫道，"那是莫比-珍妮，那条大黑鲸。快逃命吧。"

1　佩科特人，东部林地印第安人。在1637年的佩科特战争中，大多数佩科特人都被屠杀或被奴役，极少数幸存者后来与相邻的莫希干人一起生活。

"那可不好，"俺说，"瞧瞧你做了什么。"

"嘿嘿，嘿嘿。"卡犹蒂说。

莫比-珍妮！船员们大叫。大黑鲸！

把每个人都扔下船去。亚哈叫道。

叫我以实玛利。以实玛利说。然后所有船员都跳上小船，划走了。

这可能是个问题。亚哈说。

那条鲸鱼真美啊，变化女说，但是我觉得她看上去并不开心。

开心，开心，你又这么说。亚哈说。拿起长矛，让自己派上用场。

但是变化女走到船侧，跳进了水里。

嘿，变化女说，真是个适合游泳的好天啊。

是啊，是的，莫比-珍妮说，失陪一下，我去处理一件小事，然后回来。

于是莫比-珍妮游到船边，在船底撞了一个大洞。

好了，莫比-珍妮说，这就可以了。

你太聪明了，变化女看着船沉下去时说，亚哈怎么样了？

我们每年都这么做，莫比-珍妮说，他会回来的。他每次都回来。

真奇怪。变化女说。

你去哪里？莫比-珍妮说。

温暖的地方，我想。变化女说。

来吧，莫比-珍妮说，我知道这么一个地方。

"我知道她说的是什么地方，"卡犹蒂说，"意大利。"

"不是，"俺说，"不是那个地方。"

"夏威夷？"卡犹蒂说。

"还是不对。"俺说。

"塔希提？澳大利亚？法国南部？爱德华王子岛？"卡犹蒂说。

"差得远着呢。"俺说。

"嗯……"卡犹蒂说，"真失望啊。"

伊莱打开书，闭上眼睛。他不必读下去，就知道下面会发生什么。铁眼和安娜贝尔会疯狂爱上对方。白人和印第安人之间会发生某种冲突。铁眼会被迫在安娜贝尔和他的人民之间做出选择。最后，他会选择自己的人民，因为这才是高尚的选择，还因为西部小说的作者很少让印第安人和白人上床。铁眼会把安娜贝尔送回要塞，然后去和士兵们作战。当然，他会被杀，小说会以某种快乐结局收场。也许安娜贝尔会发现她的未婚夫其实并没有被杀死，或者她会投入某个英俊上尉的怀抱。

第十章。

伊莱睁开一只眼睛。但是，这本书可能会不一样。

伊莱尽可能回避卡伦去见他母亲的问题。他不知道为什么不愿意带卡伦回保留地，但是他心里知道这不是个好主意。

刚开始，他什么都不说，希望卡伦会忘记这件事。

"上次你回家是什么时候？"

"几年前。"

"你打电话吗？"

卡伦从没有明确地说他们应该去艾伯塔。她只是让伊莱知道她没有忘记。后来，一天早晨，就在伊莱准备去上课的时候，卡伦从淋浴间伸出头来。

"我什么时候去见你的家人？"

伊莱朝她挥挥手，笑一笑。

"我的意思是，"卡伦探出身子，身上的水滴到了地上，"你母亲不是个印第安人吧，是不是？"

伊莱大笑，从架子上拿下一条浴巾。

"带我去吧，"卡伦说，一边用手搓着沾了肥皂沫的乳房，"我让你见了我父母。你也应该让我见见你父母。"

伊莱应该一直闭着眼睛的。

第十四章。

铁眼和安娜贝尔站在一条美丽河流的岸边。这时正是傍晚，到了早晨，铁眼就要和他的手下出征，去和士兵们作战。

"多美的黄昏啊，"安娜贝尔说，她把一缕头发撩到脸颊后面，她的脸颊闪着泪光。"我不想离开，"她颤抖着说，"我不想离开这片土地。我不想离开你。"

伊莱在沙发上动了动身子。他的左腿要睡着了。

"明天是死去的好日子。"铁眼说，他把胳膊抱在胸前，等等，等等，等等。

伊莱飞快地往前翻着书页，试图把"闪着泪光"和"颤抖"和"死去的好日子"抛在后面。

翻页，翻页，翻页。

四月份，伊莱给母亲写了一封信，暗示他可能在七月初来艾伯塔，他想让她见一个特别的人。这封信很长，一共八页，来艾伯塔的事和卡伦的事藏在八页中间。

五月底，他收到诺尔玛的回信，信里只说："我们会参加太阳舞仪式。妹妹，诺尔玛。"

"太阳舞！"卡伦说，"我原本不知道你们还在举行太阳舞仪式。这是真的吗？"

"我想是的。"

"你妹妹太好了。我的意思是，她甚至都不认识我，却邀请我们参加太阳舞仪式。"

伊莱同意他妹妹很好。

"白人可以参加吗？我的意思是，有些仪式是不是不对公众开放的？"

"不，你可以去。没问题。"

"我要借爸爸的相机。"

"你不可以带相机。"

"真的吗？嗯，我想这有道理。"

卡伦的爸爸付了去艾伯塔的机票钱。说离开大城市对他们有好处，他们可以把这当作提前度蜜月。

"赫布是不是很开明？"

在卡尔加里机场，他们租了一辆车，一辆四门德索托[1]，一刻不停地驱车前往三百公里以外的保留地。伊莱喜欢驾驶德索托的

1　德索托（De Soto），以西班牙探险家埃尔南多·德索托（Hernando De Soto，1500—1542）命名。德索托与弗朗西斯科·皮萨罗（Francisco Pizarro，1471—1541）一起征服了印加帝国。更令他闻名的是他曾带领第一支西班牙和欧洲远征队，深入今天的美国。他们在所经之处——佛罗里达、佐治亚、北卡罗来纳、南卡罗来纳、田纳西和俄克拉荷马——给印第安文化带来了浩劫。

感觉。他们在多伦多不需要车，但是如果买车的话，这正是他想要的车型。车从路上飞过，像一只飞翔的鸟飘荡在美景之上。

伊莱开得太舒畅了，他从沥青路飞驰而下，开上租借路和沙砾路和满是车辙的路，然后才慢下车速。

从那里开始，德索托仿佛变成另一辆车。它在崎岖不平的路上摇晃颠簸，在沙砾和土路上溜车打滑。卡伦不得不用手撑着仪表板，车跌跌撞撞地向前冲，好像中了枪。即使减慢车速也没什么用处。车后面，一团巨大的高耸的尘柱从路上升腾起来，直冲夜空。

"还有多远？"卡伦在撞击声、刮擦声和咚咚声中大声问。

车窗慢慢蒙上了一层灰尘。伊莱打开雨刮，雨刮在窗玻璃上切出两个小扇形。

黎明之前，伊莱把德索托停到了路边。他下了车，掀开引擎罩，让发动机凉下来，然后坐到了保险杠上。卡伦在车里睡着了，伊莱在那儿坐了很长时间，看着远处那圈大帐篷，随着太阳的第一缕光线照亮东方天际，慢慢地从蓝色变成粉红色再变成白色。

女人们的大帐篷[1]已经搭起来了。活动已经开始了。

有烟从圆锥帐篷顶上升起。马会在草原上溜达，狗会舒舒服服地躺在马车、汽车和卡车下面，等着一天的开始。还有孩子们。他抛在身后的所有的声音和气味，所有的神秘和想象。

空气仍然很冷，伊莱把胳膊抱在胸前，靠在散热器上取暖。他坐在德索托的保险杠上，看着世界变成绿色、金色和蓝色，试图想象他要跟母亲说什么。

1　每次，太阳舞仪式都有一些妇女负责料理活动期间的相关事宜，她们会聚在专门的大帐篷里商量这些事宜，其他人一般不得进入。

伊莱几乎翻到了书的结尾。

第二十章。

铁眼头上插着羽毛，身上涂着出征前的彩绘，安娜贝尔穿着漂亮的白色鹿皮长裙。

"去吧。"铁眼说，他伸出手臂，指着安娜贝尔肩后的地方。

"不，"安娜贝尔说，她扑进他的怀里，"我想永远和你在一起。"

铁眼拥抱了她一会儿，然后把她推开。"不，"他说，他将骄傲的脸转向正在冉冉升起的太阳，"我是一名勇士，是人民的领袖。我不能不管他们。我必须战斗，你必须离开。"

"但是我爱你。"安娜贝尔说，泪水渐渐盈满她的眼眶。

就在那时，一个送信人来到营地，说他们已经发现了士兵，炉子上的茶壶开始发出尖啸声。伊莱把书放下，从沙发上站起来。

夜色漆黑，没有月亮。伊莱站在窗边，把茶包放进水里再拿出来，听着水在黑暗中打着旋从小木屋边流过。

伊莱一直等到卡伦醒来。

"上帝啊，"她说，"太美了。就像在电影里一样。"

德索托花了好一会儿才开上通往营地的小路。他们离营地更近了，伊莱能看见人们在大帐篷间走动。

"真大啊。有几百顶圆锥帐篷。"车急转弯时，卡伦靠在车门上。"现在干什么？"她说，"你得告诉我做什么。我不想做错事，让你尴尬。"

他母亲的帐篷总是在那圈帐篷的东边。如果不在那儿，他就得问人，但是他想尽量避免这种情况。

"这就像穿越时空，回到过去，伊莱。难以置信。"

一共有六到八排大帐篷，但是他毫无困难地找到了母亲的帐篷。那顶帐篷看上去好像没有人住。他把车停在圆锥帐篷边时，门帘掀开了，诺尔玛走了出来。她看了一会儿德索托，摇了摇头，又回到帐篷里。

"那是谁？"

"我的一个妹妹。"

"我很想见她。"

伊莱打开车门。天暖了一些。帐篷在地上投下长长的影子。右边，两只狗正在争吵，天上，一只鸟飘浮在早晨的空气中。

"那是鹰吗？"卡伦问。

"不，那是秃鹫。"

卡伦朝圆锥帐篷做了个手势。"我们敲门吗？"

"不，我们直接进去。"

"赫布会喜欢的。"

卡伦把门帘掀到一边，走了进去。

伊莱开始跟着她往里走。但是有那么一会儿，就在他跨过门槛走到温暖的帐篷里的一刹那，他有一个难以抑制的强烈愿望，想要放下门帘，回到车上，开回多伦多。

第二十五章。

激动人心的部分。伊莱端着茶坐上沙发。铁眼和其他勇士在山谷里飞奔，把士兵赶到河对岸，堵在了悬崖前。高个子侦察员站起来，脱下皮夹克，朝印第安人挥舞着帽子。

铁眼在马上转过身。太阳在他的背后。阳光照进士兵们的眼晴的时候，铁眼举起步枪，调转马头，跑进水里。

第二十六章。

伊莱的母亲想要知道有关多伦多的一切，这座城市是什么样的，他住在哪里。诺尔玛带着卡伦在营地四处走走，把她介绍给伊莱的亲戚们。妹妹和母亲都没有提他走了多久或者为什么他没有写信。

每一天，朋友和亲戚们都到帐篷里拜访，喝咖啡，说话。

"你儿子长大了。"伊莱的姨妈对他母亲说。

"多伦多怎么样，伊莱？"舅舅想要知道。

"我去多伦多的时候会去看你。"伊莱的表弟威尔伯对他说。

刚开始卡伦不说话，心满意足地听着伊莱的母亲说家里的事。出生的婴儿，离开又回来的年轻人，去世或生病的老人。每个人都有一个故事。伊莱的母亲缓缓地说着故事，有些部分她重复一遍，有些时候她停下来，任何细节都不会遗漏或混淆。然后她接着说下去。

后来卡伦开始说话，她的话很短，很简略，开始时带有歉意，说到一半就停住。但是，在营地的第三天，就在男人们开始跳舞时，卡伦找到了自己的声音。伊莱一直满足于懒洋洋地躺在毯子上喝咖啡，现在被赶出了帐篷。

"去吧，伊莱，"诺尔玛对他说，"到外面去，砍些木头，嚼几根草。我们女人有话要说。"

外面还有其他男人，他们三五成群地站着，或坐在草地上。伊莱就待在帐篷外面。他不时听见卡伦的声音和随风飘来的压低的笑声。

他们一直待到男人们结束跳舞。然后伊莱帮母亲把帐篷拆了。

"你会和她结婚吗？"他把箱子放上车的时候，诺尔玛问他。

"很抱歉我很长时间没回来了。"

"丽塔·莫里问起过你。"

"但愿明年我们能再回来。"

"她想知道你是不是结婚了，我告诉她我不知道。"

"谢谢你照顾卡伦。"

"你知道丽塔。"

伊莱的母亲给了他一床毯子和打成辫子的香草。她没有让他写信或者很快再回来或者打电话。她吻了他，抱了他一会儿，然后和卡伦握了握手。伊莱上了车，发动了引擎。

诺尔玛把头伸进车窗。"卡默洛说代她问好。她来不了。"

"很遗憾没见到她。"

诺尔玛回到母亲拄着拐杖站着的地方。两个人都向他们挥挥手。

"我们会回来的。"卡伦在轰隆隆的引擎声中大声说。

伊莱绕营地转了一圈。大多数帐篷都拆了。夜幕降临时，这里就会空无一人。

"太好了，伊莱。我从来没参加过这样的活动。"卡伦把脚放在座椅上，紧靠着车门。"你妈妈和妹妹都太好了。"

德索托开上了沙砾路。卡伦透过车后窗看着营地，直到起伏的山峦挡住她的视线。

"你一定会想念的。"她把头靠在他的肩膀上。

伊莱开车经过沙砾路和车辙路和搓板路，最后开上了通往卡尔加里的路。穿过草原的路上，他没有回过一次头。

第二十六章。

二十六频道。

屏幕上，酋长和被俘的白人女子正拥抱着。这是千篇一律的情节，但是查理看着电影里渐渐增强的浪漫张力，却发现自己希望艾尔伯塔今天晚上能和他一起。他突然感到孤独，非常孤独。很久没有感到过的孤独。自从母亲去世后就没有经历过。自从他和父亲试图通过去洛杉矶来远离她的死之后就没有经历过。

刚开始波特兰遇到了困难。事情很简单。没人愿意雇他当演员。或者更恰当地说，没有人能够雇他当演员。

"你得是工会会员。"波特兰告诉查理。

"你要参加工会吗？"

"你得有演员经验才能参加工会。"

"你以前当过演员。"

"现在好像不算数了。"

波特兰试过几份不属于工会的工作，但是每个人都想要窄臀宽肩肌肉发达的年轻人。查理从没有想过父亲已经人到中年，身体发福。他不是那样的。但他也不再是20岁了。

"雷明顿在雇人，"科洛涅告诉波特兰，"这是个烂工作，我知道。但是，嘿，工作时间灵活，也许有人会看上你。就像从前。"

"天哪，C. B.，我太老了，做不了那个了。"

"查理怎么样？父子组合。他们会喜欢的。"

波特兰继续去电影公司，但是每天他都回来得更早一些。一天，查理回到家，发现父亲坐在电视机前。波特兰手里拿着遥控器，但是电视是关着的。他似乎已经在椅子上坐了很久。

"你还好吧，爸爸？"

"还好，儿子。"

"也许我们该回家了。"

"你知道我是怎么开始演电影的吗？"

"我的意思是，我们已经看过迪士尼了。"

"雷明顿。我曾经在雷明顿工作过。我甚至在四角工作过一段时间。在四角的时候我认识了 C. B.。"

"这里没什么我们可以做的了。"

波特兰放下遥控器，站了起来。"我就是那样开始的。我还可以重来一次。"

"我想回家。"

"加油，"父亲说，"我们刚刚开始。"

也许查理和艾尔伯塔需要重新开始。查理意识到他应该对艾尔伯塔更加关心体贴，甚至殷勤。但是他没有。她是专业人士，他应该把她当成专业人士对待。教书是高尚的职业，特别是在大学教书。

"亲爱的，"电视上的女子说，"我永远不想离开你身边。"

"只要草仍然绿，水仍在流。"[1]酋长拥抱着她说。

查理不需要艾尔伯塔给他那样的浪漫，但是如果她也能对他更加关心体贴，更加支持，那就太好了。

即使没有他想要娶的女人批评他，他的工作也已经够难的了。油滑。她不是那个意思。娴熟。娴熟。

查理看了看钟。凌晨2点。电影情节没有发展得更加吸引人。他也没有更困。查理闭上眼睛，交叉双手放在腹部，等着。

雷明顿是一家牛排餐厅。餐厅装修得像过去西部的寄宿公寓。侍者全都戴着牛仔帽，穿着牛仔衬衫和皮套裤和靴子。他们的脖子上全都系着色彩鲜艳的印花大手帕，屁股上全都挂着手枪皮套。大多数人都留着胡子。有点像提供食物的迪士尼。

"你是 C. B. 的朋友，对吧？"

"没错。"波特兰对那个穿牛仔服的人说。

"好吧，我们可以雇几个人。你以前在这儿工作过，对吧？"

"没错。"

"到多丽丝那里去报到，她会给你服装。"

"好的。"

"要是把车撞出了凹痕，你就得赔。"

1　这句爱的誓言模仿了政府和印第安人签订条约时经常使用的表示诚意的话。例如："我希望你考虑我的话，我想要告诉你，我们的谈话内容非常重要。我坚信我们将要做的，我希望我们将要做的，并不仅限于今天或者明天；我相信，并希望你理解，只要太阳仍然升起，河水仍然流淌，我的承诺就不会改变。"这是1876年8月亚历山大•莫里斯（Alexander Morris）中将在卡尔顿堡与大平原克里人签订条约时说的话。水坝的建造让青草枯死，河水断流。

"好的。"

牛仔服还不错。查理希望自己能有一套，有蓝衬衫和红色大手帕。就像父亲说的那样，泊车是正当工作。很多演员为度过困难时期都做过这份工作。

"牛仔在里面工作，"查理费力穿上紧身裤时，波特兰对他说，"泊车的是印第安人。"

查理不得不承认，他穿着紧身裤和钉珠背心，戴着插了鲜艳羽毛的束发带，站在雷明顿门前，这让他感到自己很可笑。最糟糕的是从腰间垂下的闪着荧光的缠腰带。"雷明顿餐厅"这几个字就写在腰带前面。

"记得要嘟哝，"父亲对他说，"那些白痴喜欢这个，你会拿到更多小费。"

刚开始，这份工作很有趣。查理有机会开各种真正的豪车——梅塞迪斯、保时捷、林肯、捷豹、法拉利。客人都很好。经常有明星来。有一次，约翰·韦恩到雷明顿来了，查理为他泊车。查理嘟哝着把钥匙递给韦恩，韦恩告诉查理不要点牛肋排，给了他五块钱小费。

第二个星期之后，波特兰在更衣室找到了他。

"我找到一份收入更好的工作。但是只有我一个人能去。"

"哪里？"

"四角。"

"泊车吗？"

"不，那里是脱衣舞俱乐部。"波特兰微笑着，好像他刚刚开了一个玩笑。

"你要跳脱衣舞？"

"不是，我只在后面伴舞。听着，你继续在这里干，一直到开学，怎么样？新工作让我有更多接触人的机会。说不定很快就会找到演戏的工作。"

"当然。"

在那个夏天接下来的时间里，查理嘟哝着代客泊车。收入好的时候，他一晚上能挣五六十块钱，有时候更多。下班后和周末，他会走到四角，等父亲跳完最后一场，然后两个人一起去曼妮餐厅吃早饭。

什么都没有发生。查理躺在那儿，假装睡着了，但什么都没发生。白人女子和酋长还在拥抱。查理把一只枕头放在脸上，开始数数，数他住在保留地时和表兄弟们一起骑过的马。

透过枕头，查理听见背景里有人说了关于士兵和和平和爱情的几句话，然后电视上的白人女子唱起了一首歌，查理脑子里的所有马都变成了跳舞的印第安人。

≈≈≈

四角是一家滑稽歌舞杂剧场。那里距离雷明顿只有八个街区，但是两者有着天壤之别。雷明顿位于一个老街区的中心，那个街区经过修复，街边是时尚的办公大楼、高档精品店和露天咖啡厅。四角也在同一个地段，但是那里没有被包括在城市美化的范围内。四角外面没有铺着马赛克的人行道。没有种在天然黏土花盆里的用于装饰的树。没有散发着雪松和迷迭香气味的小商店，在这些商店里，所有的价格都写在柔软的奶油色卡片上，卡片用彩线系在货品上。

四角的一边有一家酒吧。另一边也有一家酒吧。这些就是这个街区的全部。其他建筑都已经被废弃，窗户不是破了就是钉上了木板。

查理第一次去四角找父亲时，不知道会发生什么。他坐在那儿等着的时候，三四个女人在舞台上跳着舞，身上的衣服脱得所剩无几。剧场里烟雾缭绕，光线昏暗，几乎看不清跳舞的人。空气中有一丝刺鼻的气味，不只是烟味。他在座位上动了动，发现地板黏糊糊的。

后来，一个身穿燕尾服的人走出来，说了几个笑话，介绍了下一位舞者。

"现在，刚刚结束在德国、意大利、巴黎和多伦多演出的热情似火的野蛮人，波卡洪塔斯[1]！为密西西比以西最性感的印第安女子鼓掌吧！"

那个女人身材高挑，相貌姣好，打扮得好像要去雷明顿代客泊车。她在台上走来走去，把手搭在眼睛上方，看着观众，仿佛迷了路。接下来，她开始毫无来由地扭起屁股。

突然间，波特兰大叫着跳到舞台上，抓住了波卡洪塔斯。刚开始查理没认出父亲。他戴着一个黑面罩，鼻子上也戴了个什么东西，涂成了红色。他摇晃着战斧绕着波卡洪塔斯跳舞，朝着她和观众扮鬼脸，发出讥笑，看上去傻乎乎的，又有些吓人。

开始，波卡洪塔斯假装害怕，但是，他们跳着跳着却变得友好起来。跳到一半的时候，波特兰开始一件一件地脱下波卡洪塔

1　波卡洪塔斯（Pocahontas），参见第204页脚注3。——译注

斯的衣服，开始是用战斧，后来是用牙齿。

波特兰脱下了她的最后一件衣服，这个女人只戴着乳饰、穿着丁字裤站在舞台上，就在这时，另一个男人跳上了舞台。他穿着牛仔服，看上去就像雷明顿的侍者。这个牛仔和波特兰打了一会儿，牛仔赢了，被打败的波特兰爬下舞台，牛仔开始与波卡洪塔斯跳舞，他们的大腿根紧紧贴在一起，牛仔的双手紧紧握着女人的臀部。

"这是愚蠢的固定动作，"父亲在他们走去曼妮餐厅的路上对他说，"但那只是表演。"

"至少你不必把衣服脱了。"

"你不是因为我在那儿工作感到尴尬吧，是不是？"

"不是。就像你说的。也许有人会发现你。"

波特兰把手插进口袋，放松肩膀。"没有人会发现我，儿子。"

一个星期后，波特兰辞了四角的工作，坐回了电视机前。早晨，查理起来时，父亲就坐在电视机前的椅子上。他去上班时，父亲还在那儿。甚至在上了很长时间的班之后，查理回到家，会发现波特兰还坐在椅子上，好像一直没有动过。

C. B. 把查理拉到一边。"你知道，你父亲的情况不怎么好。我的意思是，嘿，其实我不应该说什么，但他是我的朋友。"

"他就坐在电视机前。"

"这是年轻人的游戏。这就是问题所在。波特兰在他就要赚大钱的时候离开了。他不可能再回到从前了。这是一个冷酷的世界，孩子。"

"他们为什么离开？"

“你妈妈和爸爸吗？”

“是的。”

“不知道。波特兰发现你妈妈怀孕了，几个月后，嘿，他走了。我猜就是这样。”

“什么？”

“也许他不想在城市里把孩子养大。不怪他。”

第二天晚上，查理把他们的东西装上了皮卡。父亲站在人行道上，看着儿子把箱子捆在车顶。

“如果你可以去世界上的任何地方，”查理把最后一只箱子放上车时对父亲说，“你想去哪里？”

波特兰盯着自己的鞋看了很久。当他终于抬起头来看着查理时，他的眼睛里闪着泪光。

“世界上的任何地方。”查理说。

“好莱坞，”父亲轻声说，“我想去好莱坞。”

第二天，查理乘出租车去了市中心，把他的行李放上汽车，独自一人回了家。

查理从脸上把枕头拿下来。白人女子不见了踪影。士兵们正在用原木和马鞍搭路障。更多的士兵正跑来跑去，相互叫喊。查理关了声音，睁着眼睛躺着。

艾尔伯塔转回到电影频道。士兵们被困在河流和悬崖壁之间，印第安人在河对岸骑在小马背上。酋长策马转了几圈，把步枪举过头顶，所有印第安人开始大喊大叫，挥鞭赶马，朝河里跑去。河岸上，四个印第安老人高举着长矛等着。

艾尔伯塔按了"关"。够了。她最不愿意做的事情就是看西部片。不用看制片人对西部历史的演绎，只是教西部历史就够痛苦的了。

但是太迟了。就在她闭上眼睛的时候，她看见查理骑上一匹花斑马，一手提着公文包，一手抓着马鬃，真丝领带飘在身后。

莱昂内尔骑上一匹棕红马，身上只穿了一件金色上衣，他靠在马脖子上，衣服舞动着，拍打着，翼尖鞋在阳光下闪闪发亮。

克里斯汀把另一只袜子也脱下来，沿着沙发边把它拖了过来。

"结束了吗，妈妈？"

拉蒂莎看着骑兵冲进河底。约翰·韦恩脱下夹克，将它挂在一根树枝上。士兵们开始击败印第安人，他身边的其他人开始欢呼。

"是的，"她说，"结束了。"她按了一下遥控器。屏幕变得一片空白。

莱昂内尔坐到椅子上。诺尔玛还没有放了他，莱昂内尔不得不再一次听姨妈对他的生活、对艾尔伯塔、对他的工作的意见。每个人都想要帮他管理他的生活，好像他自己做不到。甚至那几个印第安老人也是如此。

除了一部西部片，没有其他节目。莱昂内尔朝椅子里陷得更深，闭上眼睛。

屏幕上，一个印第安人骑着马，马在河流水浅处跳跃着。河岸上，四个印第安老人挥舞着长矛。其中一个人穿着一件红色夏威夷衬衫。

但是莱昂内尔什么也没看见。他躺在椅子上，头垂在胸口，灯光如水，汹涌地倾泻在他身上。

查理拿起遥控器，开了声音。印第安人骑着马沿着河岸来来回回地跑着。河对岸，约翰·韦恩和理查德·威德马克在用原木和马鞍堆成的路障后面等着。

"听我说，哦，我的勇士们，"酋长大声说，"今天是个死去的好日子。"[1]

酋长让马转了一圈，同时朝着镜头扮鬼脸，发出吼叫，他的黑色长发飘扬，他的充满野性的眼睛径直看着查理。但是让查理从床上下来的是那个声音。他站在旅馆房间的中央，看着酋长召集勇士，准备发动攻击。

在屏幕上，在妆容下面，被橡胶大鼻子掩藏的，是他的父亲。

1　疯马在小大角战役中与卡斯特作战时用来召集部下的一句话。

第二十六章。

　　铁眼向士兵们发动了攻击。

　　骑兵从山丘上杀了过来。

　　等等，等等，等等。

　　翻页，翻页，翻页。

　　伊莱把书扔在桌上，翻身背对着靠垫，睡着了。

伯萨姆脱下外套，搭在椅背上。屏幕上，约翰·韦恩拔出枪来，举过头顶，在骑兵飞奔进山谷时大声喊道："万岁！我们抓住他们啦，小伙子们。"

伯萨姆站在地图前面，看着人群和马匹和武器。

"万岁，"他在头顶挥舞着遥控器，把声音调高，大声叫道，"万岁！"

巴布把盘子放在桌上，轻松地坐到躺椅上。这一天令人兴奋。警察什么的。塞莱诺警司特别有趣。有点像迈克·哈默，或者佩里·梅森。

那几个印第安人。老天，他们可真能引起轰动啊。人们东奔西跑的样子，让你以为他们偷了一支火箭飞到火星去了。

甚至约瑟夫·万能的上帝·霍华医生本人也到休息室来找她谈话了。没什么大不了的事。那几个印第安人会回来的。她们每次都回来。

她的车才是大事。她完全不知道车到哪儿去了，但是马丁会听说这件事的。塞莱诺一点都不在乎，但是那个可爱的巡警吉米记下了所有情况，保证他会尽量想办法把车找回来。

巴布打开电视，飞快地换着频道。没节目。没节目。没节目。没节目。西部片。没节目。这让选择更加简单了。

巴布跷起脚，这时酋长让马在河里转了一圈，举起枪，发出进攻的信号。但是吸引巴布注意的不是酋长。站在一边的一小群印第安人里面有一个好像穿着红衬衫，巴布仔细看时，看见鹰眼、以实玛利、鲁滨逊·克鲁索和独行侠正微笑着，大笑着，挥舞着长矛，与此同时其他印第安人正飞奔过河，朝着畏缩在原木后面的士兵们冲过去。

"啊哈，"巴布大声自言自语，"这可真是变戏法呀。"

霍华医生坐在高背椅上，看着酋长让马在河水里转了一圈又一圈。人和动物之间是多么完美的对称啊。尽管这只是一部电影，霍华医生却被印第安人的困境打动。他们被困在过去和西部扩张之间，就像士兵们被困在印第安人和陡峭的岩壁之间。

那匹马一定是阿拉伯马，霍华医生推断，而那个酋长可能是印第安人。他知道好莱坞用意大利人和墨西哥人扮演印第安人的角色，但是这个人的鼻子却完全暴露了他的身份。也许是苏人或者切罗基人，或者甚至是夏延人。

霍华医生看着，酋长把步枪举过头顶，冲过河去，其他印第安人紧随其后，河岸上，四个印第安老人举着长矛，为他们的战友鼓劲，向他们欢呼。

霍华医生没有马上反应过来。当他反应过来时，他从椅子上坐了起来。

"噢，上帝啊。"他说。他放下遥控器，去打电话。

独行侠和以实玛利躺在一张床上。鲁滨逊·克鲁索和鹰眼躺在另一张床上。

"噢，老天，"鲁滨逊·克鲁索说，"这是一部西部片。"

"但是我们有一大半都没看。"以实玛利说。

"这是不是我们修理的那部？"鹰眼说。

"我觉得是的。"独行侠说。

"是的，看，"以实玛利说，"我们在那儿。"

就在那几个印第安老人看着的时候，酋长带领他的人冲到了河对岸。原木后面的士兵开始射击。其中一个人站了起来，在头顶挥舞着手枪，在俯瞰河流的悬崖上，一支骑兵出现在天际线。

鲁滨逊·克鲁索看着独行侠。

鹰眼看着独行侠。

以实玛利看着独行侠。

"噢，噢，"独行侠说，"看样子我们得重新修理一次。"

我知道这么一个地方，莫比-珍妮说。

是哪儿？变化女说。

佛罗里达。莫比-珍妮说。

那儿暖和吗？

噢，是的。莫比-珍妮说。那里非常温暖，非常潮湿。舒舒服服地骑在我背上。那条鲸鱼说，我带你去。

于是，变化女伸展四肢，趴在莫比-珍妮的背上。她的背可真光滑啊。变化女紧紧贴在鲸鱼柔软的皮肤上，她能感到波浪在来回摇晃。摇晃。摇晃。

真舒服。变化女说。

是的，真舒服。莫比-珍妮说。用胳膊和腿抱住我，抱紧了，我们要玩点有趣的了。

游动，翻滚，潜水，滑水，喷水，这太有趣了，真的，变化女开始享受一直湿漉漉的感觉。

"嘿，嘿，"卡犹蒂说，"这不是我以为会发生的事。嘿，嘿，嘿。她们俩在干吗？"

"游泳。"俺说。

"哦……"卡犹蒂说。

≈≈≈

于是。

变化女和莫比-珍妮就这样游来游去，游了一个月。也许是三星期。也许不是。

后来莫比-珍妮看见一些鸟。后来她看见一些树。后来她看见一些土地。

噢，天啊，莫比-珍妮说。我们到了。

也许我们可以再游一会儿。变化女说。

那很好，莫比-珍妮说，但是我得回去再把那只船撞沉了。

莫比-珍妮和变化女互相拥抱。变化女非常伤心。再见，变化女说。祝你撞船愉快。

变化女站在岸上，看着自己的朋友游走。所以她没有看见士兵。

抓住你啦，那些士兵大叫，其中两个抓住变化女。我们抓到谁了？另一个士兵说。

叫我以实玛利。变化女说。

以实玛利！一个留着油腻胡须的矮个子士兵说。这不是以实玛利。这是一个印第安人。

叫我以实玛利。变化女又说。

好吧，那个矮个子士兵说。我们知道怎么对付佛罗里达不守规矩的印第安人。于是那些士兵拖着变化女沿着一条土路走了。

马里恩堡。那个留着黏滑胡须的矮个子士兵说。祝你愉快。

变化女环顾四周。到处都是拿着步枪的士兵。还有印第安人。印第安人坐在地上画画。

这很有趣，变化女说，但是我宁愿和莫比-珍妮一起游泳。

"马里恩堡？"卡犹蒂说，"独行侠在马里恩堡。"

"没错。"俺说。

"噢，太好了，"卡犹蒂说，"我喜欢有快乐结局的故事。"

"快乐结局？"俺说，"你这个疯郊狼。"

"但是我很有用。"

"噢，老天，"俺说，"看起来俺们又要从头来一次了。"

9SPET

ELI

此卷，"*SSPET*" 意为 "西方"，"*Etŀ*" 意为 "黑色"。

"好吧，"俺说，"俺们开始吧。"

"是道歉的时候了吗？"卡犹蒂说。

"还没到时候。"俺说。

"是帮忙的时候了吗？"卡犹蒂说，"我可以帮很多忙。"

"别管帮忙了，"俺说，"坐下，听着。"

"好吧，"独行侠说，"现在轮到谁了？"

"嗯，上次是谁讲的？"以实玛利说。

"是你。"

"那就轮到鲁滨逊·克鲁索了。"

"那我呢？"卡犹蒂说，"我也想轮到。"

"听上去不是个好主意。"鹰眼说。

"不是，"鲁滨逊·克鲁索说，"听上去像卡犹蒂的主意。"

"不管怎么样，"以实玛利说，"轮到鲁滨逊·克鲁索了。"

"也许卡犹蒂可以把灯打开。"鲁滨逊·克鲁索说。

"是的，"卡犹蒂说，"我可以把灯打开。"

"好吧，"鹰眼说，"我们开始吧。"

"看着我，"卡犹蒂说，"看着我开灯。"[1]

---

1 参见《旧约·创世记》（1∶3）"神说，要有光，就有了光"。

这是鲁滨逊·克鲁索讲的故事。

思想女[1]正在散步。现在是早晨，思想女正在散步。思想女散步到了河边。

你好。思想女对河流说。

你好。河流说。是个散步的好天。

今天你暖和吗？思想女说。

暖和，河流说，我很暖和。

那我想我要洗个澡。思想女说。

好主意。河流说。于是河流停止流动，让思想女走进河里。

哇！思想女说。这是条冷水河。这一定是条狡猾的河。

游到中间来，狡猾的河流说，那里暖和多了。

于是，思想女游到了河中央，那里暖和多了。

好多了。思想女说，她仰面躺在河面上，随波逐流。思想女漂着漂着，睡着了。

我特别困。思想女说，然后睡着了。

嘿——嘿，那条河流说，嘿——嘿。

_____

1　思想女（Thought Woman），纳瓦霍神话中的人物。世界就是她通过思想创造出来的。

"嗯，"卡犹蒂说，"我不喜欢那个声音。"

"也许那条河让你想到了某个人。"俺说。

"谁？"卡犹蒂说。

"别管了，"俺说，"有更重要的事需要担心。"

"是的，"卡犹蒂说，"比如，老卡犹蒂怎么样了？"

"老卡犹蒂很好，"俺说，"但是思想女正在漂走。"

"嗯，"卡犹蒂说，"我不喜欢那个声音。"

河流又开始流动时，水流得非常快。河水流过岩石，流过树木。

当心，那些岩石说，思想女来了。于是那些岩石从河里爬出去，坐在岸上。

醒醒，醒醒。那些树说。你在漂走呢。

但是思想女的耳朵在水下面，她听不见那些岩石，也听不见那些树说的话。

哦，好吧。那些岩石说。太糟了。他们还说。那些岩石跳进河里，游来游去，直到找到一个可以坐的好地方。

啦，啦，啦，啦。那条河流说。它流得越来越快。很快，它就流得非常快了。它流得太快了，径直从世界边缘流了下去。

哎呀。河流说。但是太迟了。思想女从河上漂了出去，漂到了天上。

"噢，不！"卡犹蒂说，"不会又来了吧。"

"当然，"俺说，"你以为会发生什么？"

"我们得再重复多少次啊？"卡犹蒂说。

"直到弄对了。"俺说。

独行侠、以实玛利、鲁滨逊·克鲁索和鹰眼站在布洛瑟姆旅馆的停车场里。在水泥、沥青和汽车的那一边，在深邃的弧形天空下面，大草原在等待。

"早上好。"独行侠大声说。

就在那几个印第安老人看着的时候，宇宙微微地倾斜了一下，世界的边缘在光线中舞动着。

"啊，"鹰眼说，"真美啊。"

东方，天空变得柔和，太阳从地平线挣脱出来，白天翻了个身，深吸一口气。

"好吧，"独行侠说，"卡犹蒂开灯了吗？"

"开了，"鲁滨逊·克鲁索说，"我想他开了。"

"准备好了吗？"以实玛利说。

光线向西方延伸过去，穿过深谷，泻下陡岸，照进河里。远处，一颗星停在地平线上，等待着。

"准备好了，"独行侠说，"是开始的时候了。是我们开始的时候了。"

"Gha！ Higayvːligeːi。"鲁滨逊·克鲁索说。

"我们已经说过开场白了。"以实玛利说。

"是吗？"鲁滨逊·克鲁索说。

"是的，"独行侠说，"第十六页。"

"哦。"

"看。第十六页顶端。"

"真尴尬呀。"

"你记得那件夹克吗？"鹰眼说。

"太尴尬了。"

白色敞篷车开到山顶时，霍华医生看到了远处蹲伏着的黑暗的建筑。他往后坐了坐，在凹背座椅上调整了一下姿势。他忘了卡尔曼-吉亚开起长途会多不舒服，每一次颠簸都通过方向盘晃动他的胳膊和肩膀，路上的噪音在车身声腔四周格格作响，让他感觉自己被困在了响板里。

"醒醒，"他在疾风中大声说，"我们到了。"

巴布睁开了眼睛。"那些树怎么了？"

"别管树了，"霍华医生说，"让我来说话，你别说。"

巴布靠在车门上，看着晨光倾泻在大草原上。那片光升起来，漂浮在大路上，斜射在卡尔曼-吉亚上，将车冲下小山，冲到边境。巴布看见远处地平线的边上有一个光点，那是早晨天空上的一颗星。

"我敢打赌她们一定会很高兴见到我们。"巴布说。

"记住，"霍华医生说，一边把墨镜从口袋里掏出来，架在耳朵和鼻子上，"让我来说话，你别说。"

加拿大边境站是一座低矮的砖石建筑，长长的飞檐伸到了路对面，一根高高的旗杆仿佛倚在天上。从巴布坐的地方看去，旗杆好像不是很直，好像微微向左边倾斜。

"早上好。"边防卫兵说。

"早上好。"巴布说。

"哼。"霍华医生说。

巴布在座位上转过身来。美国边境站和加拿大边境站一模一样。建筑低矮。砖石建造。也有飞檐。也有旗杆。

"你有没有注意到，"巴布对加拿大边防卫兵说，"你们的旗杆是歪的？"

"去哪里？"边防卫兵说。

"北边。"霍华医生说。

"美国那边的旗杆也是歪的。看没看到它有点朝右边倾斜？"

"目的是什么？"卫兵说。

"公事。"霍华医生说。

"我们在找印第安人。"巴布说。

"有没有携带武器或烟草？"

"没有。"霍华医生说。

"四个印第安人，"巴布说，"特别老的人。"

"国籍？"卫兵说。

"也许你见过他们，"巴布说，"他们在试图修理世界。"

巴布看见边境站里面有三个人正倚在柜台上喝咖啡。他们身后的墙上挂着一幅很大的画，画里的女人戴着冕状头饰，穿着时髦的衣服，正在跳舞。

"有没有携带准备在加拿大销售或作为礼物留下的物品？"卫兵说。

"没有。"霍华医生说。

"她呢？"卫兵说。

"她是和我一起的。"

"但你还是要为她登记。"卫兵说。

"明白。"霍华医生说。

"所有私人财产都必须登记。"

"是的,"霍华医生说,"当然。"

"这是为了保护你们,也是为了保护我们。"卫兵说。

巴布回头看看美国边境站,然后看看加拿大边境站。"你刚才说我们在哪儿?"她说。

"欢迎来到加拿大。"卫兵说,然后把写字板递给他。"在这儿签字,"他说,"还有这儿。"

"谢谢。"霍华医生说。

"祝你们愉快。"卫兵说。

"嘿,"卡犹蒂说,"看看谁回来了。"

"别理他。"俺说。

"但是也许他们会捎我们一段。"卡犹蒂说。

"没时间了,"俺说,"俺们得回到另一个故事里去。"

"顺便问一句,"卡犹蒂说,"我们在哪儿?"

"加拿大,"俺说,"来吧。"

"加拿大,"卡犹蒂说,"我从来没来过加拿大。"

"加拿大,"巴布说,"我从来没来过加拿大。"

"让我来说话,你别说。"霍华医生说,他把车挂上一挡,驶离了边境站。"注意看印第安人。"

巴布现在能更清楚地看到那片光。它挂在天上,低低的,靠近地平线。道路沿着大地起起伏伏,向着大草原延伸,巴布想象光变得更强烈了,更明亮了。

"你怎么想？"巴布朝着光扬起下巴说。

"什么？"霍华医生说。

"那儿。"巴布说。

霍华医生减慢车速，在路边停下。他站在座椅上，把手搭在眼睛上。

"也许这是一个征兆，"巴布说，"或者诸如此类。"

"在古代，"霍华医生说，他把手伸到座椅后面，拿出一副望远镜，"原始人相信征兆和其他迷信。"

"今天不一样。"巴布说。

"他们所认为的征兆，"霍华医生边调整望远镜，边说，"其实是奇迹。"

"真的吗？"巴布说。

"我们回去以后，"霍华医生说，"我借一本书给你看看。"

霍华医生站在凹背座椅上，看着远方的光。

"你怎么想？"巴布说，"是征兆还是奇迹？"

"哇！"卡犹蒂说，"征兆和奇迹。我们还什么都没遇到呢。"

"把头低下，"俺说，"他会看见你的。"

"我在这儿，"卡犹蒂说，"我在这儿。"他一会儿跳舞，一会儿蹦来跳去，一会儿站在那儿。"我在这儿。"站在那儿的卡犹蒂说。

"你是个傻郊狼，"俺说，"难怪这个世界乱成一团糟。"

霍华医生眨了眨眼睛，又用望远镜朝远处看去。

"怎么样？"巴布说，"你看到什么了？"

"嗯……"霍华医生说，望远镜就挂在他胸前，"我……想——"

　　"让我看看。"巴布说。巴布把背带挂在自己脖子上，透过镜头看着远处的光。"嘿，"她说，"这可真是变戏法啊。"

莱昂内尔呻吟着挪到床边,用双脚摸索到地板,坐了起来。外面,天还黑着,一片漆黑。他能听见收音机闹钟发出"咔嗒——咔嗒——咔嗒"像虫叫一般的声音,集聚起力量,把下一分钟翻过去。为什么天这么黑?几点了?莱昂内尔揉了揉眼睛,发现自己的眼睛还是闭着的。那么,外面其实并没有那么黑。

生日快乐。四十岁。莱昂内尔坐在床边,看着肚子舒服地搭在大腿上。如果他用力吸气,可以把肚子吸到大腿根外侧。

生活开始变得令人尴尬,莱昂内尔边感觉胸部向肚子滑去,边想。他的工作令人尴尬。他的金色外套令人尴尬。他的车令人尴尬。诺尔玛是对的。艾尔伯塔不会和一个令人尴尬的人结婚。莱昂内尔第四次把肚子往里吸,摇摇晃晃地站了起来。

生日快乐。四十岁。莱昂内尔轻手轻脚地走到卫生间。他已经养成了早晨不开卫生间的灯的习惯。灯光刺眼,但是最主要的原因是他不愿意看到自己变成了什么样子——人到中年,身体肥胖,碌碌无为。但是今天,他飞快地伸出手,好像甩出一条鞭子,"啪"地把灯打开。结果令人吃惊,而且比他想象的更糟。

"今天,"他对着镜子大声说道,"今天一切都会改变。"他使劲拍打自己的肚子,又抓住松弛的胸部。他赤裸着身体站在那儿,瞪眼看着镜子里的自己,很高兴看到眼睛里的激情。他看到左边乳头上面有一颗痣,上面长了一根长长的毛。

好吧！

他打开药品柜，扔了旧牙刷，从很多年来一直堆在柜子后面的那些新牙刷中拿出一支。牙膏快用完了，但是他不想用完最后一点点，把锌皮牙膏管卷起来挤，却只能挤出些白色小泡泡，在挤上牙刷时这些小泡泡又缩了回去。

扔进垃圾筒。很多年来他一直留着的从汽车旅馆里拿的小块肥皂也一起扔了。莱昂内尔打开一支新牙膏。他撕开一大块肥皂的包装，肥皂是绿色的，上面有白色条纹，散发着柠檬香味。给剃须刀换了新刀片。除臭剂。须后水。

明天，他会开始用牙线清洁牙齿。

莱昂内尔掐住那根毛，拽紧了，用剪刀剪了它。他挑衅似的转身背对着镜子，越过肩膀看着自己的屁股。

耶稣啊！

洗过澡，穿上衣服后，莱昂内尔感觉好些了。他看着镜子里的自己，断定外套只需要好好洗一洗。袖口开始变瘦了，聚酯面料卷了起来，变成了硬球，从手腕上垂下来，像小小的装饰品。还有新领带。这条棕色针织领带已经风光不再，而且也许已经过时了。红色。鲜红色真丝。上面有小鸭子之类的图案。

今年将是他在伯萨姆工作的最后一年。大学。当然，这是一切的关键。他一直都知道。艾尔伯塔有大学学位。查理也有学位。伊莱也有学位。他要让艾尔伯塔给他找一份校历。法律，莱昂内尔边扣上外套扣子边想，或者医科，虽然也许在他这个年纪读医学院有点太迟了。医生，律师。印第安酋长。医生，律师，电视机推销员。

约翰·韦恩。

莱昂内尔六岁的时候，他知道自己想要成为什么样的人。

约翰·韦恩。

不是那个演员，而是那个人物。不是那个人，而是那个英雄。那个肃清了西部小镇，让好人可以平安生活的约翰·韦恩。那个把枪从歹徒手里打落的约翰·韦恩。那个保护驿站马车和马队免受印第安人袭击的约翰·韦恩。

莱昂内尔告诉父亲他想做约翰·韦恩，父亲说这主意不错，但是他也应该考虑其他选择，暂时不要做决定。

"我们也有很多名人。勇士，酋长，议员，外交官，精神领袖，治疗师。我跟你说过你的曾祖母吗？"

"约翰·韦恩。"

"也许你想成为像她那样的人。"

"约翰·韦恩。"

"这不违法，我想。"

一家麦片公司给集齐三个包装图案的人免费邮寄一枚约翰·韦恩戒指，邮费50分。六个星期后，戒指寄到时，莱昂内尔戴上它给查理看。

"这能做什么呢？"

"这是约翰·韦恩戒指。"

"我爸爸认识约翰·韦恩。"

"里面有一个暗格。"

"我爸爸认识所有大明星。"

"看这个。"莱昂内尔把拇指指甲伸到戒指的徽饰下面，打开它。

他花了好长时间才在草地上找到徽饰。铰链断了，徽饰没法再安回去了。

"干得好！约翰·韦恩。你把戒指弄坏了。"

"没有。"

"暗格。"

"就应该是这么打开的。"

"你怎么把它重新装好呢？"

"这是个秘密。"

后来，莱昂内尔试图用父亲的白色胶水粘好铰链，但是粘不住，莱昂内尔只能把徽饰粘在戒指上，但这样它就打不开了。第二个星期，可调节的指环断了。

莱昂内尔吸进肚子，系紧皮带。下个星期或什么时候他会跟比尔谈谈未来，预先通知他一声，免得他辞职时比尔措手不及。但是今天他就会告诉艾尔伯塔他的计划，一定要让她知道他有能力做决定。生日快乐。

一切都在走上正轨，莱昂内尔对自己说。生日快乐。祝你生日快乐。

早晨的空气是湿润的。云朵弯成拱形，笼罩在洛基山上。莱昂内尔能感到风吹进来。到了中午，风就会刮得伯萨姆商店的玻璃窗咯咯作响，卷起尘土，刮起一场尘暴。

保留地就在河对岸。现在他父母肯定已经为太阳舞仪式搭好了帐篷。

"如果你能到这儿来过生日就太好了。"母亲对他说。

"我尽量。"

"你父亲会很高兴的，你知道。"

"当然。"

"我们紧挨着诺尔玛。你不会找不到的。等着看我会做什么菜。"

"艾尔伯塔要来。"

"太好了，亲爱的。带她过来。"

莱昂内尔朝他的车走去，又停了下来。不。今天他要走路过去。这里距离商店并不远，走路是开始新的一天的很好的方式，是开始新的生活的很好的方式。

你重新开始的时候就这么做。约翰·韦恩就会这么做。

拉蒂莎闭着眼睛躺在床上，听着伊丽莎白从婴儿床上爬出来。克里斯汀小的时候会站在床上叫"妈妈"，直到拉蒂莎过来抱起他。本杰明会坐在婴儿床一角一直哭，直到她过来。伊丽莎白一声不吭，却毅然决然。她第一次从婴儿床爬出来的时候摔了一跤，弄伤了自己。拉蒂莎以为这会让她更加小心。并非如此。第二天早晨，伊丽莎白又摔了一跤。第三天早晨第四天早晨同样如此。她只在头两次摔跤时哭了，但是一个星期以后，她不再摔了。

拉蒂莎一直闭着眼睛。如果幸运的话，伊丽莎白会爬到她床上，然后睡着。再睡一个小时。拉蒂莎祈求道。让我再睡一个小时。

"妈妈。"

拉蒂莎试着深呼吸，希望呼吸的声音和节奏能让女儿安静下来。

房间里的什么地方，有人正在剥开一块口香糖或者打开一只塑料袋。有那么一会儿，拉蒂莎无法判断声音来自哪里。然后她听见尿裤掉在地板上的声音，重重的啪嗒一声。

拉蒂莎睁开一只眼睛。伊丽莎白光着身子。她脱掉了睡衣和尿裤，正站在拉蒂莎的头边，直盯着她的脸。

"起来，妈妈。"

"妈妈很累，宝贝儿。"

"起来！"

"你爬到妈妈被窝里好不好？我们可以玩地松鼠妈妈和地松鼠宝宝的游戏。"

"粑粑，妈妈，粑粑。"伊丽莎白说。

"去坐马桶吧。"

"你。"

"让妈妈看看你长大了。"

"你。"

有一年，乔治又辞掉了一份工作之后，宣布他要待在家里带孩子。

"没有问题，妞儿，"乔治对她说，"我们会过得很开心的。"

拉蒂莎认为这个主意很不理智，也看不到它付诸实施的可能。

"我每天做晚饭。你整天在餐馆工作。我至少可以做这个。"

"你不会做饭。"

"现在不会。但是我会学的。毕竟这个世界上最好的厨师都是男人。"

拉蒂莎没有说行。也没有说不行。她估计他只能坚持一个星期。

第一个星期，本杰明被送去托儿所，乔治跑遍了布洛瑟姆，买来各种他开始新职责所需的一切。第一个晚上，拉蒂莎回到家里时，乔治正在厨房里装意大利面条机。

"你觉得怎么样，妞儿？"他说，"这可真是个美妙的东西。"

"我们不需要意大利面条机。"

"没有什么比新鲜的意大利面更好的东西了。瞧，我买了面粉还有萨姆·莫利纳写的怎么做意大利面的书。"

"包装袋里的面条一样好。"

"包装里的面条要煮二十分钟。新鲜意大利面只要煮一分钟，而且更健康。"

拉蒂莎站在那儿，看着乔治用螺丝钉把夹钳固定在厨房台面上。他看上去非常高兴，充满热情。

"一分钟，"他说，"就好了。我敢打赌你以前不知道这个。"

拉蒂莎洗过澡后，孩子们已经在楼下吃早饭了。克里斯汀坐在桌边，伸长了胳膊吃麦片。本杰明坐在椅子边上；他的麦片还没被动过。伊丽莎白坐在高椅子上，正在用勺子敲打着碗。

"别打了，伊丽莎白，"本杰明说，"你把我身上溅湿了。"

"我可以，我可以。"伊丽莎白说。

克里斯汀盯着碗看，好像发现了那些麦片圈中间漂浮着什么有趣的东西。

"谢谢，宝贝儿。"

"谢什么？"克里斯汀说，他的目光一直没有从碗上移开。

"谢谢你为孩子们准备早饭。"

"我总是为孩子们准备早饭。"

"我知道，我很感激。"

"伊丽莎白把牛奶溅得到处都是。"本杰明说。

"没关系，宝贝儿。"拉蒂莎说。

"她就是溅得到处都是。"本杰明说。

"我可以，我可以。"伊丽莎白说。

"今天晚上你还会回来得晚吗？"克里斯汀说。

伊丽莎白正在把勺子插进头发里。一只手靠在碗边上。拉蒂莎看着牛奶和麦片从桌边滴下，就像水从水坝流下。

"伊丽莎白把这儿弄得一团糟，妈妈。"

拉蒂莎抓住伊丽莎白的手，把碗扶了起来。她竭力控制自己不要捏女儿的手捏得太重。本杰明还没有碰他的麦片。

"吃麦片，宝贝儿，"拉蒂莎说，"我们得走了。"

"我饱了。让伊丽莎白吃吧。"

"我可以，我可以。"伊丽莎白说。

第二天，乔治带回家一台搅拌器和一台功能齐全的搅拌机。第三天，他在伍德沃德百货商店找到一台榨汁机。第一个星期结束的时候，打蛋器、碗、木头大勺子、胡椒研磨器、意大利方饺模具、面包烤模，还有配套的量勺和量杯都开始出现了。星期五晚上拉蒂莎回家的时候，发现一台台下对流式烤箱正等着她呢。

"用这个烤面包只要一半的时间。"

"什么面包？"

"这个在打折，他们还给我买的大卫·卡拉威的面包食谱打了很大的折扣。"

"乔治，这些东西我们都不需要。"

"你就等着闻面包从烤箱里出炉的香味吧。"

第二个星期，乔治迫不及待地开始履行他的新职责。拉蒂莎回家的时候，晚饭已经做好了。

"你回来迟了。"乔治说。

"看上去很好啊。"

"如果我做饭，你就要按时回家吃饭。"

"这是什么？"

是意大利面，而且，总的说来，味道不错，虽然不是每一根面条都切得很好。有些部分很好。有些部分却一团一团的，像一个个绳结。

"你可以把面团和得更干一些。这样面条从机器里出来的时候就不会粘在一起了。"

"得了，"乔治说，"你只能说这个吗，批评我？"

"我不是在批评你。面条很好。真的很好。"

≈≈≈

拉蒂莎把餐具堆在水槽里。伊丽莎白穿着外套趴在地板上。本杰明抓住她的一只胳膊，把她在地板上拖来拖去。

"哈哈！"

"宝贝儿，"拉蒂莎说，尽量不在声音里流露出紧张的情绪，"你会把她的外套弄脏的。"

"但是她喜欢这样。"

"我喜欢。"伊丽莎白说。

"我想你想让我陪本杰明走去学校。"克里斯汀说。

"你总是送本杰明去学校。"

"当然，"他说，"你觉得理所当然。"

"你总是送我去学校。"本杰明说。

"那就走吧，你这个小笨蛋。"克里斯汀说。

"妈妈，克里斯汀叫我小笨蛋。"

本杰明向后仰，拖着外套很快转了一圈。伊丽莎白大声笑着，失去了平衡，向后跌倒，头撞在了墙上。

"糟了。"本杰明说，他没有看拉蒂莎。他抓住克里斯汀的手，朝门口走去。

伊丽莎白自己站了起来，揉了揉头，噘起了嘴唇，眼泪在她眼睛里打着转。

"我喜欢。"她说。

"瞧，"本杰明说，"她没事。我不知道你干吗要不高兴。真是。"

第二天晚上，炉子上放着一只大锅。乔治站在一盘看上去像是饼干的东西旁边。

"是饼干吗？"

"是羊角面包。"

拉蒂莎拿起一只羊角面包，把它翻过来。面包底下有一层棕色的硬邦邦的壳，在灯光下闪着光。家里有一股烧焦的洋葱的味道。

"看上去不错，"拉蒂莎说，她把面包放回托盘上，"锅里是什么？"

"西班牙炖菜。"

"很好闻。"

"这是我独创的。"

羊角面包有三层。第一层有些脆，有些酥，有点像羊角面包。中间部分是没有烤熟的面团。底下一层像瓷砖。

"嗯，我不会再用那个食谱了，"乔治边刮着面包底，边说，

"不能相信那些食谱，真是讨厌。"

炖菜要好些。

"什么味道？"克里斯汀说。

"炖菜就是这个味道。"乔治说。

"好像什么东西烧煳了。"克里斯汀说。

"真的，宝贝儿，"拉蒂莎说，"炖菜就是这个味道。"

那天晚上，克里斯汀胃痉挛，疼醒了。第二天，本杰明拉肚子了。

第二个星期，乔治走了。就这么走了。他留下一封很长的信，说他要回家去，处理好自己的生活。寻找他的根。先去密歇根。然后去俄亥俄，他出生的地方。

"当我发现自己寻找的东西时，我会知道的。"

那封信很长，充满了情感和亢奋。他对自己的离开表示抱歉，但是他是打算回来的。在信里的每一段话里，他都说他会回来的。

刚开始拉蒂莎非常愤怒，在接下来的两个星期里，她在餐馆里煎煳了鸡蛋，摔了锅，直到怒气过去。

然后她发现，她怀了伊丽莎白。有一段时间，她变得麻木。后来，她开始收到那些信。

信很长，比第一封还长，但是和第一封一样充满了热情、计划和梦想。信里还有诗，写的是爱情、月亮、星星和四季。信定期寄来，有一段时间拉蒂莎盼着收到那些信。

后来她开始笑。

后来她开始把信带到餐馆去。

"听听这个，"她对丽塔和辛西娅说，"我感到随着每一天的逝去，我的心灵变得越来越清澈，越来越有力。"

信不断地寄来，拉蒂莎读信的时候越来越大胆。

"我是多么渴望西部简朴的生活和清晰的日出日落。在我的记忆中，你永远是我的日出，我知道你将永远是我的天堂的一部分。"

那些信终于变得令人厌烦。就像乔治。甚至诗歌也变得枯燥乏味。伊丽莎白出生后，拉蒂莎不再读那些信，而是把它们塞进壁橱里的一只棕色购物袋里，让它们像灰尘一样堆积在角落里。

拉蒂莎看着克里斯汀和本杰明沿着大街走远。伊丽莎白站在窗口挥手，直到看不见他们。

"来吧，宝贝儿，"拉蒂莎说，"该去学校了。"

"不去。"伊丽莎白说。

"你喜欢学校，"拉蒂莎说，一边把女儿的胳膊塞进外套。"你想看见艾丽丝老师和莎拉和丹尼尔和阿格尼丝，对不对？"

"不去。"

拉蒂莎拉上伊丽莎白的外套拉链，给她戴上帽子。"你在耍我吗？你在捣乱吗？"

伊丽莎白下巴下面紧紧地系着帽绳，脸上笑着。"我可以。"她说。

查理坐在布洛瑟姆旅馆的咖啡厅里，看着一位母亲哄三岁的孩子坐上高脚椅。母亲微笑着。

"听妈妈话坐下来。"那个女人一边用手指戳着女儿的膝盖窝，一边笑着说。"弯曲膝盖才能坐下来。"

远远的角落里，三个男人正在边吃饭边签表格，把文件递过来递过去。咖啡厅另一边，蕨类植物和格栅下面，四个印第安老人正在讨论菜单，其中一个人穿着一件红色夏威夷衬衫。从背影看，那个印第安人有点像 C. B. 科洛涅。

或者像波莉·洪塔斯？

"早上好，"服务生说，"可以点菜了吗，还是需要再考虑一会儿？"

查理瞥了一眼菜单。"也许我要两个鸡蛋和几片烤面包。土豆煎饼。"

"你不是电影明星吧，是不是？"

刚开始查理没有听见服务生的话。

"我的意思是，你看起来……你知道，有些面熟。"

"不是，"查理边说，边勉强笑了笑，"我父亲可能是。"

"哦，哇！"服务生说。"你想要咖啡吗？"

查理点点头，把菜单递给服务生。"附近有公用电话吗？"

"穿过大堂，右手边。全麦面包还是白面包？"

那个穿夏威夷衬衫的印第安老人正咧嘴笑着看着他。

查理站起来时，那个印第安人对其他印第安人说了些什么，他们也开始看着他。

巴里·扎诺斯？萨莉·乔·魏哈？

"你好，查理。"穿夏威夷衬衫的那个印第安人说。其他印第安人对他微笑，挥手。

查理从他们桌边经过时，也对他们点头微笑，好像认识他们似的。到了大堂以后，他才意识到，其中一个印第安人戴着黑色面罩。绝对和好莱坞有关。

乔瓦尼·卡博托？

电话占线。他看了看表，又拨了一次号码。还是占线。

当然，这几个印第安人不可能是好莱坞演员。他想了想，觉得他们更有可能是从保留地来的，是他家的朋友，甚至亲戚。布朗宁的沃利舅舅。布罗克特的露丝姨妈。诸如此类。

查理挂上电话，走回咖啡厅。他会打招呼。向他们问好，如果运气好的话，有人会说出一个名字，一切就都明白了。

那张桌子空无一人。那几个印第安老人不见了踪影。

"你的菜好了。"服务生说。

"刚才坐在那儿的那几个印第安人。你知道他们去了哪里吗？"

"什么印第安人？"

"他们年纪很大。其中一个人戴着面罩。"

"开玩笑吧，"服务生说，"要不要把你的早餐放在加热灯下面，等你准备好了再上？"

查理回到大堂。什么也没有。他走到玻璃窗边，朝外面看去。没有印第安人。也许他们去洗手间了。也许他们回房间了。也许过会儿他会看见他们。没什么大不了。

查理站在窗边，想着他要对艾尔伯塔说什么，就在这时，他无意间注意到他租的车不见了。

刚开始，他以为自己忘记了把车停在哪儿了，但是他一辆车一辆车地看过去，想起了瘪了的轮胎和水坑。

水坑还在那儿。车不见了。

艾尔伯塔站在淋浴间里，让水没到小腿。这是她在上大学时学会的一个把戏。很快地冲个澡，抹上肥皂和洗发水。塞上浴缸。打开热水，调到能忍受的最高温度。站在喷出的水下面，直到浴缸里注满了水。如果做得恰到好处，卫生间里就会充满了温暖的蒸汽，你就可以滑进水里，消失不见。

大多数时候，艾尔伯塔会闭上眼睛，梦想浴缸里有一个婴儿。当然，水温对婴儿来说太高了，但这就是梦想的好处。婴儿又湿又滑，在她身上滑来滑去。她会在孩子吃奶的时候给他洗头，他们会永远待在那儿。通常这样的梦很短。艾尔伯塔会想象一个婴儿，但是就在她准备给婴儿喂奶的时候，却发现孩子不知怎么变成了莱昂内尔。

或者查理。

有时候她会不去想那两个男人，即便如此，她总是感到灾难迫在眉睫，发生了可怕的错误，她发现自己无法去看怀里的婴儿，因为害怕发现孩子死了，或者被煮了，或者消失在水下，淹死了。

淋浴更安全。但是今天艾尔伯塔想让水涨起来，她把淋浴关了，在浴缸里坐下，向后靠去。

艾尔伯塔的父亲特别相信梦。他年轻的时候曾经去山里做梦。也许他做了梦，他从来没有说过，但是他喜欢说上山下山的故事，好像他是去钓鱼或者狩猎。或者度假。

"一路都是森林，一直到山上。到处都是鹿和驼鹿。"

"你做什么呢，爸爸？"

"做什么，嘿，走路呗。一半时间都在走路。"

"你看见什么呢？"

"鹿和驼鹿。我不是说了吗？有时候看见一两只郊狼。"

"不是。我是说，你看见什么。"

"看见世界。你可以看见整个世界。"

女人不进山，阿摩斯是这么对她说的。她长大一些以后，父亲就不再给她和姐妹们讲故事，而是开始带她的兄弟们到森林里去。

艾尔伯塔问母亲关于山和梦的事情，母亲摇摇头，继续做手头的事。

"为什么女人不能进山？"

"她们没有理由不能去。"

"爸爸说不能。"

"你父亲对这件事有自己的想法。"

"要是我想去呢？"

"带上午饭，"母亲说，"路很远。"

这次艾尔伯塔没有做梦。没有梦到孩子。没有梦到莱昂内尔。没有梦到查理。没有梦到阿摩斯。她泡在水里，躺在浴缸里，直到皮肤变白，水变冷。

莱昂内尔应该在上班。不必着急。她可以不慌不忙地吃早饭，也许顺路去死狗咖啡厅看拉蒂莎，午后再闲逛到伯萨姆的商店去。实际上，她真正想做的是回床上睡觉。她感到筋疲力尽，心力交瘁，恶心作呕。她边套上衬裙，边在心里过了一遍今天的计划，想看看有没有她不应该回床上睡觉的真正理由。

莱昂内尔可以等。

查理在埃德蒙顿。

这个念头本身已经让她感到好些了。她微笑着拉上窗帘，脱下衬裙，躺回床上。

艾尔伯塔十三岁的时候，全家人越过国境，到布朗宁去。就在卡兹顿南边，阿摩斯把车开进边境通道。边防卫兵是个年轻小伙子，骨瘦如柴，可能是个学生，他是夏天雇来临时干活的。他站在皮卡窗口，然后绕着车走了一圈，艾尔伯塔的兄弟姐妹们把鼻子紧紧贴在车窗上。

"把卡车停到那边，到里面来。"小伙子说。

"我们要去布朗宁。"阿摩斯说。

"把车停在那儿，"小伙子指着铁丝网围栏说，"每个人都进来。"

楼里面有空调。艾尔伯塔在房间里走来走去，看着木架上的小册子，桌上的杂志，墙上画着神情严肃的人的画。父亲、母亲在与前台一个年纪稍长的人说话。

"你们去哪里？"

"布朗宁。"阿摩斯对那个人说。

"你们给布朗宁的朋友带礼物了吗？你知道，香烟。也许一些喝的？"

"没有。"

"你们是印第安人，对吗？"

"黑脚族。"

"你们知道我们有关于某些东西的法律……比如说，动物身体的部分。"

阿摩斯耸了耸肩。艾尔伯塔的母亲摇了摇头。

"某些羽毛。法律也有关于羽毛的规定。"

阿摩斯没有说话。

"有羽毛吗？"卫兵说，他的目光越过阿摩斯，"有羽毛吗，孩子们？你们父母的车上有羽毛吗？"

年纪稍长的人和小伙子让阿摩斯把车上的所有东西都拿了下来。他们打开跳舞的装束，放在沥青路上。

"你们不能把跳舞装放在地上，"阿摩斯说，"那样做是不对的。"

"对不对我们说了算，"卫兵说，"是不是？"

"那是神圣的东西。"阿摩斯说。

"不是，"卫兵说，"这些是鹰的羽毛。"

"当然，"阿摩斯说，"我们用的就是鹰的羽毛。"

"我一看就知道是鹰的羽毛。"

"有时候我们也用松鸡羽毛。"

边防卫兵从口袋里掏出一只小照相机，开始给服装拍照。骨瘦如柴的小伙子开始在笔记板上记着什么。

"我们要没收这些东西。"年纪稍长的人用手指着服装说。

"我们需要这些装束，"阿摩斯说，"没有了装束，我们就没法跳舞了。"

年纪稍长的人朝阿摩斯走过来，边走，边微笑着。"我随时可以把你关进监狱，如果你想进去的话。你想要那样吗？"

"我们需要装束。"

"进监狱或者回家。想要什么？"

≈≈≈

现在艾尔伯塔完全清醒了。她躺在温暖舒适的床上。不用去哪里。完全清醒。更糟的是，她饿了。艾尔伯塔闭上眼睛，想象睡着会是什么样子。

没有用。她已经开始考虑要对莱昂内尔说什么。要对查理说什么。紧张传遍她全身，让她脊背僵硬，还有点头疼。恶心的感觉又回来了。

艾尔伯塔不情愿地坐起来，穿上衣服。

刚开始伊莱以为是黎明让他醒来，但是当他转身背对光线的时候，才发现窗外仍是一片黑暗。

是泛光灯。

他们又把该死的灯打开了。

几乎在水坝刚开始修建的时候，迪普莱西公司就运来了半打发电机，挂起一排泛光灯，好让工人可以倒班工作，夜里也不停。水坝开始初具规模的时候，小灯被换成了大灯，最后，一排灯变成了一盏灯，一个巨大的金属球，挂在支杆上，悬在水坝和钢丝索的上空，像一个小太阳。

伊莱以为水坝建成后他们就会把灯拿走，但是出于公司副总裁和律师知道的原因，那盏灯被留在了那里。随着官司起起落落，泛光灯就像水一样，成了蓄意的干扰。

"把灯留在那里是出于安全考虑。"西夫顿对他说。

"在黑暗里感觉更安全。"

"不是为了你的安全，伊莱，"西夫顿说，"是为了我们的安全。"

"水坝的确是个危险的东西。"

"你想谈危险，我们就来谈谈用煤做燃料的工厂吧。"

"危险的是想法。"

"我们来谈谈核电吧。"

"是建水坝这个想法很危险。"

除了禁止迪普莱西公司将河水升高或降低到某一个水位的禁令，伊莱还申请到了禁止他们在晚上十点之后打开泛光灯的禁令。

"你先开始的，伊莱，"西夫顿说，"一旦你把法庭和律师卷进一件简单的事情，整件事情都变糟了。"

"很简单，"伊莱说，"你不能用洪水把我赶走，你也不能在夜里开灯。"

"你最好和律师谈。"

伊莱不得不承认，经过这么多年的争论、威胁和禁令，他取得的胜利非常小。水坝还在那儿。它不会消失。而且，在将来的某个时候，他们会找到办法绕过他，对此，他毫不怀疑。水闸会打开，涡轮机会开始转动，伊莱和房子会被冲到大草原上去。

但不是现在。不是明天。

这有悖常理，但是伊莱开始享受抵抗带来的小小乐趣，他知道每一次迪普莱西公司把水闸开得稍微高了一些或者把灯开得稍微久了一些，那是因为他在那儿。

他们回到多伦多后，卡伦满腔热情，制订了各种计划。第二年他们要再去。早早地去。在帐篷搭起来之前去。他们要在整个仪式过程中都待在那里，在营地吃，在营地睡。卡伦要给伊莱的妈妈和妹妹帮忙。

"你可以和男人们待在一起。"卡伦对伊莱说。

"现在计划太早了。说不定夏天我要教课。"

"我不介意。我真的不介意。"

"如果我不教课，也许你父母想让我们到度假屋去。"

"你知道我记得最清楚的是什么吗？"

"路很远。我愿意回去。但是路太远了。"

"那些帐篷。我记得很清楚。"

伊莱记得的是那些人。姨妈，舅舅，堂表兄弟，姻亲，朋友。很多年没见的人。有些人和他打招呼，好像他从未离开。有些人用怀疑的眼神看着他，好像他是个陌生人，一个悄悄溜进营地的游客。

他还记得那天下午，男人们从营地中央的双帐篷里走出来，开始第一次舞蹈，当他们围成一圈的时候，伊莱开始认出他们，和他一起长大的男孩子现在成了成年男子。去法学院读书的吉米。因为酗酒而拿不到篮球奖学金的马文。中学没毕业就因为抢劫和人身侵犯进了监狱的斯威特。弗洛伊德，他家是保留地最富有、最笃信天主教的家庭。勒罗瓦，他在加拿大石油公司工作，伊莱的妈妈说他现在已经是个人物了。

鲁迪，克拉伦斯，塞西尔，乔，亚历克斯，西蒙，诺贝特，尤金，亨利，雷，戴顿，巴迪，拉塞尔，威尔顿，达西，艾弗雷特。

伊莱仔细地量出咖啡，把水壶放在炉子上，把罐子放回冰箱里。冰箱门上贴了一张便条。"莱昂内尔的生日。"是诺尔玛把便条贴在那儿的。"莱昂内尔"几个字是大大的匀称的黑色字体，诺尔玛用粗重的黑色线条在所有字外面画了一个圈，在圆圈边上画了一些向外延伸的细一些的线条，看上去就像小孩子画的太阳或者四处发散的好主意。

"他四十了，"诺尔玛说，"你该和他谈谈了。"

"谈什么？"

"他是你外甥。你有责任，你知道。看看他变成什么样了。"

"听上去他还不错。"

"听上去你没在听。"

伊莱坐下来，一边等着咖啡煮好，一边环顾四周，看看自己变成了什么样子。文学博士。多伦多大学荣誉退休教授。写过一本关于莎士比亚的专著。一本关于弗朗西斯·培根的专著。曾被评为年度优秀教师。两次。

印第安人。

最终他变成了他一直都是的那个人。印第安人，而且不是一个特别成功的印第安人。小木屋不比他在学校的办公室大。没有电。没有自来水。木柴炉。厕所至少在一百码以外。他决定住进小木屋之后，对这里进行的最大改善就是安装了煤气罐，煤气罐是对木柴炉的补充，可以在冬天为小木屋供暖。还安装了一个小发电机，可以让他在晚上阅读的时候有灯照明，还可以享受听收音机这样的奢侈待遇。

他没有收音机，但是如果他有的话，有了发电机就可以听了。

回到保留地的印第安人。

一开始，他感觉回到了家，回到了母亲的房子里，重新过上了记忆中的生活。后来，他要进行各种策划，制定各种方案，减缓水坝的建造速度，密谋变成了诉讼案件，诉讼带来了一连串的禁令，最后水坝建成了，却静静地立在那里。伊莱已经不记得他搬进小木屋时心里想的是什么，只记得西夫顿告诉他要把小木屋拆掉时他心里的感受。

"如果你不想住在家里，你不必这么做。"诺尔玛说。

"我不会住在家里。"

"可能这里没有多伦多的那些时髦东西。"

"我回来就是为了看看这里。"

"当然，你是老大，你可以想待多久就待多久。"

"就是来看看。"

"每个人都应该有个家。"

"也许住一两个月。"

"就算老傻瓜也该有家。"

现在回想起来，伊莱能够看到：他从不曾有意识地决定留下来。现在回想起来，他知道那是他唯一能做的决定。

卡伦对所有朋友说了他们的那趟旅行，在那之后好几个月里，她在和人交谈时想方设法提到太阳舞。

"太阳舞？"查理·凯特林说，"你们真的去参加太阳舞仪式了？"

"我和伊莱一起去的。"卡伦说。

"跟我们说说。"

"太奇妙了，"卡伦说，"但是你们得问伊莱。"

刚开始，伊莱喜欢被人关注，但是他很快就发现，他回答不了别人想问的问题。

"他们刺穿身体的时候，是要刺穿肌肉吗，还是只刺穿皮肤？"

"你看过理查德·哈里斯演的那部电影[1]，是不是？那个仪式有多真实？"

"如果下雨怎么办？"

卡伦对父母说了太阳舞仪式，告诉他们明年他们还会再去，她父亲问他们能不能也一起去。"如果可以的话。"他说。

"没问题。"伊莱说。

"你们拍照片了吗？"卡伦的母亲说。

"妈，"卡伦说，"他们不允许拍照。"

"可能这是明智的做法。"她母亲说。

"听上去这个假期棒极了。"她父亲说。

第二年他们没有再去。卡伦很失望。第三年也没有去。每年，五月左右，伊莱都会收到母亲的信。他身体好吗？卡伦好吗？有孙子了吗？诺尔玛很好。卡默洛很好。她很好。

"伊莱，"卡伦问，"你不是感到尴尬吧？"

"因为什么尴尬？"

"我不知道。你想谈谈吗？"

"谈什么？"

"我不知道。"

伊莱倒了一杯咖啡，把咖啡壶放在桌上。他该告诉莱昂内尔什么呢？生日快乐。他只能告诉他这么多了。他只想告诉他这么多。但是诺尔玛期待他说更多。过去，舅舅有义务向外甥提供建议，

---

1 指西部片《太阳盟》（*A Man Called Horse*, 1970）。影片讲述一名英国人在美国旅行时被印第安人抓俘，之后多年与印第安人一起生活，成为他们的领袖。

告诉他如何过上美好生活，向他示范什么是慷慨大方，教会他如何勇敢无畏。

"你是个老师，"诺尔玛对他说，"所以教教他吧。"

伊莱能看见西夫顿远远地沿着河岸走过来，朝岩石挥舞着手杖。

不是今天。

伊莱喝了咖啡，洗了杯子。今天是莱昂内尔的生日。至少他可以带这个孩子出去吃午饭。

等西夫顿快走到小木屋时，伊莱走到门廊上，朝他挥挥手，然后坐进皮卡。他在后视镜里看见西夫顿愤怒地举起胳膊，但是他几乎没有看那个人一眼，就开着车穿过河滩，开到路上。

比尔·伯萨姆在店里踱来踱去，把录像带放进录像机里。32英寸的松下放动作片。那一排索尼放悬疑片。13英寸的日立放卡通片。21英寸的 RCA 和 JVC 放家庭娱乐片。那张"地图"放西部片。

伯萨姆在空白录像陈列柜前停住脚步，留神细听。这是一天中最美好的时候。一切都静悄悄的。一切都充满了可能性。一切都存在于想象当中。大约一个小时之后，门会打开，人们会开始在店里走来走去，戳戳按键，转转旋钮，问那些他们老是问的同样的问题。

"图像质量怎么样？"

"声音质量怎么样？"

伯萨姆掸去堆成塔状的建伍牌立体声的灰尘，在心里提醒自己：一定要记得告诉明妮和莱昂内尔要把所有器材都擦得亮亮的。

"保修怎么样？"

"打折吗？"

敲门声很轻，伯萨姆不确定自己是不是听见了。第二下敲门声更大一些。不是，伯萨姆想，不大像敲门声。更像是抓挠声。

"还没开门。"伯萨姆大声说，一边整理着金属丝挂钩上的耳机，让它们挂直了。

抓挠，抓挠。

"我们十点才开门，"伯萨姆叫道，"谢谢。"

抓挠。

伯萨姆轻手轻脚地走到后门，把眼睛凑近猫眼。

什么也没有。

他把门打开一道缝，向外面看去。什么也没有。他开着门，跨出门槛，来回看着小巷。

什么也没有。

"嘿，"卡犹蒂说，"这个好玩。"

"你别再那么做了。"俺说。

"我什么也没做。"卡犹蒂说。

"你已经做了好多次了。"俺说。

"我们到前门去等着。"卡犹蒂说。

"等什么？"俺说。

"等商店开门。"卡犹蒂说。

伯萨姆把脚跷在桌上，靠在椅子上，看着墙上那张巨幅图片，图片里是议会湖，湖边那片地产用红色圈了出来，那是伯萨姆买的一块地，是在刚刚宣布建水坝的消息时买的。就在伊莱·独立回来之前买的。

议会湖。伯萨姆是最早在议会湖买地的人之一。在水坝还没有开始建造之前，在湖的轮廓还没有成形之前，伯萨姆就看了迪普莱西公司提供的地形图，在湖边挑了最好的一块地。一个有树的小半岛，三面临湖，朝南，北边茂密的树林挡住了寒风，山景一览无余。僻静。专享。值钱。

那块地只需要一座小木屋，一个小码头，一排挡住远足者和好奇者的矮石墙，还有一台卫星接收器。

伊莱的小木屋是另一回事。小木屋就在水坝坝面的下面，位置不对。木屋太小了。没有水电。但是就因为这座小木屋，因为禁令，因为伊莱，在事情解决之前没有人能在湖边建任何东西。

"把小木屋移走并不是难事儿，"伯萨姆曾对伊莱说，"也许可以让政府免费把它移到地势更高的地方。"

"小木屋在这里很好。"

"也许可以在湖边要一块地作为交换。你觉得怎么样？"

"我就喜欢这儿。"

"你不能永远待在那儿。"

"只要草仍然绿，水仍在流。"

只要草仍然绿，水仍在流。说得真好。但是毫无意义。这是一个隐喻。伊莱知道。保留地的每个印第安人都知道。条约不是神圣的文件。条约只是合同，没有人签永远不变的合同。没有人。甚至伯萨姆和客户签的让他们安装得起家庭娱乐系统的轻松付款合同，期限也从来没有超过五年或十年。甚至大额尾付贷款。

印第安人。伯萨姆一辈子都和印第安人住在一起。他和伊莱一起上过学，认识他母亲。他在伊莱的外甥女开的餐馆里吃过饭，给了莱昂内尔一份工作，因为他有犯罪记录，还有心脏病，没有别人愿意雇他。伯萨姆把自己看成了他们的家里人，总是尽力帮助他们。在说服市政府宣布二月为印第安月这件事上，他是带头支持印第安人的人士之一。每年他都赞助友谊中心的篮球队，几乎每个星期他都在当地印第安报纸上刊登广告。

议会湖。如果事情照此发展下去，他不如把那块地还给鹿和熊算了。

伯萨姆看了看钟。已经9：45了。莱昂内尔在哪儿呢？伯萨姆讨厌开门，最近他习惯坐在办公桌后面，看早晨的顾客走进店来。这可以让他整理思绪，为一天做好准备。每天，他坐的时间都更长一些。这没什么坏处。他累了，老了，变得喜欢沉思。

议会湖。伯萨姆能想象他的小木屋的样子。一大片剥了皮的原木，柔和的黄色，微微泛着光，十分温暖。半岛上生长着常青树，在湖水、高山、白色树干的山杨、萨斯卡通灌木丛的映衬下显露出深绿的颜色和天鹅绒般的质感。

伯萨姆坐在办公桌后面的椅子上，看着外面的地图，梦想着湖泊和木屋，树木和灌木，称心如意。

他不满意莱昂内尔迟到。他已经能看到前门外有人。看上去是印第安人。一共四个，在门口等着，绕着小圈走来走去，以此取暖。不是什么吉利的开端，伯萨姆自言自语道，然后向后靠在椅子上，闭上眼睛，看着湖水在阳光下闪光。

"好吧，"卡犹蒂说，"看看我是不是弄对了。首先，思想女从世界边缘漂下去了，飘到了天上。"

"俺刮目相看，"俺对卡犹蒂说，"很快你就可以讲故事了。"

"然后他掉进了大海里。"卡犹蒂说。

"万岁！"俺说，"万岁！"

"我说得对吗？"卡犹蒂说。

"不完全对。"俺说。

思想女在大海里漂了很长时间。三个月。六个月。九个月。你明白什么意思。

后来她漂到了岸上。

我们在哪儿？思想女说。她从水里坐了起来。那条河在哪儿？那些岩石在哪儿？那些树在哪儿？

你好，一个声音说，差不多是你该到的时候了。

思想女环顾四周，看到一个拎着大公文包的小个子。

请允许我自我介绍一下。那个拎着大公文包的小个子说。他递给思想女一张名片。名片上写着 A. A. 加百列[1]，加拿大安全情报局。

---

1 A. A. 加百列（A. A. Gabriel），四大天使长之一，《路加福音》中奉告圣母玛利亚她将诞下圣子耶稣。

保险公司？思想女说。防盗警报器？

哎呀，A. A. 加百列说。不是这一面。他把名片翻了个面。另一面写着 A. A. 加百列，天国东道主。

名片雪白，上面印着金字和 A. A. 加百列的照片。

名片很漂亮。思想女说。

谢谢。名片说。然后名片开始唱起歌来。

和散那，哒。

这就是它唱的歌。和散那，哒。和散那，哒。和散那，哒。

"我知道那首歌，"卡犹蒂说，"和散那，哒，归，归至高神，和散那，哒，永恒……"

"你唱错歌了，"俺说，"这首歌是这样唱的：'和散那，哒，我的家园在印第安故乡'[1]。"

"哦，"卡犹蒂说，"那首歌啊。"

好啦，A. A. 加百列说。他打开公文包，拿出一本书。

姓名？

思想女。思想女说。

玛丽，A. A. 加百列说。他把名字写了下来。社会保险号？

"637，"卡犹蒂说，"015……561。"

1　和散那，哒，我的家园在印第安故乡（Hosanna da, our home on Natives' land），加拿大国歌的第一句歌词："哦，加拿大，我们的家园和故乡"（"Oh Canada! Our home and native land!"）。"和散那"是耶稣进入耶路撒冷时百姓的欢呼语，引申为"赞美"。

"A. A. 加百列要的是思想女的社会保险号，"俺说，"不是你的。"

"你确定吗？"卡犹蒂说，"我有一个非常重要的号码。"

携带水果或植物了吗？A. A. 加百列一直在读那本书里写的东西。

携带武器了吗？携带烟酒了吗？你是或曾经是美国印第安运动的成员吗？

在这里签字。A. A. 加百列说。

这是什么？思想女说。

处女证明表。A. A. 加百列说。这是城市地图。我们在这儿，这是你要生孩子的地方。

和散那，哒。和散那，哒。那张名片唱道。和散那，哒。

我没怀孕。思想女说。

没问题。A. A. 加百列说。在这份文件上签字。

只要草仍然绿，水仍在流。那份白色文件[1]用甜美低沉的声音说。

哎呀。A. A. 加百列说。他把那份白色文件塞回公文包里。弄错文件了，他说。那份文件是以后要签的。

公文包里还有什么？思想女说。

我们需要一张照片，A. A. 加百列说，你可以到那边去站在蛇旁边吗？

蛇？思想女说，我没看见有蛇。

---

[1] 白色文件，1969年，特鲁多政府发布了关于印第安事务的白皮书，提出取消印第安人的特殊身份，取消保留地，遭到印第安人的强烈抗议。

"看，看，"卡犹蒂说。"那是老卡犹蒂。"

"嗯，"俺说，"就是的。"

"嗯，"卡犹蒂说，"我不喜欢那个声音。"

你好，思想女对老卡犹蒂说。你在这儿干什么？问倒我了，老卡犹蒂说。但是如果你不站在我头上，我会很感激的。

照片拍好了，A. A. 加百列说。现在你在这儿躺下，我们继续产程。准备好了吗？圣母玛利亚，充满圣宠……

和散那，哒。那张名片唱道。和散那，哒。

我不这么认为。思想女说。

等一下。A. A. 加百列说。下面还有。女中尔为赞颂，尔胎之果并为赞颂……

不。思想女说。绝对不行。

"水果？"卡犹蒂说。

"别激动，"俺说，"只是另一个隐喻而已。"

"哦……"卡犹蒂说，"所以她的意思其实是行，对吗？"

所以，A. A. 加百列说，你的意思其实是行，对吗？

不对。思想女说。

但是这是错误的回答，A. A. 加百列说，我们再来一遍。

不要。思想女说。她回到水里。

等一下，等一下。A. A. 加百列说。我拿这些表格怎么办？我拿这些文件怎么办？我拿这条蛇怎么办？

和散那，哒。那张名片唱道。和散那，哒。

世界上有很多玛丽，A. A. 加百列在思想女漂走的时候说。我们随时可以再找一个玛丽，你知道吗。

"但是只有一个思想女。"卡犹蒂说。

"没错。"俺说。

"也只有一个卡犹蒂。"卡犹蒂说。

"不对，"俺说，"这个世界上到处都是郊狼。"

"啊，"卡犹蒂说，"这有点儿吓人。"

"的确如此，"俺说，"的确如此。"

独行侠、鹰眼和鲁滨逊·克鲁索站在比尔·伯萨姆的家庭娱乐电器商店门外，看着以实玛利绕着一个小圈子跳舞。

"看上去挺像。"独行侠说。

"不知道，"鹰眼说，"我觉得更像基奥瓦族的舞。"

"也许你应该把腰弯得更低一些。"鲁滨逊·克鲁索说。

"现在看上去像克里族的舞了。"鹰眼说。"你最好多练练。"

以实玛利停了下来。"老天，我跳热了。也许鹰眼可以跳一会儿。"

"对呀，"独行侠说，"这是个好主意。"

"好吧，"鹰眼说，"我想我可以跳。"

"唷嗬，"卡犹蒂说，"你们可能不相信，但是我会跳那个舞。我可以跳。"

"嗬，"独行侠说，"瞧，是卡犹蒂。"

"你好，卡犹蒂。"鲁滨逊·克鲁索说。

"好久不见。"以实玛利说。

"看着，"卡犹蒂说，"看着。"

西边，云层涌向地面，后面紧跟着雷声，远处，闪电让黑暗的世界充满生机。

"噢，噢，"独行侠说，"我觉得那个舞不对。"

"不对，"鲁滨逊·克鲁索说，"根本就不是那个舞。"

"看这个，"卡犹蒂说，"这段舞很好看。"

风吹了过来，温暖而潮湿。几个印第安老人挪到商店屋檐下面，看着天空渐渐变暗。

"你可以停下来了，"以实玛利说，"你已经跳得够多的了。"

"是的，"鹰眼说，"你跳得非常好看。"

"看上去要下雨了，"卡犹蒂说，"现在我们做什么呢？"

"我们要去参加一个派对，"鲁滨逊·克鲁索说，"今天是我们的孙子的生日。"

"派对？"卡犹蒂说，"有蛋糕和冰激凌？"

"当然。"鹰眼说。

"还有礼物？"卡犹蒂说，"还有游戏？"

"没错。"以实玛利说。

"我喜欢派对。"卡犹蒂说。他跳得更快了。

"是的，"独行侠说，"我们记得上次派对。"

"那不是我的错，"卡犹蒂说，这时开始下雨了，"真不是我的错。"

霍华医生轻轻坐进敞篷车，开到布洛瑟姆旅馆前面的停车位，然后下了车。

"也许刚才那是一颗星。"巴布坐在车里，看着霍华医生走到深谷边缘，眺望着河底。"或者飞碟。或者诸如此类。"

"朝四周看，"霍华医生大声对巴布说，"你看见什么？"

"看上去暴风雨就快来了，"巴布说，"也许我们应该把车篷关上。"

风把霍华医生的外套掀了起来，把他的头发吹得盖住了脸。"不是，"他说，"我不是那个意思。"

"我还是要把车篷关上。"巴布说。

霍华医生张开双臂。外套打在他的腹部，咯咯作响，领带像一只风筝在天上飘。"如果你是印第安人，你会去哪里？"

巴布在座椅上半转过身，看着旅馆。然后她看着霍华医生和大草原。然后又看着旅馆。"不知道，"她说，"这地方看上去不错。我想我会住在这儿。"

"一点没错，"霍华医生大声说，然后把双手插进口袋，大步朝汽车旅馆走去，"把包拿上。"

巴布朝西边看去。那道光仍然在那儿。指向西方。离得近了，她想。越来越近了。

巴布走进大堂时，霍华医生正在前台和一个身穿深色羊毛衫的英俊服务员说话。

"啊，好的，"服务员说，"是先生和太太吗？"

"不是。"霍华医生说。

"你们的电视可以遥控吗？"巴布说。

"先生有信用卡吗？"服务员问。

"当然。"霍华医生说。

"我女儿告诉我大多数好旅馆现在都有遥控电视。"

"先生有车吗？"服务员说。

"白色卡尔曼-吉亚敞篷车。"霍华医生说。

"靠在椅子上按按钮的感觉很好。"巴布说。

"车很漂亮。"服务员说。

"谢谢。"霍华医生说。

"我家有台遥控电视。"巴布说。

"先生需要帮忙提行李吗？"服务员说。

"不需要，谢谢。"霍华医生说。他转过身，朝巴布笑笑。"我们自己能行。"

巴布也朝他笑笑，然后朝服务员点点头。

"行李在哪里？"霍华医生说。

"在车里。"巴布说。

莱昂内尔转过弯沿着第十四街走的时候，已经把自己的余生分成了一系列可以控制的目标。首先，他要辞了伯萨姆商店的工作。伯萨姆一直对他不错，他不愿意让他陷入困境而坐视不管，但是当他向比尔解释了自己想要如何继续生活之后，他相信比尔一定会理解的。没必要提这么多年来他从来没有加过工资。或者他觉得比尔可以考虑把金色夹克换成不会让人联想到房地产或二手车的衣服。

"比尔，我要辞职回去上学。"

"太好了，莱昂内尔。你以后发了财，出了名，可别忘了我们。"

"不会的，比尔。为你工作的这些年教会了我很多。"

"莱昂内尔，你是我最好的销售员。"

他计划要做的第二件事是回到大学，拿到学位。就像查理一样。就像艾尔伯塔一样。就像伊莱一样。就像他认识的几乎所有人一样。也许他应该像伊莱那样回到东部。也许他应该和伊莱聊聊。也许伊莱可以帮助他到多伦多大学去读书。

"我要回大学了，舅舅。"

"这是很好的职业变动，莱昂内尔。你决定去哪所学校了吗？"

"我在考虑多伦多大学。"

"我认识校长。你想让我给他打个电话吗？"

"要是那样就太感谢了。"

"你需要奖学金吗？"

"要是那样就太感谢了。"

第三，他要和艾尔伯塔谈谈他的新生活，他的承诺，还有孩子。看看她对这些是怎么想的。看看她的想法是不是和他的计划相吻合。

"我要回大学了。我想成为律师。你想和我一起去吗？"

"你在哪儿，我就愿意去哪儿。"

"你的事业怎么办呢？"

"事业可以等。我可以以后再回去工作。"

"那孩子呢？"

"莱昂内尔，我愿意为你生孩子。"

最后，他要到保留地去，多陪陪母亲和父亲，帮他们干家务，开车带他们进城，也许甚至和他们一起去参加太阳舞仪式。父亲从来没有坚决要求过，但是莱昂内尔知道这会让他高兴的。

"我想我可以在家里帮帮忙。"

"好儿子。"

"也许你和妈妈想去城里看场电影。"

"你肯定这不会麻烦你吗？"

"一点都不麻烦。我在想我也要和你们一起去参加太阳舞仪式。"

"好儿子。"

他还需要做其他一些事情。五件，六件，七件。但是四是个好数字，就从四件开始吧。

莱昂内尔错误地判断了这段路。走路的时间比他记得的要长。他的脚开始疼，肩膀也开始疼。更糟的是，就在莱昂内尔树立目标的时候，一场暴风雨开始悄悄逼近。他看看天，知道在他到店里之前就会下雨的。

　　莱昂内尔加快脚步，迈开双腿，挥动胳膊，看上去就像一只飞快向前走的鹅。他要迟到了。他会被淋湿。

　　就在莱昂内尔转过最后一个转角，沿着小巷朝商店走去的时候，暴风雨突然猛烈降临了。大滴大滴的雨点砸下来，透过金色夹克和羊毛裤，湿了他的皮肤。他气喘吁吁地朝前走，雨斜斜地打在他身上，他能感到头发开始乱了，被雨水冲得盖住了脸颊。

　　莱昂内尔以为自己看见了一只黄狗在前面小巷尽头靠近商店后门的地方跳舞。

艾尔伯塔坐在咖啡厅里，看着咖啡杯里升腾的热气。现在她困了。躺在床上时，她特别清醒。坐在餐厅时，她却想睡觉。

"想好了吗？"服务生微笑着，转着手里的笔，"想让我再说一遍今天的特价菜吗？"

艾尔伯塔坐直了身体，伸手去拿奶油。"好的，请说。"

听上去没什么好吃的。艾尔伯塔点了半个葡萄柚和一些全麦面包，把大部分奶油和两袋糖都加进了咖啡。

父亲出狱后，仍然非常愤怒。不是边防卫兵把他们家的跳舞装束打开散放在地上的那天她看见的突然迸发的愤怒，而是阿摩斯讲述那段经历时用微笑和大笑隐藏的更加深沉克制的愤怒。

"那个长着猫头鹰眼睛的白痴。他看着装束的样子好像是在检查上好的毛皮。他说：'噢，是的，这些是鹰的羽毛，没错。'"

"你怎么对他说的，阿摩斯？"

"我对他说你不能这样对待我们。"

"他说什么？"

"他们，他妈的从来都是怎么说的？"

梅迪辛河的一个记者不知道怎么听说了这件事，写了关于压制印第安宗教的系列新闻报道。不到两个星期，几个政治家就在众议院发表演说，谈论加拿大公民受到的美国人的侮辱。

"部长阁下能否告诉加拿大人，为什么我们对来到加拿大的美国人以礼相待，而加拿大公民越过边境去美国却不再安全？"

"我可以向梅迪辛河的尊敬的议员先生保证，此事正在调查之中，并将得到妥善解决。"

"部长阁下能否向加拿大人和我们的原住民兄弟姐妹解释一下，为什么政府没有采取任何措施确保被美国政府偷走的宗教和历史物品会被送回[1]？"

"加拿大政府一直对原住民怀有极大的敬意，并将继续向他们提供每个加拿大人享有的同样的保护。"

文章、故事和演讲持续了将近六个月。后来，一天早晨，艾尔伯塔的母亲接到一个电话，电话里的那个声音说舞蹈装束已经在梅迪辛河法院，可以随时去取。

"我们不常进城。"艾尔伯塔的母亲对那个声音说。

"罗伯特·洛布劳阁下，"那个声音说，"随时乐意帮助克里选民。"

"那个人有车吗？"

"我可以向你保证，洛布劳先生为此事不知疲倦地工作。"

"也许他可以把装束带过来。省得我们进城了。"

"我可以转达你对洛布劳先生和他的工作人员的敬意吗？"

"也许应该告诉那个家伙我和丈夫是黑脚族人。"

"这太好了，"那个声音说，"我肯定洛布劳先生会很高兴听到的。"

1　政府代理为政府机构和博物馆"搜集"印第安物品的做法曾经十分普遍。原住民要求归还他们的文化财产，包括祖先遗骨。

餐厅另一边，一个黑人妇女和一个白人男子正在吃早饭。那个男人说着什么，指着玻璃窗外的山。

在艾尔伯塔难得见到黑人，艾尔伯塔想。同样，在整个加拿大都见不到多少黑人。她在卡尔加里的一个同事是纽约人，喜欢挑衅，他对她说加拿大这个国家是白人的天下，这里有黑人的唯一原因是它是英联邦国家。当然，棒球除外。"对一个把公民身份卖给中东和东方有钱有势的人的国家，"他喜欢说，"你能指望什么呢？"

"美国也做同样的事情。"

"见鬼，谁都知道美国是个肮脏的国家。但是加拿大应该有些操守。"

艾尔伯塔不大喜欢他，但是他的观察不无道理。她在卡尔加里大学教书的这十年里，除了交换生，她没有见过黑人。

那个妇女可能是游客。

艾尔伯塔看着早饭被端上来。葡萄柚很小，和一个大橘子差不多大，被切开的样子就像一个露出牙齿的张开的嘴巴。烤面包是冷的。

"请问你还要什么吗？"服务生说。

"烤面包是冷的。"

"噢，天啊。我来把面包片扔进微波炉里烤一会儿，烤得热乎乎的。"

艾尔伯塔皱了皱眉。"不用，"她叹口气说，"就这样吧。"

第二个星期，阿摩斯到法院去拿装束。装束放在三个绿色垃圾袋里，放在壁橱里的地板上。

"你肯定很高兴拿回这些吧，弗兰克先生。"

"你们不能把装束像这样塞在袋子里。"

"我参加过几个帕瓦仪式，"那个人说，"在卡尔加里牛仔节。非常丰富多彩。"

"这样会把羽毛弄折的。羽毛折了，装束就被糟蹋了。"

"如果还有其他需要帮忙的，"那个人说，"请告诉我们。"

阿摩斯看都没看，就把装束拿回了家。他把袋子放在桌上，在沙发上坐下。那天傍晚，全家吃过晚饭后，艾尔伯塔的母亲从橱柜里拿出剃须刀片，把袋子割了开来。

那个黑人妇女在大笑。那个白人男子对她晃着一把叉子，好像在讲课。也许她是个艺人，从美国到这里来表演。或者也许她是个电影明星。艾尔伯塔拿起一片烤面包，用手指试了试。很可能是这样。她肯定不是棒球运动员。

那半个葡萄柚没有切成片。艾尔伯塔环顾餐厅，看看有没有人在看她。她用腿固定住桌子，用勺子插进葡萄柚，把它捣成了一块块糊状的东西，果汁溅到了她的手腕上。

男子现在不说话了，正盯着窗外看。黑人妇女吃完了饭，正一边安静地坐在那儿喝咖啡，一边搓着腿。她用指甲从腿上刮过的样子有些令人困惑，好像在抓挠，或者剃毛。

两副装束破损严重，大部分羽毛都断了，根部不见了。艾尔伯塔的母亲说其他的可以修好。她迎着光举起每一根羽毛，艾尔伯塔可以看到光滑的羽毛上有人穿着靴子走过时留下的泥印。

烤面包片又硬又油。艾尔伯塔擦干净手腕，看了看账单，站了起来。那个男人又开始说话了。艾尔伯塔从桌边经过时，听见他说附近有印第安人。

游客。艾尔伯塔对自己说。只有游客才不知道加拿大最大的印第安保留地就在城市东边。不对，她走进大堂时想，这正是游客会知道的事。

艾尔伯塔推开前门。空气中有雨的气息。她一直都喜欢雨，不知道父亲是不是也喜欢雨。有一瞬间，她想开车到霍斯海德深谷去，站在大草原上，看暴雨倾倒在大地上。

她的车不在她停车的地方。艾尔伯塔穿过停车场，心想她可能忘了究竟把车停在哪儿了。毕竟当时已经晚了。天黑了。而白天一切看上去会有所不同。

但是车不见了。头一天晚上她得绕过去的水坑还在。车不见了。

卡车在坡顶遇到暴风雨时，伊莱先是察觉到迅疾而猛烈的风。他在后视镜里看了风好几英里，看它暴怒着从山里冲出来，冲到大草原上，把雨拖在后面。远处，布洛瑟姆沐浴在阳光下。

卡车从山坡滑下去，速度越来越快，伊莱任凭它向河底冲去，一路上风呼呼地吹着，雨像洪水一样在他身后滚滚而来。

莱昂内尔的生日。他会祝外甥生日快乐，也许在他那儿买一台收音机，放在小木屋里。他们会在死狗咖啡馆吃午饭，他也会向拉蒂莎问好。自从回家以后，他还没怎么见过家人。诺尔玛时不时顺便去看他，给他带去食品和流言，西夫顿也会在大多数早晨走很远的路过来蹭咖啡，除此之外，他四周一片空阔静寂。

印第安梭罗。只不过，梭罗只在瓦尔登湖住了一年，而且他不是认真的，只把那当作一次社会实验，一件半无所事事、半中产阶级的人能够负担得起的事，曾经流行的静修的前奏，伊莱想。灰猫头鹰[1]更切中要点。那个想成为印第安人的英国人。伊莱成了什么人？他想成为什么人？

"大家都问你的情况，"诺尔玛告诉他，"我该对他们说什么呢？"

"告诉他们我回家了。"

1　灰猫头鹰（Grey Owl），参见第174页脚注3。

"这个大家都知道，伊莱。他们想知道你是活着还是死了。"

"告诉他们我死了。"

"这么多年我一直是这么说的。没人再相信我了。"

"那就告诉他们我还活着。"

"也没人相信这个，"诺尔玛说，"试图告诉他们，你只是一个住在小木屋里的老人，但是这个谎话就像层薄纱，让人一眼就看穿了。"

最初几年过后，卡伦不再谈论太阳舞，只在谈话中出现那次旅行时才提起。那是他们生活中一个安静的地方。伊莱知道卡伦想再去艾伯塔，但是他也知道她能够感觉到他不愿意。一开始，卡伦暗示也许他感到不自在是因为他带着她，因为她不是印第安人。

"也许你只是紧张，伊莱。"卡伦说。

"不是的。"

"我理解。"

"不是的。"

"你应该一个人去。然后，等你感到回家是一件轻松愉快的事，等你不再感到尴尬了……"

回不了家的印第安人。

这是小说和电影里的常见主题。印第安人离开保留地这个传统世界，去了大城市，被毁掉了。印第安人离开保留地这个传统世界，接触到白人的文明，被困在两个世界之间。印第安人离开保留地这个传统世界，受了教育，被他的部落有意回避。

印第安人。印第安人。印第安人。

十个小印第安人 [1]。

"我想要你开心，伊莱。"

回不了家的印第安人。

离开保留地、母亲和妹妹是件困难的事，到了多伦多之后，为了不让自己转身回去，他唯一能做的就是不回家。第一年他没有回去，因为他知道如果回去了，他就会留下来。每一年都更加容易一些。每一年都在他成为的那个人，和他曾经是的那个人之间拉开更大的距离。直到他不能用英里来衡量这个距离。

伊莱开到岔道时，挡风玻璃仿佛浸在了水里。雨刮用力地来回刮着，毫无热情地把雨水从一边刮到另一边。挡风玻璃里面起了雾，伊莱不得不在玻璃上擦出几个圆圈，才能看见。他记得路的大致走向——先爬上山坡，在靠近坡顶处向右边摆过去，然后荡回来，从水塔前经过。

伊莱打开前灯，俯身向前，透过雨刮来回扫摆的间隙往外看。

"莱昂内尔卖电视没什么不好，"他对诺尔玛说，"保留地的失业率将近百分之八十。至少这孩子有份工作。"

"以为你会想帮忙。"

"我可以跟他说说大学。我想这个我可以做。"

"我们需要年轻人留在家里，伊莱。我以为你可以跟他说说这个。"

"保留地不是整个世界，诺尔玛。"

1　十个小印第安人（"Ten Little Indians"），儿歌歌名。

"有好的生活方式，也有不那么好的生活方式。"

"离开保留地没什么不对。"

"我们在这里生活几千年了。"

"说给游客听的话，诺尔玛。"

"有过好时光，也有过坏时光。你问过自己为什么吗？"

因此，他留在了多伦多教课。一年又一年。有过好时光，也有过坏时光。

卡伦开始在早晨起来时感到恶心，伊莱以为她可能怀孕了。卡伦也是这么想的。检查结果是阴性，她感到气恼。

"对不起，"她对伊莱说，好像她做了错事，"没有孩子。"

做了检查，吃了药，恶心的症状消失了。然后又出现了。更加强烈，更令人虚弱。做了更多检查。然后又做了更多检查。刚开始问题似乎是贫血。后来以为是低血糖。有一个医生提出：这可能只是更年期提前了。恶心的症状时而出现，时而消失，有时候消失几个月，但总是会再次出现。

他们无数次去诊所。有一次，卡伦对他说："总之，我宁愿怀孕。"

"我也是。"

"那样至少我还有呕吐的理由。"

两年后，医生才找到问题。具有讽刺意味的是，之前没能弄清问题所在的医生现在可以找到症状的源头了。

"我几乎松了一口气，"卡伦对他说，"至少我知道问题在哪里了。"

"我们会战胜它，"伊莱对她说。"既然我们知道了问题在哪里。"

但是，虽然医生终于一致同意问题是什么，但在如何治疗方面产生了分歧，接下来的几年里，卡伦经历了各种医学热情的考验，直到绕了一个大圈，开始出现治疗副作用。

"这真是离奇，"卡伦对伊莱说，"这些药丸是用来控制治疗副作用的。"

有时候病痛和被长期对抗弄得筋疲力尽的医生会稍事休息，这时卡伦就会回到家里。

"七个月了，"伊莱对她说，"会好起来的。"

"它还在那儿，伊莱。我能感觉到。"

"那只是药丸的作用。"

"在死之前，我想再去看看太阳舞。"

"没有人会死。"

这么说很蠢，甚至在他说出这句话之前就知道这是撒谎。他们成了一部情节剧。医生、疾病、卡伦和伊莱。一部有着荒唐对话的糟糕电影。

"我想要去，伊莱。我真的想去。"

伊莱猛地转过弯，开进停车场。雨势减弱了一些。时间还早，停车场没有其他车。伊莱关了引擎，靠在车门上。不用着急，没有其他地方要去。

透过模糊的挡风玻璃，伊莱能看见四个人影在屋檐下面走来走去，等着伯萨姆的商店开门。这时，他看见一只毛发蓬乱的狗来回地跑，追着自己的尾巴，在雨里转着圈，好像在试图跳舞。

"问题是，"年轻人说，"这不是我们的。"

　　查理坐在床沿，用下巴和肩膀夹着电话。太阳消失在了漫天的云后面，即使拉开了窗帘，开亮了电灯，房间里仍然一片昏暗，令人压抑。

　　"我们没有失踪的车。"年轻人说。

　　"我昨天晚上在你们这里租了一辆车。"查理说。

　　"查理·望熊？"

　　"没错。"

　　"没错，"年轻人说，"你租的车仍然在停车场。我们今天早上想要给你打电话，但是没有当地的号码。"

　　查理叹了口气，放下电话，向窗外望去。要下雨了。这场雨已经酝酿了很久了。他把电话拿起来。

　　"听我说。我租了一辆斑马。你们的停车场里有一辆斑马。一辆生锈的红色斑马。那是停车场里唯一的一辆车。你们给我的钥匙能打开车门。我把车开到了布洛瑟姆旅馆，停在了停车场。今天早晨，车不见了。"

　　"啊，这就能解释了。"年轻人说。

　　"解释什么？"

　　"我们的确租给你一辆斑马。但那辆车是柠檬绿色的。而且是崭新的。而且还在那儿。"

"你们给我的钥匙能打开车门。"

"有时候这样的事情会发生的。"

"那么我开走了谁的车？"

"不是我们的。"

"听我说，"查理紧紧握着电话说，"我是律师。"

雨伴随着风落下来，突然而猛烈，哗哗地从窗前扫过。查理坐在床上等着。什么声音也没有。

"我们再从头过一遍，"查理打破沉默说，"你们租给我一辆车。一辆柠檬绿的斑马。那辆车现在仍然在你们的停车场，对吗？"

"没错。"

"好，那我过去提车。"

"嗯，有个问题。"

"除了车被偷，还有别的问题？"

"今天早晨，我们无法和你取得联系——"

"现在仍然是今天早晨。"

"我们把车租出去了。"

"让我来猜一猜。"

"我们现在没有其他车可以出租——"

"因为这是长周末。"

"因为这是长周末。"年轻人说。

查理把电话放在床上，走到窗前。停车场一片漆黑，路面湿滑，他停车的地方正在积水。没有车。长周末没有车。

电话那头的年轻人还在继续说着，说下次租车可以优惠，他非常抱歉这次事情不顺利。查理没有说再见就挂了电话，等线路畅通后，给前台打了一个电话。

"能给我叫辆出租车吗？"

"是望熊先生吗？424房间吗？"

"没错。"

"去机场吗？"

"不是。"

查理穿上鞋，再次拿起电话。他拨了号码，等着接通。线路仍然忙。他坐在那儿，听着忙音，好像忙音会变成拨号音。

好吧。他会乘出租车去布洛瑟姆，向莱昂内尔问好，在店里看看。反正他一直想买一台新电视机。让莱昂内尔带他四处看看，可能很有趣。他会和比尔开玩笑，也许甚至提起湖边那块地，取笑他一番。

艾尔伯塔迟早会出现的。艾尔伯塔有车，查理边看着雨倾泻而下，边默默地想。

"卡犹蒂，卡犹蒂，"俺说，"回来。事情开始了。"

"等一下，"卡犹蒂说，"我得把舞跳完了。"

"你已经跳得够多了。"俺说。

"看样子我得走了，"卡犹蒂对那几个印第安老人说，"但是我会回来的。"

"没问题，卡犹蒂，"独行侠说，"我们不会不等你就开始的。"

"太好了。"卡犹蒂说，于是他跳着舞回到了故事里。

"是时候了，"俺说，"思想女不能永远这么漂下去，你知道的。"

"嘿，"卡犹蒂说，"那座岛是哪儿来的？"

"在你不注意听的时候。"俺说。

于是，思想女继续漂流，很快她撞上了一座小岛。撞得不重。撞到了头。

哎哟！那座小岛说。你看着点儿。

对不起，思想女说，我只是在漂流。

喂，那座坏脾气的小岛说，我敢打赌你是来看那个有名的遭遇海难的写东西的鲁滨逊·克鲁索的。

他写小说吗？思想女说。

不写，小岛说，他写清单。

≈≈≈

"嘿，"卡犹蒂说，"我们以前不是见过那个家伙吗？"

"他们看上去都一个样。"俺说。

"但那不是……？"卡犹蒂说。

"不是，"俺说，"那是鲁滨逊·克鲁索。你把他跟卡利班弄混了。"

"谁是卡利班？"卡犹蒂说。

很快，鲁滨逊·克鲁索就走了过来。他看了看思想女。又看了看她。感谢上帝！鲁滨逊·克鲁索说。是星期五[1]！

不是，思想女说，今天是星期三。

既然你来了，星期五，鲁滨逊·克鲁索说，你可以帮我列清单。开始吧。从坏的方面来说，我乘的船失事了，我在这座岛上困了很多年。

我是思想女。思想女说。

在好处下面列上，鲁滨逊·克鲁索说，这些年里我从没有和任何人争论。

你为什么要列清单？思想女说。

1　星期五（Friday），英国作家丹尼尔·笛福的小说《鲁滨逊漂流记》（1719）中克鲁索的"野人"伙伴和仆人，是"印第安朋友"的另一变形。英语中"忠仆"（Man Friday）一词即来源于这个人物。克鲁索救了他，给他起名星期五，因为他是在星期五"发现"他的。

在坏处下面列上，鲁滨逊·克鲁索说，我所有的衣服都破了，现在我没有任何衣服可以穿。

实际上，我只是从这里漂过。思想女说。

在好处下面列上，鲁滨逊·克鲁索说，这里气候温暖宜人，我根本不需要衣服。

"噢，不，"卡犹蒂说，"鲁滨逊·克鲁索是光着身子的。"

"嗯，"俺说，"至少没有人能看见他。"

"但还是很尴尬呀。"卡犹蒂说。

在坏处下面列上，鲁滨逊·克鲁索说，作为一个文明的白人，身边没有一个可以让我教化和保护的有色人种，这很难。

在好处下面列上什么？思想女说。

现在你来了。鲁滨逊·克鲁索说。

"他没有车，"卡犹蒂说，"那是坏处。"

"但是他不需要加油。"俺说。

"好吧，但是他也没有电视，"卡犹蒂说，"那是坏处。"

"所以他就不用看电视了。"俺说。

"好吧，好吧，"卡犹蒂说，"老卡犹蒂似乎没在这儿帮忙。"

"坏处是什么呢？"俺说。

"老天，"卡犹蒂说，"这真好玩儿！"

你弄明白了吗？鲁滨逊·克鲁索说。

明白了，思想女说，我是鲁滨逊·克鲁索。你可以是星期五。

但是我不想做星期五。鲁滨逊·克鲁索说。

没必要一辈子都做鲁滨逊·克鲁索，思想女说，没那么好玩儿。

如果你不那么固执，就会好玩得多。鲁滨逊·克鲁索说。

综合考虑之后，思想女说，我宁愿漂流。然后她跳进海里，漂走了。

"这开始变得枯燥了，"卡犹蒂说，"这次思想女要漂多长时间？"

"谁知道呢？"俺说。

"我得回去了，"卡犹蒂说，"我在商店里给你打电话，告诉你发生了什么，怎么样？我星期五打给你[1]，怎么样？嘿嘿，嘿嘿。"

"最好早些打给俺，"俺说，"星期五这个故事就结束了。"

---

1 原文"I'll call you Friday"一语双关，也可以理解为"我就叫你星期五吧"。——译注

莱昂内尔来到后门，把钥匙插进锁里，悄悄走进店里，这时他已经全身湿透了。头发耷拉在脸上。金色外套变成了棕色，闻上去像一只淋湿的狗。鞋子嘎吱作响。

"莱昂内尔，我们有客人。"

莱昂内尔透过头发和顺着脸往下淌的雨水可以看见伯萨姆和几个人一起站在商店前面。莱昂内尔把头发撩到一边。

"你好，孩子。"独行侠说。

那四个印第安老人。莱昂内尔正举起手来，示意要到卫生间去擦干雨水，这时，伯萨姆用胳膊搂住独行侠，招手让莱昂内尔过来。

"过来，莱昂内尔，"伯萨姆说，"别让客人等着。"

"我们给你带了礼物，孩子。"鹰眼举起一个用棕色纸包着的包裹。

"你们真好，"伯萨姆说，"更多的人应该这么做。"

"今天是他的生日。"以实玛利说。

"真的吗，"莱昂内尔走近时伯萨姆说，"莱昂内尔，你湿透了。"

"给你的生日礼物，"鲁滨逊·克鲁索说，"能让你感觉好些的东西。"

"你身上滴下来的雨水都成了水坑了。"伯萨姆说。

"你淋湿了。"鹰眼说。

"是啊,"独行侠说,"你浑身都湿透了,真的。"

"你们好。"莱昂内尔说。他感到水正从袖子上滴下来。"很高兴再次见到你们。"

莱昂内尔越过伯萨姆的肩膀,看到另一个人正站在前门门口。那个人背着光,莱昂内尔看不见他的脸。

"你好,外甥,"伊莱说,"生日快乐。"

这一天开始得不顺,莱昂内尔对自己说。现在仍然没有任何好转。

"是你吗,伊莱?"伯萨姆说,"莱昂内尔,瞧啊,是你的舅舅伊莱。"

"你好,伊莱。"莱昂内尔说。

"你好,伊莱。"伯萨姆说。

"你好,伊莱。"独行侠和以实玛利和鲁滨逊·克鲁索和鹰眼说。

"是不是该唱'生日快乐'了?"卡犹蒂说。

"还没到时候。"独行侠说。

"蛋糕和冰激凌在哪儿?"卡犹蒂说。

"可能过会儿会有吧。"以实玛利说。

"没有什么比和家人一起庆祝生日更开心的事了。"伯萨姆说。

莱昂内尔把重心从一只脚换到另一只脚。他开始感到冷。"嘿,"他对那四个印第安老人说,"你们好吗?"

"噢,"独行侠说,"还好。你呢?"

"我也还好,"莱昂内尔说,"这是我舅舅伊莱。"

"好高兴见到你。"以实玛利说，伊莱和四个印第安人握了握手。

伊莱和伯萨姆握了握手。"怎么样，比尔？"

"你知道，"伯萨姆说，"一切照常。"

"那块地产怎么样？"

"你知道，一切照常。"

莱昂内尔感觉仿佛被钉在了一个地方，仿佛如果他不迅速做点儿什么，就会一整天站在那儿听伊莱和伯萨姆和那几个印第安老人相互问候了。

"有人问问我好不好，"卡犹蒂说，"快啊，问啊。"

"舅舅非常重要，"独行侠说，"希望你能听舅舅的话。"

"当然，"莱昂内尔说，"一直如此。"

"我很好，"卡犹蒂说，"这就是我的情况。"

"我想买个收音机放在小木屋里，"伊莱说，"你有好的收音机吗？"

"我们有最好的收音机，"伯萨姆说，"莱昂内尔，带你舅舅看看收音机。我给你的其他亲戚看看地图。"

"当然，我也淋湿了，"卡犹蒂说，"淋湿了可不好。"

"啊，他们并不是我的亲戚。"莱昂内尔说。

"每个人都是亲戚，孩子。"独行侠说。

"没错，"伯萨姆说，"印第安人就是这样。"

莱昂内尔转念一想，决定并不介意站在那里，让水滴在地上。他有一种不安的感觉，仿佛如果他动了，事情就会开始变糟。

"不需要很贵的，"伊莱说，"只要能收听就行。"

伯萨姆已经在朝"地图"走去，身后跟着那几个印第安老人。"地图"令人印象深刻，莱昂内尔不得不承认。那么多电视机在特别的空间里按照特别的形状排列，一个摆一个。这不仅仅是广告，伯萨姆告诉过他。这是一种观念，一种处于商业和西方文明中心的观念。他还说过其他一些什么，但是莱昂内尔忘了是什么了。

莱昂内尔穿着嘎吱作响的鞋子，走到收音机展示台边。

"小木屋怎么样了，舅舅？"

"还好，"伊莱说，"你应该去看看。那里没什么客人。"

"当然，"莱昂内尔说，"这台索尼不错。可以收听当地电台。也应该能收到加拿大广播公司的节目。"

"诺尔玛说你考虑回学校上学。"

莱昂内尔打开收音机，调了调天线。"没错。我想是时候完成学业了。"

"有什么想法吗？"

"也许学法律吧。也许尝试一些事情。"

"生活可以有不同的方式。"

莱昂内尔把索尼放回去，拿出一台更大的松下。

"我年轻的时候，"伊莱说，"迫不及待地想要离开保留地。"

"我想是时候采取行动了。"

"当然，"伊莱说，"也有很多人留下了。"

"我想再过几天就告诉比尔我很快就会辞职。得提前通知他，你知道的。"

"诺尔玛还在这儿。卡默洛还在这儿。很多人都在这儿。"

"当然，"莱昂内尔边说，边很快地转动着松下的开关，"你回来了。"

伊莱大笑起来，摇了摇头。"你说得对。经过那么长时间，我回来了。"

"我也回来了，"卡犹蒂说，"你们知道哪里有电话吗？我得打个电话。"

"你觉得怎么样？"莱昂内尔说。

"你是说回来怎么样？"

"不是，我是说收音机怎么样。"莱昂内尔说。

"不，不，不，"卡犹蒂说，"我是说电话在哪儿。"

伯萨姆让几个印第安老人在"地图"前站成一排。他站在一边，拿着遥控器绕了一个圈，然后按下按钮。

"啊，"屏幕出现图像时，独行侠说，"太美了。"

"是啊，"以实玛利说，"一切都是银色的。"

"而且很亮，"鹰眼说，"一切都又美又亮。"

"老天，"鲁滨逊·克鲁索说，"你能再来一次吗？"

"当然。"伯萨姆说。他把地图关掉再开，重复了好几次。

"太神奇了，"独行侠说，"它还能做什么？"

卡犹蒂拨了几遍号码。忙音。于是卡犹蒂又拨了一次。

"喂，"俺说，"'第一民族'比萨店[1]。"

"喂，星期五，"卡犹蒂说，"嘿嘿，嘿嘿。"

"你好，卡犹蒂。"俺说。

---

1 "第一民族"比萨店，1988年5月，加拿大不列颠哥伦比亚省检察长提出，如果原住民吃白人快餐，就不再是原住民。

"别跟我说你好，"卡犹蒂说，"思想女怎么样啦？"

"谁？"俺说。

"她还在四处漂流吗？"

"谁？"俺说。

"别这样，"卡犹蒂说，"让这个世界变得愚蠢的就是这样的刻薄方式。"

"这一台，"莱昂内尔说，"是我们店里最好的。情况好的晚上，你能用这个收听到新西兰的广播。"

"不知道是不是想听新西兰的广播，"伊莱说，"诺尔玛说你要去参加太阳舞仪式。"

"不一定要听新西兰的广播。你可以听法国的。"

"我想也许今年我会去。也许你愿意一起去。"

"这个很贵。这取决于你想要什么。"

"我想要的，"卡犹蒂说，"是一个派对。"

"我想我们可以一起吃午饭。也许还可以向拉蒂莎问好。"伊莱说。

"当然，"莱昂内尔边举起索尼和松下，边说，"你怎么想？"

"我想我们应该开始办场派对了。"卡犹蒂说。

"也许那个小的吧，"伊莱说，"这个世界不像人们以为的那么大。"

莱昂内尔笑了笑，把收音机放回盒子里。就在这时，前门猛地被推开，查理·望熊走了进来。莱昂内尔首先注意到的是，查理身上是干的。

"莱昂内尔。"查理说。

"查理。"莱昂内尔说。

"比尔。"查理说。

"查理。"比尔说。

"你好，查理。"伊莱说。

"伊莱。"查理说。

"你好，查理，"独行侠说，"很高兴又见到你。"

查理看着独行侠、以实玛利、鲁滨逊·克鲁索和鹰眼，笑了。"当然。"他说。

"我以为你在埃德蒙顿呢。"莱昂内尔说。

"你说对了，"查理说，一边看着那几个印第安老人，"你们是谁？"

莱昂内尔看看那几个印第安老人，然后看看查理。"你可问倒我了。"他说，他把伊莱的收音机放进袋子里。

"看上去很眼熟，"伊莱说，"也许是从布罗克特来的。"

"你好，查理。"卡犹蒂说。

"莱昂内尔，"伯萨姆说，"你把伊莱的事情处理好后，给查理看看新的电视系统。"

"小木屋里的生活怎么样？"查理一边说，一边把收音机从袋子里拿出来看。

"够好的，"伊莱说，"你在埃德蒙顿怎么样？"

"够好的，"查理说，"你应该买那台小的三洋。收到的电台和索尼一样多，但是价格更便宜。"

"是吗？"伊莱说。

"嘿，表弟，"查理说，"我们是不是要开个派对啊？"

"现在你们在说了，"卡犹蒂说，"现在你们在说了。"

"这个，"伯萨姆说，他举着录像带，好像那很重要似的，"是最好的西部片。"

"是的，"独行侠说，"这也是我们最喜欢的。"

"约翰•韦恩，理查德•维德马克。"伯萨姆说。

"是的，"鹰眼说，"都是我们最喜欢的。"

伯萨姆把录像带放进录像机，按下播放键。"看这个，"他说，然后靠在墙上，"看这个。"

"电影！"卡狄蒂说，"我喜欢看电影！"

"嘿，比尔，"查理说，"在放什么？"

"过来看，"伯萨姆说，"你会喜欢的。"

"过来和我们一起看，孩子，"独行侠说，"让你舅舅和表哥一起来。"

"也许开始之前我们应该把莱昂内尔的生日礼物送给他。"鹰眼说。

"好主意。"以实玛利说。

"是的，"鲁滨逊•克鲁索说，"我们可不想忘了这件事。"

"好吧，"伯萨姆说，然后按下暂停键，"但是要快点儿。这是一部好电影。"

"给你，孩子。"独行侠说。

莱昂内尔不情愿地接过包裹，把它打开。

"瞧瞧，"伯萨姆说，"真是件好礼物。"

"让我看看，"卡狄蒂说，"让我看看。"

莱昂内尔把礼物举了起来。那是一件夹克。一件皮夹克。有皮流苏。莱昂纳尔套上一只袖子，惊讶地发现夹克非常柔软温暖。

"非常合身。"伊莱说。

"看上去是旧的，"伯萨姆说，"后面有几个洞，但没什么要紧的。"

"没错，"独行侠说，"这是旧的。"

"但是这些衣服永远都穿不坏。"以实玛利说。

"是的，"鹰眼说，"你可以一直穿下去。"

"而且永远都不过时。"鲁滨逊·克鲁索说。

"我们一定得唱'生日快乐'，"卡犹蒂说，"开派对怎么能不唱'生日快乐'呢。"

"我想你是对的，卡犹蒂，"独行侠说，"我们最好唱'生日快乐'。"

"当然，"查理说，他极力忍住不笑，"我们唱吧。"

"快点唱。"伯萨姆边摆弄着遥控器，边说。

"生日快乐，外甥，"伊莱说，"你知道，你看上去有点像约翰·韦恩。"

艾尔伯塔站在办公桌边，等着警官回来。她从来没有去过警察局，只在电视上看过。真正的警察局不像她以为的那么压抑，而是看上去像保险公司或广播电台，那种你指望找到律师和政客的地方。是那些锁和厚厚的玻璃和制服泄露了这里是警察局。

"新款尼桑，对吗？"

"没错，"艾尔伯塔对警官说，"当时停在布洛瑟姆旅馆的停车场。"

"锁了吗？"

"我每次都锁车。"

"好，我已经有了我需要的所有情况。如果有消息，我们会在旅馆给你留言。"

"我真的需要车。"

"我明白你的意思，"警官说，"如果我丢了车，我的孩子们会开枪打死我的。"

"我的意思是，我无法相信有人会偷我的车。"

警官笑了。"相信吧，亲爱的，"她说，"那些杂种什么都偷。"

≈≈≈

阿摩斯曾在部落警察局工作过一段时间。在保留地丢车是非常常见的事情。一般来说，车是被家人或者朋友或者亲戚借用了。而且，一般来说，车最后会被还回来。阿摩斯的工作任务之一：让车尽快被还回来，安慰委屈的丢车人，防止滋生麻烦。

工作六个月后，他姐夫丢了一辆福特皮卡。米尔福德把车停在超级山姆门口，到店里去买东西。他出来的时候，车不见了。刚开始他以为有人在捉弄他，或者他的一个儿子或女儿把车开走了。那天下午，他搭车回到保留地，心里有些希望看到那辆车停在院子里。车不在，孩子们都没有见过车。

第二个星期后，米尔福德给阿摩斯打了电话。

"见鬼，阿摩斯，"米尔福德说，"那辆车开了八年了。减震器已经坏了，转向器也要修了。"

"你问过所有亲戚吗？"

"不管是谁偷的，都可以偷一辆他妈的更好的车。"

"说不定会有人还回来的。我问问。"

"没了卡车我怎么办呢？"

真的有人把车还回来了。但是没有还到任何人能想得到的地方。当时米尔福德正和太太柏妮丝开车去宾戈游戏厅，他看见那辆车停在彼得森雪佛兰车行，天线上挂着小旗子，挡风玻璃上写着"车况良好。"

米尔福德让柏妮丝把车停下，他好下车看个仔细。

"见鬼，"他对柏妮丝说，"这就是我的卡车。"

"我们要迟到了，米尔福德。"

"他们想要卖掉我的车。"

"告诉阿摩斯。他会解决的。"

"这不是阿摩斯的事。"

第二天，艾尔伯塔的母亲接到柏妮丝打来的电话，问能不能请阿摩斯到布洛瑟姆监狱去和米尔福德谈谈。

"他找到那辆卡车了。"柏妮丝对艾达说。

"出什么事了？"

"告诉阿摩斯他找到那辆卡车了。"

艾尔伯塔站在警察局的屋檐下，看着雨。周末变成了一场灾难，尽管她尽了最大努力，但还是忍不住责怪莱昂内尔。莱昂内尔的生日。要不是他过生日，她应该正在卡尔加里，蜷在沙发上看书，安全又温暖。现在她却在下雨天待在布洛瑟姆，还没有车。艾尔伯塔靠在墙上，等着。

"嘿，你看上去很茫然。"

是那个刚刚帮她忙的警官。"喂，我叫康妮。你不是本地人，对吧？"

"我从卡尔加里来。"

"我很难过你的车丢了。"康妮看看雨，又看看艾尔伯塔。"你不能整天站在这儿。我开车捎你回旅馆怎么样？一点也不麻烦。"

艾尔伯塔开始摇头，但是康妮拍了拍她的肩膀。"我知道。这很讨厌。你有孩子吗？"

阿摩斯到监狱的时候，米尔福德正躺在一张折叠床上，睡得很沉。

"这个神经病蠢货企图在光天化日之下在彼得森停车场偷卡车。"警官告诉阿摩斯。

"那是他的卡车,"阿摩斯说,"几个月前被偷了。"

"他向我们报过案吗?"

"没有。他向部落警察局报过案。"

"见鬼,"警官说,"你知道那不作数。"

米尔福德的眼睛红红的,脸颊上还有一道难看的瘀伤。

"彼得森的那辆卡车是我的。我试图告诉他们那是我的车,但是他们有销售票据,上面有我的名字。我告诉他们有人偷了我的车,但是他们不停地朝我挥着那张票据。"

"他们说了是从哪儿弄到那辆卡车的吗?"

"他们说是从我那儿。但那是他妈的撒谎。"

"我看看怎么把你弄出来。"

"我想要回我的车,阿摩斯。"

"我明白。"

"家人拿了是一回事。"

"没错。"

"他们不是家人。"

"有家真好,"康妮边沿着第四大街开车,边说,"我有四个孩子。你相信吗?"

"你看上去状态很好。"艾尔伯塔说。

"年轻的时候生的孩子。年轻的时候生孩子不会受什么罪。但那个时候我也很傻。"

"我正在考虑要一个孩子。"

"你结婚了吗？"

"没有。"

"没有法律规定必须结婚。有男人很好，但有洗碗机也很好。我猜你很开明。"

"什么？"

"你知道的，女权主义者。"康妮扭过头，眨了眨眼睛，"没关系。我也是。"

艾尔伯塔开始大笑，然后开始哭了起来。

"噢。"康妮说。她把车开进旅馆停车场。"我们最好谈谈。"

阿摩斯走进办公室时，弗莱德·彼得森一脸微笑。

"下午好，"弗莱德说，"好久不见。"

"从来没来过。"阿摩斯说，然后把部落警察局的警徽放在彼得森的办公桌上。

彼得森看着警徽，把嘴巴吸进去，做出微笑的样子，抠了抠鼻翼。"四五年前我不是卖过一辆卡玛洛给你吗？"

"那肯定是我的双胞胎弟弟。"

彼得森仰头大笑，笑声仿佛要把墙震塌了。"我以前不知道还有印第安警察。"

"有的。"阿摩斯说。

"你们做什么呢？"

"寻找被偷的卡车。"

彼得森摇了摇头，打开一只抽屉，从里面抽出一张纸，推到阿摩斯面前。"销售票据复印件。"

阿摩斯看了看那张纸，又看了看彼得森。

"全部预付，完全合法。"彼得森说。

"米尔福德把卡车卖给你的时候，你和他说过话吗？"

"没有。是我的销售经理里基买的。"

"里基在吗？"

"不在。大约一个星期之前辞职了。在佛罗里达找了一份工作。你相信吗？佛罗里达，老天啊。"

阿摩斯把那张纸转过来，推回到彼得森面前。"这不是米尔福德的签名。"

"他就是那么说的，"彼得森说，"但是签名就在这儿。真真切切。"

"名字拼错了。"

"怎么可能？"

"名字拼错了。应该是米尔福德。不是麦尔夫德。不管是谁签的字，他把名字拼错了。"

彼得森看了看那张纸。"在我看来就是米尔福德。"然后他把纸放进了抽屉里。

"有人偷了他的卡车。"

"嗯，"彼得森向后靠在椅背上说，"你知道是怎么回事。"

"怎么回事？"阿摩斯说。

"嗯，也许米尔福德或者麦尔夫德到了我们这儿，他手头有点儿紧。也许他喝了几杯。他把卡车卖给了我们，然后也许就忘了。"

"米尔福德不喝酒。"

"这是你说的。"彼得森说。

"你不能卖他的卡车。"

"这是你说的。"

康妮和艾尔伯塔坐在巡逻车里，直到车窗蒙上了一层雾气，滂沱大雨变成了蒙蒙细雨。

"那些是最精彩的部分。"艾尔伯塔说。

康妮靠在车门上，抚摸着方向盘。

"我知道这听上去很好，"艾尔伯塔说，"两个男人，一份好工作，没有责任。我还有什么可抱怨的呢？"

"噢，见鬼，亲爱的，"康妮说，"每个人都以自己的方式把生活弄得一团糟。看看我。"

"你看上去不错。"

"当然，"康妮坐直了身子说。"我十七岁结婚，二十三岁之前生了四个孩子，二十七岁离婚。我浪费了三年时间坐在那儿看电视。后来我当了警察。"

"当警官一定很激动人心吧。"

"我不是警官，亲爱的，"康妮说，"我是秘书。对，我穿警服，带手枪，可以把你铐起来，拽到监狱里去，但是他们只让我坐在办公桌后面记电话留言。我已经当了十年警察了，但是只有上下班的时候才开巡逻车。"

"很抱歉。"

"确实很糟。"

"你打算怎么办呢？"

"退休，"康妮说，"再过十五年我就可以退休了。你呢？你打算怎么办？"

"你打算怎么办？"阿摩斯捧着咖啡，看着米尔福德的脸。

柏妮丝拿过咖啡壶，给阿摩斯的杯子加满。"还要面包吗？"

"不知道，"米尔福德说，"我没有把卡车卖给彼得森。我不知道究竟发生了什么事。"

"可以找律师，我想。"阿摩斯说。

"律师？你记得埃弗里特·斯泰西吗？那个房产经纪人拒绝把城里的房子卖给他的时候，他给自己找了一个律师。这很简单，律师说。记得吗？"

"记得。"

"他们就在我们身后，阿摩斯，"米尔福德说，"永远在我们身后。"

"你打算怎么办？"

"你阻止不了他们。"米尔福德呷一口咖啡。"那个案子拖了多少年？四年还是五年？最后埃弗里特破了产，不得不放弃。"

"那么你打算怎么办呢？"

米尔福德弓着身子捧着咖啡，盯着桌子。"肯定不找律师。"

大约一个星期之后，有人放火烧了那辆卡车。消防车到的时候，卡车已经烧没了，还有四五辆车也被烧坏了。警察逮捕了米尔福德，关了他三天。

"我没干，"米尔福德对阿摩斯说，"我希望那是我干的，但我没干。"

"很可能是故意破坏。"阿摩斯说。

"他们一直问我是谁干的，好像我知道似的。"米尔福德开始大笑起来。"所以最后我对他们说可能是郊狼干的。"

"他们说什么？"

"他们毫无幽默感。"

"卡车的事情真是太糟了。"

米尔福德把杯子拿到水池冲洗。"所以你说呢？"

"说什么？"

"我欠你多少汽油钱？"

"我和这事儿无关，米尔福德。"

"是郊狼，对不对？"

"我猜是的。"阿摩斯说。

"这是不会阻止他们的，你知道。"米尔福德说。

"我猜不会。"阿摩斯说。

艾尔伯塔和康妮把车开到死狗咖啡馆门口。雨不停地下着，很有节奏。

"从来没来过这儿。很少在外面吃饭。"康妮说。

"你想进来喝杯咖啡吗？"

"不了。我得回家。我上半天班，晚上还要回去上班。有点像女招待。"

"下次吧。"

"好的。"

"谢谢。"

"不客气。"

艾尔伯塔站在停车场，看着康妮开车离开。外面很冷，艾尔伯塔裹紧大衣，抱紧双臂，以此御寒。她站在那儿，突然感到自己脆弱渺小。

霍华医生看着剩下的鸡蛋陷进一摊番茄酱里。这是一个宜人的清晨，驾车轻松得令人惊讶。但是，当他坐在咖啡厅里，考虑要不要再来一杯的时候，他发现自己想念医院了，特别是想念花园。加拿大似乎有些像荒野，一切都更加不受控制，更加无序，甚至混乱。天空如此开阔，大地如此广袤，让他感到不自在。

甚至鸡蛋也煎得不太对，番茄酱的牌子不对，土豆煎饼里的土豆还带着皮。

还有那几个印第安人。

霍华医生打开书，检查了一下自己的笔记。都在那儿记着呢。那些情况和模式，他们来来去去的规律性，都无可争辩。

"为什么带我来？"巴布撕开一袋糖。

"什么？"

"到这里来。为什么带着我？"

霍华医生捏了捏领带，噘起嘴唇。"嗯，"他开始说，"这很简单。像那几个印第安人那样的病人从像我们那样的医院里逃走的时候，如果身边有一个了解他们的人，这是明智的做法。"

"就像我。"巴布说。

"没错。"霍华医生说。

"因为她们会听我的。"

"不是，"霍华医生说，"因为他们了解你。我想让他们听我的。"

"你要跟她们说什么？"

"什么意思？"

"我们找到她们之后。你要跟她们说什么？"

"抱歉，这是机密。"

"她们喜欢医院，你知道的。"巴布说。

霍华医生又看了看书，确定自己在正确的时间来到了正确的地点。艾伯塔省布洛瑟姆市。黄石，圣海伦斯火山，华尔街……喀拉喀托？是的，这无可争议。一切都吻合。一切都讲得通。

"她们很喜欢那儿。"巴布说。

"什么？"

"那几个印第安人，"巴布说，"她们真的喜欢医院。"

"我们医院？"

"她们说她们喜欢帮忙。修理一些东西。"

"真的。"

"比如这个世界。你知道。"

巴布向后靠去。他们开车走了很久，旅馆的床很硬。她没睡觉，看了一部西部片，现在她累了。也许她应该待在旅馆里，在游泳池里漂一会儿，让霍华医生开着车在乡下四处转悠，寻找那几个印第安人。她原本可以告诉霍华医生就待在医院，那几个印第安人迟早会出现的，但是到加拿大去这个想法很诱人。现在这件事开始让她感到疲倦，而霍华医生开始让她感到厌烦。

"你的先辈是奴隶，是不是？"霍华医生说。

"不是，"巴布说，"但是有些人曾经被奴役。"

"啊。"霍华医生说。

"这是有区别的。"巴布说。

"当然。"霍华医生说。

"世界上有各种各样的奴隶。"巴布说。

"当然。"霍华医生说。

"毒品,电视,垃圾食品,宗教,汽车,两性,权力,香烟,金钱——"

"是的,"霍华医生说,"我明白你的意思。"

"……时尚,工作,著名设计师设计的厨房,政治——"

"是的,是的,"霍华医生说,"早饭怎么样?"

"你知道我的高祖父是理发师吗?"

"理发师?"

"理发。修面的手艺一流。他在船上工作。"

"游轮?"

"差不多吧。"巴布说。

"那一定很令人兴奋。"

"我有他的剃须刀。他的名字也叫巴布。我们家里的老大都叫巴布。我告诉过你吗?"

霍华医生示意侍者把账单拿来。他已经不知道巴布在说什么了。关于理发师的什么。关于船的什么。

"你应该让我用真正的剃须刀给你真正地刮一次胡子。"

"那太好了。"

"没有什么比这样刮胡子更好了。如果我是男人,我只会这样刮胡子。"

霍华医生在杯子下面压了一张二十加元的钞票。外面在下雨,看上去好像有很长时间天都会这样阴沉。而且杂乱无章。

"我们应该四处转转，看看风景。"巴布看着她在前台拿的指南说。"巨鲸水坝在西边。议会湖也在那儿。我们可以在一个真正的印第安保留地停留一下。还有很多其他有趣的地方。也许我们会在路上找到那几个印第安人。"

　　"也许。"霍华医生边说，边最后看一遍书里的笔记。

　　霍华医生站起来时，想起了车。"我们把车篷关上了吗？"

　　"车篷？"

　　"我们的车。敞篷车。"

　　巴布掸了掸裙子。"我不记得了，但是一点儿水不会把车弄坏的。"

　　"这是一辆经典老车。"霍华医生说。巴布还没完全站起来，他已经走出咖啡厅，走进大堂。

　　巴布慢悠悠地走到大堂，站在面朝停车场的大落地窗前。她能看见霍华医生在停车场，他站在雨里，一动不动，像一尊雕塑。一开始，她以为他只是在欣赏暴风雨，但是雨下得越来越急，霍华医生转过身朝她大声叫喊着什么，她隔着玻璃听不见。然后他激动又沮丧地挥舞起胳膊。

　　现在他浑身湿透，站在两辆车之间，雨水没到了他的脚踝。巴布看着他，突然意识到霍华医生站的地方正是他们停车的地方。

　　但是车不见了。那里除了霍华医生和一个水坑，什么也没有。

　　巴布把头歪向一边，笑了。"这可真是变戏法。"她说，但并没有说给什么人听。

莱昂内尔看上去比实际年龄大一些，查理断定，至少四十六岁，四十八岁。而且他穿着那件夹克的样子蠢透了。那几个印第安老人一定是在旧货商店里买的那件夹克。或者是在跳蚤市场。伊莱看上去不错，比尔一点都没变。

"很高兴见到你，查理。"莱昂内尔说。

"我想看看新的立体声系统。"

"埃德蒙顿一定也有商店吧。"

"给亲戚带来生意总是好的。"

"别说话，"伯萨姆说，"精彩的部分就要开始了。"

电影很熟悉。查理肯定以前看过。那几个印第安老人呆若木鸡地站在"地图"前面，看着屏幕上的每一个动作。

"老天，"独行侠说，"看看那些色彩。"

"是啊，"鹰眼说，"我最喜欢黑色和白色。"

"他们本来可以把电影拍成彩色的，"伯萨姆解释道，"但是导演想要通过模糊不清的黑白片造成一种沉重的效果。"

"还有那些马，"以实玛利说，"都是骏马。"

"看，"鲁滨逊·克鲁索说，"那是总统吗？[1]"

"不是，"独行侠说，"那个家伙太高了。"

---

[1] 暗指美国前总统罗纳德·里根（Ronald Reagan）。他曾出演一些制作预算很低的西部片，通常饰演"好人"。

"这部电影里有郊狼吗？"卡犹蒂说。

"我想没有，"独行侠说，"但是为了保险起见，我们应该一直看。"

"接下来的场景，"伯萨姆说，"用了六百多个群众演员，印第安人和白人都有。用了五台摄像机。导演拍这一场花了将近一个月的时间，才觉得满意。"

"第一次他没弄对。"独行侠说。

"但是我们为他修好了。"鹰眼说。

查理的心思不在电影或者莱昂内尔或者伊莱或者印第安老人上面。艾尔伯塔。他以为在这之前她就已经到店里了。也许她半路上意识到自己犯了一个错误，于是掉转头回卡尔加里了。如果他在布洛瑟姆四处找她的时候，她一直在试图给他打电话，那会是一个多么怪诞的错误啊。

"艾尔伯塔不在这儿，真是太糟了，"查理轻声对莱昂内尔说，"她喜欢这样的电影。"

"是吗？"

"嘿，如果她在这儿，我们可以一起出去吃饭。"

"嗯，实际上，今天晚上我和她要一起出去吃饭，"莱昂内尔说，试图跟上"地图"上的动作。

"啊，你们都安排好了，"查理说，然后在那堆装立体声音响的盒子边沿坐了下来，"那不是约翰·韦恩吗？"

"是公爵[1]。"伯萨姆说。

"他是个有趣的家伙。"独行侠说。

1　约翰·韦恩的绰号。

“我们告诉他开枪打死印第安人对他的形象不太好。”以实玛利说。

“他不听。”鹰眼说。

“看看发生了什么。”鲁滨逊·克鲁索说。

“你是说……他死了？”莱昂内尔说。

“没有，孩子，”独行侠说，“他没当上总统。”

“我不开枪打印第安人，”卡犹蒂说，“我会是一个了不起的总统。”

“来了，”伯萨姆说，“来了。”

伯萨姆和莱昂内尔和伊莱和查理和印第安老人和卡犹蒂看着，约翰·韦恩和理查德·维德马克和几十个士兵冲过河去。

“我们被困住了，伙计们，”韦恩叫道，“快到原木后面去。”

“快去，”维德马克大叫，“如果你们不想被揪住头发剥掉头皮的话。”

韦恩和维德马克和所有士兵一通乱跑，跳到原木后面，在沙地里挖洞，躲在大石头后面。

“别开枪，”韦恩叫道，“等他们到河中间。”他脱下皮夹克，挂在树枝上。

伯萨姆真喜欢西部片啊，莱昂内尔想。每一部片子都大同小异。老套。牛仔看上去像牛仔。印第安人看上去像印第安人。这部片子里的酋长是个高个子，骑着一匹黑马。他的腰部以上都赤裸着。他长长的黑发披散着，用一根皮束发带箍在头上。吸引人的是他的眼睛和大鼻子。

莱昂内尔没有那样的大鼻子，他一直认为自己更像约翰·韦恩。

"投降吧，白人。"酋长在河对岸喊道。

"胡扯。"约翰·韦恩喊回去。

"在他拍的那部战争影片里，他说的是同样的话，"伯萨姆轻声说，"精彩的台词。"

镜头摇近酋长时，查理站起来，往前走了一步。

那是他父亲。

那是昨天晚上他在电视上看的同一部电影。同样傻里傻气的假发套。同样傻里傻气的束发带。同样傻里傻气的鼻子。

"那就去死吧。"波特兰大声说，他骑着马在浅滩上绕着圈，溅起一圈圈闪亮的水花。

"见鬼，爸爸。"查理低声说。

"那不是波特兰吗？"伊莱说。

"还有谁呢。"查理说。

"他看上去很不错。"伊莱说。

"那是你父亲吗？"莱昂内尔说。

"那又怎样？"查理说。他使劲把手插进口袋，看着屏幕。

波特兰沿着河边飞快地来回骑着马，奚落着约翰·韦恩、理查德·维德马克和其他士兵。印第安人集结在河岸，等待着。

波特兰在河边让马停下，看着河对岸的士兵。"谁我和一起？"他大声说，同时举起长矛。"地图"上所有电视的所有扬声器里传来印第安人异口同声的回答，他们摇晃着长矛、步枪和弓箭，大声叫喊着，伯萨姆不得不把音量调低了一些。

"真令人激动。"独行侠说。

"真的。"鹰眼说。

"几乎和身临其境一样有趣。"以实玛利说。

"没有什么能比得上过去的好日子。"鲁滨逊·克鲁索说。

"冲啊!"卡犹蒂说。

"别这么大声,"独行侠说,"你会吓到那些年轻人的。"

"准备好,"伯萨姆说,"开始了。"

波特兰再次让马转了一圈,然后大喊一声,朝河对岸冲过去。其他印第安人紧随其后。

"他们来了,伙计们,"约翰·韦恩叫道,"每一枪都打准了!"

士兵们开始竭尽全力射击。约翰·韦恩和理查德·维德马克跑过来跑过去,给士兵们打气,子弹就从他们身边飞过。

"别着急,瞄准了。"维德马克叫道。

但是印第安人不断地冲过河流,咄咄逼人地冲过来。背景音乐里有号角声,刚开始很轻,后来声音大了一些,最后充满了扬声器,印第安人身后的山坡上出现了一支骑兵,正从山上冲进河里。

"万岁。"约翰·韦恩叫道,他脱下帽子,朝冲过来的骑兵挥舞着。

"万岁。"理查德·维德马克叫道,他扣上背心,用一只手理了理头发。

"万岁。"士兵们叫道,他们从藏身之处跳了出来,看着被困在河中央的印第安人。

"万岁。"比尔·伯萨姆叫道,他手里拿着遥控器,伴随着音乐的节奏在原地跳着。

"万岁,"卡犹蒂叫道,"万岁。"

"哎呀,"独行侠说,"我以为我们把这个修好了。"

"是啊，"以实玛利说，"我也以为修好了。"

"很多电影看上去都一样。"鹰眼说。

"老天，"鲁滨逊·克鲁索说，"这工作量可真大。"

"来吧。"独行侠说，他开始唱起歌来。

"我不是想说万岁，"卡犹蒂说，"我是想说噢不！我是那个意思。"

在响亮的号角声和雷鸣般的马蹄声中，独行侠的声音显得柔和而富有节奏。接着以实玛利加入进来，接着是鲁滨逊·克鲁索，接着是鹰眼。

"来吧，卡犹蒂，"独行侠说，"你也可以帮忙。"

"这和我没关系，"卡犹蒂说，"我相信我当时正在休斯顿。"

就在查理看着的时候，印第安人在河中央停了下来。波特兰骑在马背上，回头看着正在逼近的骑兵。所有印第安人都一动不动。他们骑在马上，好像在休息，或者在等公交车。

河的一边，约翰·韦恩、理查德·维德马克和士兵们叫喊着，欢呼着，挥舞着帽子。

河的另一边，骑兵们沿着谷底雷霆一般全速前进。就在他们冲过来的时候，就在音乐渐渐增强的时候，出现了一个新的声音，刚开始很微弱，但是渐渐响亮起来，最后变得和士兵有节奏的冲锋声同样响亮。

骑兵距离在河里等着的印第安人更近的时候，每个士兵都抽出一支马刀，每支马刀都迎着阳光，在淡蓝色的天空下闪着银光。马冲过来，马蹄撕扯着大地，你可以看见淡黄色的沙、深绿色的青草和深蓝色的鼠尾草。

几百名骑兵身穿缝着金色扣子、肩带和臂章的宝蓝色制服，眼睛蓝蓝的，脸颊红红的，全速冲过最后一座山丘。

然后消失了。

就这样消失了。

"怎么回事。"伯萨姆说，一用力按着遥控器。

屏幕上一片彩色。

波特兰转过身，看着韦恩和维德马克，这两个人停止了叫喊，不再挥舞帽子，站在那里四处张望，困惑不已，哑口无言。

他一言不发，策马从河里向前冲，在他身后，他的人从河里站了起来，到处是动作和色彩——红色，白色，黑色，蓝色。

"回来，伙计们。"韦恩叫道，他开始朝印第安人开枪。维德马克拔出两把枪，贴着臀部开枪。

士兵们跑回原木后面，洞里面，岩石后面，边跑边开枪。莱昂内尔和查理和伊莱和印第安老人和比尔和卡犹蒂看到，没有一个印第安人倒下。约翰·韦恩看着自己的枪。理查德·维德马克在扣动空枪膛的扳机。他那条时髦的裤子前面是深色的，湿漉漉的。

"老天，"伊莱说，"他们打得比这个要准。"

然后波特兰和其他印第安人开始回击，士兵开始纷纷倒下。有时两三个士兵同时倒下，手捂胸口或者脑袋或者肚子。

约翰·韦恩低下头，愚蠢地看着大腿上的箭，带着不可思议和难以置信的表情摇着头，这时两颗子弹射进他的胸膛，从夹克后背射了出来。理查德·维德马克脸朝下倒在沙滩上，双手死死地抓着射进他咽喉的箭。

"耶稣啊！"伯萨姆边说，边更加用力地按着遥控器。

查理把手拿出口袋，跟随着唱歌的节奏握着拳头。他咧开嘴，眼睛里闪着亮光，看着父亲像洪水一般从那群士兵中间冲过。

"干掉他们，爸爸。"他压低嗓音厉声说。

"啊哈！"卡犹蒂叫道。

然后，电影结束了，字幕变黑了，屏幕静止了。

"嘿，这真是部好电影，比尔。"伊莱说。

"这个，肯定他妈的有什么事儿给弄糟了，"伯萨姆看着手里的遥控器说，"见鬼。你相信良好的设备，瞧瞧发生了什么。"

"我本来以为这应该是黑白片。"伊莱说。

莱昂内尔看着空白的电视屏幕，然后看着独行侠、以实玛利、鲁滨逊·克鲁索和鹰眼，在他脑后的什么地方，就在意识的边缘，有什么东西告诉他无论过去他犯过什么样的错误，他真正的问题也许刚刚开始。

"啊哈，"卡犹蒂说，"我回来了。"

"是时候了。"俺说。

"你看了那部电影吗？"卡犹蒂说。

"别想着电影了，"俺说，"俺们有事情要做。"

"思想女在哪儿？"卡犹蒂说。

"在漂着呢。"俺说。

"还在漂？"卡犹蒂说，"喂，我错过了什么吗？"

思想女漂来漂去。她漂来漂去，列着清单。

坏处是，思想女说，我到处漂流，无所事事。

好处是，我不必做任何决定。

坏处是，思想女说，我没有人说话。

好处是，这里平静安宁。

坏处是，我没有朋友可以一起旅行。

好处是，思想女说，这里没有郊狼。

≈≈≈

"噢，"卡犹蒂说，"这么说可不好。这伤害了我的感情。"

"镇静，"俺说，"这不过是一个清单。"

"坏处是，"卡犹蒂说，"有士兵正在岸上等着抓思想女。你觉得怎么样？"

"哦，不，"俺说，"你又这么干了。"

"看看思想女对这件事怎么想。"

"那么，"俺说，"好处是什么呢？"

"什么好处？"卡犹蒂说。

"傻卡犹蒂，"俺说，"有好处也有坏处，不可能只有好处或者只有坏处。"

"你肯定吗？"卡犹蒂说。

"绝对肯定。"俺说。

"好吧，"卡犹蒂说，"好处是士兵们头上戴了花。"

"这是好处？"俺说。

"我尽力了。"卡犹蒂说。

于是思想女漂来漂去，很快她就来到佛罗里达的一片沙滩，很快一群头上戴花的士兵就来抓住了她。

你是那个对我们头上戴花负责的人吗？那些士兵说。

我是鲁滨逊·克鲁索，思想女，我说了算。

我的天哪，一个头上戴花的士兵说，又是一个印第安人。于是那些头上戴花的士兵把思想女带到了马里恩堡。

"对不起，"卡犹蒂说。

"说对不起太晚了。"俺说。

"我有些头脑发昏了，"卡犹蒂说，"但是现在我弄清楚了。"

"你确定吗？"俺说。

"确定，"卡犹蒂说，"但是为了以防万一，我们能再来一遍吗？"

ᕼBPT

ꓘAh

此卷，"*dBPT*"意为"北方"，"*UAh*"意为"蓝色"。

这是鹰眼讲的故事。

"等一下，等一下，"卡犹蒂说，"什么时候轮到我？"

"轮不到郊狼。"俺说。

"在民主社会，每个人都轮得到。"卡犹蒂说。

"胡说，"俺说，"在民主社会，只有轮得起的人才轮得到。"

"轮半次怎么样？"卡犹蒂说。

"坐下，"俺说，"俺们得把这个故事重讲一遍。"

"四分之一次怎么样？"卡犹蒂说。

这是鹰眼讲的故事。

一天，年长女[1]正在四处走走，寻找好吃的东西。可口的东西。啊，她想。她在脑袋里想象了一些可口的东西。很快，她看到一棵大树，还看到大树旁边有一根嫩树根[2]正在晒太阳。好吃，年长女自言自语道，有一根嫩树根。

哟，嫩树根说，看上去年长女正在外面找可口的东西吃。

是的。年长女说。确实如此。你嫩吗？

嫩树根什么也没说。嫩树根跳回了洞里。噢，噢，年长女说。看起来我得开挖了。

于是，她找到一根棍子，双膝跪下，把棍子插进地里。就在那棵树下。那棵大树下。

哟！那棵树说。痒啊。要是你这么干下去，你会让我发笑的。

我在找一根跳进这个洞里的嫩树根，年长女说。

但是那棵树笑得太厉害了，没听见年长女说什么。

1　年长女，北美印第安神话故事中的人物，是文化英雄的助手。
2　嫩树根，在切罗基人的创世故事中，星星女在父亲的花园里的一棵树下面挖了一个洞，她通过那个洞从天上掉到了地上。她也是黑脚族故事中的人物。

≈≈≈

“我不太怕痒。”卡犹蒂说。

“俺们能接着说吗？”俺说。

“除非用羽毛挠我的脚底心。”卡犹蒂说。

“不早了。”俺说。

“那样我就怕痒了。”卡犹蒂说。

“人们想回家了。”俺说。

年长女挖呀挖呀，在树下面追嫩树根，绕着树追嫩树根，很快她就挖了一个大洞。

哎呀，年长女说，她掉进洞里，掉到了天上。

“嘿，嘿，”卡犹蒂说，“我知道这个故事。我可以讲这个故事。”

“你肯定？”俺说。

“肯定，”卡犹蒂说，“这是同一个故事。”

比尔·伯萨姆晃了晃遥控器，回到地图前。他把录像带倒回去一分钟，然后按下播放键。骑兵再一次越过山丘，就在快要冲到印第安人在河里等着的地方的时候，他们消失了。印第安人从河里冲出来，杀死了约翰·韦恩和理查德·维德马克。就像刚才一样。伯萨姆又按下倒带键。

"老天，可真痛快啊。"独行侠说。

"是啊，"以实玛利说，"我们得再干一次，很快。"

"类似的事情，"鲁滨逊·克鲁索说，"让你的一整天都更快乐一些。"

"也许我们应该再唱一次'生日快乐'。"鹰眼说。

莱昂内尔微笑着举起双手让他们别唱，但是那几个印第安老人没有理睬他，开始唱了起来。甚至伊莱也和他们一起唱起来。伯萨姆站在那儿按按键，咒骂，再按按键。查理在办公桌那边打电话。莱昂内尔没有地方可去，于是站在那儿，听那几个印第安老人和伊莱——他现在已经投入地唱了起来——唱了四遍"生日快乐"。

"好了，孩子，"独行侠说，"我们得走了。"

"是的，"以实玛利说，"现在我们已经做了所有能做的事情。"

"如果我们试图做得太多，"鲁滨逊·克鲁索说，"就不会做得那么好了。"

"我们不再年轻了。"鹰眼说。

印第安老人们对莱昂内尔说了再见。他们和伊莱握了握手，向查理挥了挥手，查理还在忙着打电话。

"再见，比尔，"独行侠说，"展示真的很棒。"

外面，天开始放晴。莱昂内尔看着那几个印第安老人沿着大街走远。伯萨姆还在播放和倒回录像带。

"来吧，外甥，"伊莱说，"我们去吃午饭。"

伯萨姆又狠狠地按下按键。"去吧，"他说，"明妮很快就到了。嘿，今天是你的生日。你可以多休息一个小时。"

"谢谢，比尔。"

"没问题，"伯萨姆说，"别忘了伊莱的收音机。"

莱昂内尔的鞋还没干，一边走，一边发出嘎吱声。

"要不要耳机，伊莱？"伯萨姆在他们身后喊道，"莱昂内尔，问问你舅舅要不要一副听收音机用的耳机。"

独行侠、以实玛利、鲁滨逊·克鲁索和鹰眼排成一行沿着大街走着。他们飞快地悄悄地穿过城镇，走进河底，走上大草原。

"等等我。等等我。"

印第安老人们停下脚步，环顾四周。独行侠走上一座山坡，俯瞰他们刚刚走过的深谷。

"是卡犹蒂。"独行侠说。

"等等我，"卡犹蒂一边说，一边从山腰跑上来，"你们去哪儿？"

"我们去那儿。"以实玛利一边说，一边努了努嘴唇。

"我可以去吗？"卡犹蒂说。

独行侠看着以实玛利，以实玛利看着鲁滨逊·克鲁索，鲁滨逊·克鲁索看着鹰眼，鹰眼看着独行侠。

"我们不介意，卡犹蒂。"独行侠说。

"但是你不能拍照。"以实玛利说。

"我不会的。"卡犹蒂说。

"也不能发出粗鲁的声音。"鲁滨逊·克鲁索说。

"你是说打嗝和放屁吗？"卡犹蒂说。

"也不能再跳舞。"鹰眼说。

"好吧，"卡犹蒂说，"这些事情我都不会做的。"

那几个印第安老人和卡犹蒂穿过大草原上的草丛时，遮住太阳的云飘走了。前方，山峦从大草原上升起来，支撑着云和天。

"真好玩，"卡犹蒂轻轻自言自语，"我想要……唱歌。"

早晨的时间过得很慢，吃早餐的客人很少，大多数都是常客，除了那三个男人，他们正坐在窗前，看着雨云从西边隆隆地翻卷而来。

"我是路易，"拉蒂莎过来点菜的时候，那个穿格子呢衬衫的身材高大的男人说，"这是雷。那个丑陋的家伙是阿尔。"

拉蒂莎笑了笑，点点头。"路易，雷，阿尔。[1] 欢迎来死狗咖啡馆。"

"我们从曼尼托巴来，"雷说，"我们每年都一起去钓鱼。"

"我们要特价早餐。"阿尔说。

拉蒂莎能听见比利在厨房里敲着锅子唱着歌。辛西娅在收银机旁边和什么人讲电话。

"路易是个诗人，"雷说，"在曼尼托巴大学教文学。阿尔是个神父，但是我们不应该告诉任何人，是不是，阿尔？"

"他嫉妒我，因为鱼都让我钓了。"阿尔说。

"我在渥太华工作。"雷说。

拉蒂莎回头看看厨房。比利靠在过道，只露出头和肩膀。他正微笑着用下巴指着桌子，发出开心的绵羊般的叫声。辛西娅还在打电话。

1　路易，雷，阿尔（Louie，Ray，and Al），这三个名字连在一起的读音接近"路易·里尔"（Louis Reil）。参见第176页脚注2。

"我的一个朋友十年前或者十二年前经过这儿，"路易说，"说你们这里钓鱼特别好。"

"那一定是在建水坝之前。"拉蒂莎说。

路易从夹克口袋里拿出一张地图，在桌上摊开。蒙大拿的几座湖和艾伯塔的两三座湖都用彩色线条圈了出来。

"我想我们要到这儿来，待在斯科特湖附近，"阿尔指着用橘色圈出来的一座小湖说，"特价早餐里有烤面包片吗？"

辛西娅在对拉蒂莎招手。她手里拿着电话。拉蒂莎记下了他们点的餐，把点单挂在轮盘上。

"还是昨天那个人，"辛西娅对拉蒂莎说，"这次他有点粗鲁。我告诉他你很快就来接电话，但是他挂了。"

"没有说名字？"

辛西娅耸耸肩。"只是说他会在太阳舞仪式上见着你。"

"那就不是莱昂内尔。"

"你弟弟？不是，我觉得不是他。"

"一定是伊莱。"

"机灵，"辛西娅说，"他听上去很机灵。"

每一年，拉蒂莎的父母都去参加太阳舞仪式。哈利有一顶圆锥帐篷，以前是他父亲的，每年七月他都把这顶帐篷拖到太阳舞营地架起来。拉蒂莎和莱昂内尔还年轻的时候，七月的大部分时间都跟亲戚、朋友和邻居在一起。后来莱昂内尔从家里搬了出去，在布洛瑟姆租了一套公寓，就不再去参加太阳舞仪式了，但是拉蒂莎每年都回去，花很多时间帮母亲和诺尔玛准备食物，也帮妇女社团[1]做事。

　　六月底结婚，蜜月就去参加太阳舞仪式，这是乔治的主意。拉蒂莎从来没有听说过这样的事情。

　　"我想没有人那么做过，"拉蒂莎的母亲对她说，"这听起来很开明，我猜。"

　　"你觉得如果我把乔治带来会有问题吗？"

　　"这个，"母亲说，"我不知道你能不能把他丢在家里。"

　　诺尔玛让他们用她的帐篷，她自己住到了拉蒂莎的父母那里。

　　"就是这样了。"乔治坐在帐篷里的褥垫、毯子、冷柜和水罐之间说。帐篷门口有一只煤气炉，中间有一个敞开的火堆，一圈石头上放着一个发黑的格栅。

　　和乔治单独待在帐篷里的感觉有点怪。拉蒂莎不记得自己曾经单独和一个男人参加过太阳舞仪式。

　　"要是下雨怎么办？"乔治抬头看着烟孔说。

　　"把帘子盖上。大多数时候雨水会顺着帐杆流到地上。"

　　"这太棒了，妞儿。就像电影里一样。门能锁上吗？"

拉蒂莎拿起咖啡壶，开始给客人加咖啡。

　　"我说，"拉蒂莎走到他们桌边的时候，路易说，"西边的那个湖情况怎么样？"

　　"议会湖吗？"

　　"就是那个。鱼好钓吗？"

1　妇女社团，参见第226页脚注1。——译注

"可能很好钓。"

"嘿，"路易说，"你们听见了吗？"

"但是你们不能钓鱼。有法庭指令。"

"法庭指令，"路易说，"老天，你们这儿的人对钓鱼这事儿很当真啊。"

第一天早晨，拉蒂莎大部分时间都和乔治在帐篷里，煮咖啡，炖菜。咖啡差不多刚煮好，就开始来人了。帐篷帘子被掀开，亲戚朋友一言不发地进来坐下。拉蒂莎给大家轮流倒咖啡。每个人都喝了些咖啡后，聊天开始了。有时候聊家庭。有时候聊即将到来的婚姻。大多数时候聊孩子。

午饭刚过，乔治翻身下床，开始脱衬衫。刚开始，拉蒂莎尽量不理他。

"乔治，别这样。我有事情要做。"

"来吧，"他边解开靴子的鞋带，边说，"一定有什么办法把那个门锁上，上帝啊，这些人连门都不敲。"

乔治正在解裤子，门帘被掀开，走进来四个上了年纪的妇女。乔治只来得及盖上毯子，靠到帐篷边上。

那几个妇女几乎没有注意到他。她们坐在那儿，喝着咖啡，吃着炖菜，和拉蒂莎聊着自己的孙子，聊着天气。拉蒂莎不去看裹着羊毛毯的乔治，免得自己笑出声来。几个老人离开时，盖着毯子的乔治已经浑身冒汗，脸色阴沉。

"上帝啊，"他说，"我以为她们永远都不会走了呢。这一整天都会有这样的事情吗？"

拉蒂莎对他说是的。

"喂，"她说，"不如你出去和男人们待在一起。有些年纪大的人需要有人帮他们搭帐篷，还有木柴要劈。如果你出去做些事情，会感觉好些的。"

乔治刚穿好衣服，又一拨人掀起门帘，走了进来。乔治微笑着和每个人打招呼，然后溜了出去。直到傍晚，拉蒂莎才见到他。

"你那个男人是个滑稽的家伙，"拉蒂莎的父亲对她说，"他有些有意思的想法。"

"有什么不对吗？"

"没有，"父亲说，"不能那么说。他帮波茨太太搭帐篷了，他竖起帐杆的办法不一样。"

"他的办法有用吗？"

"没用，"父亲说，"但是他相信有用。"

"没有人受伤吧，有没有？"

"没有，"父亲说，"但是确实有意思。"

拉蒂莎端着咖啡壶回来时，路易、雷和阿尔还在研究地图。

"这附近应该有一座水坝，"路易说，"旅馆的人说值得去看。"

"水坝没在运转。"拉蒂莎说。

"有点像那座湖，嗯？"阿尔说。

拉蒂莎把咖啡倒到了杯口，溅了一些到碟子上。

"在法庭上拖住了。他们不能用水坝，也不能用那个湖。"

"嘿，"路易说，"是不是有人买了湖边地产，以为可以盖房子和度假屋，现在却盖不成了？"

"我想是吧。"拉蒂莎说。

"是，是的，"雷说，"都上了曼尼托巴的报纸了。有个老家伙就住在水坝下面的小木屋里面。"

"是我舅舅。"拉蒂莎说。

"好样儿的，"路易说，"好样儿的。"

那天晚上，在床上，乔治贴着她的背，紧紧搂着她。

"我过得很开心，"他说，"你呢？"

"当然。"

"仪式还有多久？"

乔治喜欢的是男人跳舞。他和哈利坐在圆圈边上，看着他们在傍晚的阳光下跳舞。

"他们为什么蹦起来？"他问。

"他们为什么手拉手？"

"他们一整天在双帐篷里面干什么？"

"你那个男人，"她父亲说，"问的问题可真多。"

"乔治很好奇，爸爸。"

"是啊，我看到了，"父亲说，"他的眼睛还好吧？"

"很好啊，怎么了？"

"我猜他的耳朵也听得见吧。"

在那之后好几个月，乔治一直谈太阳舞。第二年，克里斯汀出生后，拉蒂莎独自一人去参加了太阳舞仪式。

"这次不会一样了，妞儿，"他对她说，"第一次总是最好的。"

从曼尼托巴来的几个人吃完早饭，走了。阿尔买了几张明信片，路易买了一份菜单，寄回家给女儿。

"如果我们回来时路过布洛瑟姆，"路易对拉蒂莎说，"就给你带一条鳟鱼。"

拉蒂莎看着他们上了旅行车。又开始下雨了，天空更加阴沉。

比利从厨房探出头来。"你什么时候去太阳舞仪式？"

"可能今天傍晚吧，孩子们放学之后。你能上两个班次吗？"

"没问题。每年如此。"

"谢谢，比利。"

拉蒂莎把盘子放到托盘上。抹桌子的时候，她注意到有一个女人站在雨中的停车场上。那个人背对着她。

"是游客吗？"辛西娅指着那个人说。

拉蒂莎笑起来。

"一定很喜欢雨。"辛西娅说。她把堆了脏盘子的托盘端进了厨房。

背影有点熟悉。那个人转过身后，拉蒂莎看到那是艾尔伯塔。拉蒂莎笑着挥手让艾尔伯塔进来，艾尔伯塔也朝她挥挥手。但是她没有动。在低沉的天空下，艾尔伯塔站在雨中，在停车场上等着。

伊莱缓缓将车开出停车场，开到路上。又下雨了，没有之前那么大，但是一直不停地下，很有耐心。伊莱打开前灯，在角落等红灯。

"你怎么想，外甥？"伊莱说。

"可能只是录像带出了什么奇怪的问题，"莱昂内尔一边说，一边打量着大街，"电子产品老是有这样的问题。"

"不是，我是说天气，"伊莱说，"太阳舞仪式期间的天气。如果天不放晴，诺尔玛会气疯的。"

"你看见那几个印第安老人吗？"莱昂内尔说，"他们应该没走远。"

伊莱缓缓开过路口，向西拐弯。天空堆满了云，在头顶移动着。"看上去不太好，但是谁知道呢。"

"如果你看到那几个印第安老人，告诉我。"莱昂内尔说。

"我记得有一年，太阳舞仪式开始之前下了三个星期的雨，但是仪式开始之后，太阳出来了，天气好极了。"

"我不能留着这件夹克，"莱昂内尔说，"我喜欢这件夹克，但是不能留着。"

"你最后一次参加太阳舞仪式是什么时候，外甥？"

"我的意思是，我甚至不认识他们。"

卡伦的身体好些了。医生称之为缓解。不是治愈。只是病情暂缓。他们说如果再过四五年没有问题，就可以说治愈了。在很长一段时间里，卡伦一直很虚弱，但是每一年她都更强壮一些。

"伊莱，"有一天，他们从学校回到家里时，她说，"不如你提前退休吧。我们可以去旅行，做我们一直想做的事情。"

"比如什么？"

"比如去法国。也许去德国。我们可以乘游轮去加勒比海。"

"听上去很好。"

"我不会死掉，你摆脱不了我，我们不妨在余生做一些事情。"

"好啊，"伊莱说，"你首先想做什么？"

"参加太阳舞仪式。"卡伦说。

"你知道，"伊莱说，"我在你这个年纪的时候，和你很像。"

"真的吗？"

"诺尔玛可能已经跟你说过了。"

"不过说了四五百遍而已。"

"诺尔玛就是这样。"伊莱大笑起来。"对这个世界应该是什么样有坚定的想法。诺尔玛说你有计划。"

"回学校上学。"

"这就是你想做的事吗？"

莱昂内尔在座位上动了动身体。现在他们应该追上那几个印第安老人了。他们不可能就这么消失了。

"外面的世界很大，"伊莱说，"似乎总是有很多事情可以做。"

"我就是这么想的。"

莱昂内尔披上夹克。夹克看上去不错，但不是很暖和。也许他和艾尔伯塔一起去吃晚饭的时候，他应该在夹克下面穿一件毛衣。

"今天晚上我和艾尔伯塔要一起出去吃晚饭，"莱昂内尔一边说，一边看着小巷，想着万一那几个印第安老人离开了大路，迷了路。

"阿摩斯·弗兰克家的那个姑娘吗？"伊莱说，"在卡尔加里教书的那个？"

"没错。"

"诺尔玛说你想跟她结婚。"

"我们只是好朋友，"莱昂内尔说，"就像你说的。世界很大。有很多事情可以做。"

伊莱减慢车速，让车滑到路边，停了下来。他在驾驶室里转过身来，朝莱昂内尔笑了笑。"我是那么说的，外甥。我是那么说的，没错。而我错了。"

"不要告诉你妈妈和妹妹，"卡伦说，"给他们一个惊喜。"

伊莱说当然，那样也许更好。突然出现。他们可以晚上回到布洛瑟姆，住在汽车旅馆里。

"不，"卡伦说，"我想住在营地。你不是担心我的身体吧，是不是？"

"不是。"

"你也不感到尴尬？"

卡伦告诉所有朋友那年夏天他们要回艾伯塔去参加太阳舞仪

式，查理・凯特林和太太为他们办了一个欢送派对。

"查理，我们夏天才去呢。现在才二月。"

"当然，伊莱，我们知道，但这是我们开派对的最好借口。"

开派对的那天晚上，卡伦去学校接伊莱。外面冰天雪地，路面很滑。卡伦把暖气开到最大。

"我想我要热化掉了。"

"这是让你为夏天做好准备。"

卡伦在多伦多的车流里穿行的时候，伊莱试图想出见了母亲后要说什么。自从上次回去，已经有二十年了。他没有这么长时间不回家的借口或理由。甚至卡伦身体不好也不能为他不回家做遮掩。

"你害怕吗，伊莱？"

"怕什么？"

"怕回家。"

伊莱摇摇头，看着城市的灯光倾泻在湿漉漉的人行道上，再从人行道滑过马路。"这里就是我的家。"他说。

伊莱比卡伦先看到那辆车，像一道紫色和黑色的不祥闪电，闪着亮，突然从路口冲过。

开始莱昂内尔以为伊莱看见那几个印第安人了，但是他四处张望，除了空荡荡的街道什么也没看见。伊莱趴在方向盘上，有一瞬间莱昂内尔以为舅舅病了。或者更糟。

"你没事吧？"

伊莱点点头。

"你确定？"

"只是在想问题。"伊莱说。他坐直身体，看了看旁边的后视镜。"告诉我，外甥。如果你可以去世界上的任何地方，你会去哪里？"

莱昂内尔耸了耸肩。"我去过盐湖城。不想再去一次。"

"任何你想去的地方。"

"其他时间我都在这儿。在布洛瑟姆。"

"好吧，"伊莱说，然后挂上档，"我们就这么做。"

霍华医生站在停车场，盯着那个空荡荡的停车位。

"霍华医生，"巴布站在大堂门口，"在下雨呢。"

"我的车呢？"霍华医生大喊。

"好像不见了，"巴布说，"也许你最好进来。"

"找不到车我不进去。"霍华医生说，他把衣领竖起来，快步走到停车场一头，又重重地走到另一头，注意不到雨，也注意不到大大小小的水坑。

巴布从她站的地方能看到霍华医生飞快地从积水中走过，听到他在一排排汽车之间噔噔地走过时吐唾沫的声音。终于他回到开始的地方。身上淋得更湿。更生气。

"我的车呢！"

巴布花了不少时间才把霍华医生劝回大堂。他站在窗边，身上滴着水，眼睛看着空停车位，仿佛希望车会随时重新出现。

"都怪这个国家，"霍华医生说，"朝四周看。朝四周看看。"

巴布举起她从前台拿的毛巾。

"我也经历过同样的事情，"她说，"我知道你的感受。"

"都怪那几个印第安人。"霍华医生说。

"这个国家怎么了？"

"一回事。"

巴布把毛巾搭在霍华医生的头上。"嘿，好处是那个偷了车的人很可能把车篷关上了。"

霍华医生哼了一声，转身背对着窗户。"我去换衣服。看看你能不能租一辆车。"

"还有一个好处，租的车可能空间更大，万一我们找到了印第安人，得把她们捎回去。"

"然后叫警察。"

"坏处是大车耗油多。"

霍华医生用毛巾擦干头发，擦去肩膀和胸前的雨水。"去租车吧。"

霍华医生回到咖啡厅时，巴布正坐在一张大桌子旁边，面前摊放着一张地图，还有几本小册子。

"这些是什么？"他说。

"你想喝茶吗？"巴布说，"他们的肉桂茶很不错。"

"你租到车了？"

巴布用手指在地图上划过，然后看着一本小册子。"不确定是。"

"什么意思？"

"嗯，"巴布看着另一本小册子说，"没有一家租车行有车。今天是节假日。"

"什么节假日？没有节假日。"

"加拿大的节假日。大家星期一都不上班。三天长周末。没有车可租。"

"所以你租到什么了？"

"巴士。"巴布说。

霍华医生俯下身子，揉着额头。他的头发还湿着，水顺着脖子流下来。

"其实报了旅游团。我想既然租不到车，不如去乡村游览。也许我们能看到那几个印第安人呢。"

霍华医生拿起一本小册子。"参观水坝？"

"这就是我报的旅游团。看，这条线路会把我们带到真正的印第安保留地，一直到这儿，议会湖和巨鲸水坝。据说水坝值得一看。现在水坝还没有运行，但是前台的人说它非常漂亮。"

霍华医生看着小册子，又把它摊开放在面前，然后看着地图。

"水坝！"他说。

"没错，"巴布说，"旅游团早晨八点出发。我们在水坝吃午饭。应该是一次美妙的旅行。"

"当然。"霍华医生边说，边调转地图，"水坝。"

"你瞧，"卡犹蒂说，"我没多少时间。那几个印第安老人需要我的帮助。"

"我原本在想也许你想要讲这个故事，"俺说，"但是如果你太忙了，俺想俺可以自己讲。"

"不，不，"卡犹蒂说，"我想讲。我讲快些。"

"好吧，"俺说，"要讲对了。"

"好吧，"卡犹蒂说，"我们刚才讲到哪儿了？"

"嗯，"俺说，"年长女从洞里掉到了天上，然后掉到了——"

"我知道，我知道，"卡犹蒂说，"掉到了鲸鱼背上！"

"俺们已经讲过鲸鱼了。"俺说。

"掉进了熊熊的火炉！"卡犹蒂说。

"不是，"俺说，"也不是火炉。"

"掉进了马槽！"

"不对，"俺说，"年长女没有掉进马槽。"

"提示我一下。"卡犹蒂说。

"年长女掉进了水里。"俺说。

"水？"卡犹蒂说，"就这样？"

"就这样。"俺说。

"好吧，好吧，"卡犹蒂说，"年长女从洞里掉出来，穿过天空，掉进水里。"

"对了。"俺说。

"太好了，"卡犹蒂说，"接着发生了什么？"

"嗯，"俺说，"年长女掉进了水里。于是她就在水里了。于是她环顾四周，看见——"

"我知道，我知道，"卡犹蒂说，"她看见一头金色的小牛犊！"

"又错了。"俺说。

"一根盐柱！"卡犹蒂说。

"不对。"俺对卡犹蒂说。

"燃烧的灌木！"卡犹蒂说。

"你是从哪儿知道这些的？"俺说。

"我读了一本书。"卡犹蒂说。

"别管书了，"俺说，"俺们有一个故事要讲。故事是这样的。"

于是年长女在水上漂着。她环顾四周。她看见一个人。一个年轻人。一个在水上行走的年轻人。

你好。年长女说。天气不错，适合散步。

是啊。行走水上的年轻人说。我在找一只渔船。

我刚到这儿，年长女说，但是我会帮你找的。

你真好，行走水上的年轻人说，但是我宁愿自己找。

噢，看，年长女说，那是不是你要找的船？

如果是你先看见的，那就不是。行走水上的年轻人说。

那儿有一只船。一只小船。船上有一群人。一大群人。船在前后摇晃。浪越来越高。

摇啊，摇啊，摇啊，摇啊。那只船说。

哟，那些波浪说，我们越来越高了。

救命啊！救命啊！那些人叫道。

请原谅，行走水上的年轻人说，但是我得救我的……救我的……啊……

勤杂工？年长女说。公务员？股东？

你一定是新来的。行走水上的年轻人说。你好像不懂规矩。

什么规矩？年长女说。

"我知道，我知道，"卡犹蒂说，"行走水上的年轻人说的是基督教的规矩。"

"是的，"俺说，"没错。"

"万岁，"卡犹蒂说，"我喜欢基督教的规矩。"

基督教的规矩。行走水上的年轻人说。第一条规矩是没有人能帮我。第二条规矩是没有人能告诉我任何事情。第三条是没有人能同时出现在两个地方，除了我。

我只是从这儿漂过。年长女说。

但是你能观看，行走水上的年轻人说，没有规矩禁止这么做。

啊，年长女说，这让我松了一口气。

为了不让你感到困惑，行走水上的年轻人说，现在我要从水上走到那只船上。我要让大海平静，让海浪平息。然后，我要救我的……我的……啊……

副手？年长女说。副官？校对员？

他们会爱我，跟随我。

"那真是个好戏法。"卡犹蒂说。

"是的，"俺说，"难怪这个世界一团糟。"

"也许那个……啊……会跟随我。"卡犹蒂说。

"那可真是个可怕的想法。"俺说。

于是，行走水上的年轻人在水上朝那只船走去。那只上面有人的船。

救命啊！救命啊！那些人叫道。

行走水上的年轻人举起胳膊，看着那些海浪，说，平息吧！

别摇了！他对那只船说。别摇了！

但是那些海浪还在涨，那只船还在摇。

救命啊！那些人说。救命啊！

哟。那些快乐的海浪说。

摇啊，摇啊，摇啊，摇啊。那只船说。

快平息！别摇了！快平息！别摇了。行走水上的年轻人说。

但是浪还在涨，船还在摇，船上的人开始呕吐。

恶心，那只船说，看看这是怎么了。

嗯。年长女看着行走水上的年轻人。她看着他跺脚。她看着他冲着海浪大叫。她看着他冲着船大喊。于是，她为他感到难过。对不起，她说，需要帮忙吗？

又来了。行走水上的年轻人说。想要告诉我做什么。

这个，年长女说，总得有人这么做。你的行为好像你是孤家寡人。你不该对那些快乐的海浪大叫。你不该对那只快乐的船大喊。你得唱一首歌。

对海浪唱歌？行走水上的年轻人说。对船唱歌？喂，我跟你说过我们基督教规矩吗？

一首简单的歌。年长女说。于是年长女唱起了歌。

老天，那些海浪说，这首歌真好听啊，我们感到很放松。

是啊，那只船说，真的好听，也许我要打个盹。

于是船停止了摇晃，海浪停止了上涨，一切都平静了下来。

万岁，那些人说，我们得救了。

万岁，行走水上的年轻人说，我救了你们。

事实上，那些人说，是那个人救了我们。

胡说，行走水上的年轻人说，那个人是个女人，那个人对海浪唱歌。

那就是我。年长女说。

女人？那些人说。对海浪唱歌？他们还说。

那就是我。年长女说。那就是我。

天哪！那些人说。一定还是行走水上的年轻人救了我们。我们最好跟随他。

随便你们。年长女说。于是她漂走了。

"不会又来了吧。"卡犹蒂说。

"当然。"俺说。

"嗯，"卡犹蒂说，"所有这些漂流的意象一定有什么意义。"

"口头故事的事情就是这么发生的。"俺说。

"嗯，"卡犹蒂说，"所有这些水的意象一定有什么意义。"

艾尔伯塔浑身湿透，连内衣都湿了。她裹着毯子，看着拉蒂莎，拉蒂莎正极力忍住笑。

"想再要一条毯子吗？"拉蒂莎说，她不得不用手捂住脸，转过身去。

艾尔伯塔的头发一绺一绺地垂下来，遮住了脸，她能感到第一阵颤抖像波浪一样从身体里翻滚上来。她紧握双手，放在大腿上，大腿互相搓着，想要暖和起来。

"想再喝点儿咖啡吗？"

"干吗不拿一壶咖啡浇在我身上呢？"

"你知道，"拉蒂莎说，"我奶奶讲过一个故事，一个女人没头脑，不知道下雨的时候进屋来。"

"你奶奶没有告诉过你嘲笑别人是不礼貌的吗？"

"是的，她告诉过我。"拉蒂莎说，然后放声大笑起来。

艾尔伯塔把毯子裹得更紧一些，然后端详着面前的咖啡，试图想出一个办法，既能把咖啡送到嘴边，又不用打开毯子。

拉蒂莎还在咯咯地笑。"你想要吸管吗？"

艾尔伯塔从毯子里伸出手来，端起咖啡。她的皮肤带点淡淡的蓝色，手指间的皮肤仿若透明。

"我的体温可能过低了。"艾尔伯塔说。

"我有个主意。"拉蒂莎说。她咬着下嘴唇，不让嘴里发出笑声。"比利，吹风机还在后面房间吗？"

艾尔伯塔坐在桌边，透过窗户看着停车场，身上裹着厚厚的毯子，腿上放着吹风机，感觉有点怪怪的。但是吹风机的感觉很好。她的衣服正在变干。她已经开始又能感觉到乳房了，内裤也不再又湿又黏。实际上，吹风机朝着某个方向吹的时候，她感到有些兴奋。

"好了。"拉蒂莎说。她看到艾尔伯塔的脸上恢复了红润。"除了想玩我的吹风机，还有什么事让你到这儿来？"

"莱昂内尔的生日。"

"你从卡尔加里开车到这儿来给莱昂内尔过生日？"

"我答应过他要来的。"

"嗯，"拉蒂莎说，微笑从她的嘴角慢慢展露开来，"我爱我弟弟，在雨中站在停车场的事儿现在更能说得通了。"

艾尔伯塔摇了摇头。拉蒂莎是对的。更糟的是，暖和起来之后，她开始感到恶心，乳房也开始疼起来。又胀又热。

"你没事吧？"

"就是淋湿了，有点头昏。"

"我以前怀孕的时候也像那样。头几个月，我总是恶心。乳房一直疼。"

艾尔伯塔看着拉蒂莎，拉蒂莎正用充满期待的眼神看着她。

"我没怀孕。"

"就是淋湿了，对吗？"

"没错。"

拉蒂莎靠在椅子上，喝着咖啡。"喂，其实没那么让人崩溃。"

艾尔伯塔呷着咖啡。吹风机还在她腿上发出轻轻的嗡嗡声。恶心的感觉开始消失，但是乳房仍然在疼。她能感觉到胸罩的每一道线缝，能感觉到边缘在摩擦，挤压。她试图调整一下，但是没有用。

"那么，"拉蒂莎说，"有什么新鲜事？"

一个小时后，艾尔伯塔才说完。这时她注意到毯子从肩膀滑了下来，吹风机正把她的裙子烧出一个洞来。

"所有这些事情，而且车也被偷了？"拉蒂莎说。

"我无法相信。"艾尔伯塔说。

"我也无法相信。"

"我无法相信我会没完没了地唠叨。真的很抱歉。"

"嘿，"拉蒂莎说，"朋友是用来做什么的？人工授精太妙了。加上有查理和莱昂内尔备用，很有道理。"

"可能有点疯狂，"艾尔伯塔说。

"不，一点也不，"拉蒂莎说，"我来说清楚。迷人的大学教授。不行，这是性别歧视。大学教授，事业成功，即将成为单身母亲，希望与迷人、体贴的人发展审慎的短期关系。男士不必申请。不需要性关系。愿意长途驾驶。必须有车。"

艾尔伯塔开始大笑起来。

"这样差不多了吗？"拉蒂莎说。

"差不多了。"艾尔伯塔说。

比利从厨房探出头来。"饭菜做好了，打好包了。你可以随时带走。"

"谢谢，比利。"

"吹风机是不是快用好了，"比利笑着对艾尔伯塔说，"还有其他客人等着用呢。"

拉蒂莎收拾起咖啡杯。"我得走了。你就在这儿吃午饭吧。见到我弟弟的时候，代我祝他生日快乐。"

"你去哪儿？"

"太阳舞仪式，"拉蒂莎说，"每年我都带食物给舞者和他们的家人。今天下午男人们要开始跳舞了。"

"你要带孩子们去吗？"

"每次都带。"

艾尔伯塔看着外面的天空。西方开始放晴了。"你和家人住一起吗？"

"孩子们会和他们住一起。我和诺尔玛住。"

艾尔伯塔把毯子搭在椅背上，把电线缠在吹风机上。

"介意我和你一起去吗？"

"莱昂内尔怎么办？"

外面，雨下得慢了起来，变成了柔和的雨雾，艾尔伯塔几乎能看见地平线上落基山脉的模糊影子。她把头发从脸上撩开，理了理裙子。

"让他自己去找吹风机吧。"她说。

独行侠、以实玛利、鲁滨逊·克鲁索和鹰眼在斜坡草地上坐下，等着卡犹蒂赶上来。

"老天，"卡犹蒂说，"我来来回回跑了好多趟啊。发生了什么事吗？"

"没有，"独行侠说，"我们不想不等你就开始。"

"是啊，"以实玛利说，"知道你在哪儿，我们会感觉好一些。"

"没什么好担心的，"卡犹蒂说，"我就在这儿。"

"看，"鲁滨逊·克鲁索说，"草。"

"看，"鹰眼说，"光。"

云已经从山头飘走，天空露了一块出来。几个印第安老人和卡犹蒂坐在那儿，看着大草原倾斜着向远处伸展，在阳光和风暴相接处变换着蓝色、绿色和金色，仿佛明亮的火焰从高高的草里一跃而起，在风前面跑，追逐着闪耀着色彩的世界。

"刚才的景象多美啊。"独行侠说。

"是啊，"以实玛利说，"现在的景象多美啊。"

"不停地变化。"鲁滨逊·克鲁索说。

"永远不改变。"鹰眼说。

"嘿，嘿，"卡犹蒂说，"你们的话都很深刻，但是我有点儿冷，你们知道吗。也许我们可以一边说话一边看一边走。"

几个印第安老人站了起来。独行侠指着群山。"现在可以看见了。"

　　卡犹蒂朝西方看去，但是只能看见山峦、天空和大地。

　　"看见什么？"卡犹蒂说，"喂，这是个戏法吗？"

　　"我们得快点儿，"以实玛利说，"否则就迟到了。"

　　"什么迟到？"卡犹蒂说，他又朝大地那头看去。

　　"那样不礼貌。"鲁滨逊·克鲁索说。

　　"是的，"鹰眼边开始往斜坡下面走，边说，"肯定不礼貌。"

明妮靠在柜台上，看着伯萨姆把另一盒录像带放进录像机，快进到河边的大场面。

"见鬼，"伯萨姆说，"这部电影的录像带有几盒？"

"就这一盒，"明妮说，"只有这部电影是这样吗？"

伯萨姆看着手里的录像带。然后看着录像机。然后看着"地图"。然后看着明妮。

"你什么意思？"

"嗯，"明妮说，"我们还有很多其他西部片。要是都有同样的问题怎么办？"

应该到湖边去了。应该花一天时间晒晒太阳，享受宁静的大自然。应该忘记莱昂内尔和查理和伊莱和那几个印第安老人。还有电影。

"当然，"明妮说，"这可能是电脑病毒。电脑有了病毒，什么都可能发生。"

应该放松一下了。

"但还是很奇怪，"明妮说，"谁会想要杀死约翰·韦恩呢？"

伊莱拐上租借路，感到硬路面变成了沙砾路。

"死狗咖啡馆在另一个方向。"莱昂内尔说。

"我知道一个特别好的吃饭的地方。"伊莱说。

这条长长的路到处坑坑洼洼，凹凸不平，夏末和秋天布满灰尘，地面湿滑。但是在春天和初夏，下雨的时候，雨水填满了低洼处，路上除了水什么也看不见，令人不禁猜想危险在哪里。卡车在布满凹坑的路上摇晃着，颠簸着，伊莱撞上了方向盘，莱昂内尔撞上了仪表板。

"议事会要铺平这条路。"伊莱大声说。

"我听说是的，"莱昂内尔大声回答，"我们去哪儿？"

"入乡随俗吧。"

"我们去哪儿？"

"外甥，"伊莱说，"我有没有告诉你我为什么回家？"

莱昂内尔看着舅舅设法应对这条路，绕过他能看见的坑，冲进他看不见的坑，安全经过颠得人的骨头咯咯作响的洗衣板似的路面。死狗咖啡馆和布洛瑟姆渐渐消失在车后，莱昂内尔尽量坐稳，这时他发现自己饿了。

伊莱靠在方向盘上，开始说起他年轻时如何离开保留地，去了多伦多，上了大学。

"那是好日子啊，外甥。一切都是新的。有那么多东西要看，每天的时间都不够。在那之前，我一直住在保留地。到了多伦多，嘿，那是我从没有见过的地方。"

开始几年很孤单，伊莱对他说。但是他拿到了学位，找到了教书的工作，后来遇到了卡伦。

"诺尔玛有没有告诉过你，有一年我和卡伦来参加过太阳舞仪式？"

"彻底改变了你的生活。她是这么说的。"莱昂内尔说。

"是这么说的，是吗？"伊莱说，"不奇怪。"

"是吗？"

"什么？"

"改变了你的生活？"

伊莱猛打方向盘，绕过一个坑，在凹凸不平的路上斜着开了一会儿。"不是，"他说，"不能这么说。"

"那你为什么回家呢？"

"这个我无法直接回答。会说不通。不会是个有趣的故事。"

伊莱告诉莱昂内尔说，卡伦非常喜欢太阳舞仪式，想要第二年再来。但是他们没有来。再下一年也没有来。

"卡伦病了，"伊莱说，"她病了很长时间。"

"诺尔玛说她是个好人。"

"后来她好了。"

"那太好了。"莱昂内尔说。

"后来她死于一场车祸。"

莱昂内尔因为伊莱开始讲这个故事而感到难过。他能看到这会令人压抑。

"一个喝醉了酒的人闯了红灯。"

"看，"莱昂内尔看着渐渐放晴的天空说，"天真的晴了。"

"是个过生日的好日子，外甥。你饿了吗？"

"有点儿。"

卡车的驾驶室里很热。莱昂内尔摇下一扇车窗，但是没有用。夹克开始变得不舒服，有点儿紧，好像在慢慢缩小，把他裹紧。

"她去世后，我就在想回家的事，"伊莱接着说，"但是我没有回来。"

路在他们前方向远处延伸，一路有耸起的山丘和下沉的深谷。莱昂内尔已经很久没有走这条租借路了。通常他会越过梅迪辛河，走那条通往卡兹顿的路。那是一条沥青路，路边有路牌和广告牌。这条路很荒凉，蹦跳着穿过大草原，弯曲着斜向延伸，每次遇到斜坡时，莱昂内尔都有一种不安的感觉，仿佛路会在山顶消失，他们会跌进高高的草丛，消失不见。

"我留在了多伦多。我的朋友们在那儿，我还在大学教书。"

"后来外婆去世了，是不是？"

"没错，"伊莱说，"你知道，诺尔玛因为我从不回家而感到非常生气，葬礼过后差不多一个月，她才告诉我母亲去世了。"

"诺尔玛就是这样。"

"事实就是这样。"

"于是你回家了。"

"于是我回家了。"

"嗯，"莱昂内尔说，"在我听来是个不错的理由。"

卡车费劲地往一座陡峭的小山上爬去，快到山顶时，伊莱减慢了车速。

"那不是理由，外甥，"伊莱说，"根本不是。"

　　卡车爬到了山顶，伊莱在平坦的路上开了一会儿，然后在把车停在路肩。

　　"我和卡伦来的那次，我们就是在这儿停的车。她觉得那是她见过的最美的景色。你觉得呢？"

　　山下的远处，一大圈圆锥帐篷仿佛漂浮在大草原上，就像帆船漂浮在大海上。

　　伊莱在座椅上斜过身子。"怎么样，外甥？你想去哪儿？"

　　莱昂内尔能感到脖子开始出汗。夹克在扯他的胳膊，袖口在摩擦他的手腕。

　　"世界上的任何地方，外甥。任何地方。"

　　伊莱坐在驾驶室里。一切几乎没有变化。营地。大地。天空。

　　"也许我们应该在社议事会办公室的餐厅停下来吃午饭。"莱昂内尔说。

　　"那可不是吃生日午餐的地方，外甥，"伊莱说，"别逗了。"

　　他们离得更近一些后，莱昂内尔能看到皮卡、旅行车和小车，圆锥帐篷旁边的方形帆布帐篷，远离帐篷群的用压制板搭的厕所。孩子们在营地飞跑着，追狗，追囊鼠。相互追逐。

　　伊莱绕着营地开了一圈，偶尔停下来和某个人打招呼。莱昂内尔能看到诺尔玛的帐篷在这圈帐篷的东边。刚开始他希望她进城去了，但是她的车就停在一边。就在这时，她从帐篷里走出来，拿起一根木头，又走了进去。伊莱娴熟地在营地穿行，把车停在诺尔玛的车旁边。

　　"你姨妈做的炖菜好吃极了。"伊莱说，一边打开车门，从车上下来。

莱昂内尔在车里坐了一会儿。这不是个好主意。他能感到事情越来越糟，他很想溜到方向盘后面，一个人开回城里。但是太迟了。就在伊莱朝帐篷走去的时候，莱昂内尔的父亲从旁边走了过来，莱昂内尔只能微笑着挥手。

"莱昂内尔，"他父亲招呼他道，"进来。我们正要吃饭。生日快乐，儿子。"

诺尔玛满面含笑，不断道贺。她端上炖菜、面包和咖啡，他们开始谈社区新闻和传言。

"我们需要更多的木头，"她说，"也许你和莱昂内尔可以去砍一些。"

"今晚我得回小木屋，"伊莱说，"明天早上一大早我就带一些过来。"

莱昂内尔的父亲把手放在他肩膀上。"今天是我儿子的生日。他差不多是个男子汉了。"

诺尔玛点点头。"鞋不错，外甥。但你应该穿靴子的。"

"这件夹克是哪儿来的，儿子？"

他盘腿坐在地毯上，尽量不让炖菜洒在裤子上，他感到自己很笨拙。"午饭后，我得回城里去。今天我上班。"

"不用上了，外甥，"伊莱说，"好像下午比尔给你放假了。"

"他不完全是这么说的。"

"而且，"伊莱边用面包蘸着炖菜，边说，"我们还要聊聊呢。"

"午饭后，"诺尔玛朝莱昂内尔和伊莱挥舞着勺子说，"你们俩应该去把脸画上。你们会感觉更好的。"

"好主意，儿子，"父亲说，"在生日这天把脸画上。"

"还有，"诺尔玛边给伊莱倒咖啡，边说，"卡默洛说如果你愿意，你可以和她家人一起跳舞。"

"没错，伊莱，"哈利说，"我们随时给你留着位置。"

"你去跳舞也没坏处，外甥，"诺尔玛说，"还要炖菜吗？"

吃完炖菜，喝完咖啡，已经是傍晚了，伊莱和莱昂内尔和哈利离开了帐篷。

"反正现在回去已经晚了，外甥，"伊莱说，"再过一个小时左右，男人们就要开始跳舞了。不如在这儿待着，等他们开始。"

"比尔会气疯的。"

"我会把那副耳机买了，"伊莱说，"他就不会那么生气了。"

"你觉得怎么样，伊莱？"莱昂内尔的父亲说。

伊莱看着哈利。"没问题，"他说，"我觉得很好。"

"你呢，儿子？"

"我想我就在这儿逛逛，爸爸。你知道，就逛逛。"

"当然，"哈利说，"去吧。"

莱昂内尔看着父亲和舅舅穿过一圈帐篷，朝一顶大帐篷走去。莱昂内尔站在那儿，穿着夹克和宽松裤子和正装翼尖鞋，感觉自己格格不入。

地面潮湿，富有弹性。帐篷区入口处的四周，地面变得泥泞。莱昂内尔尽量走在草地上，但是当他走到距厕所一半路的时候，他的鞋底已经粘上厚厚一层黏土。他能听见身后蚊子的嗡嗡声。还有苍蝇的嗡嗡声。他能感觉到它们从他脸旁飞过，他边走边把它们赶走。

下午的太阳高高地挂在西边的天上。起风了，一阵轻柔的风从草上吹过。营地的远处，群山高耸，黑黢黢的，在阳光下闪着亮。莱昂内尔感受着吹在脸上的风，看着变幻的阳光照在营地上。这景象真美，他承认。如果你不介意苍蝇和蚊子，还有夏天炎热的天气和风。

莱昂内尔站在厕所旁边，感到十分宁静，仿佛这个世界的其他地方——商店、城镇、水坝——都消失了。他感到很遗憾，艾尔伯塔不在这儿，不能和他分享这一刻。

还有那几个印第安老人。

有那么一瞬间，莱昂内尔很想知道他们去了哪里。

"你好，孩子，"他身后的一个声音说，"我们迟到了吗？"

转身之前，莱昂内尔就后悔他问了那个问题。

拉蒂莎在梅迪辛河的加拿大石油公司加油站停车加油，买了六袋冰块。

"我们呢？"克里斯汀说，"伊丽莎白特别想喝汽水。"

"我可以。"伊丽莎白说。

"我也要。"本杰明说。

"那个小讨厌鬼也想要。"

"克里斯汀叫我小讨厌鬼。"

"我开玩笑呢，你这个小讨厌鬼。"

艾尔伯塔要了一罐姜汁汽水和一盒苏打饼干。

"还感觉不舒服吗？"

"浑身疼。"

"我怀本杰明的时候，"拉蒂莎说，"和你感觉一样。"

"我不可能怀孕。"

"当时我也是这么说的。"

艾尔伯塔蜷着身子，靠在车门上，透过车窗看着云朵。恶心的感觉又回来了，她想要吐。克里斯汀和本杰明在后座上扭打在一起。伊丽莎白在婴儿椅上蹦着。

"婚姻生活是怎么样的？"

拉蒂莎看着艾尔伯塔，摇了摇头。"你结过婚。"

"不到一年。那不算。"

"都算，"拉蒂莎说，"在怀孕之前，和乔治做爱的感觉很棒，但我几乎立即就怀孕了。刚开始几年我们相互陪伴的感觉很好。"

"后来呢？"

"后来事情变得平常，一切都可以预料。"

"只过了几年就这样了？"

"平平常常，可以预料，这没什么不对。"拉蒂莎压低声音说。"乔治打我。你知道的。"

艾尔伯塔点点头，把脚放在椅子上。"我不知道怎么做。"

"你做得很好。自己有个孩子，这不是个坏主意。看看我。我那时就是这么做的。"

"你那时有乔治。"

"如果没有乔治，事情会更容易。我怀着伊丽莎白的时候，他走了。从那以后我再也没有见过他。"

"从来没见过？"

"噢，他给我写信。我每个月收到一两封。你应该看看那些信。没完没了。十页，十二页，有时候二十页。"

艾尔伯塔闭了一会儿眼睛，但是这让她感觉更不舒服了。如果睁着眼睛，她可以看着地平线。闭着眼睛的时候，车开始旋转。

"信里写了些什么？"

"大概一年前我不再读他的信了。我把那些信都塞在一只盒子里，放在壁橱里。"

"为什么？"

拉蒂莎指了指后座。克里斯汀和本杰明停止了扭打。本杰明正和哥哥比手掌和手指。"为了孩子们。以防万一他们以后想知道自己的父亲是什么样的。"

艾尔伯塔朝拉蒂莎靠过去。"他为什么打你？"

拉蒂莎开进城里，开过社办公室和社区中心。过了学校以后，硬路面变成了沙砾路。

"我以为他们会把这条路铺好呢。"拉蒂莎说。

"他们每年都那么说。"

拉蒂莎向后靠去，叹了一口气。"嗯，我猜是因为他感到厌倦了。乔治想要每天都是新的探险。男人很容易感到厌倦，你知道。他们大多数没有什么想象力。"

克里斯汀和本杰明玩着游戏，互相用力打手。本杰明因为疼痛、高兴而大声尖叫。伊丽莎白在婴儿椅里睡着了。

艾尔伯塔动了动脚。"你怎么想？莱昂内尔，还是查理？"

拉蒂莎伸手揉了揉艾尔伯塔的腿。"难怪你不舒服。"

车开下了租借路，开过大草原上坑坑洼洼的路面，朝营地开去。拉蒂莎记得诺尔玛的帐篷总是在营地东边的同一个地方。以前诺尔玛的母亲也把帐篷搭在那里。她母亲的母亲也是一样。

拉蒂莎上中学的时候，历史老师让她做一个关于印第安文化的简短报告。下课以后，一个每星期都穿一条新裙子来上学的叫安·休伯特[1]的白人女孩问她参加太阳舞仪式是不是和去教堂一样。拉

---

1 安·休伯特（Ann Hubert），芭芭拉·安·卡梅伦（Barbara Ann Cameron，1938— ），加拿大作家。她曾给自己改名为卡姆·休伯特（Cam Hubert），后来又改为安妮·卡梅伦（Anne Cameron），并用这三个名字都发表过作品，包括《梦语者》（*Dreamspeaker*，1978）和《铜女的女儿》（*Daughters of Copper Woman*，1981）等。很多关于文化挪用的讨论都会提到她。据称《铜女的女儿》描写的是努查努尔斯人，但该族人排斥这部作品。

蒂莎想要解释：太阳舞仪式究竟是什么，人们对这个仪式的感受是什么，为什么这个仪式很重要。拉蒂莎寻找合适的字眼的时候，安站在那儿，微笑着。

"我们坐在长椅上，听牧师布道，然后接受圣餐，那是基督的血和肉，"安对她说，"你们做什么？"

拉蒂莎开始告诉她什么是妇女社团，但是安打断了她，问她有没有听说过天主教妇女联盟。"这个联盟很有名，"安说，"她们组织盛大的教堂晚餐，欢迎新家庭加入教区。"

拉蒂莎想起女人们的大帐篷和男人们的大帐篷、舞蹈、馈赠，于是又开始说起来，但是安不断地打断她，问各种问题。

"九天的时间似乎很长，"她说，"你们究竟做什么呢？"

拉蒂莎站在学校走廊上，扭着放在腿上的双手。最后，安说，也许这是一个谜，你永远都不会知道，但还是相信，就像上帝和耶稣和圣灵一样。拉蒂莎想告诉安不是这样，但是最终什么也没说。

拉蒂莎刚把车停下，打开车门，克里斯汀和本杰明就像兔子一样跳下车来。

"别做孤家寡人。"拉蒂莎朝在他们身后喊道。

"伊丽莎白怎么办？"

"我不想叫醒她。她刚醒来的时候脾气很大。你感觉好些吗？"

"没有。"

"来吧，"拉蒂莎说，"进来躺一会儿。"

拉蒂莎把伊丽莎白从车上抱了下来。她醒了一秒钟，四处看了看，张开嘴巴，想要喊叫，然后又睡着了。

"万岁，"拉蒂莎说，"如果我能让她躺下，也许她能再睡一个小时。"

诺尔玛正在帐篷里面洗盘子和杯子。"你们来得正是时候。"

"我带了些吃的。"拉蒂莎说。

"所有事情都做好了。"诺尔玛说。

"艾尔伯塔感觉不太舒服。"

"你是不是来例假了？"

"不是，"艾尔伯塔说，"我只是感觉不舒服。"

"恶心，"拉蒂莎说，"乳房疼。"

诺尔玛看着拉蒂莎，把头歪向一边。然后她又使劲盯着艾尔伯塔。

"我没怀孕，"艾尔伯塔说，"我不可能怀孕。"

"这话我听得多了，"诺尔玛说，"来吧，把我外孙女儿给我。小伙子们呢？"

"在外面。"拉蒂莎说。

诺尔玛抱着伊丽莎白坐在躺椅上，摇着她。"他们饿了就会回来的。"

"艾尔伯塔能在这儿待一会儿吗？我得把吃的拿给大家。"

"也许可以让你弟弟帮忙。"诺尔玛说。

"莱昂内尔？"拉蒂莎说，"莱昂内尔在这儿？"

"他和伊莱大约一小时前开车过来的。把大部分炖菜都吃了。"

"莱昂内尔来参加太阳舞仪式了？"艾尔伯塔说。

"肯定是太阳打西边出来了。"拉蒂莎说。

"刚刚溅出小火星,浇灭它没有意义,"诺尔玛说,"伊莱和莱昂内尔可能正在画脸呢。"

艾尔伯塔和拉蒂莎互相看了一眼。诺尔玛看见后,抿紧嘴唇,做出责备的神情。"今天是他的生日。大多数男人四十岁以后才开始变聪明。"

拉蒂莎把包放在床上。"然后呢?"

拉蒂莎把一箱箱食物从车上搬下来。大草原在阳光下焕发着光彩。拉蒂莎已经很多次见过这样的景象,但是看到傍晚的大地在天空下移动,沐浴在阳光下,追随着阳光,她仍然感到惊叹不已。

拉蒂莎在营地走来走去,把食物留给亲戚和朋友,留下来喝咖啡和聊天,但是待的时间都不长。在营地中心,人们正将椅子和毯子围成一圈,为舞者做准备。拉蒂莎站在远远的圆圈边上,看着人们聚到一起。

"你好,妞儿。"

拉蒂莎还没有转身,就本能地举起胳膊,后退几步,和身后那个男人拉开距离。

"你好,乔治。"她说。

查理躺在床上，翻着一本《今日艾伯塔》。电话放在他身边的枕头上。他试着拨号。忙音。

杂志里有一篇文章，是关于老西部片如何在家庭录像市场重获新生，以及这对整个行业意味着什么。另一篇文章是关于特色小餐馆正在尝试用新方法在经济衰退中支撑下去。第三篇文章是关于加拿大西部律师数量的人口统计学研究。

查理又拨了一遍号码。忙音。

他一篇文章也没有读。他飞快地浏览了一遍，这儿看一句，那儿看一段，瞥一眼照片，想一想说明。

忙音。

杂志封底有关于豪华房地产的内容。温哥华能看见水景的完美大平层。多伦多褐色砂石建造的优雅一居室公寓。艾伯塔南部全景式湖滨地产。西埃德蒙顿购物中心令人惊叹的三居室公寓。

忙音。

忙音。

查理往另一边翻过身去。暴风雨已经过去，阳光从窗帘下面透了进来。但是在房间里，一切都又暗又冷。查理把杂志放在地上，又拨了一遍号码。

忙音。

忙音。忙音。忙音。

伊莱和哈利一起在营地里四处走了走。他还是个孩子的时候，营地里的帐篷有六七排，现在只有两三排了。在这圈帐篷的南边，两个年轻人正在固定一顶做饭用的帐篷。

"那是玛莎·老鸦的孙子。最大的那个进过监狱。最小的那个吸毒。差点害死了他。"

"于是他们回来了。"伊莱说。

"有些回来了，"哈利说，"有些没有。现在保留地的工作机会多了一些，但是大多数人都得在保留地以外工作。"

"没什么变化。"

"没有，"哈利说，"你看到那边那对年轻人了吗？那是伊顿·红弓的儿子和柏莎·莫利的女儿。大概四年前他们开始回来参加仪式。"

"过去，"伊莱说，"每个人都得离开保留地去找工作。"

"贾森·赛跑第一在温哥华当律师。有八年或十年的时间，他和家人每年都回来参加太阳舞仪式，一年都没落下。"

哈利在一辆红色皮卡的保险杠上坐下。"你呢，伊莱？"哈利说，"还住在你母亲的房子里吗？"

"没错。"

"一定能清清楚楚地看见水坝的景色吧。"

"如果你喜欢那种景色的话。"

"布罗克特的埃米特认为水坝正让这条河变得没有生命。"

"对这条河没有任何好处。"

"那天他在电台做节目。说这条河每年都泛滥,如果今后不再泛滥了,棉白杨就会死掉。"

"没听说过。"

"他是这么说的。河流泛滥的时候,会给棉白杨带来……你知道……"

"营养?"

"是的。没有泛滥。没有营养。没有棉白杨。"

"埃米特应该了解。"

"如果棉白杨死了,我们到哪儿去找太阳舞仪式用的树呢?你明白我的意思吗?"

"埃米特给他那个区的国会议员写信了吗?"

哈利转过脸,背对着风,大笑起来。"你觉得呢?你以为水坝会让我们大家都变成百万富翁吗?"

伊莱看着哈利,摇了摇头。"也许我们应该给魁北克的克里族打个电话。"[1]

"是的,"哈利说,"我也是这么想的。"

伊莱弯腰拔起一株长长的草。阳光照在他脸上,感觉很惬意。更多的小车和卡车开过来了。一家家把椅子和毯子拿出来,朝那圈帐篷拖过去。伊莱向后靠着,看着人们渐渐聚集。

"这就像过去一样,"哈利说,"只不过那个时候,我们更年轻。"

---

1 魁北克的克里族人成功申请到法庭禁令,推迟巨鲸水坝工程的建设。1975年,克里族人与加拿大政府谈判并签订了《詹姆斯湾和北魁北克协议》,获得对部分土地的一定程度的立法控制权以及几百万加元的赔偿。这笔钱让他们能够资助新的自治机构。近年来,克里族人就詹姆斯湾工程二期的扩建问题再次与魁北克政府产生法律冲突。关于水坝背景情况,参见 Waldram。

艾尔伯塔躺在褥垫上，身边围着毯子，试图睡一会儿。恶心的感觉消失了，她已经不像先前那样不舒服。

"现在感觉怎么样？"诺尔玛说。

"还好。"

"这种感觉会不断出现，直到三个月或四个月以后。"诺尔玛边把咖啡壶放在炉火的上边说。

"我没有怀孕。"

"你可能会要频繁地小便。"

艾尔伯塔坐了起来，身边仍然围着毯子。"也许我应该找到莱昂内尔。你知道他去哪儿了吗？"

诺尔玛把那锅炖菜放在咖啡壶旁边。"然后，你会感觉棒极了。只是暂时的。"

艾尔伯塔抖落毯子，检查一下自己的腿。"我感觉好些了。"

"但是这种感觉不会长久。"诺尔玛说。

艾尔伯塔从门口走进去的时候，首先注意到的是里面的人。人比她们来的时候更多了。营地中心挤满了人。艾尔伯塔环顾四周，但是没有看见莱昂内尔。

"你好，艾尔伯塔。"

伊莱和哈利正靠在一辆皮卡上，看着人们渐渐聚集。

"你在找莱昂内尔吗?"

"不是,"艾尔伯塔四处张望着说,"你们看见他了吗?"

"他刚才在这儿,"伊莱说,"但是现在不在了。"

"你们看见拉蒂莎了吗?"

"没有,"哈利说,"也没看见她。"

艾尔伯塔离开伊莱和哈利,从帐篷之间穿过,来到空地。今天终究会是个好天,她已经几乎忘了站在死狗咖啡馆停车场的情形。她的车是另一回事。

当她来到圆锥帐篷旁边时,看见拉蒂莎站在对面。她正和一个男人说话,刚开始艾尔伯塔没认出那个男人是谁。

然后她认出来了。乔治·晨星。即便隔了那么远的距离,艾尔伯塔也能感觉到拉蒂莎的身体很紧张,能感觉到她握紧了双手,站稳了双脚,等着。

艾尔伯塔迅速转过身,朝诺尔玛的帐篷走去。伊莱和哈利仍然在皮卡那儿。她还没有走到他们身边,他们就站了起来,朝她走来。

拉蒂莎的目光越过乔治，看着远处的群山。太阳正在山顶上，群山的色彩变成了柔和的深蓝色和紫色。

"我打过几次电话，但是你都在忙。"

"你在这儿干什么？"

"我给你写过信，告诉你我要来。我想我应该向你问个好，看看孩子们。你收到信了吗？"

"收到了。"

乔治没怎么变。脸上仍然是一副容易受伤的无辜表情。他的头发比以前短了，胡子像一丛杂草。他提着一只厚重的黑色箱子，推销员提的那种。

"我找到了新工作。"

"很好。"

"我是摄影记者。刚在《新时代》发表了一篇故事。也许你看到了？"

拉蒂莎环顾四周，希望能看见诺尔玛或者艾尔伯塔或者她父母。

"他们对印第安人非常着迷。"乔治说，他看着拉蒂莎，想要吸引她的目光。

"谁？"

"杂志。杂志对印第安人非常着迷。"

拉蒂莎动了动，避开照进她眼睛里的阳光，这样她就能更清楚地看见乔治了。

"瞧，"他说，"我想问你如果我拍几张照片，他们会不会生气。"

拉蒂莎感到自己的脸涨红了。

"如果能到大帐篷里面去就太好了，"他指着双帐篷说，"但是拍几张男人跳舞的照片也行。"

"你知道拍照是不允许的。"

"知道，但那是对外人而言。家人不一样。"

拉蒂莎变换一下重心，锁住膝关节。就在这时，她听见一声轻微的咔哒声，她好像踩到了脆脆的东西。"对每个人都一样，乔治。"

乔治看着聚集在那圈帐篷周围的人群，把箱子转了个方向。"这是老式的说法，"他说，"这不是因为你在生我的气吧，是不是？"

"乔治，"拉蒂莎说，"我甚至没想过你。我甚至不读你的信。"

"啊，原来如此。"乔治笑着说。"瞧。所以你看见我很吃惊。如果你读了信，就会知道我要来。我甚至给餐馆打过几次电话，当时你在忙。"

"我现在也在忙。"她说。拉蒂莎试图从乔治身边走过。

但是乔治走在她身边，脚步很小，并不咄咄逼人，却把她和其他人隔了开来。那个声音又回来了，她隐约听得见。

"我有事情要做，乔治。如果你留在这儿，没人会在乎。但是你不能拍照。"

"现在已经快到二十一世纪了，妞儿。嘿，教堂里面随时都可以拍照。见鬼，教皇做的每件事都上了电视。人们对这种事情感到好奇。他们知道的越多，就越能理解。"

"乔治——"

"我的意思是，这并不是什么神圣的事情，是不是？这更像是露营或者野餐。"

"乔治，走开。"

乔治把箱子放在草地上，摆弄了一会儿，让箱子竖了起来。"我很想见见孩子们，如果可以的话。"

"我不知道他们在哪儿，"拉蒂莎朝人群做了个手势，"他们在那边什么地方。"

"好吧，"乔治说，努力挤出一个微笑，"也许我就待在这儿，不碍你们的事，远远地看着。如果你看见孩子们，让他们过来。"

那个声音又回来了，比刚才更响。咔嚓。像昆虫的叫声。有力。像金属碰击。

拉蒂莎看着乔治。他耸了耸肩，转过脸去，看着人群。

"乔治！"拉蒂莎说，"见鬼，乔治。"

乔治还在看着人群，还在笑着。"看上去几乎一样，妞儿，"他用他特有的柔和而单调的声音说，"几乎没有变化。"

"我们本来可以早些来的，"独行侠说，"但是卡犹蒂知道一条捷径。"

"谁？"莱昂内尔说。

"不是我的错，"卡犹蒂说，"每个人都想怪我。"

"夹克怎么样，孩子？"以实玛利说。

莱昂内尔转了转肩膀。"嘿，夹克非常好。我的意思是，我喜欢皮革。流苏也……很漂亮。但是我真的不能留下它。"

"看上去有点儿紧。"鹰眼说。

"嗯，是有点儿紧。"

"看上去也很热。"鲁滨逊·克鲁索说。

实际上，莱昂内尔感觉这件夹克仿佛正在把他闷死。更糟的是，夹克开始散发气味。一种不新鲜的甜味，像放了很久的须后水或是烂水果。

"没关系，孩子，"独行侠说，"反正我们要把夹克收回了。"

"收回？"

"这件夹克是我们借来的。"以实玛利说。

"看看夹克能不能让你感觉好一些。"鲁滨逊·克鲁索说。

"有时候有用，有时候没用。"鹰眼说。

卡犹蒂坐在草丛里，竖起耳朵。"听，"他对那几个印第安老人说，"你们听见了吗？"

独行侠、以实玛利、鲁滨逊·克鲁索和鹰眼转过脸，迎着风。

"听，"卡犹蒂说，"听见了吗？"

"噢，噢，"独行侠说，"我们有麻烦了。"

莱昂内尔四处张望，但是只看见群山、营地和人群。"出什么事了？"

"来吧，孩子，"独行侠说，"你可以帮我们一把。"然后那几个印第安老人开始朝营地走去。

"瞧，"卡犹蒂说，"瞧。我可以帮上忙。"

莱昂内尔跟在几个印第安老人后面。快到营地边上的时候，几个印第安老人转身朝南边走去。他们走进那群帐篷的时候，莱昂内尔看见一个男人和一个女人站在那儿说话。那个男人拎着一个看上去像是大公文包的东西，那个女人双臂抱在胸前，靠后站着。

"你听见吗，孩子？"独行侠说。

除了鼓声和风声，莱昂内尔什么也听不见，但是他认出了拉蒂莎。然后他看见了乔治，于是他加快脚步，朝姐姐走过去。

"等一下，"卡犹蒂说，"等一下。"

莱昂内尔快步走到拉蒂莎身边时，乔治感觉到响动，转过身来。

"你好，莱昂内尔。"乔治说。

"你好，乔治。"

"夹克不错，"乔治说，"你从哪儿弄来的？"

"好久不见。"莱昂内尔说。

"看上去很像我的夹克。"

"是的，"独行侠说，"这就是你的夹克。"

"如果你仔细看看，"以实玛利说，"就能看出来了。"

"我们让莱昂内尔借穿了一会儿，但是没用。"鲁滨逊·克鲁索说。

"有时候有用，有时候没用。"独行侠说。

乔治看看莱昂内尔，又看看那几个印第安老人。"你们是谁？"

"我是独行侠，"独行侠说，"这几位是以实玛利和鲁滨逊·克鲁索和鹰眼。"

"没错，"乔治说，"我是卡斯特将军。"

"我是卡犹蒂，"卡犹蒂说，"我真的是卡犹蒂。"

拉蒂莎朝莱昂内尔和印第安老人走过去。"他在拍照。"

乔治大笑起来。"得了，妞儿。"

"我不知道他是怎么做到的，但是他确实在拍照。用那个盒子。"

"我想也许你们应该把我的夹克还给我。"乔治说。

莱昂内尔看看拉蒂莎，又看看乔治。然后他听见了。一种有力的咔嚓声，咔嗒声，机械运转声。

"我甚至不会问你们是怎么拿走我的夹克的，"乔治说，"只要还给我就行，然后我就走。"

"盒子怎么办？"莱昂内尔说。

"盒子怎么了？"乔治说。

"这么大的盒子够装几台照相机了。"

"得了，"乔治说，"你看到我拍照了吗？"

"我不介意你给我拍照。"卡犹蒂说。

"盒子里装的是什么？"莱昂内尔又说。

"瞧，"乔治说，他提起盒子，后退了一步，"你们有你们的信念，我也有我的信念。这没什么不对。"

"把盒子打开。"莱昂内尔说。

"没问题。"乔治说，然后开始朝营地边上走去。

"最好把盒子打开，乔治。"伊莱说。

莱昂内尔转过身，看到舅舅和父亲。还有艾尔伯塔。

"你好，艾尔伯塔。"

"你好，莱昂内尔。"

"把盒子打开！"卡犹蒂叫道，"把盒子打开。"

乔治被围住了。有一瞬间，他看上去似乎想要跑开。但是，他微微笑着，耸了耸肩，解开了盒子上的扣子。

盒子里有一只照相机，架在支架上。照相机镜头紧贴着盒子一侧，乔治把盖子掀起来的时候，快门发出咔嗒声，机动驱动装置自动传送胶卷。

伊莱朝盒子里看了看，点了点头。

"那又怎样，"乔治说，"拍几张照片又没什么害处。"

"太阳舞仪式上不能拍照片。"伊莱说。他的声音单调而生硬。

"这又不犯法，"乔治说，"你打算怎么办？剥了我的头皮吗？"

"剥头皮！"卡犹蒂说，"真恶心！你这个想法是从哪儿来的？"

"把胶卷拿出来，外甥。"伊莱说。

莱昂内尔朝盒子走过去时，乔治挡在了盒子前面。

"我来拿，"乔治说，"这套装置很昂贵。"

乔治弯腰把胶卷往回卷。他不慌不忙地卷着,缓慢而夸张地做着每一个动作,用身体挡着盒子。

"给你,"他说,然后把一卷胶卷扔给莱昂内尔,"我的夹克呢?"

莱昂内尔转身面对着独行侠。"夹克怎么办?"

"哦,是啊,"独行侠说,"这是个好主意。他该拿回夹克了。"

莱昂内尔脱下夹克,递给乔治。乔治迅速关上盒子,朝拉蒂莎笑了笑。

"很高兴再次见到你,妞儿。"他说。

莱昂内尔还没看清是怎么回事,伊莱已经冲到乔治身边,把他往后一推,从他手里抢到了盒子。

"嘿,别这样。"乔治大声说,他冲上前来,朝伊莱冲过去,但是这时莱昂内尔挡在了他们俩中间,迫使乔治向后退。

"那是我的东西,见鬼。"乔治向莱昂内尔身后看去。伊莱正弯腰摆弄着盒子。

"嘿!"乔治大叫,"嘿,别动那个盒子。"他试图用肩膀推开莱昂内尔,从他身边挤过去,但是莱昂内尔紧跟着他,挡着他,不让他靠近舅舅。

伊莱从支架上拿下照相机,打开后盖,拿出一卷胶卷。

"你不能那么做!"

伊莱站起来,转身面对着乔治。他手里拿着那卷胶卷。"这是什么?"

乔治的脸色变得黄一块橙一块。"没有冲洗的胶卷。空白胶卷。"

伊莱从口袋里拿出十块钱。"这些钱够买这卷胶卷了。"他说，然后用拇指和食指捏住胶卷一头从胶卷盒里往外拉，拉出一长条卷曲的胶卷。

伊莱把曝光的胶卷扔进盒子，转过身，走回舞者开始出来的地方。

乔治看着伊莱走开。盒子歪倒在一边，像一只死了的动物一样躺在草地上。

"你们不可能相信这些屁话！"乔治在伊莱身后叫道，"这是冰河时期的扯淡！"

莱昂内尔向前走去，乔治后退了几步。

"也许你该走了。"莱昂内尔说。

"得了，"乔治说，"得了！现在是二十世纪了。没人在乎你们的小帕瓦仪式。一帮老家伙和醉鬼坐在什么偏僻地方的帐篷里。没人在乎这个。"

"走吧，乔治，"拉蒂莎说，"你走吧。"

"你真可笑！"乔治说，他的嘴唇被唾沫沾湿了。"你们全都表现得好像这很重要似的，好像这会改变你们的生活。天哪，你们这些家伙生来就愚蠢，到死都愚蠢。"

莱昂内尔拿起盒子，把它放正了。"这儿没你什么事儿。"

乔治的胳膊向上举着，颤抖着，好像挂在弹簧上一样。他盯着莱昂内尔看了一会儿，然后拿起盒子和照相机，跌跌撞撞地在软软的凹凸不平的路上踩着脚离开了。走到车旁边的时候，他转过身，大声叫嚷着什么，嘴巴像一只夹子一样一张一合。但是他的话消失在了远处的风中。

莱昂内尔和艾尔伯塔和拉蒂莎和哈利和印第安老人和卡犹蒂

一直站在那儿，看着乔治把盒子扔进后备厢，爬进车里。

"好了，孩子，"独行侠说，"我们大概只能为你做这么多了。你感觉怎么样？"

莱昂内尔把手插进口袋里。"我感觉很好。"

"修理世界是一件困难的事情。"以实玛利说。

"甚至修理小事情也不容易。"鲁滨逊·克鲁索说。

"尽量不要再把生活弄得一团糟了，"鹰眼说，"我们不再像以前那么年轻了。"

"我们再修理一些东西吧，"卡犹蒂说，"我有好多好主意。"

乔治的车从帐篷后面冲了出来，轰鸣着沿着小路冲上租借路，扬起一阵尘土。莱昂内尔看着那辆车冲上沙砾路，滑向一边，颠簸着开上第一座斜坡，从视线里消失。

莱昂内尔看着几个印第安老人。"就这样了？"

"没错。"独行侠说。

"你们就是这样帮我修理好我的生活的？"

"很令人兴奋，是不是？"以实玛利说。

"我错过了什么吗？"

"以后，"鲁滨逊·克鲁索说，"你可以把今天的事讲给你的儿女们和孙儿孙女们听。"

"你们经常做这样的事吗？"莱昂内尔说。

"你不用谢我们，孩子。"鹰眼说。

"来吧，"莱昂内尔的父亲说，"我们去看跳舞吧。"

"生日快乐。"艾尔伯塔说。

"对啊，"拉蒂莎说，"生日快乐，弟弟。"

现在，人们已经围成紧紧的一圈，老人们坐在前面边上的躺椅上，年轻人站在后面，孩子们跑来跑去。诺尔玛在他们来到圈里的时候追上了他们。

"伊莱会参加舞蹈。"她对莱昂内尔说。

"好了，姨妈，"莱昂内尔说，"我需要平静下来。"

"没人求你，外甥。"

家人们聚集到一起时，太阳正照在山顶上。莱昂内尔看着母亲和父亲为伊莱空出一个位置。

莱昂内尔看着四周的人们。"那几个印第安老人去哪儿了？"

艾尔伯塔抬起头来："谁？"

莱昂内尔又在营地搜寻了一遍，但是没有看见他们。"没什么。"他说。

莱昂内尔和艾尔伯塔站在一起，直到下午的空气渐渐变凉，傍晚渐渐到来。过一会儿，舞者就会回到中间的帐篷，家人们就会回到各自的帐篷。第二天早晨，当太阳从东方升起的时候，一切又会重新开始。

霍华医生坐在旅馆房间里，身边堆满了各种地图、手册和旅游指南。那本书摊开放在这堆东西上面，他边哼着曲子，边查查书又查查地图，查查书又查查手册，查查书又查查指南。当然，还有那颗星。他一边这么做，一边在一沓方格纸上用图表画出所有事件、概率、趋势和偏差，一边在字面意义、寓言意义、比喻意义和神秘意义上转动着图表。

霍华医生慢慢地胸有成竹地拿出一支紫色记号笔，认真地在议会湖画了一个圈。

"明天，"霍华医生边向后靠在椅子上，边说，"明天和明天。"然后他在湖上画了第二个圈。然后画了第三个圈。

"还有明天。"

查理又翻了一遍杂志。西埃德蒙顿购物中心的极具魅力的三居室公寓让他极为迷惑。谁会愿意住在购物中心里面？也许能免费使用所有游乐设施或者获赠造浪池季票。他记得购物中心里有一家汽车经销商，这对住在里面的人可能很方便。还有那些餐馆和酒吧和影院和几百家商店。

西埃德蒙顿购物中心里的三居室公寓。令人迷惑。

查理看着电话，测了一下距离，然后拿起话筒。现在他已经能背出号码了，每按一个键都仿佛在作曲。

这已经成了固定程序——拨号，等待，忙音——他正准备挂电话，突然意识到这次号码终于拨通了。

三声，四声，五声，六声。

"喂。"

"喂……"

"喂……哪位？"

查理在床上坐直了身子，深深吸了一口气。"爸爸？"他说，"是你吗，爸爸？"

"我用最快的速度回来了，"卡犹蒂说，"刚才我在忙着当英雄呢。"

"那不大可能。"俺说。

"是的，是的，"卡犹蒂说，"这是事实。"

"没有事实，卡犹蒂，"俺说，"只有故事。"

"好吧，"卡犹蒂说，"给我讲个故事吧。"

"好吧，"俺说，"你还记得年长女吗？还记得那个大洞和行走水上的年轻人吗？还记得这些吗？"

"当然，"卡犹蒂说，"我全都记得呢。"

"俺不是在跟你说话。"俺说。

"这儿还有谁？"卡犹蒂说。

于是。

年长女离开了行走水上的年轻人和他的门徒，四处漂流了一会儿。她在河里漂。她在海湾漂。她在浴缸里漂。她在湖上漂。有一天，她在一座特别漂亮的湖上漂。湖水那么平静，你可以从湖水里看见蓝天。

我叫闪光玻璃[1]，湖说，你叫什么？

1　闪光玻璃（Glimmerglass），詹姆斯·费尼莫尔·库柏的作品《杀鹿者》中一座非常美丽的湖泊（Cooper 62）。

我是年长女，年长女说，我正在漂流。

今天天气很好，适合漂流。湖说。

年长女漂啊漂啊，很快漂到了岸边。

是你吗，钦加哥？一个声音说。是你吗，我的印第安朋友？

年长女从水里坐起来，环顾四周。她看见美丽的树木和奇丽的岩石和绚丽的云彩。一个身材矮小瘦削的人穿着一件带流苏的皮上衣，站在一棵树后面。

钦加哥！那个瘦子说。钦加哥！他就是这么说的。

你好，年长女说，我是年长女。

那个穿带流苏的皮上衣的瘦子仍然站在树后面，年长女只能看见一支长步枪。一支很长的步枪[1]。

那支步枪真长啊。年长女说。

可不是嘛。瘦子说。我是纳撒尼尔·邦坡[2]，后殖民荒野向导和旅行用品商。你一定是钦加哥。

不是，年长女说，我不是钦加哥。

朋友们都叫我邋遢泥。纳撒尼尔·邦坡说。钦加哥是我的朋友。他是印第安人。但他仍然是我的朋友。

但我不是钦加哥。年长女说。

邋遢泥·邦坡跑到旁边一棵树，躲在后面。胡说。他说。我一眼就能看出谁是印第安人。钦加哥是印第安人。你是印第安人。这不就结了。

---

1 詹姆斯·费尼莫尔·库柏的作品《最后的莫希干人》中鹰眼的外号之一是"长枪"。

2 纳撒尼尔·邦坡（Nathaniel Bumppo），詹姆斯·费尼莫尔·库柏的作品《皮袜子故事集》中的主角。

你一定感到很尴尬吧。年长女说。

印第安人有印第安人的本事，邋遢泥·邦坡说。白人有白人的
本事。

什么事？年长女说。

邋遢泥·邦坡一边说话，一边拖着那支特别长的步枪不停地
从一棵树跑到另一棵树。

印第安人的嗅觉很灵敏，邋遢泥·邦坡说。这就是印第安人的
本事。

"我的嗅觉很灵敏，"卡犹蒂说，"我一定是印第安人。"

"你是郊狼。"俺说。

"不对，不对，"卡犹蒂说，"我有印第安人的本事。"

白人有慈悲心，邋遢泥·邦坡说，这就是白人的本事。

"等一下，"卡犹蒂说，"我也有慈悲心。我一定是白人。"

"你还是郊狼。"俺说。

"老天，"卡犹蒂说，"这可真让人糊涂。"

印第安人跑得很快，印第安人能忍受疼痛。印第安人反应迅速。
印第安人说话不多。印第安人视力很好。印第安人身体灵活。这
些都是印第安人的本事，邋遢泥·邦坡说。

有意思。年长女说。

白人有耐心。白人有灵性。白人有认知能力。白人有哲学思
考能力。白人见多识广。白人善解人意。这些都是白人的本事。

邋遢泥·邦坡说。

所以，年长女说，白人高人一等，印第安人低人一等。

完全正确，邋遢泥·邦坡说，有什么问题吗？

"哎呀，"卡犹蒂说，"我们有问题了。"

"只有你是印第安人，你才会有问题。"俺说。

"你说得对，"卡犹蒂说，"也许我是郊狼。"

而且，邋遢泥·邦坡说，白人特别善于杀戮。看见那边那只鹿了吗？

噢，天啊。年长女说。那不是鹿。那是老卡犹蒂。

什么是老卡犹蒂？邋遢泥·邦坡说，然后朝老卡犹蒂开了枪。

别开枪，老卡犹蒂说，那支特别长的步枪会杀死人的。

站着别动，邋遢泥·邦坡说，我好朝你开枪。

老天，老卡犹蒂说，我在另一个故事里更安全。于是，老卡犹蒂跳进了一棵大树旁边的洞里。

呸，邋遢泥说，现在我得去杀别的东西了。

嗯，年长女说，这儿除了你我，没有别人。

嗯，这确实是个问题，钦加哥，邋遢泥·邦坡说，这确实是个问题。

也许，年长女说，如果你知道我不是你的朋友钦加哥，这会有点用。

对啊，邋遢泥·邦坡说，这确实很有用，如果你不是我的朋友钦加哥，我就可以开枪打死你，痛快地发泄一番。

我想的不是这个。年长女说。

打肚子还是打脑袋？邋遢泥·邦坡说。

"我需要几分钟把这个想明白。"卡犹蒂说。

"注意听。"俺说。

"不行，不行，"卡犹蒂说，"这个很深奥。这个非常深奥。"

于是，那位邋遢泥·邦坡躲在一棵大树后面，那位邋遢泥·邦坡举起那支特别长的步枪，那位邋遢泥·邦坡用那支特别长的步枪瞄准了年长女。

开枪啦。邋遢泥·邦坡说。

发生了巨大的爆炸。冒出了很多的烟雾。

老天，邋遢泥·邦坡说，这一枪打得真准。然后他倒下了。

怎么回事？年长女说。

我被射中了，邋遢泥·邦坡说，你一定开枪打我了。

没有，年长女说，我没有。

你刚才说你叫什么名字？邋遢泥·邦坡说。

年长女。年长女说。

这个名字可真蠢。邋遢泥·邦坡说。我们得给你起一个更好的杀手名字。丹尼尔·布恩[1]怎么样？

我觉得不好。年长女说。

1　丹尼尔·布恩（Daniel Boone, 1734—1820），美国探险家、拓荒者，因在今天的肯塔基探险并定居而闻名。他在那里建立了名为"布恩堡"的村庄。1788年，美国独立战争期间，他曾被印第安人抓俘。他逃回布恩堡，击退了印第安人。

哈里·杜鲁门[1]呢？邋遢泥·邦坡说。

也不好。年长女说。

亚瑟·沃特金斯[2]？邋遢泥·邦坡说。

不好。年长女说。

我们得在我死之前解决这个问题，邋遢泥·邦坡说，于是他从背包里拿出一本书。这个。他说。鹰眼。这是个好名字。鹰眼。

鹰眼？年长女说。

好名字，嗯？邋遢泥·邦坡说，然后倒下去死了[3]。

"鹰眼？"卡犹蒂说，"这是个很好的印第安名字吗？"

"不是，"俺说，"这听上去像是想成为印第安人的白人名字。"

"谁会想成为印第安人呢？"卡犹蒂说。

"俺不想。"俺说。

"我也不想。"卡犹蒂说。

喂，一个声音说，你还好吗？

年长女环顾四周，看见一个印第安人站在一棵树旁边。

喂，年长女说，你一定是钦加哥吧。

---

1 哈里·杜鲁门（Harry Truman, 1884—1972），担任总统期间决定在日本广岛和长崎投放原子弹。

2 亚瑟·沃特金斯（Arthur Watkins, 1886—1973），来自犹他州的美国共和党参议员。他提倡美国政府不再承认印第安部落，他认为印第安人应该被同化，其特殊身份应该终止。

3 在《皮袜子故事集》中，一位酋长临终时给纳撒尼尔·邦坡取名"鹰眼"，之后邦坡"消失"，成了鹰眼。

没错，钦加哥说，你有没有看见一个扛着长步枪、穿着带流苏的皮上衣的瘦子？

"等一下，等一下！"卡犹蒂说，"谁开枪打死了邋遢泥·邦坡？"

"谁在乎啊？"俺说。

"也许老卡犹蒂开枪打死了他。"卡犹蒂说。

"一切皆有可能。"俺说。

"也许有不止一个枪手。"卡犹蒂说。

"一切皆有可能。"俺说。

"也许，"卡犹蒂说，"这是个阴谋。"

≈≈≈

噢，噢。就在钦加哥和年长女说话的时候，一些士兵过来了，看见了死去的邋遢泥·邦坡。

啊，那些士兵说，谁开枪打死了邋遢泥·邦坡？

不是我。年长女说。

不是我。钦加哥说。

不是我。卡犹蒂说。

嘿，我可没打死自己。邋遢泥·邦坡说。然后那个家伙又死了。

啊哈！那些士兵说。这看上去是个谜。

嗯，年长女说，在我看来确实是个谜。

姓名？那些士兵说。他们全都从背包里拿出一本书。

我是钦加哥。钦加哥说。

对的，那些士兵说，这本书里面有一个钦加哥。于是，他们从名单上把钦加哥划掉了。下一个！

我是年长女。年长女说。

这本书里面没有年长女，那些士兵说，你得有一个更好的名字。

丹尼尔·布恩？年长女说。

名单里没有。那些士兵说。

哈里·杜鲁门？

没有。

亚瑟·沃特金斯？年长女说。

差远了。那些士兵说。

那本书里面有没有鹰眼？钦加哥说。

是的，有的。那些士兵说。

好吧，年长女说，我猜我就是鹰眼。

啊哈！那些士兵大声说。那你就得在监狱里关很长时间了。

于是，他们抓住了年长女。

因为杀了邋遢泥·邦坡吗？

不是。那些士兵说。因为试图假冒白人。于是那些士兵把年长女带上一列火车，送到了佛罗里达。

≈≈≈

"听上去像是马里恩堡。"卡犹蒂说。

"是的，确实像。"俺说。

"所以这就是发生的事情。"卡犹蒂说。

"这就是每次都发生的事情。"俺说。

430

午夜过后很久，伊莱才回到小木屋。就在他爬上床，整理枕头的时候，他们打开了泛光灯。这是西夫顿在报复，这一点毫无疑问。伊莱在窗户上挂了一条毯子，但是刺眼的白色灯光仍然从毯子四周漏进来，透过毯子照进来，把毯子照得亮亮的。

那天夜里他没睡好，黎明前他就起来了，煮了一壶咖啡。然后他把皮卡倒车倒到木柴堆前。边把木头扔到卡车上，边等着太阳升起。当第一缕阳光照亮天空时，他已经流汗了。

伊莱回到小木屋，把咖啡壶拿出来，放在门廊上。空气凉凉的，他感到累。他靠在小木屋上，等着太阳照射过来。

第二天早晨，巴布早早起来，冲了个澡，穿上适合探险的衣服。霍华医生的车丢了，这并不是一件特别糟糕的事，这是她的结论。他一心一意想要找到那几个印第安人，不会在偏远的地方停留，不会花时间去这些地方看一看。

但是旅游大巴。嗯，没地方可去。你只需要坐在那儿，轻松自在地欣赏风景。他们总会找到那几个印第安老人的。没必要错过其他有趣的地方。

巴布到餐厅的时候，霍华医生已经在等着她了。他看上去像一夜没睡。书打开着，放在一张地图上面。"早上好，霍华医生。"巴布说。

"我为你点了早餐。"

"太好了。你点了什么？"

巴布和霍华医生默默地吃着早餐。霍华医生一页页地翻着书，偶尔看看地图。巴布觉得辣椒鸡蛋饼稍微有些干，但是薯条很好吃。

巴布刚开始喝第二杯咖啡，霍华医生合上书，折好地图，站了起来。

"好了，"他说，"该走了。"

"还有半小时车才开呢。"

"我们得占两个好座位，"霍华医生说，"在前排。这样可以一览无余。"

"时间还多着呢。"

"事情今天就会发生。"霍华医生说，然后拿起书和地图，走出前门。

巴布叹了口气，喝完了咖啡。这不是个悠闲观光的好兆头。也许车开起来之后，霍华医生就会放松下来，忘记那几个印第安人。

巴布上车的时候，霍华医生已经坐在前面座位上，书和地图摊放在旁边座位上。

"坐在那儿。"他指着过道对面的座位说。其他人开始陆陆续续地上车，但是车上没有坐满。

"大家好，"司机说，"我叫拉尔夫，是你们的司机。如果我做什么能让你们的'西风游'[1]更加愉快，请一定告诉我。"

"我们走吧。"霍华医生说。

拉尔夫调整了一下座椅，打开麦克风。"今天我们会参观几个有趣的地方。如果你们有什么问题，随时大声提问，我会尽力解答。"

"我们多久能到水坝？"霍华医生说。

"记住，"拉尔夫说，"车上不可以吸烟。车厢后面有卫生间，座位上方有阅读灯。"

巴布调节座椅，让椅背往后靠，把双手放在腿上。

"我代表'西风游'公司，"拉尔夫说，"感谢各位参加我们的旅游团。请各位坐好，享受千载难逢的探险。"

那就太好了。巴布想。那就真的太好了。

1　"丰产的风让星星女受孕"（Ywahoo 31）。

克利福德·西夫顿坐在坐落于水坝的办公室里，读着桌上的一摞报告。浪费时间。真他妈的浪费时间。西夫顿喜欢建造水坝，但是讨厌文书工作。他喜欢看着水坝的轮廓渐渐形成，水泥倾倒进去。他讨厌那些晚餐、讲话和报告。

刘易斯·皮克打开办公室门，冷空气跟在他身后窜了进来。

"嘿，克利夫，"刘易斯说，"你最好过来看看这个。"

"什么？"

"不知道，"刘易斯说，"但你最好过来。"

西夫顿把报告推到一边。他应该走到伊莱那里去。早晨和那个老人一起喝咖啡，这是一天当中最精彩的部分，他不愿意错过。

西夫顿出来的时候，刘易斯正站在栏杆旁边，看着远处的湖。

"究竟是什么问题？"

"没有问题，"刘易斯说，"只是怪怪的。"

"好吧，"西夫顿说，"什么怪怪的？"

"看。"刘易斯指着湖对岸说。

在湖的尽头，就在刚刚超出视力范围的地方，西夫顿以为自己看见了什么。地平线上有些小点。仅此而已。

"给，"刘易斯说，"用望远镜看。"

用望远镜也看不清楚，但是现在西夫顿能看见那里有些什么东西。

　　"可能是孩子吧，"西夫顿说，"他们知道不该到湖上去，所以就去了。"

　　"是的，"刘易斯说，"可能是孩子。"

　　西夫顿又用望远镜看了看。那些小点开始有了形状，靠得更近。一共三个，西夫顿几乎可以分辨出他们。

　　"给，"他对刘易斯说，"你年轻，眼神更好。你看见什么了？"

　　刘易斯接过望远镜，靠在栏杆上。有很长时间，他一直保持着这个姿势，仔细看着。最后，他站了起来，摇了摇头。

　　"怎么样？"西夫顿说。

　　"你不会喜欢听到这个的，克利夫。"刘易斯说，把望远镜递回给他。

　　"告诉我，让我也高兴高兴。"西夫顿说。

　　"汽车。"刘易斯说。

　　"汽车？"西夫顿说。

　　"没错，"刘易斯说，"正朝这儿漂过来。"

比尔·伯萨姆把车停在湖边，从车上拿下躺椅和一个大冷藏箱。他支起一张折叠桌，把便携式收音机和电视机放在桌上。天很冷，伯萨姆穿着厚厚的外套，但是一旦太阳升起，天暖和起来，他就会换上短裤和薄衬衫。

湖太美了，湖面风平浪静，你可以在湖水里看见蓝天的倒影。伯萨姆在躺椅上伸展四肢，把羊毛帽往下拉，遮住耳朵。

在这儿，他可以看见整个世界。东边是水坝。伯萨姆只能看见水坝边缘和控制塔，他想象工程师们正在走来走去，检查涡轮机，进行各项检测，喝咖啡。水坝那边是景色绝美的大草原，一直延伸到安大略省。

西边，在湖和树的那边，群山向北延伸到班芙和贾斯珀，向南延伸到蒙大拿。

伯萨姆站起来，调整了一下椅子。他正在打开收音机，这时，一道闪光引起了他的注意。太阳还没有升起，但是在清晨的微光中，伯萨姆可以看见湖上有三个东西。他朝半岛走去——水坝和伊莱的官司一了结，他就打算在那里盖一座房子——径直走过主卧和客厅，一直走到水边。

那几个东西还离得很远，但即便如此，伯萨姆也能看清是什么。汽车。三辆汽车。

"上帝啊！"伯萨姆说。

伯萨姆站在那儿，看着三辆车仿佛三只帆船般从半岛驶过，在湖面上继续向前行驶，朝水坝驶去。

湖太美了。大巴沿着堤岸行驶，巴布紧贴着车窗往外看。

"议会湖，"拉尔夫说，"艾伯塔第十一大人造湖[1]。"

霍华医生弯着腰看书和地图。

"霍华医生，"巴布说，"看。这是湖。水坝就在前面。"

"差不多是时候了。"霍华医生说。他在座位上转过身，朝车窗外看去。

"现在这座湖看上去有些荒凉，"拉尔夫说，"但是在不远的将来，你们就会看见湖边盖起别墅和公寓，人们在湖上划船和游泳。"

"那是什么？"一个游客说。

"什么？"拉尔夫说。

"在那儿，"巴布说，"那边是什么？"

拉尔夫减慢车速，然后把车停了下来。"嗯，"他说，"我不知道。有人有望远镜吗？"

好几个人都有望远镜。一个年长的游客把他的望远镜递给了拉尔夫，拉尔夫用望远镜看了看，然后大笑起来。

"嘿，各位，"他说，"这一定是你们这次旅游的亮点。如果你们朝右边看，就会看见湖上漂着三辆车。"

1　艾伯塔省，以及加拿大和美国其他地方的很多湖泊都是在河上筑坝形成的。

"车?"霍华医生说。

"别问我它们是怎么到湖上去的,"拉尔夫说,"但是有人肯定要受罪了。"

"让我看,"霍华医生说,"我是医生。"霍华医生从拉尔夫手里抢过了望远镜。

那三辆车从大巴旁边驶过,现在巴布可以清楚地看见每一辆车,她认出了姐夫卖给她的那辆斑马。

"原来你在这儿。"她自言自语。然后她认出了斑马旁边那辆车。

霍华医生紧紧握着望远镜。他跪在座位上,身体前后摇晃。"那是我的车!"他大声叫道。"那是我的车!"

巴布从霍华医生身后向前倾,看着那几辆车向前驶去。"啊,这可是个戏法,"她说,"这可真是个戏法。"

克利福德·西夫顿和刘易斯·皮克看着那几辆车驶进他们的视野。

"看，看，"刘易斯说，"有一辆红色斑马。还有……一辆蓝色丰田，不对，不对……是一辆尼桑，一辆蓝色尼桑。还有……嘿，这辆车真漂亮。看，那是一辆卡尔曼-吉亚。那辆白色的。还是敞篷车呢。"

"尼桑、斑马和卡尔曼-吉亚？"西夫顿说，"这些车究竟在我的湖上干什么？"

"航行，"刘易斯说，"而且正朝我们航行而来。"

西夫顿靠在栏杆上，看着那几辆车在湖上随着波浪上下摆动。"我有没有告诉过你水坝本来可以建在魁北克？"

"它们走不远的，"刘易斯说，"如果它们继续朝这边走，就会直接撞上水坝。"

"我告诉过你吗？"

伊莱端着咖啡，看着太阳出现在地平线上。他很遗憾没能在营地看太阳升起时阳光洒在帐篷之间，没能和大家一起看日出，他想知道莱昂内尔和拉蒂莎和诺尔玛和艾尔伯塔和哈利和卡默洛是不是醒了，是不是看见了日出，因为这是奇妙的景象。

他能感觉到身后的水坝冰冷，沉重，紧贴着大地。在他前面，阳光照亮了整个天空，将寒冷驱赶到了西边。

"早上好，伊莱。"独行侠说。

伊莱抬起头，看见独行侠、以实玛利、鲁滨逊·克鲁索和鹰眼站在门廊前。

"早上好，"他说，"进来吧。要喝咖啡吗？"

"噢，老天，"以实玛利说，"那太好了。"

"是啊，"鲁滨逊·克鲁索说，"热咖啡太好了。"

"有糖吗？"鹰眼说。

"有，"伊莱说，"有好多糖。要奶油吗？"

"我要奶油，"卡犹蒂说，"我想要好多糖和奶油。"

那几个印第安老人转过身去，看着太阳升起。现在太阳已经跳出地平线，阳光太明亮了，不能直视。

"住在这儿真好。"独行侠说。

"那是水坝吗？"以实玛利说。

伊莱转过身，点点头。"没错。政府建造了水坝，是为了帮助印第安人。为了配合水坝建造，还开凿了一座湖。"

"湖也是为印第安人开凿的吗？"鲁滨逊·克鲁索说。

"他们是这么说的，"伊莱转身背对着水坝说，"我们都应该成为百万富翁。"

"看上去不像是印第安水坝，"鹰眼说，"看上去不像是印第安湖。"

"也许是郊狼水坝，"卡犹蒂说，"也许是郊狼湖。"

伊莱走进厨房，拿出几只咖啡杯。"咖啡来了，"他说，"刚刚煮好。"

"今天会是个好天，"独行侠说，"我能感觉到。"

"没错。"伊莱说。他把咖啡杯放在门廊上。但是就在伊莱伸手去拿咖啡壶的时候，咖啡壶开始咯咯作响，颠跳起来。伊莱抓住门廊栏杆，试图站起来。但是就在这时，大地也开始晃动起来。

"噢，噢，"独行侠说，"一切又开始变形了。"

"你不是又在跳舞了吧，卡犹蒂？"以实玛利说。

"跳了一会会儿。"卡犹蒂说。

"你不是又在唱歌了吧，卡犹蒂？"鲁滨逊·克鲁索说。

"唱了一会会儿。"卡犹蒂说。

"噢，老天，"鹰眼说，"又来了。"

伊莱靠在门廊柱子上，稳住了自己，这时他感到身后狂风大作，听见山谷里雷声隆隆。

在他头顶上，太阳仍然挂在明净的天空。

"地震。"克利福德·西夫顿叫道。

"地震。"比尔·伯萨姆叫道。

"地震。"约瑟夫·霍华医生叫道。

"地震，地震！"卡犹蒂叫道，"嘿……嘿……嘿……嘿……嘿……嘿……嘿……嘿。"

莱昂内尔被那个声音吵醒了。他坐起身来，环顾四周。诺尔玛正往火堆里添柴，切培根。莱昂内尔感到背疼。床垫不平整，一整夜冷风不停地从帐篷门帘下面吹进来。艾尔伯塔的床是空的。

"艾尔伯塔在哪儿？"

"在外面吐呢。"诺尔玛说。

"她生病了？"

"不是，"诺尔玛说，"怀孕了。"

"怀孕了？啊……她有没有……"

"她没说。你最好自己问她。"

莱昂内尔穿上鞋。泥已经干了，靠近脚趾处的皮开始卷起来。他又听到了那个声音。

"听上去她快吐完了，外甥，"诺尔玛说，"告诉她大概再过半小时早饭就好了。如果她想吃的话。"

空气凛冽，让莱昂内尔措手不及。地平线漂浮在柔和的光线之中，随着太阳渐渐升起，柔和的光线变成一片火焰。

艾尔伯塔弯腰站在两座帐篷之间，双手扶着膝盖。

"早上好，艾尔伯塔。"莱昂内尔说，他把双手插在口袋里取暖。

"早上好，莱昂内尔，"艾尔伯塔说，"你有纸巾吗？"

莱昂内尔在口袋里摸索了一阵，摸到了亚麻手帕。"没有，"他说，"要我去拿一张吗？"

"不用了，"她说，"没事。"

艾尔伯塔开始吐口水的时候，莱昂内尔转过身去，看着太阳升起。"嗯，"他说，"诺尔玛告诉我你怀孕了。"

"我没怀孕。"

莱昂内尔转过身来。"没怀孕？"

"我不可能怀孕。"

"是查理的吗？"

"这跟你没什么关系。"艾尔伯塔说。

"我只是想要帮忙，"莱昂内尔说，"我猜孩子不是我的。"

艾尔伯塔看着莱昂内尔。她在流鼻涕，眼睛也是湿的。"我没有怀孕。"

"诺尔玛说过会儿早饭就好了，"莱昂内尔说，"是培根。"

"哦，上帝啊。"艾尔伯塔说，然后转过身，弯下腰。

"如果你想吃的话。"莱昂内尔说。

艾尔伯塔双手放在膝盖上，支撑着自己，前后摇晃着身体。"现在更糟了。我感觉整个世界都在晃动。"

刚开始莱昂内尔没有感觉到晃动。他看着艾尔伯塔弯着身子，盘算着该怎么安慰她。他不知道是该抱住她，还是和她说话。给她讲个笑话，或者不去打扰她。

他决定讲个笑话，这时，他感觉到了晃动。一种轻柔的涌动，一种摇晃起伏，仿佛他是在海洋上。

"比尔给我讲过一个很好笑的——"

第一波震动就让莱昂内尔摔倒在地。大地仿佛波浪般在他身边弯曲，碎裂，升高。那圈帐篷在摇晃，在摆动。人们感到脚下的大地在晃动，四处哭声一片。

克利福德·西夫顿和刘易斯·皮克正看着尼桑、斑马和卡尔曼-吉亚漂进水坝，这时地震开始了。在他们几乎毫无察觉时，水膨胀起来，坚决地、重重地把车扔到水坝上。他们两个人都没反应过来是怎么回事，西方传来一阵震颤，让湖倾斜起来。

皮克和西夫顿摔倒在地，他们试图站起来，却再一次摔倒。刚开始，这幅情形很滑稽：两个人企图站起来，三辆车摔打在水坝上，湖水翻卷着漫过坝顶。

但是，在力量和运动下面，潜藏着一个更加不祥的声音，是事物承受不住、分崩离析的声音。

西夫顿首先感觉到了，一阵突如其来的移动，一阵侧向的转动，一阵紧绷，水泥和钢铁猛地折断，就在那一瞬间，湖水涨了起来，仿佛一座高山，把汽车吸进水里，高高地抛到空中，猛地朝水坝扔去。

水坝垮了，水和车从世界的边缘跌落下去。

霍华医生和巴布在旅游大巴上看着水坝炸裂开来。几个游客拿出照相机，但是因为他们和湖水处于一个平面，所以看不见什么。

"从下面看一定非常壮观。"车后面的一个人说。

霍华医生软软地靠在车上，拿出书，举起来。"都在这里，"他对巴布说，"我终究是对的。"

"我为你的车感到遗憾。"巴布说。

"那些日期。"

"似乎我的车也损失了。"

"那些地点。"

巴布看着霍华医生，然后转过去看着湖水朝水坝缺口奔涌而去。

比尔·伯萨姆在他的地上居高临下，看着湖滨线消失。有一瞬间，他被惊呆了，站在那里不能动弹，然后，他开始朝湖边走去，小跑着追赶向后退去的水。

"出什么事了？"他大叫，然后跑了起来，跑过脚下出现的泥地，泥地宽阔平坦，沿着弧线缓慢地向四面八方延伸。"究竟出什么事了？"

山谷里，水在翻滚，就像千百年来一样。

"不是我干的。"卡犹蒂说。

独行侠和以实玛利和鲁滨逊·克鲁索和鹰眼看着卡犹蒂。

"修理世界的工作量很大,你知道。"独行侠说。

"是啊,"以实玛利说,"我们可以用上我们能找到的所有帮助。"

"上一次你像这样瞎胡闹的时候,"鲁滨逊·克鲁索说,"这个世界变得很湿。"

"我们不得不从头来过。"鹰眼说。

"我什么也没干,"卡犹蒂说,"我不过唱了一会儿歌。"

"噢,老天。"独行侠说。

"我还跳了一会儿舞。"卡犹蒂说。

"噢,老天。"以实玛利说。

"但是我也帮了忙,"卡犹蒂说,"那个女人想要个孩子。那就是帮她的忙。"

"帮忙!"鲁滨逊·克鲁索说,"你还记得上次你帮这样的忙了吗?"

"我非常肯定当时我在甘露市[1]。"卡犹蒂说。

"我们还没收拾好那个烂摊子呢。"鹰眼说。

"嘿嘿,"卡犹蒂说,"嘿嘿。"

1　甘露市(Kamloops),加拿大不列颠哥伦比亚省南部城市。——译注

"啊，"卡犹蒂说，"我们又到马里恩堡啦。"

"你说对了。"俺说。

"这里有独行侠和以实玛利和鲁滨逊·克鲁索和鹰眼。"卡犹蒂说。

"你又对了。"俺说。

"我错过了什么吗？"卡犹蒂说。

"想想吧，卡犹蒂，"俺说，"想一想。"

于是，那些士兵去了马里恩堡，把年长女扔下火车，扔进马里恩堡。

他们说，又来一个印第安人。现在有多少人了？

印第安人数没有限制，负责马里恩堡的士兵说，继续把他们送来。

于是，那些士兵继续把印第安人送来，把他们塞进马里恩堡。很快，那里就很拥挤了。

老天，鹰眼说，这个地方可真挤啊。

是啊，鲁滨逊·克鲁索说，这个地方变得不舒服了。

也许，以实玛利说，我们该走了。

我觉得是个好主意。独行侠说。

于是，独行侠戴上独行侠的面罩，朝前门走去。

是独行侠。卫兵叫道。是独行侠。他们又叫道。于是，他们打开大门。于是，独行侠走出了监狱，独行侠和以实玛利和鹰眼和鲁滨逊·克鲁索朝西方走去。

祝你愉快。士兵们说。代我们向汤托问好。所有士兵都挥手告别。

谁是汤托？以实玛利说。

我也不知道。独行侠说。继续挥手。

于是独行侠和以实玛利和鲁滨逊·克鲁索和鹰眼朝西方走去，很快她们就来到一条河边。一条大河。一条泥泞的河。

嗝，嗝，嗝，嗝。那条泥泞的大河说。我猜你们想到对岸去吧。

要是能去就好了，独行侠说，我们在试图修理世界。

这是我们正在做的事吗？以实玛利说。

没人跟我说过呀。鲁滨逊·克鲁索说。

嗯，鹰眼说，我想总得有人做这件事吧。

好吧，那条泥泞的大河说，等一下。

转瞬之间，大地开始颤抖，树木开始舞蹈，一切都跳上跳下，斜向一边。

"地震！地震！"卡犹蒂叫道。

"镇静。"俺说。

"但是又地震了。"卡犹蒂说。

"是的，"俺说，"会这样的。"

"但是这个故事里已经有过一次地震了。"卡犹蒂说。

"你永远不知道这样的事情什么时候会再次发生。"俺说。

"哇！"卡犹蒂说，"哇！"

地震来了。轰隆，轰隆，轰隆，轰隆。地震说。这真好玩儿。

于是，独行侠和以实玛利和鲁滨逊·克鲁索和鹰眼和那条泥泞的大河被震得四处跳了一会儿，跳过之后，独行侠和以实玛利和鲁滨逊·克鲁索和鹰眼到了河对岸。

老天。独行侠说。这真不错。

是啊，那条泥泞的大河说，但是这很累人，好在我不用每天都这么做。

"就这样，"俺说，"这就是发生的事情。"

"什么？"卡犹蒂说。

"独行侠和以实玛利和鲁滨逊·克鲁索和鹰眼不停地走啊走，直到走到了这儿。"俺说。

"哦，"卡犹蒂说，"我知道了。"

"很好。"俺说。

"但是我不明白。"卡犹蒂说。

一个多月后，水才退下去。小木屋不见了，一根根原木散落在洪水经过的地方。诺尔玛走在小木屋曾经坐落的浅滩上，用棍子在废墟里拨来拨去。拉蒂莎和莱昂内尔跟在她身后。克里斯汀和本杰明和伊丽莎白在岸边跑来跑去，在泥里打滑，在水里跑过。

"以前小木屋就在这儿。"诺尔玛说。

拉蒂莎看着自己的孩子们玩耍。"我会想伊莱的。"

"我也会想他的，"诺尔玛说，"但是他有过美好的一生，他用正确的方式度过了一生。"

"他是个好人。"莱昂内尔说。

"希望你记住了，外甥。"诺尔玛说。

"记住了。我喜欢他。"

"度过一生的方式，有的好，有的不太好。"诺尔玛说。

浅滩上方的路上开过来一辆车。车速很快，掀起一大团灰尘。

"水坝看上去不太好，"莱昂内尔说，"我在哪儿读到他们要把整座水坝都扒掉。"

"从来就不需要水坝，"拉蒂莎说，"而且水坝从来没运转过。"

车在他们上方的坡上停了下来。那是一辆红色保时捷。查理还没下车，莱昂内尔就知道车上的人是谁了。艾尔伯塔和他在一起。

"嘿，"查理大声说，"发生什么事了？"

"诺尔玛正四处看看。"

查理和艾尔伯塔沿着岸边走过来，艾尔伯塔小心翼翼地走着，查理在软泥里打着滑。

拉蒂莎抓住艾尔伯塔的胳膊，帮她走下最后一个陡坡。"你感觉怎么样？"

"早晨还是感觉恶心。"艾尔伯塔说。

"这种感觉不会有很大的改善。"拉蒂莎笑着说。"然后就变成了那个。"她指着孩子们在泥里打滚的地方。

"没剩下什么了。"查理说。

"一切都在这儿。"诺尔玛说。

"唉，小木屋不在了，"查理说，"伊莱也不在了。"

"查理！"艾尔伯塔说，"上帝啊，你可真善解人意。"

诺尔玛挥了挥手，没理睬查理。"伊莱很好。他回家了。比我认识的某些人要好。"

"是啊，"莱昂内尔说，"但他不是因为太阳舞仪式回家的。他也不是因为外婆去世回家的。他告诉过我。"

莱昂内尔看着水坝。一条长长的丑陋的裂缝从坝面一直向下延伸。坝顶有个大洞。水从裂缝里流出来，沿着坝面流下来，河流渐渐恢复生机。

"昨天我失业了。"查理说。

"迪普莱西突然发现他们不再需要一个出类拔萃的印第安人律师。"艾尔伯塔说。

"水坝没了，"查理说，"工作就没了。"

"你会烧菜吗？"拉蒂莎说，"我们在招厨师。"

"太糟了，"莱昂内尔说，"你打算怎么办呢？"

"实际上，"查理说，"我打算给自己放个假。"

"他要去洛杉矶。"艾尔伯塔说。

"去看我父亲，"查理说，"嘿，他又成大明星了。"

"你们这些高大强壮的男人，"诺尔玛叫道，"帮我一把。"

诺尔玛用棍子在地里挖着，把陷在地里的一根原木上的泥清理掉。

"门廊柱子，"她说，"你们能看见伊莱和我和卡默洛刻名字的地方。"

"你想要那个吗？"查理说。

"用在新的木屋里面，"诺尔玛说，"没必要浪费了。"

"什么新木屋？"莱昂内尔说。

诺尔玛捡起一根汽车天线，扔到一边。"伊莱跟你说了他为什么回家吗？"

"他打算说的。但是一直没有说。"

"没关系，"诺尔玛说，"自己想明白最好。来吧，帮我一把。"

诺尔玛和莱昂内尔和拉蒂莎和艾尔伯塔和查理花了将近一个小时才把柱子挖出来。

"嗯，不算太糟，"诺尔玛说，"剩下的原木可能挖起来要容易得多。"

查理微笑着，翘起脚尖，向后仰了仰身体。"我会在沙滩上想你们的。"

"你会回来的。"诺尔玛说。

"但是与此同时，"查理说，"我该走了。我是过来和你们道别的。"

莱昂内尔看着艾尔伯塔。她看上去不像是怀孕了，但是，他猜想，这么早还看不出来。

"那么，"莱昂内尔说，"我猜你要和查理一起去了。"

诺尔玛停下手上的事情，用棍子打了莱昂内尔的肩膀一下。"她为什么要那么做？"

拉蒂莎摇了摇头，大笑起来。"她究竟为什么要那么做？"

"我为什么要那么做？"艾尔伯塔说，"我没时间在洛杉矶追着律师跑。我得工作谋生。"

"你对付女人真有一套，表弟。"查理说，然后开始爬回岸上。他走到车旁边，转过身，挥挥手。"新的小木屋盖好后拍照片寄给我。"

"查理·望熊，你到了洛杉矶以后，"诺尔玛说，"代我向你父亲问好。跟他说说伊莱的事。"

莱昂内尔等到查理的车消失在路的尽头。"那么，"他对艾尔伯塔说，"周末你在城里？"

"没错，"艾尔伯塔说，"我想我可以给诺尔玛帮帮忙。"

"帮什么忙？"

"帮忙盖木屋，"诺尔玛说，"你也可以帮忙。"

莱昂内尔停下手上的事情，看着诺尔玛，然后又看着水坝。"你不是当真的吧？"

"她当然是当真的，弟弟。"拉蒂莎说。

"不会有很多事的，"诺尔玛说，"我们用哈利的卡车把原木拖回这儿，能拖多少就拖多少，如果不够我们再去砍一些。"

“活儿很多啊。”莱昂内尔说。

“我母亲把木屋盖起来的，”诺尔玛说，“她一个人盖的。”

艾尔伯塔站在泥里，双手叉腰。“要不帮忙，要不去卖电视机。”

“你打算做什么，外甥？”

莱昂内尔蹲下来，试探性地把手指戳进地里。“地很湿啊。”

“参不参加？”拉蒂莎说。

莱昂内尔站起来，看着太阳。“嗯，也许等小木屋盖好之后，”他说，“我会在里面住一段时间。你知道，就像伊莱一样。也许那就是我打算做的事。”

“没轮到你，”诺尔玛说，“现在轮到我了。你很快会轮到的。”

拉蒂莎搂住艾尔伯塔。“来吧，”她说，“我们去死狗咖啡馆吃午饭，换衣服，然后开始干活。”

“午饭？”艾尔伯塔说。她的鼻翼有细细的汗珠。

“油腻的东西。”拉蒂莎说。

“快别说了。”艾尔伯塔说。

“当然，也许我应该回去上学，”莱昂内尔说，“也许那就是我打算做的事。”

诺尔玛把棍子戳进地里。“我们从这儿开始，”她说，“这样我们就可以在早晨看到太阳。”

约瑟夫·霍华医生坐在办公桌边,脚趾在厚厚的柔软的地毯里揉搓着。花园里,柳树已经开始绽出新叶,樱桃树开满了粉红色、白色的花,紧挨着石头的常青树颜色深暗,有着天鹅绒般的质感。花床前面种着一排黄水仙,凉亭四周的紫藤和丁香正渐渐变成怡人的绿色。

霍华医生坐在桌子后面的椅子里,看着外面花园里的墙和树和花和蓝绿色的池塘里的天鹅,感到称心满意。

突然传来急促的敲门声,霍华医生还没来得及转身面对着门,玛丽就走了进来。

"早上好,玛丽。今天有什么事?"

"F翼。"玛丽说。

"F翼?那几个印第安人?"

"是的,先生。他们回来了。"

"又回来了?"

霍华医生转回身,面对着窗户。他伸出双手,按在桌上,仿佛想要把桌子推开。"你看,玛丽。又到春天了。到处绿意盎然。到处生机勃勃。你知道吗,我想也许我应该养一对孔雀。你觉得呢?"

玛丽站在房间中央,不知所措。霍华医生似乎在办公桌后面缩小了,仿佛桌子正在变大,正在慢慢地不知不觉地将他包裹起来。

"印第安人的事太糟了。"他说。

"他们回来了,"玛丽说,"他们每次都回来。"

霍华医生转身背对着窗户。也许他应该把这张桌子搬出去,换一张看上去不那么根深蒂固的桌子。

"我需要约翰过来,玛丽。"霍华医生倚在桌上,一个字一个字地慢慢说出来,仿佛努力回想自己究竟想要说些什么。"把约翰找来。"

巴布推开厚重的门，头探进房间。

"嗨，"她说，"大家都好吗？"

"你好，巴布。"独行侠说。

"很高兴又看见你了。"以实玛利说。

巴布溜进房间里，将拖把靠在墙上。"旅行怎么样？"

"非常好。"鲁滨逊•克鲁索说。

"是啊，"鹰眼说，"我们修理了部分世界。"

"好啊！"巴布说。

"不是一大部分，"独行侠说，"但是非常令人满意。"

"不幸的是，"以实玛利说，"部分世界被弄糟了。"

"嗯，你得预料到这样的事情有时会发生。"

"是啊，"鲁滨逊•克鲁索说，"事情就是这样的。"

"嘿，你们回来真好，"巴布说，"霍华医生非常担心你们。"

"他真好，"鹰眼说，"也许下一次我们会帮他的忙。"

"真是个好主意，"巴布说，"我觉得他会喜欢的。"

"我们可以从花园开始。"独行侠说。

巴布微笑着，揉了揉肩膀。"啊，那可是个戏法，"她说，"那可真是个戏法。"

"老天，"卡犹蒂说，"我浑身疼。"

"卡犹蒂，"俺说，"你浑身都湿了。"

"是啊，"卡犹蒂说，"确实湿了。"

"而且你身上沾满了泥。"俺还说。

"只有一点点。"卡犹蒂说。

"所以，"俺说，"发生了什么？"

"不是我的错，"卡犹蒂说，"不是我的错。"

"噢，老天，"俺说，"好像俺们又得重新开始了。"

"GHA！"独行侠说。

"等一下。"以实玛利说。"等一下。在我们开始之前，有人道歉了吗？"

"卡犹蒂不是要道歉的吗？"鲁滨逊·克鲁索说。

"为什么道歉？"卡犹蒂说。

"万一我们伤害了什么人的感情。"鹰眼说。

"哦，好吧，"卡犹蒂说，"抱歉。"

"听上去不是很抱歉，卡犹蒂，"独行侠说，"还记得上次你匆匆忙忙讲完故事却没有道歉，后来发生了什么吗？[1]"

"是啊，"以实玛利说，"还记得你得跑多远吗？"

"是啊，"鲁滨逊·克鲁索说，"还记得你得藏多久吗？"

"哎呀，"卡犹蒂说，"我非常抱歉。"

"这就好多了。"鹰眼说。

"我真的非常、非常抱歉。"卡犹蒂说。

"这就行了，"独行侠说。"这听上去非常真诚。"

"抱歉，抱歉，抱歉，抱歉。"卡犹蒂说。

"好了，"独行侠说，"我们相信你。"

"嘿嘿，"卡犹蒂说，"嘿嘿。"

1　指萨曼·拉什迪的《撒旦诗篇》（1989）。

“好吧，好吧，”卡犹蒂说，“明白了！”

“嗯，差不多是时候了。”俺说。

“好吧，好吧，开始了，”卡犹蒂说，“起初，什么也没有。”

“什么也没有？”

“没错，”卡犹蒂说，“什么也没有。”

“不对，”俺说，“起初，只有水。”

“水？”卡犹蒂说。

“是的，”俺说，“水。”

“嗯，”卡犹蒂说，“你确定？”

“是的，”俺说，“俺确定。”

“好吧，”卡犹蒂说，“如果你这么说的话。但是水是从哪儿来
的呢？”

“坐下。”俺对卡犹蒂说。

“但是到处都是水。”卡犹蒂说。

“没错，”俺说，“故事是这样的。”

致 谢

感谢杰罗姆基金会向我提供夏季旅行资助，让我能够在艾伯塔省南部和加拿大西部各地周游，与人们就口头文学进行交流。感谢尤克罗斯基金会在我写作此书初稿时向我提供了为期一个月的驻留作家资助。

感谢布兹和朱迪·韦布慷慨地让我使用他们的海边工作室，我在那里对小说进行了数次增删。

特别感谢马丁·重头、勒罗伊·幼熊和纳瑟斯·血的多年的友谊和热情。

也要感谢艾伦·基尔帕特里克和 Ada：lagh（a）dhí：ya[1]，wado[2]。

---

1 印第安人名，意为"守珠人"。——译注
2 切罗基语，意为"谢谢"。——译注

关于作者

托马斯·金是加拿大最受读者喜爱和最受批评家称赞的作家之一。他是获奖长篇小说家、短篇小说家、儿童文学作家、编剧、广播节目主持人和摄影师。

20世纪60年代早期，金在一艘不定期货轮上当摄影记者，在新西兰和澳大利亚工作了三年。就在那时，他第一次尝试创作小说，他称那部小说是"真正令人作呕的东西"。他尝试写的短篇小说同样糟糕——"浪漫多得溢出来的一堆啰唆的东西。"

1967年，他回到北美，在加利福尼亚州立大学奇科分校攻读学士学位和硕士学位，之后在犹他大学取得博士学位。在犹他大学的最后一年，他接受了莱斯布里奇大学的教职，于1980年来到加拿大。

在莱斯布里奇大学，金开始成为一名作家。"我在学校认识了一个女人，叫海伦·霍伊，"金说，"我没有什么可以给她留下深刻印象的，但是因为她是研究文学的，所以我想也许我可以用我的作品去打动她。也许是因为海伦，也许是因为我来到加拿大。不管怎么说，我突然能写作了。"金和霍伊自那以后一直在一起。

1989年，托马斯·金接受了怀俄明州尤克罗斯基金会提供的为期一个月的驻留作家资助。在那一个月里，他完成了第一部小说《梅迪辛河》（*Medicine River*）的创作和第二部小说《草仍然绿，水仍在流》的初稿。

《梅迪辛河》出版后广受好评。《纽约时报》称其为"细致、优雅……非常令人满意的小说"。1990年，这部小说获得艾伯塔作家协会最佳小说奖和PEN/约瑟芬·迈尔斯奖，并获得英联邦作家奖提名。此后，小说被改编为加拿大广播公司（CBC）电视电影（由格雷厄姆·格林主演）和三集广播剧。

《草仍然绿，水仍在流》于1993年获总督奖提名，同年获加拿大作家协会奖（虚构类）。这部小说畅销全国，被列入《纸与笔》杂志评选的加拿大世纪最佳小说，并入选CBC评选的2004年度"加拿大必读书目"。

2003年，金从探讨北美与原住民关系的作品《故事的真相》（*The Truth About Stories*）出发，举行了颇具声望的系列梅西公民讲座，而后这些讲座内容获得了延龄草图书奖。

金还创作了三部深受赞誉的儿童文学作品，其中《郊狼哥伦布故事》（*A Coyote Columbus Story*）获得了总督奖。他创作的广受好评的故事集《那是一个好故事》（*One Good Story*）是1993年加拿大畅销书。他的第三部小说《真理和亮水》（*Truth and Bright Water*）也是畅销书。2002年，金用"哈特利·古德威瑟"为笔名发表了"差劲水悬疑"系列的第一部《差劲水出更》（*Dreadful Water Shows Up*）。该系列的第二部《红权谋杀》（*The Red Power Murders*）于2006年出版，而此前几个月他的第二部短篇小说集《加拿大印第安人简史》（*A Short History of Indians in Canada*）刚刚问世。

托马斯·金被授予加拿大勋章，并获得国家原住民成就基金会颁发的原住民成就奖和西部文学协会颁发的杰出成就奖。

托马斯·金在圭尔夫大学任教期间教授创意写作和原住民文学，现已退休。

托马斯·金访谈

您的作品从丰富的传统——原住民、基督教、文学和流行文化等——中汲取营养。您能谈谈您是在哪些传统中成长的吗？

我是在所有这些传统中长大的。没有哪一个传统占主导地位。我妈妈信仰希腊正教，我上的是卫理公会主日学校，还在天主教寄宿学校学习过两年。那真有点精神分裂。

我从中学到的是，宗教中，以及社会中，普遍存在着某种不善和傲慢。我们问的问题并不是应该问的问题。我们问，这会给我带来什么利益？这会如何增加我的声望？这会给我更大的权力吗？

宗教就是如此，因为宗教是由人掌握的，是由人创造和信仰的。在我早期接受的训练中，我看到的是阴暗面，我往往在寻找不完美之处。我不是一个充满信仰的人。

保留地生活在您的小说中发挥了作用，但是您并不是在保留地长大的。您曾经在血族保留地附近的莱斯布里奇大学教书。您是在那里理解保留地生活的吗？

我在很多地方的保留地工作过。我在北加利福尼亚、犹他大学时，和原住民一起工作过，虽然莱斯布里奇是我灵感的主要来源。我在保留地及其周边地区，在这些地方的边缘，遇到过很多原住民。但是，我的确不是在保留地长大的。

1993年，在就《草仍然绿，水仍在流》接受采访时，您曾经提到，您可以自由地问一些问题，比如："谁是印第安人？我们是如何形成关于印第安人的想法的？"您仍然在探索这些问题吗？

这些问题仍然需要探索。原住民在加拿大的条约权利，原住民的纳税状况，谁决定原住民社区如何组织和运行——这些问题仍然存在。我把这些问题写进小说里，因为关于这些问题的辩论仍在进行。人们也许不喜欢。但是我试图从各个方面呈现棘手的问题。

这些问题仍然在困扰我们。这些问题非常重要。加拿大政府对于原住民的权利毫无兴趣。无论谁掌权都一样。有些懒散。不——这个词太温和了——政治家们并不理会原住民。

我参与这类辩论，就像讨厌的黑蝇嗡嗡嗡地飞来飞去。我个性温和害羞，但是如果你把一台电脑放在我面前，我会变得有点激进。

成为作家是有意识的决定吗，还是偶然发生的？

我一直都以某种方式写故事，讲故事，甚至说谎。谎言是某种形式的故事——会撒谎的人都是故事讲得不错的人。我还写诗。但因为我是个男人，所以得把这事儿藏起来。我那些男人味十足的朋友会怎么想我写诗这件事儿？我还如饥似渴地读书。我把很多时间都花在了图书馆里。我当过一段时间的记者。所有这些都起了作用。但这就像拨吉他的弦。我拨拨这根，又拨拨那根——直到1980年，我开始严肃地写作。我并没有规划，我只是在想——我该如何谋生呢？

您的作品受到哪些作家的启发吗？

不能说有哪些作家启发了我。小时候，我读关于狗和马的书，还有 L. 弗兰克·鲍姆创作的奥兹王国历险系列。夏天，特别是天特别热的时候，我会到图书馆去。图书馆的地下室很凉快。我按照书架排放的顺序读书，我会走到字母"f"开头的部分，选一本书。你可以从我坐在哪里知道我读到了哪个字母开头的书。图书馆里有各种阅读项目，你可以参加去赢星星。我在阅读方面名列前茅。

长大一些后，有一些作家出现了。这说明还有其他民族创作的文学，虽然非常少，他们不在学校教其他民族的文学。我住在加利福尼亚的时候，N. 斯科特·莫马戴的作品《黎明之屋》获得了普利策奖。我喜欢他的书，他的成功激励了我。

但是没有哪一位作家或者哪一本书启发了我；事情并非早成定局，而是更加曲折复杂。

您的故事混合了各种风格和传统。您将流行文化、原住民和犹太-基督教传统的很多方面，以及想象或荒诞的画面都编织进故事之中。这样的写作方式是如何形成的？这是有意识的决定吗，还是您的故事就是这样展开的？

讽刺这种工具从来都来源于不信任。当我指出不完美之处时，我是一个更加快乐也更加强大的作家。我不会写颂扬的故事。呼吁人们关注那些存在问题的事情，那些标明我们是人类的事情，这就是我所做的。

您将幽默和诸如当代原住民的困境等问题编织在一起。您如何描述讽刺在您的作品中的作用？

讽刺是尖锐的。它应当令人感到疼痛；它绝不应当让你感到舒服。我希望当读者笑的时候，他们的内心深处感到不舒服、不自在，他们会回头看，留神看。如果他们读到自己也做过的事情的时候，他们会感到有人在看着他们做这件事。也许那个人是我。

有很多写作都沾沾自喜，令人安慰，也有很多好作家——但我没什么兴趣。

CBC"死狗咖啡馆喜剧时间"系列是怎么开始的？是 CBC 来找你的，还是你向他们提议的？

我不知道。我不记得是怎么开始的。这个故事大约有四五个版本。有一个曾经和我合作过的制作人给我打电话问我是否乐意做这个系列的事。但是我为什么想到做这个，这已经消失在时间的迷雾之中了。有时候我得看旧剧本才能想起自己写了什么，才能确保以后的剧集说得通。

您在大学执教三十多年。您是什么时候决定教书的？教书对您的写作有怎样的影响？

和其他学者在一起，接触大量的资讯，这给我提供了一些素材。但是教书对我的写作既没有好处，也没有坏处。如果不教书，我会怀念对大学里发生的各种事情以及奇怪事情的深刻讨论。那非常有趣。但是我认为写作和教书是两件不同的事情。

即使您把过去写进故事里，这些故事仍然发生在当代北美——您这么做有什么特别的原因吗？

我讨厌历史小说。历史是死的。历史的一个版本已经被说过了，已经被教过了，那是每个人都知道的版本，是每个人都期待的版本。但那只是关于一个事件的一个故事。我讨厌为写小说而做研究。我喜欢当代的东西，那是我写的东西。

您的人物经常说不同的话题。他们围绕着一些话题说话，而不是相互交谈——您设计这样的对话是希望它们有怎样的影响？

这就是人们相互交谈的方式。比如政治论坛。当一个政治家被问到一个问题的时候，他们回答的是别的事情。人们不回答问题。我听到的大多数对话都是人们说着不同的话题。"你好吗？""我很好。"这样的文学对话很无聊。

参考书目 [1]

Barnett, Louise. *Touched by Fire: The Life, Death, and Mythic Afterlife of George Armstrong Custer.* New York: Owl/Henry Holt, 1996.

Bataille, Gretchen and Charles P. Silet. *Images of American Indians on Film: An Annotated Bibliography.* New York: Garland, 1985.

"Book Ignites an Indian Uprising: Sioux Critics Charge that Bestselling Hanta Yo Is Demeaning." *Time* 5 May 1980. 73.

Bright, William. *A Coyote Reader.* Berkeley: U of California P, 1993.

Brown, Dee. *Bury My Heart at Wounded Knee: An Indian History of the American West.* 1970. New York: Owl/Henry Holt, 1991.

Cody, Iron Eyes. *My Life as a Hollywood Indian.* As told to Collin Perry. New York: Everest House, 1982

Connell, Evan S. *Son of the Morning Star: Custer and the Little Big Horn.* New York: HarperPerennial, 1984.

Cooper, James Fenimore. *The Leatherstocking Saga.* 1826-1841. Ed. Allan Nevins. New York: Modern Library, 1966.

Custer, George A. *My Life on the Plains.* [23 installments 1872-74] New York: Citadel, 1962.

Defoe, Daniel. *The Life and Strange Surprizing Adventures of Robinson Crusoe, of York, Mariner.* 1719. Oxford: Oxford World's Classics, 1981.

Donaldson, Laura E. "Noah Meets Old Coyote, or Singing in the Rain: Intertextuality in Thomas King's Green Grass Running Water!" *Studies in American Indian Literatures.* 7.2 (Summer, 1995): 27-41.

Dragland, Stan. *Floating Voice: Duncan Campbell Scott and the Literature of Treaty 9.* Toronto: Anansi, 1994.

Duncan Campbell Scott: *The·Poet and the Indians.* Videocas-

1　Jane Flick 的部分注释内容参考此书目。

sette. Dir. James Cullingham. National Film Board of Canada/Tamarack, 1995. 56 mins.

Flooding Job's Garden. Vidéocassette. Dir. Boyce Richardson. Third in a five-part documentary, *As Long as the Rivers Run*. National Film Board of Canada. 1991. 59 min.

Francis, Daniel. *The Imaginary Indian: The Image of the Indian in Canadian Culture*. Vancouver: Arsenal Pulp, 1992.

Glenn, Jack. *Once Upon A River: Special Interest Politics in the Oldman River Dam* [forthcoming, tba].

Hinnells, John R., Ed. *Penguin Dictionary of Religion*. Harmondsworth: Penguin, 1984.

Hirschfelder, Arlene. *Encyclopedia of Native American Religion*. New York: Facts on File, 1991.

Hoxie, Frederick E., Ed. *Encyclopedia of North American Indians*. Boston: Houghton, 1996.

King, Thomas. *A Coyote Columbus Story*. Toronto: Groundwood, 1992.

—. *Green Grass, Running Water*. 1993. Toronto: HarperCollins, 1994.

—. *Medicine River*. 1991. Toronto: Penguin, 1995. Internet. 09 Sept. 1997. Available http://www.bookwire.com/hmr/review/tking34.html.

Lamont-Stewart, Linda. "Androgyny as Resistance to Authoritarianism in Two Postmodern Canadian Novels." *Mosaic* 30.3 (1997): 115-30.

Monet, Don and Skanu'u [Ardythe Wilson]. *Colonialism on Trial: Indigenous Land Rights and the Gitksan and Wet'suwet'en Sovereignty Case*. Philadelphia, PA and Gabriola Island, BC: New Society, 1992.

Morris, Alexander. *The Treaties of Canada with the Indians*. 1880. Toronto: Coles 1979.

Namias, June. *White Captives: Gender and Ethnicity on the American Frontier*. Chapel Hill and London: University of North Carolina Press, 1993.

Newman, Kim. *Wild West Movies, or How the West Was Found, Won, Lost, Lied about, Filmed and Forgotten*. London: Bloomsbury, 1990.

Nikoforuk, Andrew and Ed Struzik. "Death of a Valley." *Harrowsmith.* March/April 1989: 35-45.

O'Connor, E. *The Hollywood Indian: Stereotypes of American Natives on Film.* Foreword by Elaine E. Williams. Trenton: New Jersey State Museum, 1980.

Potlatch. Videocassette. Dir. Dennis Wheeler. National Film Board of Canada, 1974. 22 mins.

Powell, Peter J. Sweet Medicine: *The Continuing Role of the Sacred Arrows, the Sun Dance, and the Sacred Buffalo Hat in Northern Cheyenne History.* 2 vols. Norman: U of Oklahoma P, 1969.

Radin, Paul. *The Trickster: A Study in American Indian Mythology.* 2nd ed. New York: Schocken, 1972.

Ramsey, Jarold. *Coyote Was Going There: Indian Literature of the Oregon Country.* Seattle: U of Washington Press, 1977.

Robinson, Harry. *Write It on Your Heart: The Epic World of an Okanagan Storyteller.* Comp. and ed. Wendy Wickwire. Vancouver: Talonbooks/Theytus, 1989.

Schwartz, Warren E. The Last Contrary: *The Story of Wesley Whiteman (Black Bear).* Sioux Falls, SD: Centre for Western Studies, 1989.

Smith, Donald B. Long Lance: *The True Story of an Imposter.* Toronto: Macmillan, 1982.

Standing Alone. Videocassette. Dir. Colin Low. National Film Board of Canada, 1982.

Taylor, Fraser. *Standing Alone: A Contemporary Blackfoot Indian.* Halfmoon Bay, B.C.: Arbutus Bay, 1989.

Voget, Fred W. *The Shoshoni-Crow Sun Dance.* Norman: U of Oklahoma P, 1984.

Waldman, Carl. *Atlas of the North American Indian.* Maps and Illus. Molly Braun. New York: Facts on File, 1985.

Waldram, James B. *As Long as the Rivers Run: Hydroelectric Development and Native Communities in Western Canada.* Winnipeg: U of Manitoba P, 1988. ·

Washburn, Wilcomb E., ed. *History of Indian-White Relations.* Vol. 4 of *Handbook of North American Indians.* Washington, DC: Smithsonian, 1988.

Welch, James. Killing Custer: *The Battle of the Little Bighorn and the Fate of the Plains Indian.* 1994. Rpt. New York: Penguin,

1995.

Wiget, Andrew, ed. *Dictionary of Native American Literature.* New York: Garland, 1994.

Yoggy, Gary A. "When Television Wore Six guns: Cowboy Heroes on TV." In *Shooting Stars: Heroes and Heroines of Western Film.* Ed. Archie P. McDonald, Bloomington: Indiana UP, 1987. 219-57.

Ywahoo, Dyani. *Voices of Our Ancestors: Cherokee Teachings from the Wisdom Fire.* Ed. Barbara Du Bois. Boston: Shambhala, 1987.